NICOLE
ALFA

STARS AND TEARS

TIME OUT FÜR DIE LIEBE

IMPRESS

© Photo Hübner

Nicole Alfa schrieb bereits mit elf Jahren die Erstfassung für ihre Debütreihe. Nachdem sie ihre Manuskripte auf einer Plattform für Autoren hochlud und dort Zuspruch von ihren Lesern bekam, verfestigte sich ihr Wunsch, Schriftstellerin zu werden. Oft lässt sie sich für ihre Charaktere und deren Schicksale durch ihre Umgebung, Erfahrungen, Musik oder Fotos inspirieren. Ihr Motto ist es, nicht aufzugeben, auch wenn andere sagen, dass es unmöglich ist.

Man sollte die Zukunft nicht aus den Augen verlieren, doch gerade ist die Gegenwart das, was zählt.
– Avery –

Prolog

Ein Jahr zuvor

Mit einer Wasserflasche in der Hand und gekleidet in meine Cheerleaderuniform verlasse ich die Mädchenumkleide der Sporthalle. Bis zum Training dauert es zwar noch ein wenig, aber ich will heute überpünktlich sein. Meine erste Stunde als Teamkapitänin soll perfekt werden und Coach Miller hat mir angeboten mich bei der Vorbereitung zu unterstützen. Außerdem wollen wir noch ein paar Details bezüglich der Choreographie durchgehen, die wir für das wichtige Heimspiel unseres Footballteams in ein paar Wochen planen.

Ich liebe das Cheerleading. Für mich gibt es nichts Schöneres, als mit meinen Freundinnen auf dem Feld zu stehen und zusammen unsere Choreographie zu performen. Deshalb geht für mich auch ein Traum in Erfüllung, jetzt und mit gerade mal sechzehn Jahren Junior Kapitänin zu sein.

Außerdem wird mein Aufstieg von einer einfachen Cheerleaderin zur Kapitänin meinen Lebenslauf zusätzlich pushen und mich bei meinen Mitschülern noch bekannter machen. Denn die Sportler – in unserem Fall die Footballspieler und Cheerleader – sind die beliebtesten Schüler der Red Hill High. Wobei die Erfolge des Footballteams mehr gewürdigt werden. Dabei hat mein Cheer Team auf den letzten Cheerleadermeisterschaften zwei Pokale und hohe Platzierungen abgeräumt.

Jedenfalls will ich nicht auf meine Highschool-Jahre zurückblicken und mich darüber ärgern, ein schüchternes, unbeliebtes Mauerblümchen gewesen zu sein, über das jeder gelacht hat, weil ihr Dad stottert. So wie es vor ein paar Jahren gewesen ist, als ich noch auf die Middle School gegangen bin.

Das hat sich erst geändert, als wir hierhergezogen sind und ich neu an der Highschool beginnen konnte. Ich habe mich für die Cheerleader beworben und bin ins Team aufgenommen worden. Der Sport und die Freundinnen, die ich dadurch gefunden habe, haben mir ein unvergleichliches Gemeinschaftsgefühl und Selbstvertrauen vermittelt.

Inzwischen hat sich bereits herumgesprochen, dass ich jetzt die Kapitänin bin. Mitschüler, die ich nur vom Sehen her kenne, haben mir gratuliert und einige Jungs scheinen ein Auge auf mich geworfen zu haben. Das könnte mein Schuljahr werden. Jetzt fehlen mir nur noch ein Freund und erste Erfahrungen, dann kann ich mit meinen Freundinnen mitreden, die schon einiges ausprobiert haben, während ich noch in allem Jungfrau bin, in dem man Jungfrau sein kann. Aber ich bin zuversichtlich. Jeder Junge möchte mit Cheerleadern ausgehen. Und mit der Cheerleaderkapitänin erst recht.

Zwar hat es schon ein paar Jungs gegeben, die Interesse gezeigt haben, doch die wollten eher wissen, was ich unter meiner Uniform trage, statt mich kennenzulernen. Ich suche nicht nach Spaß, sondern einer festen Beziehung. Einem Jungen, der mich so mag, wie ich bin und zu mir passt. Dank meines neuen Status sollte die Auswahl jetzt größer sein. Einer muss ja dabei sein, der genau so ist, wie ich mir einen ehrlichen festen Freund vorstelle.

Und obwohl sich nun mein größter Traum, Kapitänin zu werden, erfüllt hat, bin ich unglaublich nervös. So schnell, wie ich als Cheerleaderin in der Schulhierarchie aufgestiegen bin, kann ich wieder fallen. Was, wenn ich als Kapitänin versage? Wenn ich mich total blöd anstelle oder die Mädels doch nicht zufrieden mit mir sind? Zwar sind sie alle damit einverstanden gewesen, als Hailee – meine Vorgängerin, die nun am College studiert – und Coach Miller mich ausgewählt haben. Doch wenn ich meine Aufgabe vermassle, kann ich mich von meinem Traum verabschieden. Dann heißt es Tschüss Cheerleading. Tschüss süße Jungs. Tschüss Beliebtheit.

Völlig in Gedanken versunken bemerke ich die Person, die aus der Jungsumkleide rechts vor mir kommt, zu spät und laufe direkt in sie hinein. Genauer gesagt gegen eine breite, harte Brust. Perplex halte ich mich an den Schultern beziehungsweise den Schulterpads dieser Person fest. Unter ihren Arm hat sie einen Helm geklemmt, in der anderen Hand hält sie einen Football, der mit mehreren Unterschriften versehen ist. Ich bin in einen Footballspieler hineingelaufen. Wie peinlich!

Langsam hebe ich den Kopf. Meine Augen treffen auf blaugraue und mir stockt der Atem. Meinem Gegenüber hängen zerzauste, dunkelbraune Haare in die Stirn, die zum Teil seine Brauen verdecken, als er diese hebt und mich amüsiert betrachtet.

Vor mir steht nicht nur irgendein Footballspieler. Vor mir steht Devyn Coleman, der Footballkapitän und Star unserer Schule. Er verzeichnet nicht nur die meisten Touchdowns im Footballteam, sondern ist auch dafür verantwortlich, dass die Mannschaft mehrmals hintereinander wichtige Spiele gewonnen und uns somit einige Pokale und Urkunden eingebracht hat. Der Coach, das Team, die ganze Schule setzt auf ihn.

Erschrocken trete ich einen Schritt zurück.

»Tut mir leid, ich habe dich nicht gesehen. Ich bin ganz in Gedanken gewesen«, stottere ich und verfluche mich dafür, heute kein Make-up aufgetragen zu haben, da ich spüre, wie meine Wangen knallrot anlaufen.

»Kein Problem. Du darfst gern so oft in mich hineinlaufen, wie du willst. Ich bin gepolstert, wenn ich meine Ausrüstung trage.« Er zwinkert mir zu und klopft sich gegen die Brust. Doch dann zieht er seine Brauen zusammen und legt interessiert den Kopf schief. »Du hast heute deine erste Trainingsstunde als Cheerleaderkapitänin, oder?«

»Woher weißt du von unserem Training heute? Und woher weißt du, dass ich jetzt die Kapitänin bin?«, entfährt es mir. Wir sind in der gleichen Jahrgangsstufe und haben ein paar Kurse gemeinsam. Doch bisher haben wir nie viele Worte miteinander gewechselt.

Sein Mundwinkel hebt sich, wodurch sich Grübchen auf seinen Wangen bilden, die ihn frech wirken und mein Herz schneller schlagen lassen.

»Wir gehen beide auf dieselbe Highschool. Neuigkeiten machen hier schnell die Runde. Außerdem trainiert ihr meistens zeitgleich mit uns.« Sein Blick gleitet kurz über mein Erscheinungsbild, ehe er wieder bei meinen Augen haltmacht. Mir wird ganz warm. Nervös verlagere ich mein Gewicht auf den anderen Fuß. Hat er mich gerade abgecheckt? »Außerdem trägst du deine Cheerleaderuniform und bist gerade mit einer Wasserflasche aus Richtung der Umkleiden gekommen«, fährt er fort. »Wobei du eigentlich noch eine Stunde Zeit hast, oder?«

Verblüfft starre ich ihn an. Er hat mich nicht abgecheckt. Er ist nur sehr aufmerksam. »Das hast du gut beobachtet, Sherlock. Wegen meiner ersten Stunde als Kapitänin wollte ich …«

»… früher da sein«, beendet er meinen Satz und nickt. »Ich verstehe.« Er macht eine Pause und betrachtet mich neugierig. »Und, bist du schon aufgeregt?«

Zuerst will ich sagen, dass ich absolut gechillt bin. Stattdessen antworte ich: »Total.« Was meine schwitzigen Hände beweisen. »Was hast du mit *Ich verstehe* gemeint?«

Sein Grinsen wird breiter. »Denkst du, du bist die Einzige, die sich schon einmal in einer solchen Situation befunden hat? Die ihre erste Stunde als Kapitänin vor sich hat? Du hast hier den Kapitän des Footballteams vor dir. Nachdem ich zum Kapitän ernannt worden bin, bin ich genauso nervös wie du gewesen. Zwar hat man auch als Footballspieler eine wichtige Stellung im Team, doch als Kapitän steht man noch mal unter mehr Druck und trägt viel Verantwortung. Ich habe richtig Schiss gehabt, dass ich es total vergeige. Vor meinem ersten Training als Kapitän habe ich vor lauter Aufregung nächtelang nicht schlafen können. Ich habe mich davor extra noch einmal mit Coach Johnson getroffen, mit dem ich alle Spielzüge durchgegangen bin und der mir meine Aufgaben als Teamkapitän ein weiteres Mal erklärt hat.«

»Genau das habe ich mit Coach Miller auch vor«, sage ich und muss lächeln. Zu wissen nicht allein mit meinen Sorgen zu sein, nimmt mir ein wenig von der Angst.

Devyn deponiert seinen Football in seinem Helm, ehe er mir die Hand auf die Schulter legt. Erst da erkenne ich, dass sich in seinen graublauen Augen braune Sprenkel befinden, die sich auf seinen Iriden wie Sterne verteilt haben.

»Es wird einen Grund geben, warum sie sich für dich entschieden haben«, meint er zuversichtlich. »Ich bin mir sicher, du wirst deine Aufgabe gut machen.«

»Danke, Devyn.« Seine Worte beruhigen mich.

»Und wenn du immer noch nervös bist, kannst du dir ja vorstellen, dass alle rosafarbene Plüscheinhörner sind«, schiebt er grinsend hinterher. »Das mache ich jedes Mal, wenn mich etwas unruhig macht, und das hat bisher ganz gut funktioniert.«

»Warum ausgerechnet rosafarbene Plüscheinhörner?«, lache ich. »Warum nicht ... keine Ahnung, irgendetwas anderes?«

Devyn beugt sich nach vorne. Sein Gesicht schwebt nun dicht vor meinem. Mir weht ein angenehmer Geruch nach Zitrus und Aftershave entgegen. »Meine kleine Schwester beruhigt die Vorstellung immer. Und würde ich mir vorstellen, alle wären nackt, wäre das bei meinen Teamkollegen eher unangenehm und bei euch Mädels ablenkend«, erklärt er und zwinkert mir zu.

Ich weiß nicht, was ich von seinen Worten und dem Zwinkern halten soll. Flirtet er gerade mit mir oder macht er nur Scherze? So, wie er sich gerade verhält, macht Devyn ja einen ganz netten Eindruck. Doch genau deshalb fallen so viele Mädchen auf ihn herein. Er wickelt sie um den Finger, bis er das bekommt, was er von ihnen will, und wenn er keine Lust mehr auf sie hat, lässt er sie einfach fallen. Zumindest habe ich das von meinen Freundinnen gehört.

Ehe ich etwas erwidern kann, schwingen die Eingangstüren nicht weit von uns auf und zwei Jungs mit Trainingstaschen in den Händen kommen herein. Als sie Devyn entdecken, der wieder auf Abstand geht, kommen sie auf uns zu und bleiben bei uns stehen.

Es sind weitere Footballspieler. Der fast zwei Meter große Hüne namens Read aus der Defensive Line ist vor ein paar Wochen an die Schule gewechselt und nickt uns nur zu. Braden, der Quarterback mit den aschblonden Haaren und dichten Brauen ist etwas kleiner, aber fast genauso breit und muskulös.

Er klatscht mit Devyn ab. »Was geht, Bro?« Dann fällt sein Blick auf mich. Seine weit auseinanderstehenden grünen Augen mustern mich interessiert. »Du bist Avery, die neue Cheerleaderkapitänin, richtig?«

Ich nicke voller Stolz. Auch die beliebtesten und heißesten Typen der Schule wissen von meinem neuen Status. Braden kennt sogar meinen Namen, obwohl ich bisher nichts mit ihm zu tun hatte. Innerlich ermahne ich mich cool zu bleiben und nicht aufgeregt auf und ab zu hüpfen, was mega peinlich und uncool wäre.

Braden lächelt mir zu. »Herzlichen Glückwunsch.«

Ich erwidere das Lächeln. »Danke.«

»Schon bereit fürs Training?«, wendet er sich an Devyn.

Der grinst ihn an. »Klar, ich freue mich schon. Ich habe mir noch mal die Videos vom letzten Training angesehen. Mir sind noch ein paar Sachen aufgefallen, auf die wir achten müssen. Das können wir dann später besprechen. Zieht ihr euch erst mal um. Ich muss sowieso noch kurz zu Coach Johnson. Wir sehen uns auf dem Feld.«

»Alles klar. Dann bis später.« Bradens Blick wandert von Devyn zu mir zurück. »War schön dich kennengelernt zu haben, Avery. Ich hoffe, wir werden uns demnächst öfter über den Weg laufen.« Er lächelt mir erneut zu.

Ich lächle zurück, fühle mich allerdings ein wenig unwohl, weil sein Freund und Devyn uns beobachten und ich Angst habe, irgendetwas falsch zu machen.

»Klar, das wäre toll.«

»Super. Bis dann«, meint Braden.

Ich atme erleichtert aus, als die beiden Jungs in die Umkleide gehen. Mein Herz rast. Zwei der wichtigsten Footballspieler im Team haben eben mit mir gesprochen. Ganz zu schweigen davon, dass einer von ihnen der Footballkapitän höchstpersönlich ist!

Der nach wie vor neben mir steht, wie mir bewusst wird. Als ich meinen Kopf in seine Richtung drehe, wird mir noch wärmer, als mir ohnehin schon ist. Er hat seinen Blick direkt auf mich gerichtet.

»Du musst auch zum Sportplatz, oder? Dann können wir ja gleich zusammen hingehen«, schlägt er vor.

Ich kann mein Glück kaum fassen, auch wenn ich mich wegen seines Rufs als Herzensbrecher vor Devyn in Acht nehmen muss. Allerdings ist er bis jetzt ganz nett gewesen und es ist bestimmt nicht schlecht, mit dem Footballkapitän gesehen zu werden. Vielleicht werden wir ja sogar Freunde. Immerhin haben wir trotz verschiedener Sportarten dieselben Positionen in unseren Teams.

»Klar, gerne«, sage ich deshalb.

Der Weg zum Sportplatz ist nicht weit, da dieser direkt an die Sporthalle grenzt. Wir müssen nur eine Treppe hinunterlaufen und nach rechts auf einen gepflasterten Weg abbiegen. Dabei kommen uns weitere Footballspieler mit ihren Trainingstaschen entgegen. Devyn wird von allen begrüßt. Er ist wirklich beliebt bei seinem Team. Ich bekomme einen interessierten Seitenblick, ein freundliches Nicken oder Lächeln. Dann kommen wir an den Tribünen vorbei, wo ein paar Schüler sitzen. Auf den Laufbahnen drehen ein paar Mädchen und Jungen ihre Runden. Auf dem aus Naturrasen bestehenden Spielfeld stehen unsere Coaches und unterhalten sich miteinander. Sie sind gut miteinander befreundet.

Zwei Mädchen, die auf den untersten Rängen Platz genommen haben und uns bemerken, stoßen sich gegenseitig an und kichern übertrieben, als Devyn an ihnen vorbeiläuft. Er registriert es mit einem selbstgefälligen Grinsen und nickt ihnen zu, woraufhin sie erröten.

Ich wiederum werde nur mit einer Mischung aus Misstrauen und Neugierde betrachtet, was mich verunsichert. Sicher fragen sie sich gerade, warum wir den Sportplatz gemeinsam betreten haben. Vielleicht war es doch keine so gute Idee, mit ihm zusammen herzukommen. Jetzt werden sie bestimmt die verrücktesten Gerüchte in der Schule streuen. Ich will nicht für das nächste dumme Mädchen gehalten werden, das auf Devyn hereingefallen ist. Allerdings sind wir die Kapitänin des Cheerleaderteams und der Kapitän des Footballteams. Sich zu kennen ist da doch normal, oder? Und wenn wir zusammen wären, würde das mehr als passen. Es wäre perfekt.

»Willst du nicht gern mit mir gesehen werden?«, fragt mich Devyn plötzlich.

Ich bleibe stehen. »Wie kommst du darauf?«

Devyn hält ebenfalls an. »Du hast meine Frage nicht beantwortet. Wobei deine Gegenfrage wohl Antwort genug ist«, erwidert er und klingt zu meiner Überraschung ein wenig verletzt.

Verdammt. Ich will es mir mit ihm nicht verscherzen. Doch ich kann nicht vergessen, was meine Cheerleaderfreundinnen über ihn erzählt haben.

»Ich will nur nicht, dass alle denken, ich wäre dein nächstes Betthäschen«, erkläre ich ihm ehrlich.

Devyn klappt die Kinnlade herunter. Fast wären ihm sein Helm und der noch immer darin liegende Football entglitten.

»Wow.« Er schüttelt den Kopf. »Du glaubst wohl alles, was andere erzählen, oder?«

»Nein!«, rufe ich schnell und laufe neben ihm her, als er weitergeht. Er hebt nur die Brauen, woraufhin ich die Arme vor der Brust verschränke. »Okay, ja«, murmle ich leise. »Aber ich habe diese Information von einer sehr guten Freundin, der ich vertraue. Und dich kenne ich ja nicht.«

Dieses Mal ist Devyn derjenige, der zuerst stehen bleibt. Ich tue es ihm gleich. »Wie wäre es, wenn du mich erst kennenlernst und dir selbst ein Bild von mir machst, ehe du über mich urteilst?«, schlägt er kühl vor.

»Ich ...«, beginne ich und breche ab.

Fragend hebt er die Brauen.

Ehe ich antworten kann, brüllt Coach Johnson über den Platz: »Coleman, was stehst du da so herum? Flirten kannst du auch später! Jetzt haben wir zwei erst einmal Spielzüge zu besprechen! Also beweg deinen Hintern her!«

»Ich komme schon!«, ruft Devyn zurück und schenkt mir einen undefinierbaren Blick. »Du kannst es dir ja noch überlegen«, raunt er mir zu, ehe er zu seinem Coach joggt.

***

Noch das ganze Training über ist mir die Begegnung mit Devyn nicht mehr aus dem Kopf gegangen. Zumal er immer wieder zu mir herübergesehen hat, was mich ganz unruhig gemacht hat. Ich habe mich sogar mehrere Male verzählt. Aber auch ohne ihn wäre mein erster Tag als Kapitänin sehr aufregend gewesen. Ich stand zum ersten Mal ganz vorne an der Spitze und durfte den Takt vorgeben.

Die Gelegenheit, Devyn kennenzulernen, bekomme ich jedoch nicht, da ich ihn die nächsten Tage und Wochen kaum zu Gesicht bekomme. Entweder fehlt er in unseren gemeinsamen Kursen oder er ist in seine eigenen Gedanken versunken und scheint niemanden um sich herum wahrzunehmen.

Ich weiß nicht, was ich von ihm halten soll. Bei dem Gespräch im Flur der Turnhalle und auf dem Weg zum Sportplatz haben wir uns eigentlich ganz gut verstanden.

Zwar finde ich seine plötzliche Distanziertheit ein wenig schade, weil ich gern mehr über ihn erfahren hätte, aber ich werde keinem Typen hinterherlaufen. Erst recht nicht einem aufgeblasenen Footballkapitän, der sich für etwas Besseres hält und denkt, er könnte mit mir spielen.

Doch dann steht schließlich an einem Freitagabend das große Footballspiel gegen unsere größten Rivalen – die Haie der Blue Cliff High – an.

Das Herz schlägt mir bis zum Hals; meine Hände sind vor Aufregung ganz nass, als wir Cheerleader nacheinander auf den hell erleuchteten Sportplatz laufen und uns dort in einer Dreiecksformation aufstellen. Ich stehe ganz vorne an der Spitze. Wir tragen unsere Uniformen, die aus einem langärmlichen, weinroten Oberteil mit unserem Schullogo vorn drauf und einem gleichfarbigen Rock bestehen, der bis zur Hälfte unserer Oberschenkel reicht. Darunter tragen wir elastische Shorts.

Die Leute auf den Tribünen begrüßen uns jubelnd. Nachdem der Applaus ein wenig verebbt ist, beginnen wir mit unserer Choreographie. Unserer Choreographie, bei der ich mitgewirkt habe. Und nicht nur das: Heute ist mein erster offizieller Auftritt als Kapitänin des Cheer Squads – wie wir unser Team auch nennen.

Außerdem bin ich dieses Mal nicht nur eines der drei Top-Girls – auch Flyer-Girls genannt –, sondern das Top-Girl in der Mitte. Zwei Mädels tragen mich auf ihren Handinnenflächen. Zudem stützen sie mich an den Knöcheln, während ich wie die beiden Tops neben mir, die ebenfalls von Cheerleadern gehalten werden, erst die Fäuste und dann ein Bein in die Höhe strecke.

Schweißperlen treten mir auf die Stirn. Es kostet enorme Anstrengung, meine Körperspannung zu halten. Doch das Klatschen der Zuschauer und das überwältigende Gefühl, hier oben zu sein, sind es mir wert.

Auch wenn ich weiß, dass sie auf die Footballspieler warten, sehen sie sich unsere Choreographien gerne an. Und dieses Mal stehe ich im Mittelpunkt.

Mein Blick schweift über die Menge. Die halbe Schule ist anwesend. Sowohl Schüler, Lehrer, als auch Eltern und Geschwister. Mein Dad und meine Mom sitzen auf der Tribüne und klatschen begeistert. Sie sind stolz auf mich. Einerseits freue ich mich über ihre Anwesenheit, obwohl sie sich gar nicht für Sport interessieren. Andererseits hoffe ich, dass niemand meinen Dad anspricht, sonst merken sie, dass etwas nicht mit ihm stimmt. Und das wäre richtig, richtig peinlich. Es würde mein mühsam aufgebautes Image kaputtmachen. An die schrägen Blicke meiner Mitschüler will ich gar nicht erst denken. Das hat mir schon an der Middle School gereicht.

Nachdem wir zum Abschluss eine dreistöckige Pyramide vorgeführt haben, bei der das Publikum in tosenden Applaus ausgebrochen ist, stellen wir uns in zwei parallele Reihen auf und heben die Pompons, woraufhin die Footballspieler zwischen uns hindurchlaufen.

Die Jungs sind unterschiedlich groß, manche sind breit, andere schmächtig gebaut. Sie alle tragen ihre weinroten Uniformen passend zu unseren Cheerleading-Outfits. Die Helme haben sie sich noch nicht aufgesetzt, sondern sie unter ihre Arme geklemmt, als sie sich im tosenden Applaus der Zuschauer feiern lassen.

Braden ist der vorletzte Spieler. Im Vorbeilaufen zwinkert er mir zu. Ich erröte. In den letzten Tagen hat er sich immer wieder mit mir unterhalten. Vor dem Spiel hat er sogar bei den Umkleiden auf mich gewartet. Er hat mich gefragt, ob ich gemeinsam mit ihm auf die After-Party gehen will, die das Footballteam bei seinem Freund Read in der Villa seiner Eltern schmeißt. Die halbe Schule ist auf die Party eingeladen. Das ist ein großes Ding. Es wird so aussehen, als gingen wir jetzt miteinander aus. Was bedeutet, dass er Interesse an mir hat. Ich freue mich schon darauf. Immerhin habe ich einem Date mit einem beliebten, heißen und reichen Quarterback zugestimmt, auch wenn es nur auf der Party ist!

Grinsend sehe ich zu, wie er sich mit seinen Kumpels abklatscht. Leider kann ich mich nicht länger auf ihn konzentrieren, da der letzte Footballspieler den Sportplatz betritt und die Tribüne endgültig in einen ohrenbetäubenden Jubelsturm ausbricht. Jungs klatschen, Mädchen kreischen den Namen des letzten Spielers. Devyn Coleman.

Laut Braden nimmt er immer noch weder die Schule noch das Training ernst. Vermutlich vergnügt er sich lieber mit den Mädchen, die ihm nachlaufen, weil er Kapitän ist. Das bestätigt nur Sofias Meinung, dass er ein Aufreißer ist.

Da er aber der Footballkapitän ist, müssen wir ihn extra laut bejubeln, wenngleich ich ihn lieber ausgebuht hätte.

Im Vorbeilaufen streift Devyns Blick den meinen. Graublaue Augen treffen auf meine blauen. Es sind nur wenige Sekunden, doch mir stockt der Atem, weil er mich so direkt, so intensiv ansieht. Als würde er mir in die Seele schauen. Seine Miene ist verschlossen, er wirkt unglücklich.

Doch dann schenkt er mir ein kurzes, kaum wahrnehmbares Lächeln, ehe er an mir vorbeizieht und sich zu seinem Team gesellt.

Die Jungs setzen ihre Helme auf und stellen sich ihren Gegnern entgegen.

Es ist das letzte und wichtigste Heimspiel für dieses Jahr.

Und ausgerechnet das verlieren wir.

Wegen Devyn.

Kapitel 1

»Fünf, sechs, sieben, acht!«, zählen wir gemeinsam, als mich meine Base-Girls aus dem Cheer Squad mit vereinten Kräften hochheben und mit ihren Händen meine Füße stützen. Jeder einzelne Muskel meines Körpers ist angespannt und ich strecke die Faust in die Höhe, während ich darauf achte, das Gleichgewicht nicht zu verlieren.

Ich habe viel Vertrauen in meine Freundinnen. Ein falscher Tritt, eine falsche Haltung oder Gewichtsverlagerung und ich läge am Boden.

»Eins, zwei, drei und runter!«, ruft Emma.

Dann schmeißen sie, Sofia und Chloe, mich einmal mit Schwung nach oben. Ich drehe mich in der Luft und falle mit dem Rücken in ihre Arme. Sie fangen mich auf und lassen mich schließlich zu Boden sinken. Sobald ich wieder aufrecht stehe, lassen sie mich los.

»Das hat schon sehr gut ausgesehen!«, ruft Coach Miller, die uns bei unserem Stunt, der Hebefigur, beobachtet hat. Mit ihrer weißblonden Kurzhaarfrisur und der hochgewachsenen schmalen Figur macht sie meist einen strengen Eindruck – und das ist sie auch. Denn sie drillt uns bei jedem Training, hat uns dadurch aber in die Cheerleading-Landesmeisterschaften gebracht. Aber obwohl sie eine anstrengende Trainerin sein kann, hat sie für jeden ein offenes Ohr. Und genaue Augen, die alles zu sehen scheinen. »Nur an der Technik müsst ihr noch feilen«, bemerkt der Coach. »Und Emma, achte mehr auf deinen Arm, damit du die Kraft besser verteilst, wenn du Avery hältst. Ansonsten könnte sie wegknicken und herunterfallen.«

»Okay, Coach Miller«, gibt Emma keuchend zurück und pustet sich ihre glatten, schulterlangen, braunen Haarsträhnen aus dem Gesicht, die sich aus ihrem Zopf gelöst haben.

»Gut.« Unsere Trainerin gibt uns noch ein paar Tipps. Insgesamt sind wir im Cheer Squad elf Mädchen und vier Jungs, die heute in jeweils drei Gruppen aufgeteilt sind, um die Hebefiguren zu üben. Die vier Jungs sind den zwei äußeren Gruppen zugeteilt, ich als Kapitänin des Cheer Squads bilde mit meinen Freundinnen die einzige reine Mädchengruppe in der Mitte unserer Formation.

Während Coach Miller der anderen Gruppe genauere Anweisungen gibt und sie die Hebefigur noch mal üben lässt, machen wir eine kurze Trinkpause.

Ich greife nach meiner halbvollen Wasserflasche und leere sie bis auf einen kleinen Rest. Mein Herz hämmert, Schweiß perlt mir von der Stirn und meine Muskeln brennen. Ich bin durchgeschwitzt, aber der Sport tut mir und meinem Körper gut.

Im Gegensatz zu dem, was viele Menschen glauben, ist Cheerleading ein abwechslungsreicher und anspruchsvoller Sport, der viel Disziplin und Teamgeist erfordert. Und genau deshalb liebe ich das Cheerleading so. Die verschiedenen Übungen und Hebefiguren, die wir mit unserem Coach durchgehen oder uns selbst ausdenken. Jedes Mal erwartet einen wieder etwas Neues. Die Highlights sind immer die Footballspiele, bei denen wir unsere Schulmannschaft – die Red Racoons – anfeuern. Ebenso wie die Meisterschaften, an denen wir teilnehmen und bei denen wir gegen Cheerleaderteams aus anderen Schulen antreten.

Momentan ist es relativ ruhig, doch in ein paar Wochen ist ein großes Heimspiel, auf das wir schon alle hinfiebern. Und wie bei all unseren Spielen oder Turnieren werden wir bald damit beginnen, häufiger und länger zu trainieren, um gut vorbereitet zu sein.

Während unserer Trinkpause beobachten wir die Jungs aus dem Footballteam, die gerade auch Training haben. Vorhin drehten sie auf der Laufbahn ihre Aufwärmrunden. Jetzt werfen sie sich gegenseitig Bälle zu. Schon von hier aus können wir erkennen, wie durchgeschwitzt sie sind. Einige von ihnen haben ihre Oberteile ausgezogen und sie neben ihren Helmen achtlos ins Gras geworfen. So kann man das Spiel der hart antrainierten Muskeln unserer Footballspieler noch viel besser betrachten. Nicht wenige der Cheerleaderinnen und anderen Schüler, die auf dem Sportplatz entweder trainieren oder von den Tribünen an der Seite aus zusehen, himmeln die Footballer an. Jede einzelne Hand-, Arm- und Fußbewegung wird unter den wachsamen Blicken ihres bullig gebauten, glatzköpfigen Coaches Johnson, der sie bei jedem kleinen Fehler zusammenbrüllt, präzise ausgeführt. Er ist zwar nicht gerade sehr groß, weshalb er heimlich oft Zwerg genannt wird, doch enorm respekteinflößend.

»Hansen, nimm deinen Scheißarm herunter und setz mehr Kraft ein! Du bist kein Baby!«, dröhnt seine tiefe Stimme bis zu uns. »Jackson, was ist das denn gewesen? Der Ball ist dazu da, dass du ihn fängst und ihn dir nicht durch die Lappen gehen lässt!«

Ich muss grinsen, weil es lustig mit anzusehen ist, wie er die Jungs zusammenstaucht. Durch ihn scheinen sie noch mehr ins Schwitzen zu geraten. Er nimmt sie härter ran als uns Coach Miller.

Neben mir höre ich ein verträumtes Seufzen. Chloe verschlingt die Footballspieler mal wieder mit ihren anschmachtenden Blicken. »Diese sonnigen und warmen Nachmittage haben doch immer etwas Gutes. Am liebsten würde ich ihnen den ganzen Tag dabei zusehen.«

Daraufhin verdreht Emma die Augen. Sie hat einen festen Freund und interessiert sich nicht so sehr für die Sportler.

»Ich würde sie gerne mit Sonnenöl einreiben. Und würde mir sehr viel Zeit dafür lassen, um ja keine Stelle auszulassen«, säuselt Sofia.

Emma wirft mir einen genervten Blick zu und macht Würgegeräusche, was Sofia einfach ignoriert. Stattdessen fixiert sie einen Footballspieler namens Read, mit dem sie eine Art On-Off-Beziehung hat.

Read ist der beste Freund von Braden. Die beiden stehen etwas abseits von ihren Kumpels und werfen sich abwechselnd den Football zu. Kein einziges Mal fällt er zu Boden. Durch das viele Krafttraining haben sie einiges an Muskeln zugelegt. Beide sehen mit ihrem ganzen Erscheinen aus wie aus einer Abercrombie & Fitch Werbung entsprungen. Read ist aufgrund seiner hünenhaften Körperstatur dafür zuständig, die anstürmenden Gegner aufzuhalten.

Mein Freund hat die Aufgabe, die Spielzüge umzusetzen und an die Handlungen der gegnerischen Mannschaft anzupassen, weshalb er auch der wichtigste Spieler im Team ist.

Als hätte er meinen Blick gespürt, streicht Braden sich die aschblonden Haarsträhnen aus dem Gesicht und winkt mir zu. Ich winke zurück.

»Du und Ken seid wirklich süß«, kommentiert Chloe.

Ken. Es ist der Spitzname meiner Mädels für ihn. Sie nennen uns immer Barbie und Ken. Weil wir beide blond, blauäugig und das Traumpaar schlechthin sind.

Dabei sehe ich nicht annähernd wie die typische Barbie aus. Zwar habe ich ellbogenlange Haare mit einem warmen Honigblondton, himmelblaue Augen und eine schlanke Figur, doch ich bin auch klein und zierlich. Und so viel Oberweite wie eine Barbie habe ich auch nicht.

»Du bist Kapitänin des Cheer Squads und mit dem Kapitän des Footballteams zusammen. Perfekter könnte es nicht sein«, fährt Chloe verträumt fort.

Ich nicke nur. Seit knapp einem Jahr bin ich mit dem Kapitän des Footballteams zusammen, dem beliebtesten Jungen an der Schule, womit wir jedes Klischee erfüllen.

Immer wieder darf ich mir anhören, wie toll ich aussehe. Wie heiß Braden aussieht. Wie heiß wir zusammen aussehen. Außerdem hat mein Freund reiche Eltern und fährt ein cooles Auto, ein dunkelblaues Cabrio, um das ihn viele Mitschüler beneiden. Er ist klug, witzig und hat gute Chancen auf das Stipendium eines renommierten Colleges, an dem seine Eltern bereits studiert haben. Zwar könnten sie ihm die Collegegebühren auch bezahlen, doch sie wollen, dass er sich seinen Erfolg selbst erarbeitet. Dafür schieben sie ihm zur Belohnung für seine Leistungen einiges in seinen Allerwertesten.

Und ich? Obwohl ich keine reiche und gesunde Familie wie Braden habe, besitze ich ein intaktes Sozialleben. Ich habe alles, was sich ein Mädchen in meinem Alter erträumen würde. Ich sollte glücklich sein. Zufrieden.

»Grusel-Devyn ist wieder da«, unterbricht Sofia meine Gedanken und nickt angewidert nach oben.

Wir folgen ihrem Blick. Auf der Tribüne am Rande des Sportplatzes hocken ein paar andere Mädchen und Jungen aus unserer Schule. Abseits von ihnen, direkt an der Treppe, sitzt ganz allein ein Junge, der dem Footballteam beim Trainieren zusieht.

Zwar hat er sich die Kapuze seiner Jacke tief ins Gesicht gezogen und seine Hände in den Jackentaschen vergraben, doch trotzdem ist klar, wer er ist. Devyn. Devyn Coleman.

Noch vor einem Jahr war er der Kapitän des Footballteams. Er war der beste Spieler und hatte gute Chancen, Karriere zu machen. Er hätte an Bradens Stelle stehen, ein Stipendium kriegen können, da bereits einige Talent-Scouts oder Coaches einzelner Colleges auf ihn aufmerksam geworden waren.

Bis er bei dem wichtigen Heimspiel vor fast einem Jahr die Spielzüge nicht wusste und damit das ganze Team verwirrte, weshalb wir das Spiel haushoch verloren haben. Deshalb ist er aus dem Team geworfen worden. Angeblich hat er vor lauter Wut wegen seinem Rauswurf die Pokale des Footballteams zerstört, weswegen er zum Schulmaskottchen degradiert worden ist. Vermutlich wollte die Schulleitung den Job einfach nur besetzt haben, weil niemand anderes ihn übernehmen wollte. Dabei muss man nicht wirklich viel machen. Zu den Trainingsstunden ist die Anwesenheit keine Pflicht. Man läuft sowieso nur mit uns raus aufs Feld und springt dort ein wenig herum, um zusätzlich für Stimmung zu sorgen. Devyn muss also lediglich zu unseren Trainingsstunden vor den Footballspielen und zum Spiel selbst da sein. Deshalb verstehe ich nicht, warum er jedes Mal wieder auf der Tribüne sitzt und dem Team beim Trainieren zusieht.

Meistens bleibt er nicht lange und verschwindet, bevor das Training vorbei ist. Früher ist er beliebt gewesen. Heute will niemand mehr etwas mit ihm zu tun haben. Weder seine Freunde noch seine früheren Fans. Er ist ein Außenseiter.

Auch jetzt sitzt er ganz allein da, weil niemand mit ihm reden oder befreundet sein will. Da er sich nicht bewegt, könnte man meinen, er wäre eine Statue. Doch ich weiß, dass er die Jungs beobachtet, die inzwischen aufgehört haben mit dem Hin- und Herwerfen ihrer Bälle. Nun gehen sie mit ihrem Coach Spielzüge durch.

»Wie er es nur wagen kann, den Sportplatz zu betreten und das Footballteam zu beobachten«, meint Sofia pikiert und bindet ihre hüftlangen, schwarzen Haare zu einem Zopf, während sich ihre grünen Augen zu Schlitzen verengen. »Read will sich bei Coach Johnson beschweren, um eine einstweilige Verfügung gegen ihn zu erwirken.«

Ich verdrehe die Augen, weil ich das Gefühl habe, dass weder sie noch Read wissen, was eine einstweilige Verfügung ist. Sie können ihm nicht verbieten dort zu sitzen. Auf dem Sportplatz darf sich jeder Schüler dieser Schule aufhalten.

»Ich habe gehört, Coach Johnson und Direktor Higgens haben ihn dazu gezwungen«, mischt sich Chloe wichtigtuerisch ein und pustet sich eine Strähne ihres fuchsroten, lockigen und kurzen Haars aus dem Gesicht, das voller Sommersprossen ist. Sie ist nicht so kurvig wie wir, sondern eher stämmiger gebaut, weshalb sie sich perfekt als Main Base eignet und die Tops hält. Ihre giftgrünen Augen mustern Devyn kritisch.

»Als wäre es nicht schon Strafe genug, in dem stinkenden Waschbär-Kostüm herumzulaufen«, fügt Emma naserümpfend hinzu. Allerdings schwingt in ihrer Stimme ein wenig Mitleid mit. Im Gegensatz zu Sofia und Chloe, die ihre Schadenfreude und ihre Abneigung gegen ihn nicht verbergen. Dabei haben sie ihn vor einem Jahr angehimmelt, als er noch Kapitän gewesen ist.

Wie schnell sich das ändern kann.

Als sie weiter über ihn herziehen, wende ich mich ab, um einen erneuten Schluck aus meiner Flasche zu nehmen. Es ist jedes Mal wieder dasselbe Thema und langweilt mich langsam. Devyn war der Mannschaftskapitän, der wichtigste Spieler, der alle zusammenhält. Er war ein Vorbild, er hatte die Verantwortung für sein Team. Bis er alles durch sein rücksichtsloses, egoistisches Verhalten verbockt hat. Das hat er jetzt davon. Man lässt sein Team nicht im Stich.

Als ich nochmals zu ihm schaue, ist er bereits weg. So, als wäre er nie da gewesen. Wie gefühlt jeden Tag. Er ist wie ein Phantom, das kurz auftaucht und so schnell wieder verschwindet, wie es gekommen ist. Kein Wunder, dass Sofia ihn Grusel-Devyn nennt.

***

Nach dem Training treffe ich mich frisch geduscht mit Braden an seinem Auto. Auch er ist kurz unter die Dusche gesprungen und duftet jetzt nach Minze. Die Haare hat er sich mit Haarwachs akkurat zurechtgestylt. Wie der Rest seiner Clique achtet Braden sehr auf sein Aussehen.

Wir unterhalten uns noch kurz mit seinen Freunden, ehe wir einsteigen und losfahren. An einem Supermarkt, der auf dem Weg liegt, machen wir einen kurzen Zwischenstopp. Meine Mom hat mir geschrieben und mich gebeten ein paar Lebensmittel mitzubringen. Hand in Hand schlendern Braden und ich an den Regalreihen entlang. Das Händchenhalten ist schon zur Gewohnheit geworden und ich fühle nicht mehr dieses Kribbeln, das ich früher immer gespürt habe, wenn er in meiner Nähe gewesen ist oder ich nur an ihn gedacht habe. Das nervöse Flattern in meinem Magen, wenn er mir in die Augen gesehen hat. Jetzt ist da nichts mehr, außer einem nervösen, unangenehmen Flattern, das ich zu verdrängen versuche.

Nachdem wir alles zusammen haben, was meine Mom mir aufgetragen hat, stellen wir uns an der Kasse an. Braden hat den Arm locker um meine Schultern gelegt. Er neigt den Kopf zur Seite und betrachtet die Person vor uns genauer.

Von hinten erkenne ich nur den dunkelbraunen Haarschopf eines Jungen mit abgetragenen Sneakers, dunkler Jeans und weinroter Collegejacke mit Kapuze, auf der das Logo unserer Schule abgebildet ist: Ein Waschbär, der die Schnauze zu einem gefährlichen Fauchen verzogen hat.

Nachdem ein älteres Ehepaar seine wenigen Einkäufe ausgepackt hat, legt der Junge seine eigenen Sachen auf das Kassenband.

Braden zwinkert mir schadenfroh zu und ich bekomme sofort ein ungutes Gefühl, das sich bestätigt, als er sich so weit nach vorn neigt, dass sein Mund direkt neben dem Ohr des Jungen vor uns ist.

»Na, wen haben wir denn da?«, raunt er, woraufhin der Junge erschrocken zusammenzuckt und das Päckchen fallen lässt, das er auf das Band legen wollte.

Er greift danach, richtet sich auf und dreht sich zu uns um. Ich erstarre. Blaugraue Augen, von denen ich nicht weiß, ob sie mehr blau oder grau sind, treffen auf meine. Vor uns steht Devyn, der den Blick weiterwandern lässt zu meinem Freund, der feindselig zurückstarrt.

»Erwachsenenwindeln?«, spottet Braden mit Blick auf das Päckchen in Devyns Händen.

Devyn läuft rot an. Es scheint ihm richtig peinlich zu sein. Doch dann legt er den Kopf schief, sodass ihm ein paar dunkle Strähnen in die Stirn fallen.

»Ja, ich brauche die, weil meine anderen schon leer sind. Also halte besser Abstand, Braden«, entgegnet er mit Unschuldsmiene. Einer seiner Mundwinkel hebt sich, wodurch sich Grübchen bilden und er frecher wirkt. »Nicht dass ich mir wegen dir vor Angst in die Hose mache.«

Mir entfährt ein leises Kichern, für das Braden mir einen zornigen Blick zuwirft. Sofort verstumme ich und presse die Lippen aufeinander.

»Du kommst dir wohl sehr lustig vor.« Braden lässt mich los und baut sich vor Devyn auf, der sich davon nicht einschüchtern lässt.

Gelangweilt legt er die Windeln auf dem Band ab und verschränkt die Arme vor der Brust. »Ich komme mir allerdings sehr lustig vor. Ansonsten hätte deine Freundin ja nicht gelacht.«

Sein Blick huscht kurz zu mir und ich meine die kleine Andeutung eines Lächelns auf seinen Lippen zu erkennen.

Doch das ist sofort wieder verschwunden, als Braden nach meiner Hand greift und meint: »Sieh es ein, Coleman. Du bist ein Loser. Du bist ein Niemand und wirst immer einer bleiben.«

Und dann holt er zu meinem Entsetzen aus seiner Jackentasche eine Packung Kondome in XL-Größe hervor, die er vor Devyns Augen herumschwenkt, ehe er sie auf das Band wirft. Ich habe keine Ahnung, wo er die auf einmal herhat. Vermutlich hat er sie eingesteckt, als ich weggeschaut habe. Er entschränkt unsere Hände wieder, legt seinen Arm um meine Schultern und drückt mich viel zu fest an sich.

Erneut liefern sie sich ein Blickduell, während ich am liebsten im Boden versinken und gleichzeitig Braden vor Wut den Hals umdrehen würde. Meine Wangen brennen vor Scham wie Feuer. Die Dreistigkeit meines Freundes schockiert mich zutiefst. Doch ich will keine Szene machen, weil die Leute hinter uns schon komisch schauen.

»Es ist sehr nett von dir, dass du dich so um mein Loserdasein sorgst, aber ich bin mit mir selbst ganz zufrieden«, kontert Devyn. »Ich habe dich schon unter der Dusche gesehen. Ist die Wahl nicht ein wenig übertrieben?«, bemerkt er noch mit einem Blick auf die Kondomschachtel, die ich am liebsten vom Band genommen und meinem Freund gegen den Kopf geworfen hätte. Doch ich bleibe stocksteif stehen. Aller Aufmerksamkeit liegt auf uns. Ich schwanke zwischen Beschämung und dem Drang loszulachen. Nur mit Mühe kann ich mich zurückhalten, weil ich Braden nicht blamieren will. Wobei er selbst das ja ganz gut hinbekommt.

»Vielleicht brauchst du ja auch einen anderen Spiegel«, überlegt Devyn laut. »Deiner scheint ja alles größer wirken zu lassen, als es in Wirklichkeit ist.«

Braden, dessen Gesicht eine dunkelrote Farbe angenommen hat, setzt bereits zu einem Konter an, doch zum Glück erlöst uns die Kassiererin, da Devyn nun an der Reihe ist. Er bezahlt seine Einkäufe und legt sie in eine große Tasche, die er mitgenommen hat. Während Braden vor Wut schäumt, muss ich mir mit viel Mühe ein Grinsen verkneifen.

Als Devyn schließlich geht, wirft er über die Schulter noch einen Blick zurück. Und dieser Blick geht mir durch Mark und Bein. Mich schaudert. Devyn lächelt nicht mehr. Stattdessen wirkt er nachdenklich. Ich weiß nicht, ob er mich verachtet oder bemitleidet. Vermutlich irgendetwas dazwischen. Doch dann verschwindet Devyn nach draußen, während ich mit einem vor Wut schäumenden Braden zurückbleibe, der beleidigt die Einkäufe in die Taschen wirft.

Kapitel 2

»Dem habe ich es gezeigt«, knurrt Braden, als wir die Einkäufe im Auto verstauen.

Auf meine Zustimmung wartend sieht er mich an.

»Klar.« Ich schenke ihm ein Lächeln, das mir nicht ganz gelingen will. Irgendwie ist mir gerade nicht nach Lachen. Dabei hat Devyn es verdient, wie er von Braden und dem Rest der Schule behandelt wird. Oder?

»Klar. Das ist alles?«, hakt Braden nach. »Was ist los? Warum bist du so schlecht gelaunt? Normalerweise lachst du immer über meine Witze«, meint er beleidigt.

Ich steige auf der Beifahrerseite ein und knalle die Tür härter als beabsichtigt zu. Schweigend schnalle ich mich an. Dabei weiß ich nicht, warum ich auf einmal so wütend bin.

»Tut mir leid«, entschuldige ich mich bei ihm, als er neben mir sitzt. »Ich weiß auch nicht, was mit mir los ist. Mir geht es gerade nicht so gut.«

»Babe, du weißt, wenn etwas ist, kannst du immer zu mir kommen. Ich bin für dich da.« Braden beugt sich über die Mittelkonsole zu mir herüber, um mich zu küssen, ehe er den Motor startet und losfährt.

Nachdem er sich in den Nachmittagsverkehr eingefädelt hat, fällt mein Blick auf die Einkaufstüten auf der Rückbank und mir schießt eine Frage durch den Kopf.

»Was sollen eigentlich die Kondome?«, hake ich nach, obwohl ich die Antwort gar nicht wissen will.

»Ich weiß, sie sind ein wenig übertrieben, aber ich wollte Devyn ärgern.

Dieser Loser wird nie eine abkriegen«, grinst Braden. Doch dann wird er ernst und sieht mich flüchtig an, bevor er sich wieder auf die Straße konzentriert. »Allerdings habe ich letztens tatsächlich welche in der richtigen Größe gekauft. Wir sind fast ein Jahr zusammen. Ich habe so viel mit dir durchgestanden. Du weißt, ich werde dich zu nichts drängen. Ich hebe sie auf, bis wir sie brauchen. Wäre ja blöd, wenn es einmal so weit ist und wir nichts da haben.« Er zwinkert mir zu, dann setzt er den Blinker und biegt in meine Straße ab.

Ich hebe einen Mundwinkel, der sich sehr schwer anfühlt. Das Lächeln will mir nicht richtig gelingen. Bisher konnte ich dieses Thema umgehen. Aber jetzt, wo Braden mich so direkt darauf anspricht und auch noch ohne mein Wissen Vorsorge getroffen hat, schnürt sich mir die Kehle zu. Panik befällt mich, obwohl ich gar nicht weiß warum.

Er hat nämlich recht. Wir sind jetzt fast ein Jahr zusammen. Wir sollten es langsam tun. Immerhin haben all unsere Freunde ihr erstes Mal hinter sich. Nur warum bekomme ich keine Luft mehr, wenn ich daran denke?

Zum Glück erlöst mich die Ankunft vor meinem Haus von einer Antwort. Statt wie früher in die Einfahrt hochzufahren, hält Braden unten auf der Straße. Seine Finger tippen nervös auf dem Lenkrad herum, während er immer wieder zur Haustür linst, als hätte er Angst, sie würde gleich aufgehen.

»Willst du nicht doch mit reinkommen zum Abendessen?« *So wie früher?*, füge ich in Gedanken hinzu, spreche es aber nicht laut aus. Denn ich kenne seine Antwort sowieso schon. Doch ich habe immer wieder die Hoffnung, dass er seine Meinung irgendwann ändert und es versucht.

»Sind deine Eltern da?«, ist seine Gegenfrage, während er weiterhin die Haustür im Blick behält. *Ist dein Dad da?*, lautet seine eigentliche, die er jedoch nicht laut ausspricht. Aber ich weiß, dass er sie sich stellt.

Zögernd bejahe ich, woraufhin Braden den Kopf schüttelt. »Sorry, Babe, ich muss nach Hause. Hausaufgaben machen und so. Außerdem warten meine Eltern schon.«

Das ist eine Ausrede. Er findet jedes Mal eine andere. Hauptsache er muss nicht mit ins Haus kommen. Hauptsache er muss meinem Dad nicht begegnen oder gar mit ihm reden.

In der Hoffnung, dadurch meine Enttäuschung zu verbergen, zwinge ich mich zu einem Lächeln. »Okay, schade.«

»Wir sehen uns ja morgen«, meint er deutlich besser gelaunt. »Bei uns bist du aber immer zum Abendessen eingeladen. Sag mir Bescheid, wenn du mal wieder vorbeikommen magst.« Er beugt sich zu mir rüber, um mich zum Abschied zu küssen.

Als er sich wieder zurücklehnen will, wandert sein Blick an mir vorbei. Ich folge ihm und mein Herz rutscht mir in die Hose. Verdammt. Zum Glück sitzen unsere Freunde nicht mit im Auto. Denn die Haustür öffnet sich und mein Dad kommt heraus.

»Ich muss los. Bis morgen«, sagt Braden hektisch, der den Blick wieder abgewandt hat und sich mit zusammengezogenen Brauen auf die Straße konzentriert.

Genauso gut hätte er mir auch mitten ins Gesicht schlagen können. Aus exakt diesem Grund will ich seine oder meine Freunde gar nicht erst zu mir nach Hause einladen. Die Reaktionen würden von jedem gleich ausfallen.

Ich sehe ihn an, will etwas sagen, lasse es jedoch lieber. Sein Verhalten verletzt mich zutiefst, aber er hat mir erklärt, weshalb er meinen Dad weder sehen noch mit ihm reden will.

Also steige ich aus und hole die Einkäufe vom Rücksitz. Indessen trommeln Bradens Finger immer ungeduldiger aufs Lenkrad, wodurch er mich ganz verrückt macht. Deutlicher könnte er mir nicht zeigen, wie schnell er von hier wegkommen will.

»Bis morgen«, sage ich mit zittriger Stimme.

Seine Lippen pressen sich zu einem dünnen Strich zusammen, seine Hände umklammern das Lenkrad fester. Ich habe die Tür kaum zugeschlagen, da ist er schon davongerast. Und ich stehe mit den Einkaufstüten da und sehe ihm nach. Ich komme mir vor, als hätte er mich einfach abgesetzt wie einen Gegenstand, den er nicht mehr braucht. Als hätte er mich alleingelassen.

Niedergeschlagen lasse ich die Schultern hängen. In meinem Hals hat sich ein Kloß gebildet, Tränen brennen in meinen Augen. Doch ich kämpfe dagegen an. Ich will nicht, dass mein Dad mich weinen sieht und sich noch schlechter fühlt. Deshalb atme ich tief durch und straffe die Schultern. In diesem Augenblick ertönt hinter mir ein langgezogenes erfreutes »Gotti«.

Beinahe wäre ich erst recht in Tränen ausgebrochen. Meine Brust wird enger. Ich zwinge mich zu einem halbwegs ehrlichen Lächeln, ehe ich mich zu meinem Dad umdrehe. Dieser humpelt auf seinen Gehstock gestützt, den er in der linken Hand hält, die Einfahrt herunter auf mich zu.

Er hatte vor etwa einem Dreivierteljahr eine durch einen Unfall ausgelöste Hirnblutung. Die Ärzte konnten durch die Notoperation nicht verhindern, dass ein Teil seines Gehirns für immer beschädigt bleibt. Er hätte sterben können, doch er hat überlebt. Dafür hat er einige Folgeschäden davongetragen. Halbseitige Lähmung auf der kompletten rechten Seite. Deshalb kann er weder seinen rechten Arm noch seinen rechten Fuß bewegen. Mit der Unterstützung von Therapeuten hat er gelernt sich mithilfe seines Gehstocks fortzubewegen, wodurch er für seinen Zustand relativ selbstständig ist. Nichtsdestotrotz fühlt er sich wie ein halber Mensch. Zumindest hat er mir das schon oft zu verstehen gegeben.

Und als wäre das nicht schon genug gewesen, leidet er zusätzlich unter einer Aphasie: eine erhebliche Sprachstörung. Er kann nicht mehr sprechen. Eine Logopädin hat es wenigstens soweit hinbekommen, dass er »ja« und »ne«, an guten Tagen »nein«, aussprechen kann. Mehr bringt er nicht zustande. Außer Laute und Wörter, die er nicht meint oder die es so nicht gibt. Wie Gotti.

Da auch der Teil des Gehirns beschädigt ist, der für das Schreiben zuständig ist, kann er zwar lesen, aber bis auf seinen eigenen Namen nicht mehr schreiben. Er hat es mir einmal verdeutlicht, als ich mit ihm gesprochen habe. Er erkennt Buchstaben und Wörter und kann sie lesen, doch wenn er sie schreiben soll, blockiert ihn etwas.

Ansonsten haben wir gelernt uns durch Gesten zu verständigen. Mittlerweile kenne ich ihn auch gut genug, um zu erraten, was in ihm vorgeht und was er uns mitteilen will.

Außerdem erkenne ich an seiner Mimik, was gerade in ihm vorgeht. Jetzt strahlt er über das ganze Gesicht wie jeden Tag, wenn ich von der Schule komme. Er freut sich genauso sehr mich zu sehen wie ich ihn. Durch den Unfall hätte ich Dad verlieren können, doch er lebt und das ist das Wichtigste.

»Hey, Dad«, erwidere ich und laufe ihm entgegen.

Dann bleiben wir stehen und er hebt den nicht gelähmten Arm, um mich an sich zu ziehen. Ich vergrabe das Gesicht an seiner Schulter, die Einkaufstüten halte ich fest in den Händen. Wir haben uns nie besonders nahegestanden. Das hat sich durch den Unfall geändert.

Nachdem er sich wieder von mir gelöst hat, sieht er mich mit seinen dunkelgrünen Augen fragend an. Er will wissen, wie mein Tag und die Schule gewesen ist. Trotz seiner Probleme interessiert sich Dad für mich. Ein Stich bohrt sich tief in meine Brust und es fällt mir immer schwerer, die Tränen zurückzuhalten.

»Lief ganz gut. Braden musste gleich weiter. Seine Eltern warten schon auf ihn«, sage ich nur, weil ich nicht will, dass er sich Sorgen um mich macht. Oder darüber nachdenkt, warum Braden so schnell abgehauen ist und ihm seit seinem Unfall aus dem Weg geht. »Und wie ist dein Tag so gewesen?«

Er zuckt mit der Schulter. Sein Gesicht verfinstert sich augenblicklich und sein linker Mundwinkel senkt sich nach unten. Beim rechten hat er Probleme, weil dieser auch von der Lähmung betroffen ist.

»Dir ist den ganzen Tag über langweilig«, errate ich, woraufhin er betrübt nickt. Vor einem Dreivierteljahr hat er ganztags gearbeitet und ist sportlich aktiv gewesen, jetzt sitzt er die ganze Zeit über zu Hause und weiß nicht, was er mit sich anfangen soll. Zudem er ja weder schreiben, noch seinen Laptop richtig bedienen kann. Er hat Schwierigkeiten, sich darauf zu konzentrieren, und verliert schnell das Interesse an komplexeren Aufgaben.

»Hat Mom schon Abendessen gekocht?«, lenke ich vom Thema ab.

Statt zu nicken, hebt er den Daumen. Ein Zeichen für Ja.

»Dann lass uns reingehen. Sie wartet bestimmt schon.«

Gemeinsam laufen wir Richtung Eingangstür. Wobei mein Dad eher humpelt und ich mich seiner Geschwindigkeit anpasse und ihn zuerst das Haus betreten lasse, weil ich weiß, dass er es hasst, wenn er immer der Letzte ist.

Mom hantiert bereits in der Küche herum. Als ich durch den Flur den Raum betrete, blickt sie von einem Schneidebrett auf, auf dem sie gerade Gemüse schnippelt. Die Küche ist das reinste Chaos. Überall liegen Gemüse, aufgerissene Lebensmittelpackungen, leere Konservendosen und Getränkeflaschen, die noch nicht weggeräumt wurden.

»Avery, du kommst genau richtig. Ich bin gleich fertig. Der Auflauf ist schon im Ofen, ich mache gerade den Salat«, begrüßt sie mich gestresst. »Ich habe mir gerade eine einstündige Pause genommen, muss danach aber sofort wieder zurück, deshalb wäre es super, wenn du später den Tisch abräumen und den Geschirrspüler einräumen könntest. Oh, und du müsstest nach dem Essen aufräumen. Ich habe heute Morgen verschlafen und bin erst gegen Mittag aufgewacht. Ich habe deinem Dad nur schnell das Mittagessen gemacht, dann bin ich los. Vor einer halben Stunde bin ich zurückgekommen.«

Meine Mom trägt ihre Arbeitsklamotten. Vor lauter Stress und Zeitdruck hat sie sich nicht einmal umgezogen. Sie hat dieselben honigblonden Haare wie ich, die sie zu einem unordentlichen Dutt nach oben gesteckt hat. Vereinzelte Strähnen haben sich daraus gelöst und fallen ihr ins Gesicht, auf dem sich bereits erste Falten abzeichnen. Dabei ist sie erst Ende vierzig wie Dad. Doch die letzten Monate haben sie gezeichnet. Hatte sie noch vor einem Dreivierteljahr einen leichten Hang zum Übergewicht, hat sie nun deutlich abgenommen. Ihre früher so runden Gesichtszüge wirken schärfer und kantiger. Ein müder Ausdruck liegt auf ihrem Gesicht, als sie sich mit dem Ärmel über die geröteten Augen wischt, ehe sie die Zwiebeln weiterschnippelt.

Sie ist vollkommen überfordert mit der Situation mit Dad. Zwar ist sie wegen ihres Berufs als Altenpflegerin in körperlicher Pflege geübt, aber es fällt ihr schwer, damit klarzukommen, dass er jetzt gelähmt ist und nicht mehr sprechen kann.

Zudem war er früher der Meistverdiener. Weil er nicht mehr arbeiten kann, bekommt er jetzt Rente, was allerdings nur ein Bruchteil dessen ist, was er vorher verdient hat. Ein Großteil seines Geldes fällt weg, weil wir viele Rechnungen für Ergo- und Physiotherapien zu bezahlen haben. Die Sprachtherapie mussten wir vor ein paar Wochen abbrechen. Zum einen, weil die Therapeutin meinte, dass sie nichts mehr tun könne, zum anderen, weil wir nicht mehr genügend Geld hatten.

Mom arbeitet in einem Seniorenheim und lässt sich oft für Schichtarbeiten einteilen, um mehr Geld zu bekommen, damit sie monatlich eine kleine Summe für mein College zurücklegen kann. Aber das wird nicht reichen. Ich wollte mir schon einen Nebenjob suchen, doch sie möchte, dass ich mich voll und ganz auf die Schule konzentriere, damit ich ein Stipendium bekomme.

»Kann ich dir irgendwie helfen?«, frage ich und stelle die Einkaufstüten vor der Kücheninsel ab.

»Du könntest den Tisch decken«, gibt sie zurück. »Und vielleicht die Küche ein wenig aufräumen und den Müll rausbringen. Bis dahin dürfte ich fertig sein.«

»Okay. Wird erledigt«, antworte ich und salutiere, woraufhin meine Mutter nur den Kopf schüttelt.

Sie versteht keinen Spaß mehr. Im Gegensatz zu meinem Dad, der mir – wenn auch etwas bedrückt – zulächelt und mir dabei hilft, den Tisch zu decken. Ein paar Schritte kann er auf ebenem Boden ohne Stock gehen. Auf diese Weise platziert er erst Teller, dann Besteck auf dem Tisch, während ich in Windeseile die Küche aufräume und den Müll nach draußen bringe.

Das Abendessen läuft wie immer ab. Wir sitzen schweigend am Tisch. Meine Mom schaufelt das Essen in sich hinein und erteilt uns Anweisungen, was noch erledigt werden muss. Kurz darauf fällt die Haustür hinter ihr zu und ich höre, wie sie mit ihrem Auto davonrast. Ich hoffe nur, sie hetzt sich nicht zu sehr ab oder ist vor lauter Stress unkonzentriert. Ein Unfall ist schnell passiert.

Ich kann erst aufatmen, als sie mir eine Nachricht aufs Handy schickt, dass sie in der Arbeit angekommen ist und es spät werden wird, bis sie wieder da ist. Da sie unterbesetzt sind, haben die Altenpflegerinnen und Altenpfleger in dem Pflegeheim, in dem sie arbeitet, alle Hände voll zu tun und müssen oft Extraschichten machen.

Nachdem ich alle anfallenden Hausarbeiten erledigt habe, sehe ich mir mit Dad im Wohnzimmer einen Film an und mache nebenbei meine Hausaufgaben, damit er sich nicht so allein fühlt. Danach geht er ins Bett. Zum Umziehen oder Toilettengang braucht er keine Hilfe und keine Windeln mehr, weshalb ich mich in mein Zimmer verkrieche, um zu lernen.

Doch meine Gedanken schweifen andauernd ab. Ich muss an Devyn im Supermarkt denken. Noch vor ein paar Monaten musste ich auch Erwachsenenwindeln kaufen. Für meinen Vater. Wozu oder für wen Devyn sie wohl brauchte?

Ich versuche die Gedanken an den ehemaligen Footballkapitän zu verdrängen. Ich sollte meine Zeit nicht mit ihm verschwenden. Stattdessen sollte ich mich lieber auf die Schule und meinen Freund konzentrieren. Dennoch sehe ich Devyn immer wieder an der Kasse vor mir und spüre seinen Blick, der mir auch jetzt wieder eine merkwürdige Gänsehaut beschert.

Kapitel 3

Ich werde von einem unnachgiebigen, nervtötenden Klingeln geweckt. Brummend strecke ich die Hand aus und taste mit geschlossenen Augen über meinen Nachttisch nach meinem Wecker, um ihn auszuschalten. Aber ich bin noch so müde, dass ich den verdammten Ausschaltknopf nicht finde, weshalb ich ihn kurzerhand blind zu Boden schleudere. Es poltert kurz, dann ist es still.

Zufrieden ziehe ich mir die weiche Bettdecke über den Kopf und drehe mich auf die andere Seite. Es ist gerade so kuschelig und warm.

Leider schlafe ich wieder ein. Erst ein lautes Autohupen von draußen reißt mich erneut aus dem Schlaf. Kurze Zeit später läutet die Hausklingel Sturm.

Ich schlage die Augen auf. Ist Braden schon da? Verschlafen greife ich nach meinem Handy, das auf dem Nachttisch liegt. Mit einem Blick auf die Uhr bleibt mein Herz fast stehen. Es ist halb acht! In einer halben Stunde fängt die Schule an und Braden wartet draußen auf mich.

»Verdammt!«

Ich reiße die Bettdecke weg und springe so schnell aus dem Bett, dass ich beinahe über den kaputten Wecker und ein paar achtlos auf den Boden geworfene Klamotten gestolpert wäre. Fluchend fange ich mich wieder und sehe mich hektisch nach meinen Anziehsachen um.

Im selben Moment klopft jemand an die Tür und meine Mom steckt ihren Kopf ins Zimmer. Ihre Haare stehen zu allen Seiten ab und sie hat einen verschlafenen Ausdruck im Gesicht. Bestimmt hat sie das Läuten geweckt. Schuldgefühle überkommen mich, weil sie wegen mir aus dem Schlaf gerissen wurde.

»Avery? Braden steht vor der Tür.« Sie runzelt die Stirn, als sie meine Schlafshorts, das kurze Top und meine zerzausten Haare bemerkt. »Wieso bist du noch nicht fertig?«

»Ich habe verschlafen!«, rufe ich aufgelöst, während ich blindlings nach meiner Jeans greife, die über dem Schreibtischstuhl neben meinem Bett hängt.

»Ich gebe Braden Bescheid«, gibt meine Mutter zurück und verschwindet wieder. Die Tür lässt sie offen.

Fluchend schlüpfe ich in meine Jeans und ein T-Shirt, das in nächster Nähe liegt. In Windeseile putze ich meine Zähne. Da es dem strahlend blauen Himmel nach zu urteilen warm draußen ist, ziehe ich mir nur eine dünne Lederjacke über, ehe ich meine Tasche schultere und ohne Frühstück das Haus verlasse.

Ich stürme die Einfahrt zu Braden hinunter, der ungeduldig am Steuer sitzt. Das Haus hat er nicht betreten wollen, obwohl meine Mom es ihm angeboten hat. Er will meinem Dad nicht begegnen. Ein Stich bohrt sich in mein Herz, den ich jedoch schnell verdränge.

»Da bist du ja endlich«, begrüßt er mich.

Nachdem ich eingestiegen bin, küssen wir uns kurz, ehe er den Zündschlüssel herumdreht und losfährt.

»Sorry, hab schon wieder verschlafen«, murmle ich und lächle entschuldigend. »Du hättest nicht auf mich warten müssen. Wegen mir kommst du jetzt vielleicht zu spät.«

Er wirft mir nur einen kurzen Blick zu, ehe er sich wieder der Straße zuwendet. »Ist halb so wild. Ich habe Training mit den Jungs. Wenn ich ein paar Minuten zu spät komme, werden sie das schon verkraften.« Er zwinkert mir zu. »Außerdem habe ich dir versprochen dich jeden Tag abzuholen und ich halte meine Versprechen.«

Ich nicke nur dankbar, da ich viel zu müde für ein Gespräch bin. Schläfrig lege ich den Kopf in den Nacken und schließe die Augen. Vielleicht kann ich ein wenig schlummern, bis wir an der Schule sind.

»Du verschläfst in letzter Zeit oft«, bemerkt Braden.

Ich zucke mit den Achseln, ehe ich mich mit vor der Brust verschränkten Armen tiefer in den Sitz sinken lasse.

Wenn ich ihm sage, dass es mich verletzt hat, wie er mich gestern stehen gelassen hat, ist er wieder beleidigt und ein beleidigter Braden ist schlimmer als ein wütender.

»So kenne ich dich gar nicht«, fährt er fort. »Ich habe es gestern schon einmal erwähnt; du veränderst dich und ich weiß nicht, ob mir das gefällt.«

Ich öffne die Augen wieder und setze mich aufrechter hin. »Was meinst du damit?«

»Dass ich mir Sorgen um dich mache«, erklärt er ernst. »Du lachst nicht mehr so wie früher, findest mich nicht mehr lustig. Wenn ich dir näherkommen will, blockst du ab. In letzter Zeit bist du sehr wortkarg, gleichgültig und verschläfst andauernd. Das passt nicht zu dir. Der Vorfall mit deinem Dad ist jetzt mehr als ein Dreivierteljahr her. Du darfst nicht in der Vergangenheit leben, Avery. Du musst nach vorne schauen.«

»Du hast keine Ahnung …«, fange ich an.

Doch er unterbricht mich.

»Ja, habe ich nicht. Trotzdem finde ich, du solltest jetzt endlich mal einen Schlussstrich ziehen und wieder die alte Avery werden, statt dich selbst zu bemitleiden«, meint er.

Ich schnaube. Als ob das so einfach wäre. Mein Leben hat sich verändert. Ich habe mich verändert. Und mich mit der Situation abgefunden, das bedeutet jedoch nicht, dass ich mich schon daran gewöhnt habe oder es leichter geworden ist.

Mein Freund setzt den Blinker und rast auf den Parkplatz der Schule. Vor dem Gebäude sind kaum Schüler zu sehen, da in wenigen Minuten der Unterricht beginnt. Braden brettert mit höherer Geschwindigkeit als erlaubt über den Parkplatz. Dabei überfährt er beinahe den Jungen auf dem Fahrrad, der von rechts kommt und Vorfahrt hat.

»Braden, pass auf!«, rufe ich im selben Moment, als er scharf bremst und ich nach vorn geschleudert werde. Der Sicherheitsgurt schneidet unangenehm in meinen Bauch. Ich halte mich am Türgriff fest und schaue erschrocken nach vorn. Der Fahrradfahrer hat ebenfalls gebremst und steht jetzt quer vor dem Cabrio. Nur wenige Zentimeter und die Stoßstange von Bradens Auto hätte ihn erwischt. Aber er scheint unversehrt. Erleichtert atme ich aus. Zum Glück ist nichts passiert. Dennoch sitzt der Schock tief in meinen Gliedern. Mein Herz rast und meine Hände zittern.

Braden fängt sich schneller. »Pass doch auf! Hast du keine Augen im Kopf?!«, brüllt er den Fahrradfahrer an und schlägt mit der flachen Hand auf sein Lenkrad.

»Eigentlich hättest du aufpassen müssen«, beginne ich, verstumme jedoch, als Braden mir einen wütenden Blick zuwirft.

»Ach, jetzt kannst du auf einmal reden?«, fährt er mich an.

Seine Worte treffen mich. Ich öffne den Mund, um mich zu verteidigen, schließe ihn jedoch wieder.

Der Fahrradfahrer nimmt den Helm von seinem Kopf. Dunkelbraune, zerzauste Haare kommen zum Vorschein. Mein Herz bleibt stehen. Es ist Devyn, den Braden beinahe überfahren hätte!

Er mustert meinen Freund mit hochgezogenen Brauen. »Ich habe keine Augen im Kopf? Falls du es noch nicht bemerkt hast, steht da ein Vorfahrt-beachten-Schild. Demnach hätte ich Vorfahrt gehabt. Außerdem herrscht auf Parkplätzen Schrittgeschwindigkeit. Das hätte böse ausgehen können. Bist du sicher, dass du dir den Führerschein nicht erkauft hast?«, meint er und zwinkert uns zu, wenngleich seine Stimme leicht bebt und sein Gesicht aschfahl geworden ist.

Das bringt Braden erst recht in Rage. Er greift nach dem Türgriff, doch ich halte ihn zurück.

»Braden, nicht«, warne ich ihn und drücke seinen Arm.

Mein Freund fixiert Devyn zwischen zusammengekniffenen Augen. »Ich würde ihm am liebsten sein vorlautes, besserwisserisches Mundwerk polieren. Er hält sich für etwas Besseres! Man sollte ihn in seine Schranken weisen!«

Ich seufze und nehme meine Hand von seinem Arm, um sie auf die seine zu legen. Unsere Finger verschränken sich miteinander. »Lass dich von ihm nicht provozieren. Willst du eine Verwarnung kassieren und damit die Möglichkeit auf ein Stipendium verlieren? Das ist Devyn nicht wert.«

Meine Worte scheinen Braden zu beruhigen. Er atmet tief durch. Ein grimmiges Lächeln breitet sich auf seinem Gesicht aus. »Du hast recht. Er ist es nicht wert«, sagt er so laut, dass Devyn ihn hören kann. »Fahr jetzt endlich von meinem Auto weg oder du wirst noch dein blaues Wunder erleben!«

»Hast du nicht gerade gesagt, ich wäre es nicht wert? Du solltest dich mal entscheiden, Kumpel«, meint Devyn provozierend, woraufhin Braden seine freie Hand zur Faust ballt. »Und auf ein Wunder warte ich schon lange, aber ich fürchte, dass nie eins kommen wird«, fügt er noch hinzu.

Er grinst breit, aber der Tonfall seiner Stimme lässt mich aufhorchen. Die beiden sehen sich lange an. Etwas verändert sich in Bradens Miene. Er wirkt kurz traurig, doch dann setzt er eine arrogante kalte Maske auf, mit der er Devyn anblitzt. Dessen Augen huschen kurz zu mir, ehe er sich umdreht und sein Fahrrad zu den Fahrradständern neben dem Schuleingang schiebt.

»Er legt es darauf an!«, schimpft Braden fassungslos, lässt meine Hand los und fährt mit Schrittgeschwindigkeit in eine freie Parklücke.

»Pass einfach das nächste Mal besser auf«, gebe ich zurück. »Lieber zu spät als nie ankommen. Unachtsamkeit kann böse ausgehen. Devyn hätte schwer verletzt werden können, hättet ihr beide nicht rechtzeitig abgebremst.«

Braden senkt schuldbewusst den Kopf. »Es tut mir leid. Du hast recht. Ich bin so abgelenkt gewesen, dass ich ihn nicht habe kommen sehen. Ich habe mich total erschrocken.« Er macht eine Pause. »Ich muss andauernd über die Meinungsverschiedenheiten nachdenken, die wir in letzter Zeit immer häufiger haben.« Er grinst mich schräg an. »Wie wäre es, wenn wir nach der Schule was machen? Nur du und ich. Wir könnten zu mir fahren, meine Eltern kommen erst abends zurück. Wir wären ungestört. Wie klingt das?«

Ehe ich antworten kann, ertönt der Schulgong. Hektisch greife ich nach meiner Tasche. »Ich muss los, sonst verpasse ich Mathe!« Ich gebe ihm einen flüchtigen Kuss und springe aus dem Auto.

»Wir sehen uns dann nach dem Unterricht«, rufe ich und schwinge meine Tasche über die Schulter, während ich mich mit einem unguten Gefühl frage, was genau er vorhat. Für mich klingt es nämlich so, als würde er gern den nächsten Schritt gehen, obwohl er gestern noch meinte, er würde so lange warten, bis ich bereit dafür sei. Vielleicht interpretiere ich aber auch zu viel in seine Worte hinein.

»Ich liebe dich, Babe!«, ruft mir Braden nach.

Ich warte auf das wohlbekannte Magenkribbeln, das ich normalerweise verspüre, wenn er diese Worte zu mir sagt. Doch es bleibt aus. Ich fühle nichts. Nur eine beängstigende Leere in mir, die ich zu ignorieren versuche.

»Ich liebe dich auch«, gebe ich etwas verspätet zurück.

Frustriert haste ich an den Fahrradständern vorbei zum Eingang. Ich stoße die verglasten Türen auf und stürme durch den leeren Gang an den blauen Spinden vorbei. Fluchend schlittere ich ums nächste Eck, wo ich geradewegs gegen Devyns Rücken pralle. Nach Gleichgewicht suchend halte ich mich an seinen Schultern fest. Durch die Erschütterung fallen ihm seine Bücher aus der Hand und landen polternd auf dem Boden.

Als ich ihn loslasse, dreht sich Devyn vorsichtig zu mir um und ist mir plötzlich sehr nah. Zu nah. Ich spüre seinen warmen Atem auf meinem Gesicht. Sein Blick fängt den meinen auf. Ich kann wieder die braunen Sprenkel um die Pupillen seiner blaugrauen Augen erkennen. Wie bei unserem ersten Zusammenstoß damals in der Sporthalle steigt mir ein angenehmer Geruch nach Aftershave und einem Schuss Zitrus in die Nase. Wer hat bloß das Gerücht in die Welt gesetzt, dass er stinkt? Denn er riecht wirklich gut. Fast hätte ich mir die Hand an die Stirn geschlagen. Was denke ich denn da? Es kann mir egal sein, wie er riecht! Ich sollte wirklich früher ins Bett gehen.

»Avery?« Er hebt fragend die Brauen.

»Tut … tut mir leid«, stottere ich überrumpelt. Ob von der Situation, die sich wie ein Déjà-vu anfühlt oder der plötzlichen Nähe zu ihm, weiß ich nicht. Und ich will es auch gar nicht herausfinden.

Schnell gehe ich in die Hocke, um seine Bücher aufzuheben. Devyn hatte wohl dasselbe vor, denn im selben Moment stoßen unsere Köpfe aneinander.

»Au!«, rufe ich und schwanke mir die pochende Stirn haltend zurück. Dabei lande ich unsanft auf dem Hintern.

Devyn ist sofort bei mir. Er kniet sich vor mich und hebt seine Hand, als würde er mein Gesicht berühren wollen. Doch er zögert. Schließlich lässt er sie wieder sinken. Stattdessen wandert sein Blick konzentriert über meine Stirn.

»Alles in Ordnung?«, hakt er unsicher nach.

Erst da wird mir klar, dass ich ihn anstarre. »Oh.« Ich schüttle den Kopf. »Tut mir leid.« Ich krabble auf allen vieren an ihm vorbei und greife nach seinen Büchern. Dann rapple ich mich auf. Devyn tut es mir nach.

Schweigend stehen wir voreinander und sehen uns an. Bevor die Situation noch unangenehmer werden kann, strecke ich meine Arme aus und drücke ihm seine Bücher in die Hand.

»Tut mir leid, dass ich in dich hineingelaufen bin. Und dass Braden dich beinahe überfahren hätte«, schiebe ich hinterher, weil ich es ernst meine und Braden sich bei ihm nicht entschuldigen wird. Das lässt sein Stolz nicht zu.

Devyn sieht mich überrascht an. »Du entschuldigst dich dafür, dass dein Freund mich fast überfahren hätte?«

»Ich … Du hast doch jetzt auch Mathe bei Mrs Campbell, oder?«, wechsle ich das Thema, weil ich nicht weiß, wie ich Devyns Frage beantworten soll.

Verwirrt nickt er.

»Gut. Ehm … Wir sollten los, bevor wir Ärger bekommen«, meine ich, weil mir nichts Besseres einfällt.

Devyn nickt nur. Schweigend laufen wir zu unserem Klassenzimmer. Es ist komisch, neben ihm herzugehen, da wir bis auf Partnerarbeiten in einem Kurs und dem Gespräch, als er noch Kapitän war, nie viel miteinander geredet haben. Vor der Klassenzimmertür bleibe ich zögernd stehen. Wir sind zu spät dran. Der Unterricht hat schon begonnen. Alle Aufmerksamkeit wird auf uns gerichtet sein, sobald wir eintreten. Was werden die anderen denken, wenn ich gemeinsam mit Devyn hereinkomme?

»Du solltest zuerst reingehen und ich warte noch ein paar Minuten«, meint er mit merkwürdig belegter Stimme.

Ertappt sehe ich ihn an. »Warum?«

»Liegt das nicht auf der Hand?« Er hebt die Brauen. »Du willst doch nicht mit Grusel-Devyn gesehen werden.«

»Woher ...«, stottere ich und werde rot.

»Ich weiß, was über mich geredet wird. Und bekomme ich es einmal nicht mit, sorgen deine Freunde dafür, dass ich es erfahre.« Er versucht locker zu klingen, doch ich höre die Verbitterung in seiner Stimme heraus. »Geh einfach vor mir rein. Du bekommst weniger Ärger, wenn ich derjenige bin, der noch später kommt.«

Verwirrt sehe ich ihn an. Obwohl er weiß, dass wir über ihn herziehen, will er mir helfen? Oder hat er dabei einen Hintergedanken?

»Außerdem kursieren an dieser Schule schnell Gerüchte«, fährt er mit erhobenen Brauen fort und schenkt mir ein zweideutiges Lächeln. »Sie könnten denken, wir hätten heimlich etwas miteinander, weil wir gemeinsam zu spät kommen. Das würde deinem tollen Ruf schaden und dein Herrchen nicht gerade sehr freuen.«

Meine Kinnlade klappt immer weiter herunter, während sich meine Wangen noch dunkler färben.

»Mein Herrchen?«, wiederhole ich ungläubig.

Devyn legt den Kopf schief, sodass ihm ein paar Strähnen seines dunklen Haars in die Stirn fallen. »So wie er dich manchmal behandelt, kommt es mir eher so vor, als wärst du sein Besitz. Fehlt nur noch, dass er dich an die Leine nimmt oder markiert.«

Wow. Er hat es wirklich geschafft, mich sprachlos zu machen. Ich weiß nicht, was ich sagen soll. Vor allem, weil er in Bezug auf Braden recht hat. Er hat mit seinen Worten direkt ins Schwarze getroffen, doch die Genugtuung gönne ich ihm nicht.

Also hebe ich das Kinn, schließe den Mund wieder und erwidere seinen Blick. »Ich finde es sehr rücksichtsvoll von dir, dass du dir solche Sorgen um meinen Ruf machst«, wiederhole ich seinen Satz von gestern ein wenig verändert. »Aber ich bin mit Braden zusammen. Ich würde nie fremdgehen. Außerdem bist du nicht mein Typ und das wissen sie.«

»Autsch, das tut weh«, scherzt Devyn und fasst sich spielerisch ans Herz. »Wenigstens bin ich kein heiß begehrter Star-Footballkapitän mit XL-Kondomen, der andere fertig macht, um sich cooler zu fühlen, und dafür auch noch seine eigene Freundin benutzt.«

Damit hat er mich wirklich getroffen. Ich stolpere zurück, weil es wie ein Schlag ins Gesicht für mich ist. Wut kocht in mir hoch. Nicht nur auf Devyn, sondern wieder auf Braden und sein demütigendes Verhalten an der Kasse.

»Du denkst, du würdest mich kennen, aber das tust du nicht«, fahre ich ihn an. Meine Stimme bebt und meine Unterlippe zittert, doch das ist mir egal. Rasend vor Zorn will ich Devyn beweisen, dass er im Unrecht ist, obwohl er recht hat.

Also öffne ich die Klassenzimmertür. Mrs Campbell, unsere schmächtige Mathelehrerin mit einer Hornbrille auf der Nase und zu einem strengen Zopf gebundenen Haaren, bricht mitten im Satz ab. Sie steht vor der Tafel und hat sich der Klasse zugewandt. Als wir das Klassenzimmer betreten, stemmt sie die Hände in die Hüften und schürzt die Lippen. Die Klasse ist mucksmäuschenstill.

»Guten Morgen, Mrs Campbell. Entschuldigung für die Verspätung, aber es hat einen kleinen ... Zwischenfall gegeben. Das wird nie wieder vorkommen. Zumindest bei mir nicht«, beginne ich sofort.

Meine Wangen brennen, weil alle Blicke auf Devyn und mich gerichtet sind. Einige Schüler tuscheln bereits hinter vorgehaltenen Händen. Ich will gar nicht wissen, was sie sich jetzt wohl denken oder welche Gerüchte sie über Devyn und mich verbreiten. Ich hätte seinen Vorschlag einfach annehmen und zuerst eintreten sollen. Doch ich kann meinen Entschluss jetzt nicht mehr rückgängig machen, deshalb setze ich eine unbewegte Miene auf, als wäre alles ganz normal.

»Haben Sie denn keinen Wecker oder können Sie die Uhr nicht lesen? Sie sind sieben Minuten zu spät!«, schimpft Mrs Campbell, ohne auf meine Entschuldigung einzugehen.

Während ich gefolgt von Devyn zu den wenigen unbesetzten Tischen in der hintersten Reihe gehe, werfe ich einen Blick über die Schulter auf die Uhr über der Klassenzimmertür und tatsächlich: Wir sind genau sieben Minuten zu spät. Ich war noch nie zu spät!

Mrs Campbell funkelt uns böse an, als wir uns auf den freien Plätzen niederlassen. Dabei ignoriere ich weiterhin die neugierigen Blicke meiner Mitschüler und Sofia, die mir schräg gegenübersitzt.

»Es wird kein weiteres Mal vorkommen«, beteure ich, obwohl Devyn sich bestimmt wieder verspäten wird.

Automatisch setze ich mein einnehmendes Lächeln auf, mit dem ich die Lehrer bisher immer davon überzeugen konnte, ein Auge zuzudrücken oder mich wegen Cheerleaderangelegenheiten zu entschuldigen. Zumindest bis jetzt. Denn ich habe die Rechnung ohne meine Mathelehrerin gemacht.

»Ich mache keine Ausnahmen. Nachsitzen. Heute. Alle beide!«, donnert Mrs Campbell.

»Aber …«, protestieren wir sofort, doch unsere Lehrerin lässt uns nicht zu Wort kommen.

»Es ist mir egal, ob Sie die Kapitänin des Cheer Squads sind«, wendet sie sich an mich. »Sie können so nett lächeln, wie Sie wollen.« Meine Mundwinkel fallen nach unten, Hitze steigt in meine Wangen. »Für alle Schüler gelten dieselben Regeln. Sie beide werden nachsitzen. Keine Diskussion! Sonst lege ich eine weitere Stunde drauf!«

»Das geht aber nicht!« Devyn lässt nicht locker. Er springt auf und stützt die Hände auf seinem Tisch ab. Flehend blickt er Mrs Campbell an. »Bitte.«

Ich beiße die Zähne zusammen. Es passt mir überhaupt nicht, dass sie uns wegen ein paar Minuten Zuspätkommen nachsitzen lässt, aber es wäre klüger, jetzt nichts mehr zu sagen. Warum fordert er sein Glück nur so heraus?

Mrs Campbell verschränkt die Arme vor der Brust und sieht ihn abwartend an. »Ach ja? Und warum geht das nicht? Klären Sie uns bitte auf, Mr Coleman.«

Niemand rührt sich. Alle starren Devyn an. Mrs Campbell hebt eine Braue und schürzt siegessicher die Lippen, als er den Mund öffnet und schließt. Frustriert lässt er sich auf seinen Stuhl fallen und starrt mit zusammengepressten Lippen auf seinen Tisch.

»Gut.« Mrs Campbell wendet sich wieder der Klasse zu. »Da das nun geklärt ist, können wir uns endlich den wichtigen Dingen widmen. Heute beginnen wir mit Statistik. Die Formeln werden euch später in manchen Berufen oder Studiengängen verfolgen, deshalb rate ich euch aufzupassen.«

Leichter gesagt als getan. So sehr ich mich auch bemühe, ich kann mich nicht auf den Unterricht konzentrieren. Wie von selbst wandert mein Blick zu Devyn, der niedergeschlagen auf seinem Stuhl neben meinem hockt.

Plötzlich hebt er den Kopf und erwidert meinen Blick. Hitze kriecht in meinen Nacken und breitet sich in meinem ganzen Körper aus. Er macht mich ganz unruhig, aber ich will nicht die Erste sein, die den Blickkontakt abbricht. Als es mir dann doch unangenehm wird und ich mich wegdrehe, fällt ein zusammengeknickter Zettel von Sofia auf meinen Tisch. Stirnrunzelnd falte ich ihn auseinander.

Was tauschst du denn für komische Blicke mit Grusel-Devyn aus? Warum seid ihr beide zu spät gekommen? Zusammen???!

Am liebsten hätte ich sie einfach ignoriert. Doch weil ich weiß, dass sie nicht lockerlassen wird, und weil ich nicht will, dass sie mehr hineininterpretiert, antworte ich ihr:

Das Zuspätkommen ist ein einmaliger, zufälliger Ausrutscher gewesen. Lass uns diese Sache einfach vergessen. Ich will mit diesem Typen nichts zu tun haben.

Die restliche Stunde wage ich es nicht, Devyn anzuschauen. Dennoch spüre ich seine Blicke, die sich tief unter meine Haut brennen.

***

Nach der letzten Unterrichtsstunde finden wir uns in dem Raum ein, wo wir nachsitzen müssen. Wir sind zu fünft und sollen Matheaufgaben erledigen, die Mrs Campbell dem Aufsichtslehrer Mr Darson gegeben hat.

Dieser hängt mittlerweile halb in seinem Stuhl, den Kopf in den Nacken gelegt, den Mund halb geöffnet und schläft tief und fest.

Ungeduldig starre ich die Uhr an der Wand an. Warum können sich die Sekundenzeiger nicht schneller bewegen? Mein Blick fällt auf Devyn, der in Türnähe sitzt und den schnarchenden Lehrer mit zusammengekniffenen Augen anstarrt. Seine verletzenden Worte beschäftigen mich noch immer. Er glaubt, ich wäre oberflächlich. Und das war ich auch. Doch ich habe mich verändert. Es ärgert mich, dass er so schlecht von mir denkt, obwohl er mich nicht kennt. Dabei kann es mir egal sein!

Die drei anderen Nachsitzer – eine Mitschülerin und zwei Mitschüler, die ich nur vom Sehen her kenne – arbeiten schweigend vor sich hin. Nur das Ticken der Wanduhr, das gelegentliche Räuspern eines Mitschülers oder Rascheln eines Blattes, wenn es umgedreht wird, durchbrechen die Stille.

Devyn wiederum beobachtet weiterhin aufmerksam Mr Darson. Dieser rührt sich immer noch nicht. Lediglich sein großer Bierbauch hebt und senkt sich begleitend zu seinem leisen Schnarchen.

Ein zufriedenes Lächeln schleicht sich auf Devyns Lippen und er schiebt seine Blätter, auf denen er nur herumgekritzelt hat, in seine Tasche.

»Was machst du da?«, frage ich ihn alarmiert.

Devyn dreht sich mit erhobenen Brauen zu mir um. »Nach was sieht es denn aus? Ich verschwinde.«

»Aber ... Wir müssen noch eine halbe Stunde nachsitzen?!«, protestiere ich.

Er schnaubt. »Ich musste schon öfter nachsitzen. Mr Darson hat einen tiefen Schlaf. Der checkt das sowieso nicht, wenn ich früher abhaue. Außerdem habe ich Besseres zu tun.« Wieder blickt er zur Uhr und sein Blick verfinstert sich, wird beinahe panisch. »Ich muss los.«

Er steht auf. Kurzerhand stopfe ich meine Unterlagen ebenfalls in meine Tasche und folge Devyn hinaus auf den Flur. »Du kannst doch nicht einfach abhauen!«

»Wie du siehst, kann ich. Und du, wie ich sehe, auch«, bemerkt er. »Unsere

Vorbild-Cheerleaderkapitänin schwänzt das Nachsitzen? Du solltest dir lieber deinen Kopf untersuchen lassen. Nicht dass du ihn dir heute Morgen zu hart gestoßen hast.«

»Bei deinem Hohlkopf kann ich mir nicht viel gestoßen haben«, kontere ich. »Außerdem habe ich mich selbst dafür entschieden«, füge ich hinzu. »Eigentlich wollte ich dich wieder zurückholen.«

»Und dafür nimmst du deine Tasche mit?«, bemerkt er und nickt zu besagter Tasche, die ich mir über die Schulter geworfen habe.

»Ich …«, beginne ich und breche ab. Mist. Er hat mich erwischt. »Es gibt eben Wichtigeres im Leben als Nachsitzen«, erkläre ich.

»Natürlich«, antwortet er und bleibt vor dem Ausgang zum Parkplatz stehen. »Dein edler Ritter XL-Romeo wartet in seinem blauen Bonzenross auf dich«, bemerkt er.

Mir klappt bei seinen unverschämten Worten der Mund auf. Vor allem, weil ich den unverkennbaren Spott in seinem Ton heraushöre. »Er ist nicht mein Romeo! Hör auf ihn so zu nennen! Und hör auf mit deinen Anspielungen! Lass uns diesen Vorfall im Supermarkt gestern einfach vergessen.«

Seine Lippen verziehen sich zu einem süffisanten Lächeln. »Uns? Ich habe gar nicht gewusst, dass es ein *uns* gibt.«

Ich stöhne auf. »Du bringst mich heute an meine Grenzen. Ich bin gerade so kurz davor zu platzen, ist dir das klar?«

Devyn grinst. »Ich habe dich nicht darum gebeten, mir nachzulaufen.«

»Ich laufe dir nicht hinterher!«

»Doch, das tust du gerade. Und heute Morgen bist du mir auch nachgelaufen«, gibt er grinsend zurück.

»Heute Morgen bin ich in dich *hinein*gelaufen, das ist ein großer Unterschied«, korrigiere ich ihn wütend.

»So groß wie die XL-Gummis von deinem Freund?«, kontert Devyn herausfordernd.

Ich stöhne auf. Diesem Jungen ist nicht mehr zu helfen. Kopfschüttelnd ziehe ich den Riemen meiner Tasche, der von meiner Schulter zu rutschen droht, wieder zurück.

»Du bist unausstehlich!«, fluche ich, weil mir nichts Besseres einfällt.

»Und du überraschst mich«, antwortet er plötzlich ernst und mustert mich eingehend. Dann lächelt er wieder. »Ich habe schon gedacht, du sagst nur das, was die Leute hören wollen.«

Ich runzle die Stirn. Normalerweise bin ich immer vorsichtig mit dem, was ich von mir gebe. Doch Devyn hat mich heute zweimal dazu gebracht, geradeheraus zu sagen, was ich denke. Weil mir im Gegensatz zu meinen Freundinnen oder meinem Freund egal ist, was er von mir denkt. Weil ich nicht Angst haben muss, dass er mich danach nicht mehr mag oder mich auslacht, wenn ich ihm meine Meinung sage.

Kapitel 4

Devyn

Als ich das Schulgebäude gefolgt von Avery verlasse, lehnen die Footballspieler an ihren Autos. Obwohl Avery darauf achtet, Abstand zu mir zu halten, wirft sie mir einen kurzen Blick zu. Sie zögert und scheint mit sich zu ringen.

Bleib cool, sage ich mir immer wieder.

Dabei bin ich ganz und gar nicht cool. Ich bin kein beliebter Footballspieler wie Braden. Nicht mehr. Ich habe keine Supernoten oder bin so vorbildlich und perfekt wie Avery. Das war ich einmal. Nun will niemand etwas mit mir zu tun haben. Alle hassen mich.

An manchen Tagen wache ich auf und mir schnürt die Panik die Luft zu. Weil ich Angst habe, zur Schule zu gehen. Es sind die Tage, an denen ich das alles nicht mehr aushalte. Tage, an denen ich die verachtenden Blicke meiner Mitschüler nicht mehr ertrage. Tage, an denen ihre verletzenden Worte so wehtun, dass ich kurz davor bin zusammenzubrechen.

Ich bin Grusel-Devyn.

Ein Loser.

Ich bin ein Niemand.

Und dennoch existiere ich.

Irgendwie.

»Man sieht sich«, murmle ich.

Avery schweigt, ihr Blick wandert von ihren Freunden, die an ihren Autos lehnen, zu mir. Statt einer Antwort lächelt sie mir flüchtig zu. Ich erwidere es perplex. Zugleich frage ich mich, ob es ein echtes oder erzwungenes Lächeln ist, weil sie sich schämt mit mir gesehen zu werden.

Avery wendet sich ab und schlendert zu ihrer Clique.

Ich sollte ihr nicht nachschauen. Ich sollte mich umdrehen und zu meinem Fahrrad gehen. Doch ich kann nicht anders. Ihre honigblonden Haare, die in der Sonne golden schimmern, bewegen sich mit jedem Schritt, den sie macht. Sie ist schlank, zierlich und hat schöne Kurven. Einige Typen sehen ihr nach. Wobei sich niemand traut sie anzusprechen, aus Angst, von Braden und seinen Freunden fertiggemacht zu werden.

Ihre Worte hallen in meinem Kopf nach.

Du bist nicht mein Typ und das wissen sie.

Natürlich bin ich das nicht. Ich bin nicht Braden. Bin nicht so beliebt wie er. Nicht mehr. Ich habe keinen teuren Schlitten, gesponsert von Daddy, da mein Daddy abgehauen ist, als wir ihn am nötigsten gebraucht hätten.

Braden zieht Avery besitzergreifend an sich und küsst sie. Er küsst sie sehr lange, sodass ich mich schon frage, ob sie überhaupt noch Luft holen kann.

»Ihr werdet von Grusel-Devyn beobachtet«, höhnt Read laut und deutet zu mir. »Der Loser wird nie eine abkriegen.«

»Aber dafür ist er ein lustiges Maskottchen«, mischt sich ein weiterer Freund namens Tyler ein, der ebenfalls zum Footballteam gehört. »Wir freuen uns schon darauf, dich beim nächsten Spiel auf dem Feld herumhüpfen und uns anfeuern zu sehen.« Er springt begleitet vom schallenden Gelächter seiner Freunde mit wild umherfuchtelnden Armen umher.

»Dabei hat der Waschbär auf dem Feld nichts mehr verloren«, meint Read gehässig. »Er soll sich lieber wieder in seiner dreckigen Höhle verkriechen, aus der er gekommen ist.«

Durch ihr lautes Gebrüll ist der halbe Parkplatz auf mich aufmerksam geworden. Einige Schüler kichern, andere werfen mir mitleidige Blicke zu.

Ich merke, wie mir verräterische Röte über den Hals ins Gesicht kriecht. Doch die schadenfrohen Blicke und das Gelächter der umstehenden Schüler treffen mich nicht so hart wie die Worte meiner ehemaligen Teamkameraden und Freunde.

Sie denken, ich habe sie im Stich gelassen. Sie denken, dass mir alles egal geworden ist. Dabei haben sie keine Ahnung, wie schwer es für mich ist, mein Team trainieren zu sehen, während ich auf der Tribüne sitze und ihnen dabei zusehen muss. Oder wie ich bei den Spielen in dem engen, warmen und stickigen Maskottchen-Kostüm stecke und sie anfeuern soll, während ich andauernd daran erinnert werde, was ich verloren habe. Dass ich nie wieder gemeinsam mit den Jungs auf dem Feld stehen werde. Dass ich alles verloren habe. Dass sie mich jetzt hassen.

Dieses Wissen schnürt mir die Kehle zu. Ich presse die Lippen aufeinander und kämpfe gegen die ansteigenden Tränen an. Ich darf ihnen nicht zeigen, wie sehr mich ihre Worte, wie sehr mich ihr Gelächter trifft. Deshalb setze ich eine unbewegte Miene auf.

Mein Blick trifft den von Avery. Mein Herz setzt für einen Moment aus. Während meine ehemaligen Freunde und die anderen Schüler lachen, lächelt Avery nur.

Ehe mir Braden und seine Freunde noch weitere Gemeinheiten an den Kopf werfen können, wende ich mich ab und marschiere zu meinem Fahrrad. Ich will das Schloss aufschließen, doch meine Hände zittern, weshalb ich mehrere Anläufe brauche, bis ich es endlich aufbekomme. Erleichtert will ich mein Fahrrad wegschieben, doch ich bemerke überraschend einen Widerstand. Verwirrt betrachte ich mein Rad und meine Schultern sacken nach unten. Ich stoße ein frustriertes Stöhnen aus. Das ist jetzt nicht ihr Ernst?! Die Reifen sind platt. Alle beide.

»Unser kleines Waschbär-Maskottchen bekommt eben, was das Maskottchen verdient«, brüllt Read schadenfroh hinter meinem Rücken, woraufhin seine Freunde ihm lautstark zustimmen.

Meine Finger umschließen den Lenker so fest, dass sie schmerzen. Ich atme tief durch und schlucke den dicken Kloß in meinem Hals hinunter. Dann hebe ich den Kopf. Die Jungs lachen noch immer. Avery lächelt nicht mehr. Dafür hat sie die Arme um den Oberkörper geschlungen. Sie wirkt nicht so, als fühlte sie sich besonders wohl. Es erinnert mich an unser zufälliges Aufeinandertreffen gestern im Supermarkt. Ich habe gesehen, wie unangenehm Avery die Situation mit der übertriebenen Kondompackung gewesen ist. Warum lässt sie sich sein Verhalten gefallen?

Ich erwidere Bradens Blick und frage mich, was in ihm vorgeht. Bereut er sein Verhalten manchmal? Vermisst er unsere Freundschaft oder ist er glücklich jetzt der Footballkapitän zu sein, Teil der beliebtesten Clique der Schule mit einem hübschen Mädchen an seiner Seite? Schließlich waren das früher immer seine Ziele.

Früher. Ein schmerzhafter Stich durchbohrt meinen Magen. Ich darf nicht mehr an früher denken. Er ist nicht mehr der beste Freund, den ich seit dem Kindergarten kannte. Der beste Freund, der wie ein Bruder für mich war. Der beste Freund, mit dem ich so viel durchlebt habe und der mich besser gekannt hat als alle anderen. Wir waren beide beliebt, genossen die Aufmerksamkeit unserer Mitschüler und vor allem der Mädchen, wenngleich mich nur eine wirklich interessierte. Gemeinsam haben wir es ins Footballteam geschafft. Er war dabei, als ich zum Kapitän ernannt wurde. Gemeinsam haben wir Spiele verloren und gewonnen, haben uns für unsere Siege feiern lassen. Er hat die Höhepunkte meines Lebens miterlebt.

Doch jetzt bin ich am Tiefpunkt und allein.

Ohne mich noch mal umzudrehen, verlasse ich den Parkplatz, das höhnische Gelächter meiner ehemaligen Freunde und Mitschüler im Rücken.

***

Kurze Zeit später komme ich bei unserem Haus an. Wir wohnen in einer ganz normalen Wohngegend mit typischem grünem Vorgarten. Wobei unserer nicht annähernd so gepflegt aussieht wie der unserer Nachbarn. Der Rasen müsste gemäht werden. Unkraut wuchert an verschiedenen Stellen hervor. Doch dafür habe ich keine Zeit. Ich lehne mein Fahrrad gegen die Wand. Dann stürme ich die Treppe zur Haustür hoch.

»Mom? Ich bin wieder da!«, rufe ich beim Eintreten und lausche angespannt.

»Ich bin im Wohnzimmer«, kommt es zurück.

Sobald ich ihre Stimme höre, schließe ich die Augen und ein gewaltiger Stein fällt mir vom Herzen. Es geht ihr gut.

Ich hänge meine Jacke an den Kleiderhaken neben der Haustür, als ich sie leise ächzen höre. Mich befällt ein ungutes Gefühl.

Bitte nicht schon wieder.

»Mom?«

Mit wenigen Schritten bin ich im Wohnzimmer. Meine Mom liegt am Boden, ihre Hände zittern. Sie hat geschwollene Augen, vermutlich vom Weinen. Ich stürze zu ihr und strecke meine Hände nach ihr aus.

»Was ist passiert?«, frage ich.

»Ich bin gestolpert und hingefallen. Mein Körper hat sich wieder versteift. Ich bin allein nicht mehr hochgekommen«, gibt sie beschämt zurück.

Schuldgefühle machen sich in mir breit. Hätte ich heute nicht verschlafen, hätte ich nicht nachsitzen müssen und ihr sofort helfen können.

»Immerhin bist du weich gefallen. Das nächste Mal sollten wir vielleicht Kissen auf den Boden legen. Dann kannst du schlafen, bis ich wiederkomme«, scherze ich, um sie ein wenig aufzuheitern. »Wie lange liegst du schon hier?«

Ich greife unter ihre Arme, um sie hochzuheben. Besorgt stelle ich fest, dass sie wieder an Gewicht verloren hat. Wenn ich nicht zu Hause bin, isst und trinkt sie kaum, um nicht auf die Toilette zu müssen. Weil ihr Gang an schlechten Tagen teilweise so schlurfend und langsam ist, braucht sie gefühlt Ewigkeiten und schafft es oft nicht rechtzeitig.

Mit zusammengebissenen Zähnen halte ich sie fest, bis sie sich schwerfällig auf ihren Stuhl gesetzt hat.

»Seit etwa einer Stunde. Ich …«, beginnt sie leise.

»Du weißt doch, dass du mich anrufen sollst, wenn etwas ist! Ich wäre sofort hergekommen«, falle ich ihr ins Wort und atme tief durch. »Hast du dir wehgetan?«, schiebe ich etwas sanfter hinterher und suche sie nach Verletzungen oder Prellungen ab, aber sie scheint sich nicht verletzt zu haben. Zur Bestätigung schüttelt sie den Kopf.

»Nein, es geht mir gut, Devyn.«

Ich kontrolliere, ob sie genug Wasser getrunken und ihre Tabletten genommen hat. Bevor ich zur Schule gehe, stelle ich ihr immer mehrere mit Wasser und Saft gefüllte Gläser auf den Küchentisch, weil sie an schlechten Tagen die Flaschen nicht mehr aufbekommt.

»Du hast schon wieder so wenig getrunken«, stelle ich fest.

»Genau darum habe ich nicht angerufen. Du sollst dich nicht die ganze Zeit um mich kümmern müssen«, murmelt sie. »Mir geht es gut. Ansonsten hätte ich dir ja Bescheid gesagt.«

Hätte sie nicht. Ich kenne meine Mom. Sie will nicht, dass ich mir Sorgen mache.

»Da ist nur ein kleines Problem …«, flüstert sie beschämt.

Sie braucht nichts zu erklären. Ich rieche es. Der beißende Geruch ist unverkennbar. Mein Blick fällt auf den dunklen Fleck auf dem Teppich zu unseren Füßen.

»Ich wollte gerade auf die Toilette gehen, als ich hingefallen bin. Meine Blase hat leider nicht mitgemacht«, erklärt sie kleinlaut. Ihre Augen glänzen verdächtig und meine Brust wird eng. Meine Mom so zu sehen, schmerzt sehr.

»Schon okay. Dann machen wir dich jetzt sauber«, erwidere ich und setze ein schiefes Grinsen auf, damit sie sich nicht so schlecht fühlt. »Wir wollen doch nicht, dass du die Fliegen anlockst«, scherze ich und bringe sie dadurch wirklich zum Lächeln.

Erleichterung überkommt mich. Ich freue mich über jedes einzelne Lächeln meiner Mom. Über jedes einzelne Strahlen und Funkeln in ihren Augen. Denn je mehr Zeit vergeht und je mehr sich ihr Zustand verschlechtert, desto weniger glücklich ist sie.

Schließlich helfe ich ihr die Treppe hoch ins obere Geschoss und von dort aus ins Bad. Sie hat immer häufiger mit Gleichgewichtsproblemen zu kämpfen, sodass sie des Öfteren stürzt. Noch kann sie sich trotz der immer wieder auftretenden Versteifungen oder unkontrollierten Zuckungen allein waschen, allerdings braucht sie Hilfe beim Umziehen.

Nachdem sie fertig angezogen ist, kochen wir gemeinsam das Abendessen vor. Um halb fünf verlasse ich das Haus, um meine kleine Schwester vom Hort abzuholen. Eigentlich machen wir das immer gemeinsam, um es mit einem Spaziergang an der frischen Luft zu verbinden, doch heute bin ich zu spät und ohne meine Mom bin ich schneller.

Katy wartet bereits mit der Erzieherin am Tor, das den Kindergarten, den zugehörigen Hort und den dortigen Spielplatz einschließt. Schon von Weitem sehe ich die kurzen, braunen zu Zöpfchen geflochtenen Haare meiner Schwester. Kaum dass sie mich entdeckt hat, stürmt sie los.

»Devyn!«, brüllt sie voller Freude.

Lächelnd breite ich die Arme aus. »Komm her, kleiner Engel.«

Sie fällt mir um den Hals. Als ich mich von ihr löse und in ihre dunkelbraunen Rehaugen blicke, wird mir flau im Magen. Dads Augen sehen mir entgegen. Jedes Mal, wenn ich an ihn erinnert werde, muss ich daran denken, dass er uns im Stich gelassen hat. Doch Katy kann nichts dafür. Sie hat lediglich seine Augen. Die Gesichtszüge und die kleine Nase hat sie von Mom.

»Krieg ich ein Eis?«, will sie wissen und hüpft aufgeregt vor mir auf und ab.

»Nein, tut mir leid, Katy, aber wir haben Abendessen zu Hause. Dafür bekommst du das nächste Mal eins«, füge ich noch hinzu, weil sie schmollend das Gesicht verzieht.

»Versprochen?«

»Großes Einhornehrenwort«, verspreche ich.

Das scheint sie zufriedenzustellen. Sie strahlt und schmiegt sich wieder an mich. »Okay.«

Lächelnd tätschele ich ihren Kopf und blicke zu Mrs Jones, ihrer Erzieherin. »Sie hat sich schon den ganzen Nachmittag über auf Sie gefreut«, meint sie schmunzelnd.

»Es tut mir leid, dass ich zu spät dran bin. Haben Sie lange warten müssen?«, entschuldige ich mich.

Sie winkt ab. »Sie kommen ja nicht oft zu spät. Das passiert. Manche Eltern lassen uns teilweise eine Stunde lang warten. Die paar Minuten sind kein Problem.« Doch dann bemerke ich ihre ernste Miene und muss schlucken. Ist wieder etwas vorgefallen?

»Katy, gehst du bitte mal kurz schaukeln?«, frage ich und deute zu der Schaukel auf dem Spielplatz rechts von uns.

Sie zögert, doch dann läuft sie los. Sie setzt sich darauf und beginnt mit den Füßen hin- und herzuwippen. Dabei beobachtet sie uns, als wüsste sie genau, was los ist.

Ich seufze und wende mich an Mrs Jones. »Was ist passiert?«

»Es hat einen Streit gegeben. Sie hat einen Mitschüler aus ihrer Klasse geschlagen, der auch in diesen Hort geht.«

Ich schließe die Augen, ehe ich sie wieder öffne und zu Katy hinübersehe, die unschuldig weiterschaukelt.

»Grundlos würde sie sich nicht wehren«, beginne ich.

»Wir wissen nicht, was vorgefallen ist«, unterbricht mich Mrs Jones ruhig. »Die beiden wollten mir den Grund für ihren Streit nicht verraten. Es ist gut möglich, dass er sie aufgezogen hat, aber das rechtfertigt noch lange nicht ihn zu schlagen.«

»Ich werde mit ihr reden. Versprochen!«, entgegne ich und rufe Katy zu mir, die sofort angelaufen kommt.

Sie greift nach meiner Hand. Gemeinsam verabschieden wir uns von Mrs Jones, dann treten wir den Nachhauseweg an.

***

»Warum hast du den Jungen heute geschlagen?«, frage ich.

Meine Schwester schweigt. Ich bemerke Tränen in ihren Augen, bleibe stehen und gehe vor ihr in die Hocke, damit wir auf gleicher Augenhöhe sind.

»Was ist vorgefallen mit deinem Mitschüler, Katy?«, frage ich vorsichtig nach. »Ich bin dir nicht böse, aber rede mit mir. Du kannst über alles mit mir reden. Gemeinsam finden wir eine Lösung.«

»Er hat mich ausgelacht, weil ich keinen Daddy habe und weil Mommy krank ist«, erklärt Katy schließlich.

Ich lasse meine Schultern sinken. Sie so zu sehen, tut verdammt weh. Zu wissen, wie sehr ihr Dads Abwesenheit zusetzt. Doch es bringt mir nichts, wütend zu sein. Weder auf ihn noch auf den Jungen, der Katy geärgert hat.

»Das, was dieser Junge gesagt hat, ist nicht in Ordnung gewesen«, beginne ich. »Du kannst nichts dafür, dass Dad abgehauen ist. Es gibt viele Kinder, die keinen Dad oder keine Mom haben. Manchmal ist das so. Aber dafür brauchst du dich nicht schämen. Außerdem hast du etwas viel Besseres. Du hast Mom und mich. Wir sind deine Familie.«

Das bringt Katy zum Lächeln. »Das stimmt.«

»Aber egal, was sie sagen, du darfst nicht handgreiflich werden. Der Junge ärgert sich mehr darüber, wenn du ihn ignorierst oder so tust, als wäre es dir egal. Beim nächsten Mal sagst du einfach: Na und? Dann habe ich eben keinen Dad. Aber dafür habe ich was viel Besseres ...« Ich spreche den Satz nicht zu Ende und schaue sie erwartungsvoll an.

»Ich habe Mommy und dich!«, ruft sie und umarmt mich.

Auf dem restlichen Weg nach Hause läuft Katy neben mir her und erzählt lebhaft von den Bildern, die sie gemalt hat und mir zeigen will. Obwohl sie wieder fröhlich scheint, fühle ich mich schlecht.

Die ganze Zeit über zerbreche ich mir den Kopf über die Worte der Erzieherin. Wie soll ich Katy dazu bringen, damit aufzuhören, gewalttätig zu werden, wenn ihr jemand blöd kommt? Wenn sie sie andauernd ärgern, weil sie nur noch ein Elternteil hat? Kinder können richtig gemein sein.

Kapitel 5

Avery

»Was ziehst du so für ein Gesicht? Du hast nicht einmal gelacht, als wir Devyn fertiggemacht haben«, beschwert sich Braden, kaum dass wir im Auto sitzen. »Hast du gesehen, wie blöd er geschaut hat? Das hat er davon, wenn er sich an meine Freundin heranmacht.«

Ich sehe ihn an. Braden grinst zufrieden in sich hinein. Anfangs war es noch witzig, wenn sie sich über Devyn lustig gemacht haben. Aber heute habe ich mich richtig unwohl gefühlt.

»Warum habt ihr ihm seine Reifen zerstochen?«, frage ich.

Braden steckt den Schlüssel ins Zündschloss und sieht mich unschuldig an. »Was denn? Er nimmt's doch mit Humor.«

»Er nimmt's doch mit Humor?«, wiederhole ich ungläubig. »Das ist Sachbeschädigung, Braden! Dafür kannst du Ärger bekommen, wenn er dich anzeigt.«

»Nicht ich, sondern Read hat die Reifen zerstochen«, beginnt er. »Niemand kann beweisen, dass ich etwas damit zu tun habe. Außerdem sind meine Eltern Anwälte. Sie würden ihn fertigmachen. Er wird uns nicht anzeigen. Das wagt er nicht«, meint mein Freund leichthin und fährt los. »Devyn hat es verdient«, schiebt er noch hinterher, wie um sich selbst davon zu überzeugen. Allerdings fällt mir ein klitzekleiner Teil von Unsicherheit auf, der in seiner Stimme mitschwingt.

Ich hole tief Luft. »Ich kann verstehen, dass ihr wütend auf ihn seid«, sage ich so verständnisvoll wie möglich. »Aber Schulmaskottchen zu sein ist

Bestrafung genug für seine restliche Zeit an der Highschool. Warum riskiert ihr es, Ärger zu bekommen, und lasst ihn nicht einfach in Ruhe?« Ich muss an Devyn denken, wie er mit hängenden Schultern sein Fahrrad vom Schulhof geschoben hat. »Er scheint genug zu leiden«, flüstere ich leise.

Bradens Kopf fährt herum. »Wir bekommen keinen Ärger. Wir sind Footballspieler und er ist das Maskottchen. Wir sind die Stars dieser Schule, er ist der Loser, den niemand dabeihaben will. Er hat es verdient, wie wir ihn behandeln. Wegen ihm haben wir letztes Jahr gegen die Blue Cliff High verloren! Er hat das Team hängenlassen! Seine Freunde!«

Bei seinen letzten Worten klingt er ein wenig verbittert. Unweigerlich muss ich an Bradens Miene denken, als die beiden sich heute Morgen und vorhin auf dem Parkplatz so lange angestarrt haben. Für einen kurzen Moment hat er niedergeschlagen gewirkt, sodass ich mich gefragt hatte, ob er Devyn manchmal vermisst. Zwar spricht er nie darüber, doch ich weiß, dass Devyn für Braden wie ein Bruder war.

Ich habe ihn schon öfter gefragt, was außer dem verpatzten Spiel noch zwischen ihnen vorgefallen ist, aber er ist mir jedes Mal ausgewichen, weshalb ich es irgendwann aufgegeben habe. Und nun traue ich mich gar nicht wieder damit anzufangen, weil er sonst sofort abblocken oder sich angegriffen fühlen würde.

Ich beobachte Braden aufmerksam. Er hat den Blick auf die Straße gerichtet. Mein Freund ist aufgewühlt. Das merke ich ihm an. Er tut zwar so, als wäre Devyn ihm egal, doch das nehme ich ihm nicht ab. Wieder muss ich an die Erwachsenenwindeln denken, die Devyn gekauft hat. Ich zögere, doch dann traue ich mich doch, es anzusprechen: »Wofür wird er die Windeln gebraucht haben? Glaubst du …«

»Es ist mir egal, wofür er die gebraucht hat«, unterbricht er mich barsch. »Wir haben Besseres zu tun, als jemandem, dem wir egal sind, hinterherzulaufen.«

Doch so egal, wie er behauptet, scheint es ihm nicht zu sein, denn er umklammert das Lenkrad fester und starrt mit zusammengepressten Lippen auf die Straße.

»Was soll das überhaupt? Du hast ihn die letzten Monate nicht beachtet und aus heiterem Himmel verteidigst du ihn? Habe ich irgendetwas nicht mitbekommen?« Er zieht seine Stirn in Falten. Kurz blickt er zu mir herüber, ehe er sich wieder auf den Verkehr konzentriert. »Ist an den Gerüchten doch etwas dran? Ich habe gehört, ihr seid beide zu spät gekommen. Zusammen.«

Empört verschränke ich die Arme vor der Brust. »Seit wann glaubst du das, was die Schüler herumerzählen?! Ich würde dich nie betrügen!« Egal wie wütend ich auf ihn bin. So etwas würde ich nie tun. »Ich verteidige ihn überhaupt nicht! Ich bin lediglich der Meinung, Sachbeschädigung geht zu weit.«

»Deine Meinung interessiert mich aber gerade nicht«, fährt er mich an.

Getroffen zucke ich zurück.

»Du redest vollkommenen Stuss! Früher war dir das doch auch egal!«, knurrt Braden kopfschüttelnd.

»Früher«, murmle ich leise und verstumme. Früher war auch alles viel einfacher. Bis auf das Stottern meines Vaters war alles in Ordnung. Ich war Cheerleaderkapitänin und die Freundin des neuen Footballkapitäns. Jetzt habe ich genau das, was ich schon immer wollte. Doch bin ich glücklich, jetzt, wo sich meine größten Wünsche erfüllt haben?

Braden presst die Lippen aufeinander, seine Hände umgreifen das Lenkrad so fest, dass ich bereits seine Knöchel hervortreten sehe. Er schweigt. Viel zu lange. Dann blinkt er, biegt ab und dreht wieder um.

»Weißt du was?«, beginnt er schließlich und bricht ab.

»Wo fährst du hin?«, frage ich ihn verwirrt.

»Ich fahre dich nach Hause«, sagt er kalt.

Insgeheim bin ich erleichtert darüber. Die Diskussionen mit Braden erschöpfen mich. Meine Familie, die Schule, Braden, das wird mir alles zu viel. Es erdrückt mich. Ich habe das Gefühl, nicht mehr richtig atmen zu können.

Die restliche Fahrt über reden wir nicht miteinander. Ich schaue aus dem Fenster, nur um seine verärgerte Miene nicht sehen zu müssen. Um das peinliche Schweigen zu übertönen, stellt er das Radio lauter.

Als er in meine Straße biegt, entdecke ich meinen Dad, der auf dem Gehweg seine tägliche Spazierrunde dreht. Braden hält wieder auf der Straße. Mein Dad ist sowieso in die andere Richtung unterwegs, deswegen muss er nicht Angst haben, dass er mit ihm reden muss.

Ich lege gerade meine Hand auf den Türgriff, als Braden erneut spricht. Seine Stimme ist zwar nicht mehr so kalt wie vorher, aber der vorwurfsvolle Unterton, der darin mitschwingt, gefällt mir trotzdem nicht.

»Ich finde es nicht okay, wie du über Devyn redest.«

»Wie ich über ihn rede?«, wiederhole ich verblüfft und schaue ihn an.

Braden nickt. »Du verteidigst ihn, statt zu mir zu halten. Dabei bin ich dein Freund und nicht er.«

»Und nur weil du mein Freund bist, muss ich immer deiner Meinung sein?«, frage ich herausfordernd.

Braden schweigt. Seine Finger trommeln ungeduldig auf dem Lenkrad herum, den Blick hat er finster auf die Straße gerichtet. Schließlich wendet er sich mir wieder zu.

»Es geht nicht nur darum. Wir sind ein Paar. Doch anstatt füreinander da zu sein, streiten wir andauernd. Was ist los mit dir? Ich erkenne dich gar nicht wieder.« Er greift nach meiner Hand. »Ich vermisse die alte und coolere Avery.«

Ein Stich bohrt sich tief in mein Herz. Seine Worte verletzen mich.

»Ich bin aber nicht mehr die alte Avery«, gebe ich leise zurück. »Es tut mir leid, wenn ich dir zu uncool bin, doch die alte Avery wird nie wieder zurückkehren.«

Weil ich die erdrückende Stimmung zwischen uns nicht mehr aushalte, steige ich aus. Meine Kehle ist wie zugeschnürt. Tränen brennen in meinen Augen. Braden sieht sie, doch statt mich in die Arme zu nehmen und mit mir darüber zu reden, so wie er sich früher mit mir ausgesprochen hat, wendet er sich ab.

»Wir sehen uns«, murmelt er nur.

Mehr als ein Nicken bringe ich nicht zustande. Ich kann nicht schnell genug von ihm wegkommen. Und Braden scheint es ähnlich zu ergehen, denn kaum dass ich die Autotür zugeschlagen habe, rast er davon.

Und ich stehe wieder da und sehe ihm wie gestern dabei zu, wie er um die nächste Ecke biegt, während ich mich frage, wie lange das noch so weitergehen soll.

Schließlich schleppe ich mich nach drinnen. Zuerst überlege ich, ob ich meine Hausaufgaben machen und lernen soll, entscheide mich jedoch dafür, Laufen zu gehen, um etwas von meiner nervösen Energie loszuwerden.

Ich schlüpfe in meine bequeme Sportkleidung und beginne mit meiner wöchentlichen Runde in unserem Wohnviertel. Normalerweise laufe ich, um meine Kondition für das Cheerleading zu trainieren. Doch heute ist es genau richtig, um runterzukommen.

Nachdem ich etwa eine halbe Stunde gelaufen bin und wieder in meine Straße einbiege, bin ich so in Gedanken versunken, dass ich die Person, die in unserer Einfahrt am Boden liegt, erst sehr spät bemerke. Noch ehe ich näher komme, weiß ich: Das ist mein Dad. Vor lauter Schreck wäre ich beinahe über meine eigenen Füße gestolpert. Mein Dad versucht von selbst hochzukommen, doch allein gelingt es ihm nicht. Neben ihm liegen sein Gehstock und ein Müllsack.

Als ich bei ihm ankomme, stützt er sich mit der nicht gelähmten Hand am Boden ab. Ich gehe neben ihm in die Hocke und greife ihm unter die Arme. Dann ziehe ich ihn hoch, bis er einigermaßen sicher steht, ehe ich mich noch mal bücke und ihm dann seinen Stock reiche.

»Alles okay?«, frage ich und suche seinen Körper auf mögliche Verletzungen ab. Er fällt öfter hin. Meistens, weil er stolpert oder mit seinem gelähmten Fuß irgendwo hängen bleibt.

Mein Dad seufzt auf. Es ist ihm sichtlich unangenehm, dass er wieder hingefallen ist. »J…« Er stoppt und scheint zu überlegen. »Ja«, bringt er undeutlich hervor.

»Was wolltest du da gerade eigentlich machen?« Mein Blick fällt auf den Müllsack. Morgen ist Müllabfuhr. »Wolltest du den Müll auf die Straße bringen?«

»Gotti … Jaa«, verbessert er sich und hebt den Daumen.

Er weiß, wie überfordert Mom ist, und versucht sie auf seine Art und Weise zu unterstützen.

»Ist ja nichts passiert«, meine ich. »Ich helfe dir.«

Gemeinsam bringen wir den Müllsack auf die Straße. Da Mom heute viel zu tun hat, mache ich anschließend das Abendessen gemeinsam mit meinem Dad. Ich weiß, wie wichtig ihm seine Selbstständigkeit ist, von der er nach dem Unfall einiges verloren hat. Wie wichtig es ihm ist, selbst etwas machen zu können und nicht nutzlos herumzusitzen. Das hat ihm in der Zeit, als er noch im Rollstuhl saß und so gut wie nichts allein machen konnte, sehr zugesetzt.

Deshalb achte ich immer darauf, ihn um Arbeiten zu bitten, die er selbst erledigen und bei denen er Mom und mich unterstützen kann. So fühlt er sich besser und nimmt uns gleichzeitig einen Teil unserer Arbeit ab.

***

Nachts liege ich wieder lange wach und denke über den vergangenen Tag nach. Das Aufeinandertreffen mit Devyn. Der Streit mit Braden. Der Zustand meines Dads, der mir mit am meisten zusetzt. Ich bin froh, dass er den Unfall überlebt hat. Aber er ist jetzt ein Pflegefall, den wir nie länger als ein paar Stunden allein lassen können oder dürfen. Ich werde nie wieder richtig mit ihm reden oder etwas mit ihm unternehmen können. Damit komme ich nur schwer klar. Größere oder längere Ausflüge müssen wir genau durchplanen, weil diese ihn anstrengen und er dafür seinen Rollstuhl braucht. Wir können mit ihm nicht einfach ins Schwimmbad, ins Kino oder essen gehen. Wir müssen darauf achten, dass die Einrichtungen behindertengerecht sind. Bei engen Treppen und solchen ohne Geländer tut er sich schwer. Manchmal braucht er sogar beim Treppensteigen Hilfe. Auch seine Blase kann er nicht mehr so lange halten wie früher, weshalb er sich manchmal einnässt. Deshalb achten wir immer darauf, Örtlichkeiten aufzusuchen, wo die Toiletten ebenerdig und schnell zu erreichen sind.

Und dann ist da Mom, die von der vielen Arbeit so müde ist. Früher, als sie halbtags gearbeitet hat und Dad der Hauptverdiener gewesen ist, hat sie viel mehr Zeit für mich gehabt. Wir sind oft nachmittags nach der Schule gemeinsam schwimmen oder spazieren gegangen.

Ich weiß gar nicht mehr, wann wir das das letzte Mal getan haben. Wann habe ich das letzte Mal etwas Normales mit meinen Eltern unternommen?

Zusätzlich setzt mir gerade Braden zu. Die Auseinandersetzungen mit ihm werden immer schlimmer. So schrecklich wie heute habe ich mich noch nie gefühlt. Manchmal kann er richtig unsensibel sein.

Ihm ist Normalität wichtig, aber seine Normalität ist nicht mehr meine Normalität. Er versteht nicht, wie schwer die familiäre Situation für mich ist. In seiner Familie ist bis auf Altersschwäche noch nie jemand krank geworden. Seine Eltern arbeiten zwar viel, nehmen sich jedoch Zeit für gemeinsame Abendessen und Unternehmungen.

Auch meine Freundinnen haben alle gesunde, intakte Familien und müssen sich *nur* mit den üblichen Problemen wie kleineren Familienstreitigkeiten, schlechten Schulnoten oder gebrochenen Herzen herumschlagen. Verglichen mit meinen Problemen hätte ich die ihren gerne. Als mein Dad nach der Notoperation im Koma lag und wir nicht wussten, ob er je wieder aufwachen würde, bin ich zu Hause bei Mom geblieben, während Sofia und Chloe lieber auf eine Hausparty gegangen sind. Emma, die gern gekommen wäre, war mit ihren Eltern für zwei Wochen im Urlaub.

Stattdessen ist Braden mein größter Halt gewesen. Er hat auf diese Party verzichtet, um bei mir zu bleiben. Er hat mich in seinen Armen gehalten und zur Ablenkung einen Film mit mir angesehen. Er ist mit mir ins Krankenhaus und in die Reha gefahren, damit ich meinen Dad besuchen kann. Zwar wollte er nicht mit hineingehen und ist immer im Auto geblieben, weil er mit der Behinderung meines Dads nicht umgehen kann. Dafür hat er mir wenigstens zur Seite gestanden. Auf seine eigene Weise.

Aber reicht das jetzt noch?

Wie so oft wünsche ich mir, mein Leben wäre normal. Ich will ein Leben ohne Beziehungsprobleme, Geldnöte oder Sorgen um meine Familie. Doch das ist nicht mein Leben. Nicht mehr.

Kapitel 6

Devyn

Nachdem wir zu Abend gegessen haben, räumen wir den Tisch ab und Mom setzt sich an den Computer. Ihre Krankheit schränkt sie erheblich ein, weshalb sie für einen Verlag von zu Hause aus als Abhörerin arbeitet. Sie wird dafür bezahlt, Hörbücher auf Fehler abzuhören und dem Verlag Rückmeldung zu geben, wenn etwas nicht passt. Mit dem Pflegegeld und den Unterhaltszahlungen von meinem Dad können wir uns so unser Leben und ihre Therapien leisten.

Währenddessen machen Katy und ich Hausaufgaben und lernen, bis ihre Serie kommt, die sie jeden Abend sehen darf. Wir haben eine Abmachung. Pro Tag eine Folge. Freitag ist Filmabend und Samstag Spieleabend. Je nachdem, ob das Wetter schön oder regnerisch ist, spielen wir draußen Bewegungs- oder drinnen diverse Brettspiele. So haben wir einen geregelten Wochenablauf.

Während meine Schwester ihre Serie schaut, helfe ich Mom sich bettfertig zu machen. Dann begeben Katy und ich uns zu ihr ins Bett und sie liest uns eine Gutenachtgeschichte vor.

Ich bin aus dem Alter schon längst heraus, aber ich will keine einzige Sekunde mit Katy und meiner Mom verpassen. Ich will die Zeit mit ihnen genießen, solange ich sie noch habe.

Nachdem Mom fertig mit dem Vorlesen ist, gibt sie Katy einen Gutenachtkuss. Ich schalte das Zimmerlicht aus und wir verlassen den Raum. Danach lehne ich die Tür an, damit ich sie hören kann, sollte nachts etwas sein.

Ich folge Katy in ihr Zimmer, in dem sie sich ins Bett legt und nach ihrem Plüscheinhorn greift, das ich ihr zu Weihnachten geschenkt habe.

»Du, Devyn?«, flüstert Katy, als ich eine Kuscheldecke über ihr ausbreite.

»Ja, mein kleiner Engel?«, necke ich sie und verstrubble ihr grinsend die lockigen Haare.

»Hey!«, empört sie sich und greift nach meinen Händen. »Ich bin doch kein Hund!« Doch dann wird sie wieder ernst. Tränen stehen in ihren Augen und ich weiß, was jetzt kommt. »Du wirst mich doch nicht auch verlassen wie Daddy, oder? Oder krank werden wie Mommy?«

Meine Kehle schnürt sich zu. Doch ich reiße mich zusammen und lächle sie an. »Keine Angst, Katy. Ich werde immer bei dir sein und auf dich aufpassen.«

Dabei ist das eine Lüge. Irgendwann wird der Zeitpunkt kommen, an dem ich sie loslassen und erwachsen werden lassen muss. Der Zeitpunkt, ab dem ich sie nicht mehr beschützen kann, weil sie dann ihr eigenes Leben führen wird.

»Außerdem hast du doch Hopsi«, erinnere ich sie und greife nach ihrem Einhorn, um es ihr ins Gesicht zu halten. Der Name würde eher zu einem Hasen passen. Und eigentlich wollte ich ihr damals auch einen Plüschhasen kaufen. Davor kam sie jedoch in diese Einhornphase. Jetzt heißt dieses Einhorn trotzdem Hopsi. Meine Herumalberei vertreibt die Traurigkeit in ihren Augen. Kichernd greift sie nach dem Plüschtier, sieht dann jedoch mich an. »Ich mag Hopsi. Du bist mir aber lieber. Ich hab dich lieb, Devyn.«

Tränen sammeln sich in meinen Augen, die ich hektisch wegblinzle. Ich streichle ihre Wange und beuge mich vor, um ihr einen Kuss auf die Stirn zu drücken.

»Ich hab dich auch lieb, mein kleiner Engel.«

Dann stehe ich auf, schalte das Licht aus und schließe ihre Zimmertür hinter mir.

Stille kehrt im Haus ein. Eine tiefe Stille, die nur von dem Ticken der Wanduhr im Flur und meinem Puls, der in meinen Ohren rauscht, unterbrochen wird.

Eine Last scheint von meinen Schultern zu fallen. Doch warum hört mein Herz nicht auf so schnell zu schlagen?

Es ist fast zehn Uhr. In acht Stunden muss ich aufstehen, um Mom beim Anziehen zu helfen. Dann muss ich Katy aufwecken, ihr Frühstück und Pausenbrot machen und sie zur Schule bringen, ehe ich selbst in den Unterricht kann.

Plötzliche Panik bricht in mir aus. Sie schnürt mir den Brustkorb zu, raubt mir die Luft zum Atmen. Meine Beine wollen unter mir nachgeben. Schnell stolpere ich in mein Zimmer und mache die Tür hinter mir zu. Ich schließe die Augen und versuche zu Atem zu kommen. Versuche die Sekunden zu zählen, doch mein Kopf ist wie benebelt.

Wirre Gedanken fliegen durch meinen Kopf. Moms Krankheit, Dads Abwesenheit, Katy, die Schule ... Es kommt mir so vor, als schlügen all diese Faktoren gnadenlos auf mich ein.

Es wird mir zu viel. Ich bin vollkommen überfordert.

Dabei unterstützt mich Tante Violet – Moms Schwester – am Wochenende und übernimmt meine Aufgaben, damit ich mich ein wenig ausruhen und wieder neue Kraft tanken kann.

Obwohl das ein kleiner Hoffnungsschimmer ist, kann ich nichts gegen den sich anbahnenden Kloß in meinem Hals tun. Ich kann nichts gegen die Tränen tun, die sich unnachgiebig einen Weg in meine Augen bahnen. Und dann breche ich zusammen. Ich lasse mich aufs Bett fallen und vergrabe mein Gesicht im Kissen, damit mich niemand weinen hört.

Kapitel 7

Avery

»Und eins, zwei …«, zähle ich und klatsche in die Hände.

Heute trainieren wir auf dem Sportplatz unsere neue Choreographie. Während die anderen Cheerleader die Bewegungen exakt ausführen, habe ich so meine Probleme. Obwohl ich mir Mühe gebe, kann ich mich überhaupt nicht konzentrieren. Und das liegt nicht nur daran, dass das Footballteam ebenfalls übt und Devyn wieder auf der Tribüne sitzt.

Ich verwechsle links mit rechts und pralle dabei fast mit Emma zusammen, die mich verwirrt anschaut. Dann komme ich vollkommen aus dem Rhythmus, sodass ich schließlich aufgebe und einfach stehen bleibe, um den anderen zuzusehen.

Auf der anderen Seite des Sportplatzes wird das Footballteam von Coach Johnson in offensiven Pass- und Laufübungen gedrillt. Außerdem hat er einen Hindernisparcours aufgebaut, den sie überwinden müssen. Alle Footballspieler tragen kurze Shorts und enge Tops, durch die ihre Muskeln noch besser zur Geltung kommen. Früher habe ich ihnen gern beim Training zugesehen. Vor allem Braden. Ich bin stolz auf meinen Freund gewesen. Wenn er sich zu mir umgedreht und mir gewunken hat, bin ich vor lauter Überheblichkeit fast geplatzt. Doch als er sich dieses Mal zu mir umdreht, verspüre ich wieder dieses ungute Gefühl im Magen, das ich auch im Supermarkt bemerkt habe und das mich schon länger begleitet.

Der Streit mit Braden ist jetzt einige Tage her. Zwar holt er mich morgens wie immer ab und fährt mich nach der Schule wieder nach Hause. Jedoch reden wir kaum miteinander und schweigen uns gegenseitig an, was mich extrem beschäftigt.

»Avery, du bist heute gar nicht bei der Sache!«, reißt mich Chloe aus den Gedanken.

»Was stehst du da so rum? Lass uns weitermachen und streng dich mehr an!«, beschwert sich Sofia und verschränkt die Arme vor der Brust.

Alle sehen mich fragend an.

»Tut mir leid, ich ... egal. Wo waren wir?«, entschuldige ich mich, weil ich nicht mehr weiß, wo ich jetzt eigentlich beim Zählen sein müsste. Da sich unser Coach verspätet, ist es meine Aufgabe, den Takt laut mitzuzählen.

Chloe und Sofia werfen sich genervte Blicke zu. Ich fühle mich schlecht. Wir sind hier, weil wir zusammen trainieren wollen. Wegen mir kommt das Team ganz durcheinander. Ich sollte Braden und meine Probleme aus meinen Gedanken verbannen und mich auf das konzentrieren, wegen dem ich hier bin und was ich gern tue: das Cheerleading.

»Lasst uns eine Trinkpause einlegen. Ich bin am Verdursten«, meint Emma, woraufhin die Cheerleader zustimmend nicken. Die Gruppe löst sich auf, weil alle zu ihren Trinkflaschen marschieren, die im Gras verstreut herumliegen.

Emma zieht mich beiseite. »Ist alles in Ordnung mit dir? Hast du Stress mit Braden? Zwischen euch liegt so eine komische Spannung in der Luft und ihr haltet auch nicht mehr Händchen«, bemerkt sie und mustert mich aufmerksam. »Wir sind Freundinnen. Du weißt, wenn irgendetwas ist, kannst du mit mir darüber reden. Ich halte meinen Mund, falls du nicht willst, dass Chloe und Sofia es erfahren und weitertratschen«, raunt sie mir mit einem schrägen Blick auf besagte Freundinnen zu.

Die halten ihre Wasserflaschen in den Händen und beobachten die Jungs beim Footballspielen. Chloe und Sofia können Geheimnisse schwer für sich behalten. Manchmal glaube ich sogar, dass sie absichtlich etwas ausplaudern, um Aufmerksamkeit zu bekommen. Wobei Sofia schlimmer ist als Chloe. Denn die scheint Sofia als ihr Vorbild zu sehen und eifert ihr nach. Ganz im Gegensatz zu Emma, die sich aus Tratscherei und Zickenkriegen heraushält.

Ich drücke ihren Arm. »Ich weiß. Danke, Emma. Das bedeutet mir viel.«

Sie lächelt zurück. »Wie geht es deinem Dad?«

»Hat sich nichts verändert«, erwidere ich und setze ein falsches Lächeln auf, während sich ein Kloß in meinem Hals bildet. Emma blickt mich mitleidig an und nimmt mich kurz in den Arm. Keine Ahnung warum, aber über ihre Schulter hinweg fällt mein Blick auf Devyn, der den Kopf in unsere Richtung gedreht hat. Beobachtet er uns? Beobachtet er mich? Bei dem Gedanken wird mir ganz warm und mein Herz schlägt schneller, weshalb ich wieder wegsehe.

Emma löst sich von mir. Sie zögert kurz. »Wenn …«, beginnt sie, doch ich unterbreche sie.

»Mir geht es heute einfach nicht so gut. Das ist alles«, erkläre ich, bevor sie noch mal nach Braden fragen kann. Ich will jetzt nicht über ihn reden.

Sie klappt den Mund wieder zu. »Dann ist es vielleicht besser, wenn du …«, setzt sie an, wird jedoch von Sofia unterbrochen, die mit pikierter Stimme über den gesamten Sportplatz brüllt: »Was glotzt du so blöd, du gruseliger Stalker? Geh anderen Leuten nachstellen. Niemand kann dich leiden, Grusel-Devyn!«

Sie zeigt auf Devyn, der immer noch auf der Tribüne sitzt. Alle Blicke folgen ihr. Nicht nur die der Cheerleader. Auch die Schüler auf den Tribünen und die Footballspieler, die ihre Pässe unterbrechen, starren Devyn an, der sofort aufsteht und mit schnellen Schritten die Tribüne verlässt.

»Der arme Devyn. Das ist unter der Gürtellinie gewesen«, murmelt Emma mir kopfschüttelnd zu. Obwohl sie sich bemüht hat leise zu sprechen, hat Sofia es gehört.

Sie kneift die Augen zusammen und schürzt die Lippen.

»Unter seiner Gürtellinie findet man sowieso nicht viel«, sagt sie trocken, woraufhin ein paar der umstehenden Cheerleader kichern.

Sofia genießt sichtlich die Aufmerksamkeit und den Zuspruch, den sie bekommt. Selbstzufrieden verschränkt sie die Arme vor der schmalen Brust. »Ich kann verstehen, dass uns alle anstarren, weil wir so heiß und cool sind. Aber Grusel-Devyn stalkt uns die ganze Zeit. Immer sitzt er auf der Tribüne und beobachtet uns. Das ist echt creepy. Ich will von ihm nicht beobachtet werden. Dich hat das doch vorhin auch aus der Fassung gebracht. Er bringt uns kein Glück als Schulmaskottchen, er bringt uns nur Pech. Er gehört weg- oder eingesperrt. Der Typ ist doch behindert!«

»Jemanden *behindert* zu nennen ist keine Beleidigung. Damit beleidigst du höchstens Menschen mit Behinderung«, widerspreche ich ihr leise.

Sofia hebt irritiert eine Braue. »Ist doch egal. Er hat hier nichts mehr zu suchen. Er gehört nicht hierher.«

Sie schaut zur Tribüne, doch Devyn ist schon längst weg. Während sie breit grinst – immerhin hat sie erreicht, was sie wollte, und ihn vertrieben – zieht sich mein Herz zusammen. Plötzlich tut er mir unglaublich leid. Ständig wird er von allen Leuten fertiggemacht. Kein Wunder, dass er gar nicht erst versucht wieder Anschluss zu finden.

Er erinnert mich ein wenig an mich selbst. An meine Zeit an der Middle School, als sich meine Mitschüler über das Stottern meines Dads lustig gemacht haben. Als ich auch keine Freunde hatte. Ich konnte niemandem vertrauen, weil ich Angst hatte, sie würden mich nur wieder wegen meinem Dad auslachen.

»Gut, dass er weg ist. Ich habe das ernst gemeint, was ich letztens im Training gesagt habe. Wir brauchen eine einstweilige Verfügung gegen Grusel-Devyn. Ich traue dem alles zu«, meint Sofia, lockert ihre Schultern und dehnt ihren Nacken. »Jetzt können wir wenigstens in Ruhe weitertrainieren.«

Sie wendet sich an die restlichen Cheerleader, doch ich stehe stocksteif da, unfähig mich zu bewegen. Fragend dreht sie sich zu mir um. Und nicht nur sie. Das ganze Cheer Squad betrachtet mich abwartend.

»Ich …«, beginne ich und breche ab, weil ich selbst nicht weiß, was mit mir los ist. Ich habe eine unerklärliche Wut auf Sofia in mir, die ich nur mit sehr viel Mühe zurückhalten kann.

»Es tut mir leid, aber ich fühle mich gerade nicht wohl. Trainiert ohne mich weiter. Ich muss gehen«, presse ich hervor und drehe mich um, ehe ich noch etwas Falsches sage, für das mich alle hassen werden.

»Ist das dein Ernst?«, ruft mir Sofia hinterher, doch ich ignoriere sie.

»Lass sie doch gehen«, höre ich Chloe auf sie einreden. »Die wird sich schon wieder einkriegen. Sie verträgt es nur nicht, dass du recht hast.«

Beinahe hätte ich noch mal kehrtgemacht, um ihnen meine Meinung zu sagen. Doch ich schlucke meinen Zorn hinunter und stapfe mit zu Fäusten geballten Händen davon. Emma, die Anstalten macht, mir zu folgen, bedeute ich mit einem Kopfschütteln, es bleiben zu lassen. Ich bin zu aufgewühlt und brauche erst mal Zeit für mich.

Ich bekomme noch mit, wie Coach Johnson mit Sofia schimpft, weil sie Devyn so gemein behandelt hat. Doch was bringt das schon? Sie wird es das nächste Mal wieder tun.

Aufgewühlt verlasse ich den Sportplatz. Dabei habe ich mich heute Morgen so sehr auf das Training gefreut. Aber ich halte es keine Sekunde länger mit Sofia aus.

Zuerst ziehe ich mich in der Umkleide der zum Sportplatz angrenzenden Sporthalle um, in der wir bei schlechtem Wetter immer trainieren oder Sport haben. Dann begebe ich mich zu den Toiletten, wo ich mir kaltes Wasser ins Gesicht spritze und mich im Spiegel anstarre. Himmelblaue Augen blicken mir entgegen. Sie gehören einem Mädchen mit einem ovalen, etwas bleichen Gesicht. Die honigblonden Haare hat sie zu einem Pferdeschwanz zurückgebunden. Vom Schlafmangel hat sie eigentlich tiefe Ringe unter den Augen, die sie mit Foundation und Concealer gut überschminken konnte. Sie lächelt nicht, schafft es nicht einmal, einen Mundwinkel zu heben. Ich frage mich, wer diese Person im Spiegel ist. Wer sie war und was aus ihr geworden ist. Und warum sie sich plötzlich in der Nähe ihrer Freunde so komisch fühlt und diese unerklärliche Wut in sich hat.

Ganz in meine Gedanken versunken verlasse ich die Toilette und begebe mich zum Ausgang. Zu spät bemerke ich, dass jemand vor einer Vitrine neben dem Ein- und Ausgang steht. Ich bekomme es erst mit, als ich ihn im Vorbeigehen aus Versehen anrempele.

»Tut mir lei…« Mir bleibt das Wort im Hals stecken, als sich Devyn zu mir umdreht. Er trägt graue Jeans und ein zerknittertes weißes T-Shirt. Sein sanfter Zitrus-Geruch gepaart mit einem aromatischen Aftershave schwebt mir in die Nase. Mein Herz schlägt schneller. Sowie ich den Kopf hebe und in seine blaugrauen Augen blicke, stockt mir der Atem. Devyn schaut mich nicht minder überrascht an. Bei genauerem Betrachten fällt mir auf, dass seine Augen gerötet und seine Wangen feucht sind, als hätte er geweint.

Seine Lippen bewegen sich. Er muss etwas gesagt haben, das ich nicht verstanden habe, denn er hebt fragend eine Braue.

Ich reiße mich aus meiner Starre.

»Was?« Meine Stimme ist kaum mehr als ein Flüstern.

Devyn lächelt, wenngleich es ein wenig bedrückt wirkt. »Ich habe gesagt: Nicht dass das jetzt zur Gewohnheit wird, dass du immer in mich hineinläufst.« Er stoppt kurz und mustert mich wie ich ihn zuvor. »Ist alles okay? Du wirkst so durcheinander. Beim Training gerade eben bist du auch nicht ganz bei der Sache gewesen.«

Also hat er uns doch beobachtet. Und ihm ist meine Unruhe aufgefallen. Ich weiß nicht, was ich davon halten soll. Hat Sofia recht und er ist wirklich ein Stalker? Doch im nächsten Moment schäme ich mich für den Gedanken. Da ich mir vorhin Wasser ins Gesicht gespritzt habe, das vermutlich noch ein wenig glänzt, muss er wohl glauben, ich hätte auch geweint. Vermutlich hat er eins und eins zusammengezählt und daraus geschlossen, dass mich etwas deprimiert. Außerdem beobachten uns viele Schüler beim Training. Das ist ganz normal.

»Hast du mich vorhin beobachtet?«, frage ich schließlich, weil ich nicht weiß, was ich sonst sagen soll.

Er reißt die Augen auf. »Ja. Ich meine Nein! Ich meine …« Er holt tief Luft und fährt sich verlegen durch die Haare. »Ja, habe ich. Eigentlich habe ich das Footballteam beobachtet, aber euch auch. Immerhin bin ich ein gruseliger Stalker.« Er setzt ein schiefes Grinsen auf, doch in seinen Augen sehe ich den Schmerz schimmern, den er zu verbergen versucht.

»Du stellst dich aber nicht gerade sehr schlau an, wenn du dich beim Stalken erwischen lässt«, bemerke ich mit übertrieben ernster Stimme, woraufhin sich seine Mundwinkel heben. Schweigend stehen wir voreinander und starren uns an.

»Du siehst echt scheiße aus«, spreche ich meine Gedanken laut aus.

Devyn schaut mich an, als hätte ich ihn geohrfeigt. »Ehm ... danke?«

»Tut mir leid. Das klang völlig falsch. Du siehst gut aus.« Ich verstumme. Habe ich ihm gerade ein Kompliment gemacht?

Devyn wirkt darüber genauso verdutzt wie ich. Er schiebt die Hände in seine Hosentaschen und hebt die Brauen.

»Du findest mich also gut aussehend? Lass das deinen XL-Romeo nicht hören«, neckt er mich. Dann nimmt er eine Hand wieder aus der Hosentasche, um Zeigefinger und Daumen an sein Kinn zu legen, als würde er überlegen. »Dabei hast du gestern erst gesagt, ich sei nicht dein Typ. Du solltest dich lieber entscheiden, Avery.«

Seine blaugrauen Augen erwidern meinen Blick fest. In meinem Magen breitet sich ein nervöses Flattern aus. Vor lauter Scham laufe ich knallrot an. Ich sollte am besten einfach meinen Mund halten.

»So habe ich das nicht gemeint. Ich meinte ... weil du ... du siehst fertig aus«, verbessere ich mich hastig. »Traurig.«

Sofort wird Devyn wieder ernst. Seine Mundwinkel sacken nach unten. Ob alles okay ist, brauche ich gar nicht zu fragen, weil es das offensichtlich nicht ist.

Mein Blick fällt auf die Vitrine hinter ihm, die er bis zu unserem Zusammenstoß betrachtet hat. Sie ist voll mit Fotos von den Footballmannschaften unserer Schule in den letzten Jahren. Allerdings fällt ein Foto besonders auf, weil eine Person herausgeschnitten wurde. Es ist das Bild von der Footballmannschaft letztes Jahr. Devyn wurde entfernt. Sie haben ihn nicht nur aus dem Team verbannt. Sie haben ihn auch noch aus den Fotos, aus den Erinnerungen verbannt. So, als wäre er nie da gewesen.

Er bemerkt meinen Blick und presst die Lippen aufeinander.

»Ich habe nur ...«, beginnt er und bricht ab. Ertappt lässt er die Schultern und den Kopf hängen.

»Alte Fotos angeschaut«, beende ich seinen Satz.

Er nickt nur, traut sich anscheinend nicht mir in die Augen zu schauen.

»Vermisst du dein Team und das Footballspielen?«, wage ich leise zu fragen.

Nun hebt er doch den Kopf und mustert mich wachsam, als versuchte er herauszufinden, ob ich es wirklich ernst meine.

Plötzlich ertönen von draußen Stimmen. Gleichzeitig wenden wir unsere Köpfe in Richtung Eingang, auf den drei verschwitzte Footballspieler zukommen: Bradens beste Freunde. Read und Jackson – ein hünenhafter Typ mit kurzen, weißblonden Haaren, der wie Read in der Defensive Line spielt. Hinter ihnen befindet sich der dunkelhaarige Tyler, der schlankste und schmächtigste Footballspieler im Team. Er war früher der beste Läufer im Leichtathletikteam, ist dann jedoch als Running Back ins Footballteam gewechselt.

Read, der in der einen Hand seinen Footballhelm hält, öffnet die linke Tür. Kaum dass er einen Fuß in das Innere der Sporthalle gesetzt hat, hat er uns auch schon entdeckt und bleibt abrupt stehen, sodass seine Freunde in ihn hineinlaufen.

»Warum bleibst du auf einmal stehen?«, beschwert sich Tyler, als sein Blick ebenfalls auf Devyn und mich fällt. »Oh.« Augenblicklich verfinstert sich sein Gesicht. Die drei mustern uns mit zusammengekniffenen Augen.

»Ich sollte jetzt besser gehen«, murmelt Devyn mit Blick auf die Footballspieler, die sich wie Wächter neben dem Eingang aufbauen. Die Luft ist plötzlich wie aufgeladen, sodass ich schon Angst habe, dass sie auf Devyn losgehen. Doch zu meiner Erleichterung sagen sie nichts, als er an ihnen vorbeigeht, die Türen aufstößt und nach draußen stürmt.

»So ein Hosenscheißer, dieser Verräter«, knurrt Read abfällig, woraufhin seine Freunde ihm zustimmen. »Kein Wunder, dass er immer wieder neue Windeln braucht, wenn er sich vor lauter Angst in die Hosen macht, sobald er uns sieht.« Er grinst selbstgefällig.

Ich runzle die Stirn. Windeln? Hat Braden ihm von unserer Begegnung mit Devyn im Supermarkt erzählt? Bestimmt haben sie sich über Bradens *coole* Aktion totgelacht.

Read tritt auf mich zu und baut sich vor mir auf, Jackson und Tyler stellen sich versetzt hinter ihn.

»Was hat das Maskottchen von dir gewollt?«, will Read wissen.

Ich verschränke die Arme vor der Brust. »Was geht euch das an?«

»Was uns das angeht?« Er kneift die Augen zusammen. »Du bist mit Braden zusammen. Er ist unser Freund. Also sind wir auch deine Freunde, Aves. Und als deine Freunde ist es unsere Pflicht, dich vor Losern wie Coleman zu beschützen«, erklärt er, als wäre ich ein naives Kind.

Ich muss mich enorm zusammenreißen ruhig zu bleiben. »Das ist wirklich nett von euch, aber ich brauche keine Beschützer!«

Die Jungs brechen in höhnisches Gelächter aus. Read tritt einen großen Schritt auf mich zu, sodass sich unsere Schuhspitzen berühren. Da er so groß ist, muss ich meinen Kopf in den Nacken legen, um ihm in die Augen sehen zu können. Obwohl er sehr einschüchternd ist, weiche ich nicht vor ihm zurück. Diese Genugtuung werde ich ihm nicht geben.

»Bei Coleman weiß man nie. Halt dich lieber fern von ihm«, warnt er trocken.

Ich verschränke die Arme vor der Brust. »Warum?«

Read lächelt. Und dieses Lächeln lässt mir eine Gänsehaut über den Rücken laufen. »Es gibt einen Grund, warum Coleman aus dem Team geworfen worden ist.« Er macht eine kurze, dramatische Pause, um mich auf die Folter zu spannen.

»Ich weiß.« Ich verdrehe die Augen, weil ich diese Vorwürfe nicht mehr hören kann. »Er ist immer zu spät gekommen und ist schuld daran, dass ihr letztes Jahr gegen die Blue Cliff High verloren habt. Jeder verliert einmal ein Spiel. Kommt darüber hinweg. Dafür habt ihr andere gewonnen.« *Es gibt Wichtigeres im Leben,* will ich noch sagen, doch das behalte ich lieber für mich. Sie würden es nicht verstehen.

Die Jungs sehen mich wie Devyn vorhin an, als hätte ich sie geschlagen. Read fasst sich als Erstes wieder.

»Du erinnerst dich bestimmt daran, dass Braden und Devyn gute Freunde gewesen sind?«, übergeht er meinen Kommentar. »Und dass die Freundschaft plötzlich zu Bruch gegangen ist?« Ich nicke langsam. »Erinnerst du dich auch an den Vorfall nach den Play-Offs letztes Jahr? Als jemand nach dem Spiel, während wir alle unseren Sieg gefeiert haben, in die Schule eingebrochen ist und die Vitrine und die darin stehenden Pokale kaputt geschlagen hat?«

»Auf was willst du hinaus, Read?«, frage ich, obwohl ich es mir schon denken kann.

»Es ist Devyn gewesen«, sagt mein Gegenüber mit dramatischer Stimme. »Nachdem er aus dem Team geworfen worden ist, ist er völlig ausgeflippt. Er hat als Maskottchen verkleidet das Glas von unserem Trophäenschrank mit einem Baseballschläger zerschlagen. Er hat all die Pokale zerstört, die unser Team je gewonnen hat.«

Genervt verdrehe ich die Augen. Warum fangen sie wieder davon an, obwohl es gar nicht bestätigt ist?

»Das ist nicht eindeutig sicher«, halte ich dagegen.

»Natürlich ist er der Täter oder glaubst du, wir würden unsere eigenen Pokale zerstören, die wir mit so viel Blut und Schweiß gewonnen haben? Ist doch klar, dass Devyn sauer gewesen ist, weil er aus dem Team geworfen wurde. Er wollte sich an uns rächen. Oder glaubst du, Braden hätte seine Freundschaft zu Devyn einfach so aufgegeben? Er hat erkannt, wer Devyn wirklich ...«

»Devyn?«, ertönt Bradens wachsame Stimme hinter mir. »Was ist mit Devyn?«

Ich wirble zu meinem Freund herum, der durch die Eingangstüren hereinkommt. Auch er ist komplett durchgeschwitzt. Seine Haare und der Ansatz seines Trikots sind ganz nass. Den Helm hat er unter seine Arme geklemmt. Er runzelt die Stirn, sein fragender Blick wandert von mir zu Read, der anklagend auf mich deutet.

»Perfektes Timing, Braden. Wir haben Avery gerade erwischt, wie sie sich mit unserem Maskottchen unterhalten hat.«

So, wie er es sagt, klingt es wie ein schweres Verbrechen. Und Bradens entsetzter und vorwurfsvoller Blick sorgt dafür, dass ich mich immer schlechter fühle

»Ich habe mich nur mit ihm unterhalten!«, verteidige ich mich.

»Sie glaubt mir nicht, dass Devyn gefährlich ist und unsere Pokale zerstört hat, weil es angeblich keine Beweise gibt. Dabei ist die Sache doch glasklar«, fährt Read fort.

Braden wird kreidebleich. Sein Helm rutscht ihm beinahe aus der Hand, weshalb er schnell mit der anderen danach greift und ihn schützend vor sich hält.

»Braden, sag, dass das nicht wahr ist«, wende ich mich an meinen Freund, weil ich Read nicht glauben will.

Doch der verzieht das Gesicht, als würde ihm die Antwort Schmerzen bereiten. »So sehr ich mir das Gegenteil wünsche ... Aber Read hat recht. Devyn ist derjenige, der die Pokale kaputt gemacht hat.« Er stockt. »Ich ... ich habe ihn gar nicht mehr wiedererkannt. Das ist nicht mehr mein bester Freund gewesen.«

»Aber ... wenn ihr glaubt, Devyn hätte das wirklich getan, warum habt ihr dem Coach oder Direktor Higgens euren Verdacht nie mitgeteilt?«, hake ich misstrauisch nach.

»Weil wir Freunde gewesen sind«, erwidert Braden bedauernd. »Ich habe nicht gewollt, dass er noch mehr Ärger bekommt, als er wegen seiner Fehlstunden ohnehin schon an der Backe gehabt hat. Ich habe mit dem Coach geredet und ihn gebeten die Sache unter den Tisch fallen zu lassen. Und das hat er auch getan.«

Read schnaubt. »Er hätte es nicht tun sollen. Coleman ist gefährlich. Er hat unbehandelte Aggressionsprobleme. Einmal ist er im Training grundlos auf mich losgegangen. Wenn du mir nicht glaubst, kannst du das Team fragen. Sie haben es alle gesehen. Er hat mir ein blaues Auge verpasst«, erklärt er zornig. Seine Freunde nicken zustimmend.

»Es ist besser, wenn du dich von ihm fernhältst«, betont Braden eindringlich. »Wir wollen dich nur vor ihm beschützen.«

Ich hadere mit mir. Einerseits will ich Braden glauben. Er kennt Devyn besser und länger als ich. Ihre Argumentation ist logisch. Aber andererseits erschien Devyn mir nie gewalttätig. Und warum wehrt er sich jetzt nicht, wenn er es laut ihnen früher getan hat?

Kapitel 8

Die nächsten Tage habe ich keine Zeit, mich mit Devyn, Braden und seinen Freunden oder der eingeschnappten Sofia und somit auch Chloe, die mich seit der Diskussion auf dem Sportplatz ignorieren, zu beschäftigen. Es stehen einige Prüfungen an, sodass ich die meiste Zeit damit beschäftigt bin zu lernen.

Dennoch geht mir die Sache mit Devyn nicht mehr aus dem Kopf. Ich kann mir einfach nicht vorstellen, dass er so etwas getan haben könnte.

Als hätte ich ihn heraufbeschworen, entdecke ich Devyn beim Verlassen des Schulgebäudes, wie er wenige Meter von mir zu einem alten, auffallend knallroten Auto geht. Anscheinend hat Braden ihm – obwohl er es mir versprochen hat – die Reifen für sein Fahrrad immer noch nicht ersetzt.

Als hätte er mein Starren gespürt, dreht er sich um. Unsere Blicke treffen sich. Ich halte den Atem an.

Plötzlich legt sich ein Arm um meine Schultern und Braden erscheint neben mir. Obwohl wir uns vor nur wenigen Tagen gestritten haben, tut Braden so, als wäre nichts gewesen.

»Hey, Babe.« Er zieht mich an sich und küsst mich demonstrativ, ehe er mit grimmiger Miene zu seinem ehemaligen besten Freund schaut. Dieser wendet sich ab und schließt die Autotür seines Fahrzeugs auf.

»Lass uns gehen. Wenn ich ihn noch länger ansehen muss, kann ich für nichts garantieren«, murmelt Braden und schiebt mich zu seinem Auto, an dem seine Freunde auf uns warten.

Read, Tyler und Jackson unterhalten sich lautstark über Mädchen, mit denen sie letztens geschlafen haben.

»Sie ist richtig sexy gewesen«, prahlt Read. »Und sehr laut. Sogar die Wände haben gewackelt.«

»Meine Freundin ist so leise, dass ich keine Ahnung habe, ob es ihr gefällt oder nicht«, meint Jackson, der Reads Erzählung ehrfürchtig lauscht. »Ist echt nervig.«

»Das hat doch nichts damit zu tun, wie gut es einem Mädchen gefällt! Manche sind eben leise und manche lauter! Hast du sie denn nicht gefragt?«, hake ich nach und ignoriere Braden, der meine Hand warnend drückt.

»Was soll ich sie gefragt haben?«, fragt Jackson irritiert.

»Wenn du das Gefühl hast, dass es ihr nicht so gut gefällt, oder du dir unsicher bist, warum hast du sie nicht gefragt, woran das liegen könnte? Vielleicht traut sie sich noch nicht dir zu sagen, was sie gern mag«, schlage ich ihm unbeirrt vor. »Frag sie das nächste Mal, was ihr gefä...«

»Du bringst es einfach nicht, Jackson«, unterbricht mich Read kichernd und schlägt seinem Freund kumpelhaft auf die Schulter. »Aber keine Sorge, Bro: Übung macht den Meister.« Er macht eine Pause und sein Blick wandert zu mir. Seine Augen verengen sich zu schmalen Schlitzen. »Du bist zwar ein Mädchen, aber bei diesen Themen kannst du doch gar nicht mitreden. Oder habt ihr den letzten Schritt endlich getan? Kann ich dir gratulieren, Bro?«, wendet er sich breit grinsend an Braden, der rot anläuft.

»Mal ganz abgesehen davon, dass euch das nichts angeht, kann ich doch trotzdem meine Sicht der Dinge schildern«, erwidere ich und entziehe Braden, der mich warnend ansieht, die Hand.

Komplett ohne Erfahrung bin ich zwar nicht, weil Braden und ich schon ein paar Dinge ausprobiert haben, aber das müssen die Jungs nicht wissen. »Ohne Kommunikation funktioniert nichts. Wenn Jackson nicht mit seiner Freundin redet, weiß er nicht, was ihr gefällt und wie es schöner für sie sein könnte. Genauso ist es auch umgekehrt.«

»Du hast meine Frage nicht beantwortet, Aves. Habt ihr es jetzt endlich getan?«, will Read mit einem hinterlistigen Grinsen wissen. »Oder trägst du einen Purity-Ring?«

Bradens Kopf ist mittlerweile dunkelrot angelaufen.

»Das geht euch nichts an!«, wiederhole ich, weil mir dieses Thema genauso unangenehm ist wie meinem Freund.

Read fragt uns immer wieder, ob wir es schon getan haben. Er weiß genau, wie peinlich Braden die Tatsache ist, dass wir noch nicht miteinander geschlafen haben. Manchmal habe ich das Gefühl, als würde Read das absichtlich machen. Vielleicht will er uns gegenseitig aufstacheln oder seinem besten Freund zum Touchdown verhelfen.

»Ihr seid jetzt schon so lange zusammen, das ist traurig. Warum bist du so verklemmt, Aves? Seit dem Unfall bist du richtig langweilig geworden. Wo ist nur die alte, coole Aves hin? Springt einfach miteinander in die Kiste, dann habt ihr es endlich hinter euch«, meint Read, woraufhin Jackson und Tyler sich peinlich berührt abwenden.

Read sagt das so leicht. Doch für mich ist das erste Mal etwas Besonderes. Ich will mich nicht dazu drängen lassen, ich will mich bereit dafür fühlen. Aber wegen Read und meinen Freunden, die anscheinend schon alle mindestens einmal Sex hatten, lastet ein großer Druck auf meinen Schultern. Manche Menschen sind mit Mitte zwanzig noch Jungfrau. Was ist so schlimm daran? Es gibt Wichtigeres im Leben.

»Wir gehen jetzt«, knurrt Braden ausweichend.

Statt mich zu verteidigen, schickt er die Jungs weg, greift nach meinem Handgelenk und schiebt mich in sein Auto. Perplex lasse ich mich auf den Beifahrersitz fallen.

Kaum bin ich angeschnallt, brettert er auch schon los. Die restliche Zeit über reden wir nicht miteinander, was vor allem daran liegt, dass Braden stur vor sich hinschweigt und ungeduldig auf sein Lenkrad eintrommelt.

Ich hänge meinen eigenen Gedanken nach. Diese merkwürdige Stimmung zwischen uns geht jetzt schon seit gefühlten Wochen so und scheint nicht besser zu werden, wie ich gehofft hatte. Ich fühle mich nicht mehr wohl in Bradens Nähe oder der seiner Freunde. Als wäre ich ihnen nicht mehr zugehörig. Gleichzeitig will ich die Freundschaft zu Braden nicht aufgeben, weil er mir in der schweren Zeit mit meinem Dad auf seine Weise beigestanden hat.

In der Nähe meines Hauses sehen wir meinen Vater, der wieder eine seiner täglichen Spazierrunden dreht. Schließlich halten wir vor unserem Grundstück, Braden schaltet den Motor aus. Ohne etwas zu sagen, dreht er sich plötzlich zu mir. Er legt seine Hand in meinen Nacken und gibt mir einen kurzen Kuss.

»Wann kommt dein Vater zurück? Er ist doch meistens zwei Stunden unterwegs und bleibt bei gutem Wetter im Garten, oder?«, fragt er und sieht an mir vorbei auf die Straße, wo außer ein paar Spaziergängern niemand zu sehen ist.

»Normalerweise schon, warum?«, hake ich mit einem unguten Gefühl im Magen nach, obwohl ich ahne, worauf er hinauswill.

Bradens Mundwinkel heben sich. Seine Hände legen sich auf meine Wangen und er zieht mich zu sich heran, sodass ich mich über die Mittelkonsole beugen und am Armaturenbrett festhalten muss. Braden küsst mich so leidenschaftlich, dass mir die Luft wegbleibt.

»Ich liebe dich«, haucht er an meinen Lippen. »Read hat recht. Wir sind jetzt schon so lange zusammen. Lass uns reingehen. Lass uns den letzten Schritt endlich tun. Wir haben lange genug gewartet. Ich bin so was von bereit und dir wird es bestimmt gefallen«, raunt er.

In mir zieht sich etwas zusammen und ich fühle mich unglaublich schlecht, als ich ihn von mir wegschiebe und an den äußersten Rand des Sitzes rutsche.

Bradens Miene verfinstert sich. »Was ist los, Avery? Was mache ich falsch?«

»Tut mir leid«, krächze ich ehrlich, traue mich jedoch nicht ihm in die Augen zu sehen. »Das fühlt sich einfach nicht richtig an«, versuche ich ihm begreiflich zu machen.

»Es fühlt sich nicht richtig an?«, wiederholt Braden ungläubig. »Liegt es an mir? Hast du Angst, dass ich nicht vorsichtig sein werde? Ich verspreche dir, ich werde sanft sein.«

»Nein, das ist nicht der Grund. Und ich weiß auch, dass du sanft sein würdest.« Ich seufze müde.

Genervt fährt sich Braden durch die Haare. »Die letzten Monate sind schwer für dich gewesen. Das weiß ich. Doch ich bin immer für dich da gewesen. Aber du musst jetzt endlich nach vorn schauen. Dein Dad lebt noch und ich bin bei dir. Wir sind das heißeste und beliebteste Paar an der Schule. Wir werden Ballkönig und Ballkönigin sein, wenn unsere Prom ist. Ist dir das nicht genug?«

»Was hat das mit Aussehen und Beliebtheit oder einem Abschlussball am Schuljahresende zu tun?«, kontere ich. »Ist dir das wirklich so wichtig? Was wäre, wenn ich nicht beliebt und hübsch wäre? Wäre ich nicht die Kapitänin des Cheer Squads?«

Braden stöhnt genervt auf. »Du bist aber die Kapitänin des Cheer Squads. Und ich bin der Kapitän des Footballteams. Wir sind füreinander geschaffen. Vertrau mir, Sex kann sehr schön und entspannend sein. Es ist genau das, was du jetzt brauchst. Du könntest dich endlich fallen lassen. Ich werde vorsichtig sein. Du wirst Spaß daran haben.«

Ein paar Sekunden lang bin ich sprachlos. Hat er das gerade wirklich gesagt? Er hat meine Frage nicht beantwortet. Zumindest nicht direkt. Aber seine Reaktion verdeutlicht mir nur noch mehr, wie viel Wert er auf seinen sozialen Status legt. Unseren sozialen Status.

»Warum ist dir Sex plötzlich so wichtig?«, erwidere ich verständnislos.

»Es ist mir wichtig, weil meine Freunde mich auslachen!«, ruft er und verstummt, als er meinen entsetzten Gesichtsausdruck bemerkt. Frustriert fährt er sich erneut durch die Haare. »Weißt du, wie ich mich fühle, als einziger meiner Freunde eine männliche Jungfrau zu sein? Du hast keine Ahnung, wie sehr ich mich dafür schäme, wenn sie sich austoben und ich warten muss. Wir sind jetzt so lange zusammen, da können wir das erste Mal endlich hinter uns bringen. Du hast keine Ahnung, wie schön Sex sein kann. Es heißt nicht umsonst, dass man sich gegenseitig liebt. Wenn du mich wirklich liebst, würdest du mit mir schlafen.«

Seine Worte fühlen sich an wie ein Schlag ins Gesicht.

»Man muss ganz bestimmt nicht Sex haben, nur weil alle anderen ihn haben«, widerspreche ich ihm schockiert. Zugleich frage ich mich, ob das ein Test ist. »Sich zu lieben, bedeutet nicht miteinander schlafen zu müssen«, füge ich noch hinzu. »Ist das wirklich dein Ernst?«

Braden verschränkt die Arme vor der Brust und funkelt mich stur an, während er eine Unterlippe vorschiebt. Wie ein bockiges Kind.

»Doch, das ist mein voller Ernst. Wenn ich dir etwas bedeute, wenn ich dir jemals etwas bedeutet habe, dann musst du mit mir schlafen«, verlangt er mit fester Stimme. »Sieh es als Liebesbeweis an. Ich habe dir so viel gegeben, jetzt könntest du endlich einmal etwas zurückgeben.«

Kopfschüttelnd starre ich ihn an. Ich kann nicht glauben, was er da faselt. Fühlen sich seine Worte ohnehin schon wie ein Schlag gegen die Brust an, ist es jetzt so, als hätte er mein Herz herausgerissen. Und nicht nur das.

Er macht mich richtig wütend. All die Wut, die sich in den letzten Wochen in mir angestaut hat, all der Frust, den ich zurückgehalten habe, weil ich ihn nicht verärgern wollte, bricht aus mir heraus.

»Du bist in der schweren Zeit für mich da gewesen. Und dafür bin ich dir wirklich dankbar, Braden. Aber das, was du von mir verlangst, ist nicht in Ordnung. Mir reicht es! Ständig verbietet ihr mir meine Meinung, wenn sie euch nicht passt. Versucht mich in eine Richtung zu drängen, in die ich gar nicht will!«

»Was meinst du damit?« Braden ist sichtlich verwirrt.

»Merkst du das gar nicht? Ihr versucht die ganze Zeit über mich umzudrehen«, erkläre ich ihm und muss mich dazu zwingen, ihn nicht anzubrüllen. »Ich habe keine Lust mehr, mir anhören zu müssen, wie uncool ich geworden bin und dass ihr die alte Avery vermisst. Denn die bin ich nicht mehr, wie ich es dir schon einmal gesagt habe! Und dann willst du mich auch noch erpressen mit dir ins Bett zu gehen?«

»Ich erpresse dich gar nicht!«, protestiert Braden schwach.

»Doch, das tust du! Das, was du gerade machst, nennt sich emotionale Erpressung! Wenn du mich wirklich lieben würdest, würdest du mich so akzeptieren, wie ich jetzt bin. Und du würdest warten, bis ich bereit dafür bin, und mich nicht dazu drängen!«, fahre ich ihn an. »Aber weißt du, was mich am meisten verletzt? Dass du meinen Dad nicht mehr sehen willst.« Meine Stimme zittert stark und ich kralle mich am Sitz fest, weil mein Herz so unglaublich schnell schlägt.

Endlich habe ich ihm gesagt, was mir schon so lange auf dem Herzen liegt. Was ich mich so lange nicht getraut habe zu sagen, weil ich genau weiß, warum er ihn nicht sehen will. Ein Schluchzer, den ich nicht mehr aufhalten kann, entfährt mir, Tränen treten mir in die Augen und verschleiern meine Sicht. Ich lange mir ans Herz.

»Du hast akzeptiert, dass er gestottert hat. Und jetzt? Nur weil er gar nicht mehr reden kann, willst du nichts mehr von ihm wissen? So viele Leute haben sich schon deswegen von uns abgewandt. Leute, die früher einmal seine engsten Freunde oder Arbeitskollegen gewesen sind. Sie wechseln die Straßenseite, sobald sie ihn herumspazieren sehen, tun so, als wäre er für sie gestorben. Er leidet sehr darunter. Und mir tut es weh, ihn so zu sehen. Er hat dich echt gerngehabt. Ihr habt euch so gut verstanden. Und jetzt flüchtest du jedes Mal, wenn du ihn siehst, als wäre er ansteckend.«

Braden klappt der Mund auf. Dann schüttelt er fassungslos den Kopf. »Du weißt, warum ich deinen Dad nicht sehen kann. Es ist mir unangenehm, weil er ...« Er stoppt.

»Weil er was? Sprich es aus, Braden. Er hat eine Behinderung. Er kann nichts dafür. Sein Körper macht nicht mehr das, was er will, weil seine Gehirnzellen abgestorben sind. Seine Zunge macht nicht mehr das, was er will, weil sein Gehirn die Signale nicht mehr richtig senden kann. Was, wenn das deinem Vater passiert wäre? Wie würdest du dich fühlen, würde ich mich so verhalten wie du? Wie würdest du dich als mein Vater fühlen? Wie würdest du dich fühlen, wärst du ich? Mit dem Wissen, nie wieder richtig mit ihm reden zu können? Einen Vater zu haben, der mit neunundvierzig Jahren ein Pflegefall ist? Mit dem du nie wieder normale Dinge unternehmen kannst, weil du immer darauf achten musst, dass alles behindertengerecht eingerichtet ist oder er nicht wieder hinfällt? Wie würdest du dich fühlen, würde ich dich einfach stehen lassen und davonfahren? Ich bin mir letztens wie Dreck vorgekommen. Das hat mir wehgetan, Braden.«

Dessen Miene verfinstert sich. »Dich belastet das. Dafür habe ich vollstes Verständnis. Aber du musst auch mich verstehen. Es ist mir unangenehm, wenn ich ihm gegenüberstehe. Soll ich etwa mit ihm übers Wetter reden, obwohl er nicht antworten kann?«

»Ja! Das wäre wenigstens was«, meine ich, aber Braden schüttelt den Kopf. Frustriert fahre ich mir übers Gesicht. Es kommt mir so vor, als liefe ich bei ihm gegen eine felsenfeste Mauer. »Genauso unangenehm ist es mir, wenn du vor ihm flüchtest oder mich zu verändern versuchst«, erkläre ich mit letzter Hoffnung, dass er mich doch noch versteht.

»Das, was du da redest, ist doch völliger Schwachsinn!« Braden lacht verständnislos. »Was ist so falsch daran, die alte Avery, in die ich mich verliebt habe, wiederzuwollen?«

»Und die neue Avery liebst du nicht mehr?«, frage ich herausfordernd.

Er reißt erschrocken die Augen auf. »Das meine ich nicht. Du hast dich verändert und das gefällt mir nicht«, will er sich wieder herausreden.

»Die Zeit nach dem Unfall ist schwer für mich gewesen«, flüstere ich leise. »Wie du schon festgestellt hast, habe ich mich verändert, Braden. Und nicht nur ich. Auch meine Gefühle.«

Als hätte ich ihn geschlagen, weicht Braden zurück und prallt gegen die Fahrertür. Sein Mund öffnet sich, bringt jedoch keinen Ton hervor. Ungläubig schüttelt er den Kopf.

»Avery, das meinst du doch nicht wirklich ernst«, will er mich besänftigen. »Es tut mir leid, wenn ich dich gerade eben gedrängt habe. Ich wollte doch nur wissen, wie weit du für mich gehen würdest.«

»Darum geht es mir gar nicht, auch wenn das von dir nicht okay gewesen ist«, murmle ich müde. »Aber ich kann nicht mehr länger um etwas kämpfen, das schon längst in die Brüche gegangen ist.«

»Was soll das heißen?« Braden klingt alarmiert.

Ich hole tief Luft. Ich habe lange darüber nachgedacht, habe mit mir gehadert und immer einen Rückzieher gemacht, weil ich gehofft habe, dass es besser und wieder wie früher wird. Aber ich muss akzeptieren, dass es nie mehr wie früher sein wird. Dass ich nur noch unglücklich sein werde, wenn ich nicht endlich einen Schlussstrich ziehe.

»Braden …«, beginne ich unter Tränen.

»Machst du gerade Schluss mit mir?«, unterbricht er mich entsetzt.

»Du hast selbst gesagt, dass wir in letzter Zeit immer häufiger streiten. Du vermisst die alte Avery, in die du dich verliebt hast. Merkst du nicht, wie wir uns voneinander entfernt haben?«

»Aber wir sind Braden und Avery. Wir sind Ken und Barbie, wie deine Freundinnen uns immer nennen. Du bist die Kapitänin der Cheerleader und ich bin der ...«

»Kapitän des Footballteams«, unterbreche ich ihn. Ich kann diese Worte nicht mehr hören. »Und ausgerechnet deswegen müssen wir zusammen sein? Früher hat sich diese Beziehung richtig angefühlt. Wir sind auf der gleichen Wellenlänge gewesen. Aber wir beide haben uns verändert. Mittlerweile habe ich das Gefühl, als wären wir nur noch zusammen, weil es jeder von uns erwartet.«

Braden starrt auf seine Hände, die das Lenkrad fest umklammern.

»Unsere Beziehung ist so perfekt gewesen«, murmelt er.

»*Zu* perfekt«, verbessere ich ihn.

Braden schweigt.

»Es ist vorbei. Wir sind kein Paar mehr. Lass uns erst mal Abstand nehmen. Vielleicht können wir irgendwann Freunde sein. Du brauchst mich nicht mehr mitnehmen. Ich fahre mit dem Rad. Das ist am besten für uns beide«, schlage ich vor, weil ich die schöne Zeit mit ihm und die guten Seiten, die er versteckt, nicht vergessen kann.

Ohne seine Antwort abzuwarten, steige ich aus, knalle die Tür hinter mir zu und laufe die Einfahrt hoch zur Haustür. Braden läuft mir nicht nach. Er klingelt auch nicht, als ich im Haus verschwinde und mich hoch in mein Zimmer schleppe. Dafür höre ich, wie er wegfährt. Schluchzend lasse ich mich auf mein Bett fallen. Obwohl ich Braden jetzt endgültig verloren habe und um die schöne Zeit weine, die ich mit ihm hatte, fühlt sich die Trennung wie eine Erlösung an. Als könnte ich endlich wieder frei atmen.

Kapitel 9

Seit ich sein Auto verlassen habe, hat Braden sich nicht mehr bei mir gemeldet. Er hat meinen Wunsch nach Abstand wohl respektiert, denn er taucht auch am nächsten Morgen nicht auf, um mich abzuholen. Worüber ich froh bin. Ich wüsste nicht, wie ich mit ihm umgehen sollte.

Es ist das erste Mal, dass ich ohne Braden und mit dem Fahrrad zur Schule fahre. Zwar brauche ich länger als mit dem Auto, aber die frische Luft tut gut und lässt meinen Kopf klarer werden. Allerdings schlägt mein Herz unglaublich schnell. Meine Nervosität steigt, denn ich habe keine Ahnung, was auf mich zukommen wird.

Kaum dass ich den Parkplatz erreicht habe, entdecke ich Braden. Er lehnt an seinem Auto, umgeben von seinen Freunden, die mich allesamt beobachten. Sofia und Chloe stehen mit vor der Brust verschränkten Armen bei ihnen.

Als Read Braden mit dem Ellbogen anstupst, dreht mein Ex-Freund den Kopf in meine Richtung. Augenblicklich strafft er seine Schultern und hebt das Kinn. Doch zum Glück kommt er nicht auf mich zu. Dafür kann ich Vorwürfe und Unverständnis in seinen und den Blicken seiner Freunde erkennen. Ich wende mich schnell ab und beeile mich mein Fahrrad abzuschließen und zu meinem Spind zu laufen.

Weit komme ich allerdings nicht, weil Sofia und Chloe mir dicht auf den Fersen folgen.

»Ich habe gehört, zwischen dir und Braden ist Schluss?«, hakt Sofia nach.

Ich lasse mir viel Zeit mit der Antwort, nehme ein Buch nach dem anderen aus dem Spind, um es schweigend in meine Tasche zu stecken. Sofia räuspert sich ungeduldig.

Als ich schließlich fertig bin, wende ich mich ihr zu. Sie lehnt mit Hüfte und Schulter an dem Spind neben meinem und streicht sich ihre langen, glatten Haare zurück.

Ich frage mich, was Bradens Version der Geschichte ist. Hat er behauptet, er hätte mit mir Schluss gemacht, um besser dazustehen? Oder hat er was ganz anderes erzählt? Eigentlich will ich es gar nicht wissen. Ich will das alles nur noch vergessen und mich auf mein Leben konzentrieren. Auf das, was mich glücklich macht, und nicht, was mich runterzieht.

»Warum?«, bohrt Sofia weiter und behält mich dabei genau im Auge, als würde sie auf eine Reaktion von mir warten. Ebenso wie Chloe, die stumm neben ihr steht. »Ist dir eigentlich klar, *wen* du da gehen lässt? Er ist der Kapitän des ...«

»Sag dieses Wort bitte nicht. Ich kann das nicht mehr hören«, unterbreche ich sie und bin versucht mir die Hände an die Ohren zu halten. Wenn noch jemand den Ausdruck *Kapitän* benutzt, dann drehe ich durch.

»Braden geht es wegen dir richtig schlecht«, fügt Chloe vorwurfsvoll hinzu. »Er hat alles für dich getan und du trittst ihn mit Füßen.«

Unfähig mich zu bewegen oder zu antworten, starre ich sie an. Ich dachte, sie wären meine Freundinnen, doch langsam habe ich das Gefühl, dass auch wir uns auseinandergelebt haben. Verliere ich jetzt nacheinander all meine Freunde und damit mein altes Leben?

»Lasst sie in Ruhe. Es geht euch nichts an. Wenn sie nicht darüber reden will, will sie nicht darüber reden. Avery hat bestimmt gute Gründe«, ertönt Emmas Stimme neben mir.

Sofia wirft meiner Retterin einen strafenden Blick zu und schüttelt den Kopf. »Gute Gründe? Die würde ich gern hören. Wie kann man nur so dumm sein und den Kapitän des Footballteams abschießen?«

Ich löse mich aus meiner Starre, presse die Lippen aufeinander, um nichts Falsches zu sagen, und knalle die Spindtür zu.

Emma nimmt mich in den Arm. Dabei weht mir ihr blumiger Parfümduft entgegen.

»Das muss schwer für dich gewesen sein. Wie fühlst du dich jetzt?«, fragt sie mit ehrlicher Besorgnis.

Ich zucke mit den Achseln. »Zwischen Braden und mir ist Schluss. Wir haben uns auseinandergelebt. Es hat einfach nicht mehr gepasst«, erkläre ich.

»Dann hast du die richtige Entscheidung getroffen«, meint Emma und löst sich wieder von mir. »Daran festzuhalten, wenn das zwischen euch nicht mehr passt und du unglücklich bist, bringt nichts.«

Zumindest Emma scheint mich verstehen zu können. Und das bedeutet mir sehr viel.

»Ich an deiner Stelle wäre froh, ihn als Freund zu haben«, meint Sofia kopfschüttelnd. »Er ist der …«

»Dann nimm du ihn doch«, unterbreche ich sie, weil ich das Gerede nicht mehr hören kann, und schiebe mich an ihr vorbei, damit ich in Richtung Klassenzimmer gehen kann.

»Du hast dich verändert, Avery! Aber nicht ins Positive!«, ruft mir Sofia hinterher, sodass sich ein paar Schüler auf dem Gang nach ihr umdrehen.

Ich ignoriere sie. Emma folgt mir. Sie fragt nicht weiter nach, sondern lässt mich selbst entscheiden, ob ich darüber reden will oder nicht. Und das tue ich schließlich in der Pause, als wir uns heimlich in ein leeres Klassenzimmer stehlen und ich ihr von der Trennung erzähle.

Mitfühlend drückt sie kurz meine Hand. »Du hast recht damit, auf dein Gefühl gehört zu haben. Nach dem, was du mir erzählt hast, kann ich verstehen, dass es nicht mehr ging«, meint sie. »Vielleicht ist es auch für Braden gut so und er findet jetzt ein Mädchen, das besser zu ihm passt als du.«

»Danke, Emma. Was würde ich nur ohne dich machen?«

Sie grinst mich an. »Heulend in einer Kabine in den Toiletten sitzen?«, scherzt sie, woraufhin ich ihr einen leichten Stoß mit dem Ellbogen verpasse, ehe ich sie umarme.

»Ich bin froh dich als Freundin zu haben«, sage ich ehrlich und drücke sie fest an mich.

»Ich bin auch froh dich als Freundin zu haben«, gibt sie zurück.

Wir reden noch eine Weile über belanglose Themen, ehe wir zu unseren restlichen Kursen für heute aufbrechen müssen. Emma begleitet mich bis zu meinem Klassenzimmer und holt mich danach ab. Sie geht sogar bis zu meinem Fahrrad mit. Worüber ich sehr froh bin, weil Braden und seine Clique nach der Schule wie üblich an ihren Autos stehen und zu mir herüberstarren.

Emma positioniert sich so neben mir, dass sie den Blick auf mich verdeckt.

»Sieh mich einfach als deinen persönlichen Bodyguard an«, meint sie grinsend.

In den nächsten Tagen stellt sie genau das unter Beweis. In der Früh treffen wir uns am Fahrradständer und gehen zusammen zu unseren Spinden. Keinen einzigen Tag lässt sie mich allein.

Doch obwohl ich Emma an meiner Seite habe, ist die restliche Woche trotzdem schwer. Sofia und Chloe ignorieren mich. Von Bradens Freunden bekomme ich nur vorwurfsvolle Kommentare im Unterricht oder wenn wir uns im Schulflur begegnen. Braden selbst meidet mich. Ich sehe ihn nur in der Schule oder auf dem Parkplatz.

Um unangenehmen Fragen und den verurteilenden Blicken der anderen zu entgehen, schwänze ich die Cheerleading-Stunden für diese Woche. Obwohl ich gerade jetzt, nur wenige Wochen vor dem großen Heimspiel, nicht fehlen sollte.

Kapitel 10

Ich bin unendlich froh, als endlich der Samstag vor der Tür steht. Zuerst schlafe ich bis Mittag aus. Als ich endlich aufstehe, steht die Sonne hoch am Himmel. Es ist ein schöner Tag. Der Himmel ist bis auf ein paar Wolken klar und blau, die Temperatur nähert sich der 30-Grad-Grenze. Da ich keine Lust auf schlechte Laune habe und mich heute gut fühlen möchte, schalte ich mein Handy gar nicht erst ein und ziehe mich um. Meine gemütliche Jogginghose und das lange T-Shirt tausche ich gegen mein Lieblingskleid – ein lockeres, blaues und rückenfreies Spitzenkleid. An der Taille liegt es enger an. Das Kleid reicht mir bis zur Mitte meiner Oberschenkel, sodass sich der Stoff beim Gehen um meine Beine schmiegt. Der V-Ausschnitt betont dezent meine Brüste. Ein Grund, weshalb ich es so sehr mag, sind die dreiviertellangen Ärmel, die an den Ellbogen weiter werden.

Als ich dieses Kleid vor ein paar Monaten zum ersten Mal in der Schule getragen habe, bin ich unglaublich aufgeregt und gespannt auf die Meinung meiner Freunde gewesen. Nur dass weder Braden noch Sofia und Chloe Gefallen daran gefunden haben. Laut ihnen sieht es kindisch und an mir wie ein Sack aus. Daraufhin habe ich das ausgefallene Spitzenkleid nicht mehr angezogen. Bis heute.

Dadurch, dass ich jetzt keinen Freund mehr habe, habe ich das Wochenende für mich ganz allein. Mom hat Spätschicht und ist schon in der Arbeit, während Dad draußen sitzt. Das Frühstück lasse ich für mein Mittagessen ausfallen. Danach will ich in meinem Zimmer einen Film schauen. Doch weil mein Dad so einsam wirkt, möchte ich ihm eine Freude bereiten und Zeit mit ihm verbringen. Deshalb laufe ich zu ihm in den Garten. Nach dem Mittagessen hat er sich auf eine Holzbank auf der Terrasse gesetzt. Er hört Radio, das auf einem kleinen Tisch daneben steht.

»Daddy, hast du Lust auf ein Eis als Nachspeise? Ich würde mir gern eins holen und habe mir gedacht, du willst vielleicht mitgehen«, frage ich ihn, kaum dass ich vor ihm stehe.

»J... ja«, bringt er hervor und lächelt mich an. »Ja!«, wiederholt er begeistert. Er freut sich über Kleinigkeiten, die eigentlich selbstverständlich sind.

Er stellt das Radio ab, steht auf und greift nach seinem Gehstock. Dann schlendern wir gemeinsam die Hofeinfahrt hinunter und die Straße entlang. Wir müssen nur ein paar Blocks gehen, bis wir auch schon bei der Eisdiele ankommen. Aufgrund des sonnigen Wetters ist einiges los. Alle Tische sind besetzt und eine lange Schlange hat sich vor dem Tresen gebildet. Mein Dad bleibt wie immer mehrere Meter davor neben einer Hauswand zurück. Ich habe keine Ahnung, warum er nie bis zur Theke mitkommt. Wahrscheinlich will er nicht im Weg stehen und es ist ihm unangenehm, weil er seine Bestellung nur durch Handgesten aufgeben könnte.

Dad beobachtet lächelnd eine Familie ihm gegenüber. Diese besteht aus zwei Frauen, einem kleinen Mädchen und einem Jungen in meinem Alter. Ich muss zweimal hinsehen, als mir der dunkle, wohlbekannte Haarschopf ins Auge fällt. Er sitzt mit der Seite zu mir. Obwohl ich sein Gesicht nicht ganz sehen kann, erkenne ich ihn bei genauerem Hinschauen. Mir klappt die Kinnlade herunter. Es ist Devyn.

Ihm gegenüber hockt eine hagere Frau in einem Rollstuhl. Sie hat dieselbe Haarfarbe wie Devyn. Ihre Haltung ist gebückt und ihre Hände zittern, als sie sich einen Löffel voller Eis in den Mund schiebt.

Neben ihr sitzt eine mollige Frau mit hellblonden Haaren. Sie trägt ein knallgelbes Sommerkleid und einen breiten Hut, der ihr beinahe vom Kopf fliegt, als sie gackernd auflacht, ehe sie einen Strohhalm an ihre Lippen führt und vermutlich von ihrem Eiskaffee trinkt.

Devyn ist damit beschäftigt, dem kleinen kichernden Mädchen neben sich mit einem Tuch Schokoeisreste von ihrem Mund wegzuwischen.

Sie flüstert ihm etwas ins Ohr, woraufhin er den Kopf in meine Richtung dreht. Unsere Blicke treffen sich. Devyn erstarrt mitten in der Bewegung. Seine Lippen öffnen sich leicht.

Da spricht mich die Eisverkäuferin an, welches Eis ich haben will. Kopfschüttelnd trete ich an den Tresen und wende mich dem Eis zu. Weil ich so auf Devyn und vermutlich seine Familie fixiert gewesen bin, habe ich gar nicht mitbekommen, dass ich als Nächstes dran bin.

»Ich möchte bitte eine Kugel Schoko, eine Kugel Joghurt und eine Kugel Vanille im Becher«, fange ich mit meinem Lieblingseis an. Im Hinterkopf kann ich Sofia gehässig Kalorien aufzählen hören, weshalb ich extra eine große Portion Sahne dazu bestelle. Ich liebe Eis mit Sahne.

»Ist das alles?«, will die Eisverkäuferin wissen.

»Nein. Ich hätte gern noch eine Kugel Zitrone in der Waffel. Das wäre dann alles.« Mein Dad liebt Zitroneneis.

Die Eisverkäuferin greift nach der Waffel, als ich aus den Augenwinkeln jähe Unruhe bemerke. Einige Leute keuchen oder schreien erschrocken auf. Ich drehe mich um, um zu sehen, was sie so in Aufruhr versetzt. Mein Herz bleibt stehen.

Mein Dad liegt auf dem Gehsteig, eine kleine Menschentraube hat sich um ihn versammelt. Zwei Personen haben sich neben ihn gekniet. Sofort stürme ich zu ihm.

Zuerst glaube ich, er ist wieder gestürzt, was ja häufiger vorkommt, wenn er mit seinem gelähmten Fuß irgendwo hängen geblieben und gestolpert ist.

Doch als ich näher komme, bemerke ich, dass etwas ganz und gar nicht stimmt. Das Zittern, das seinen Körper durchläuft, ist nicht normal. Er ist ganz verkrampft. Seine Augen treten aus den Augenhöhlen, sein Gesicht ist ganz blau angelaufen und er röchelt, als bekäme er keine Luft mehr. Blutiger Schaum tritt aus seinem Mund.

»Was ist passiert?«, rufe ich voller Entsetzen und lasse mich neben ihn fallen.

Ausgerechnet Devyn ist eine der Personen, die neben ihm knien. Er hat sein Handy in der Hand.

»Der Mann hat vermutlich einen epileptischen Anfall. Können Sie mir bitte eine Decke oder ein Kissen bringen?«, wendet er sich an eine erschrockene Bedienung. Die nickt hektisch und läuft sofort nach drinnen. Devyn schaut auf sein Handy.

»Was ist passiert?«, wiederhole ich hysterisch.

»Er hat angefangen zu zucken und ist umgefallen«, erwidert Devyn und sieht von meinem zuckenden Dad zu mir. »Sieht aus wie ein epileptischer Anfall. Kennst du den Mann?«

»O mein Gott.« Meine Atmung geht schneller. Ich habe nur von epileptischen Anfällen gehört, aber noch nie einen live miterlebt. »Ja, das ... das ist mein Dad«, stottere ich hysterisch. »Was ... was sollen wir tun, damit er aufhört?«

Mein Hirn ist wie benebelt. Nicht imstande klare Befehle auszuführen. Ich fühle mich so hilflos, weil ich nicht weiß, wie ich ihm helfen kann. Sein Körper zuckt unkontrolliert. Mein Dad leidet. Und ich kann nichts dagegen tun.

»Ich habe vorsichtshalber den Rettungsdienst angerufen«, sagt Devyn beruhigend. »Wir müssen darauf achten, dass seine Atemwege frei sind und er sich nicht verletzt. Der Anfall müsste gleich wieder vorüber sein. Wie heißt dein Dad?«

»Mark«, erwidere ich mit erstickter Stimme.

»Hallo, Mark, ich bin Devyn«, sagt er zu meinem Dad. »Ruhig atmen, Mark. Du hast einen epileptischen Anfall. Er wird gleich vorüber sein.« Dann wendet Devyn sich wieder an mich. »Hat er das schon einmal gehabt? Ist er Epileptiker?«

Ich schüttle hektisch den Kopf. »Nein. Aber er hat vor einem Dreivierteljahr eine Hirnblutung gehabt. Seitdem ist er halbseitig gelähmt und kann nicht mehr sprechen«, erkläre ich, da diese Information vielleicht wichtig ist.

»Okay«, sagt Devyn nur und blickt mit zusammengezogenen Brauen erneut auf sein Handy.

»Musst du los?«, frage ich, weil es mich irritiert, dass er schon wieder auf das Display linst.

Er schüttelt den Kopf. »Nein, ich habe gesehen, wie er zusammengebrochen ist, und mir die Uhrzeit gemerkt. Ich prüfe, wie lange der Anfall dauert.«

Die Kellnerin der Eisdiele bringt uns eine Decke, die wir meinem Dad unter den Kopf legen. Dann können wir nichts anderes tun, als dazusitzen und abzuwarten, während die Zuckungen langsamer werden.

Von Weitem ertönen laute Sirenen. Wenige Sekunden später schießt ein Krankenwagen um die Ecke und hält auf dem freien Parkplatz direkt vor der Eisdiele. Zwei Rettungssanitäter – ein Mann und eine Frau – springen heraus und stürmen zu uns. Der Mann hält einen Koffer in der Hand.

»Was ist passiert?«, fragt die Sanitäterin, während sie mit schnellem Blick die Situation zu erfassen versucht. Der Mann, der uns geholfen hat, steht auf, um ihnen Platz zu machen.

Devyn schildert ihr, dass mein Dad plötzlich angefangen hat zu zucken und dann zusammengebrochen ist. Dann bin ich an der Reihe und erkläre ihr in kurzen Worten seinen Krankheitsverlauf. Dabei fällt es mir unglaublich schwer, ruhig zu bleiben. Vor lauter Aufregung verhasple ich mich immer wieder.

Der männliche Sanitäter öffnet seinen Koffer und gibt uns eine Folie beziehungsweise Rettungsdecke, die Devyn und ich gemeinsam über meinem Dad ausbreiten. Mein Dad zuckt jetzt nicht mehr so heftig, trotzdem sieht es beängstigend aus, wie er mit kreidebleichem Gesicht und weit geöffneten Augen daliegt und schwer atmet. Während die Frau seinen Blutdruck überprüft, ist mein Puls bestimmt auf hundertachtzig. Dennoch hole ich tief Luft, um Ruhe zu bewahren. Denn eine Panikattacke ist das Letzte, was ich jetzt brauchen kann.

Die Sanitäter laufen zurück zum Auto und bringen eine Trage. Dabei müssen sie sich den Weg durch die Schaulustigen und Eisdielenbesucher kämpfen, die sich um uns herum wie eine dichte Menschentraube versammelt haben.

Wie in einem Traum bekomme ich noch mit, wie sie meinen Dad, der mittlerweile nicht mehr zuckt, auf die Trage heben und zum Krankenwagen schieben. Während ich den Sanitätern folge und mit den Tränen zu kämpfen habe, bemerke ich, dass einige Leute uns mit ihren Handys filmen. Es sind teils Jugendliche in unserem Alter, aber auch Erwachsene. Ich schwanke zwischen Fassungslosigkeit und Übelkeit.

Devyn, der bei mir geblieben ist, folgt meinem Blick. Augenblicklich verfinstert sich seine Miene. Im nächsten Moment stapft er auf die gaffenden und filmenden Leute zu.

»Ihr solltet euch schämen das zu filmen! Stellt euch vor, ihr, einer eurer Angehörigen oder Freunde würde hier liegen! Würde euch das gefallen? Wenn ihr diese Videos nicht sofort löscht, werde ich euch wegen Eingriffs in die Privatsphäre anzeigen! Darauf stehen bis zu zwei Jahre Freiheitsstrafe. Und die Sanitäter werden bestimmt auch Anzeige erstatten, da ihr die Einsatzkräfte behindert habt!«

Obwohl ich kurz davor bin durchzudrehen, breche ich in hysterisches Gelächter aus, als Devyn den verdutzten Leuten die Handys entreißt, um die Videos zu löschen.

Ich wende mich ab, als mich der männliche Sanitäter zu sich in den Krankenwagen winkt. Dort gebe ich ihm Dads Namen, Adresse und wichtige Daten.

»Dieser Junge ist etwas ganz Besonderes. Es sollte mehr solcher Leute geben«, meint er mit einem Blick auf Devyn, der den Gaffern ihre Handys wieder zurückgegeben hat und jetzt ein paar Worte mit den beiden Frauen und dem kleinen Mädchen wechselt, mit denen er vorhin am Tisch saß. Dann kehrt er zu uns zurück und wartet vor dem Krankenwagen. Die filmenden Leute haben sich verdrückt.

Ich wende mich an meinen Dad, der wieder ansprechbar ist. Er wirkt beschämt, was mir ein Stich versetzt. Zaghaft lege ich, die Sanitäter ausblendend, die noch letzte Vorbereitungen treffen, meine Hand auf seine Schulter.

»Und ich habe schon gedacht, der Nachmittag würde langweilig werden«, witzele ich, obwohl mir gar nicht nach Scherzen zumute ist.

Er hebt den Daumen und sagt: »J-ja.«

Der Sanitäter hält mir Dads Stock hin. »Willst du den mitnehmen? Er lag noch auf dem Gehsteig.«

Ich nehme ihn perplex entgegen. »In welches Krankenhaus bringen Sie ihn?«

»Ins West Village Zentralkrankenhaus, das ist am nächstgelegenen«, gibt der Sanitäter zurück.

Ich bedanke mich für die Auskunft, dann verabschiede ich mich von meinem Dad. »Ich kann Mom nicht benachrichtigen, weil ich mein Handy zu Hause liegen gelassen habe. Deshalb hole ich es schnell und komme gleich in die Notaufnahme nach, okay?«

Das Zentralkrankenhaus ist nur fünfzehn Minuten Fußweg von hier entfernt – nicht so weit wie der Weg bis zu dem Pflegeheim, in dem meine Mom arbeitet.

Mein Dad nickt und ich steige aus dem Krankenwagen zu Devyn. Dann sehe ich dabei zu, wie der Wagen mit Blaulicht und Sirene davonbraust.

Wie von weiter Ferne höre ich Devyn etwas sagen. Als wäre ich in einer Art Trance gefangen, drehe ich meinen Kopf in seine Richtung. Seine Lippen bewegen sich, doch kein einziges Wort dringt an mein Ohr. Ich schüttle zerstreut den Kopf. »Was?«

»Soll ich dich zum Krankenhaus fahren oder ist jemand bei dir zu Hause, damit du nicht allein bist?«, fragt er.

»Ich ... ich wollte kurz nach Hause, um mein Handy zu holen. Weil ich es in meinem Zimmer vergessen habe. Vielleicht kann ich auch noch seine Sozialversicherungskarte wegen der Sozialversicherungsnummer mitnehmen, damit Mom das später nicht machen muss«, stottere ich. »Meine Mom ist arbeiten. Sie hat erst spät Feierabend und wird bis dahin nicht an ihr Handy gehen. Es wird noch drei Stunden dauern, bis sie daheim ist.« Ich schlage die Hände vors Gesicht und schüttle verzweifelt den Kopf. Theoretisch könnte ich meine Mom im Pflegeheim über die Rezeption anrufen, allerdings weiß ich die Nummer nicht auswendig. Außerdem will ich sie nicht unnötig ängstigen. Auf der Arbeit ist sie immer so abgehetzt. Ich will nicht, dass sie auch noch einen Zusammenbruch erleidet. Oder vor lauter Nervosität einen Unfall baut, wenn sie ins Krankenhaus oder nach Hause fährt.

»Hey«, flüstert Devyn mit sanfter Stimme.

Seine warmen Hände umfassen vorsichtig meine Handgelenke und ziehen sie von meinem Gesicht. Ich blicke in seine blaugrauen Augen mit den braunen Sprenkeln, die in der Sonne wie dunkle Edelsteine funkeln. »Dein Dad hat nur einen Krampfanfall gehabt. Das kann jedem passieren. Sogar Kindern oder Jugendlichen. Er ist wieder ansprechbar und das ist schon mal gut. Okay?«

Eindringlich sieht er mich an und ich nicke heftig, während sich seine Worte in meinem Kopf wiederholen und mich einigermaßen beruhigen.

Es ist nur ein Krampfanfall gewesen.

Das kann jedem passieren.

Sogar Kindern und Jugendlichen.

Es wird wieder. Er wird nicht sterben.

Devyn lässt meine Handgelenke wieder los und lächelt. »Ich fahre dich zu dir nach Hause, damit du dein Handy und die Karte holen kannst, und dann ins Krankenhaus, wenn das für dich okay ist.«

»Aber musst du nicht ... Hast du nichts vor?«, bringe ich mit bebender Stimme hervor.

Devyn winkt ab. »Ich habe schon mit meiner Familie geredet. Meine Tante kümmert sich um meine Mom und meine Schwester. Wir wohnen nicht weit von hier. Sie gehen einfach zu Fuß nach Hause, damit wir das Auto nehmen können. Außerdem freut sich meine Mom, dass sie mal wieder an die frische Luft kommt. Und meiner Schwester tut ein Spaziergang auch gut.«

Ich nicke dankbar, bringe jedoch kein weiteres Wort hervor. Devyn legt behutsam seine Hand auf meinen Rücken, um mich zu seinem Auto zu führen, das auf dem Parkplatz steht. Dafür, dass der rote Lack an vereinzelten Stellen abblättert, sieht die Inneneinrichtung überraschenderweise sehr modern und sauber aus. Die Sitze sind gemütlich gepolstert. Ein schwacher Zitrusduft liegt in der Luft. Ich weiß nicht, ob er von dem Duftbaum kommt, der am Rückspiegel hängt, oder von Devyn, der auf dem Fahrersitz Platz genommen hat.

Nervös greife ich nach dem Anschnallgurt. Meine Hände zittern so sehr, dass ich es nicht schaffe, mich anzuschnallen.

»Darf ich dir helfen?«, fragt Devyn.

Meine Kehle ist trocken, weshalb ich nur nicke. Ich halte die Luft an, als er nach dem Gurt greift. Dabei streifen sich unsere Finger leicht und ich meine Devyn schlucken zu sehen, als er mir in die Augen schaut. Dann räuspert er sich und lässt die Schnalle einrasten, ehe er sich wieder zurücklehnt und sich selbst anschnallt.

Schließlich fährt er mich zu mir nach Hause, wo ich aus dem Auto springe und mein Handy sowie die Sozialversicherungskarte von meinem Dad hole. Zwar bin ich atemlos, weil ich mich so abgehetzt habe, dafür schaffe ich es dieses Mal, mich selbst anzuschnallen.

»Zentralkrankenhaus West Village hat der Sanitäter gesagt, oder?«, hakt Devyn noch mal nach.

Ich bekomme nur ein Nicken zustande. Doch das reicht ihm. Er fährt los. Ich blicke aus dem Fenster, mein Fuß wippt nervös auf und ab. Vor meinem inneren Auge sehe ich meinen Vater noch immer zuckend auf dem Boden liegen.

»Woher hast du eigentlich gewusst, dass es ein Krampfanfall ist? Du hast so professionell gewirkt«, bemerke ich nach kurzer Zeit des Schweigens und blicke ihn an.

»Ich kenne mich ein wenig mit epileptischen Anfällen aus. Meine Mom hat manchmal welche.« Er zuckt mit den Schultern, als wäre das halb so wild. Doch ich sehe an seiner verkrampften Haltung, dass es ihm sehr wohl etwas ausmacht.

»Das tut mir leid«, murmle ich, obwohl er das vermutlich nicht hören will. Mitleid ändert nichts an der Situation. »Ist sie Epileptikerin?«

Er schüttelt den Kopf, den Blick stur auf die Straße gerichtet. »Sie hat Parkinson. Hin und wieder bekommt sie auch Krampfanfälle.«

Deshalb also das Zittern ihrer Hände. Es muss bestimmt schwer für ihn sein, seine Mom so zu erleben. Dabei wirkten sie vor der Eisdiele eigentlich ganz glücklich. Wobei mein Dad und ich bestimmt auch oft so auf andere Menschen wirken. Ich bin froh, dass er noch lebt. Und das Leben muss weitergehen. Herumheulen bringt einen nicht weiter. Dennoch ist es manchmal schwer. Oft verbirgt man seine wahren Gefühle, damit jeder glaubt, alles wäre okay.

Ich schiele zu Devyn, dessen Blick auf die Straße gerichtet ist. Zwar hat er mit seiner Familie gelacht, doch wie schwer ist die Situation wirklich für ihn? Und wo ist sein Dad?

Den restlichen Weg über unterhalten wir uns nicht viel. Devyn summt leise die Musik aus dem Radio mit, während ich von Sekunde zu Sekunde nervöser werde. Dem ersten Eindruck nach hatte mein Dad einen Krampfanfall. Aber was, wenn er etwas anderes hatte? Ich habe Angst, ihn zu verlieren.

Kurze Zeit später hält Devyn auf dem Krankenhausparkplatz. Er steigt als Erstes aus, kommt ums Auto herum und öffnet mir gentlemanlike die Tür. »Es war mir ein großes Vergnügen, Sie chauffieren zu dürfen. Darf ich Sie nun herausbitten und hineingeleiten, Ms Avery?«

Damit bringt er mich zum Lächeln. Kopfschüttelnd lasse ich mir aus dem Auto helfen, das er noch abschließt, ehe wir gemeinsam auf den Notaufnahmeneingang zumarschieren.

»Du bist verrückt«, murmle ich.

»Natürlich bin ich verrückt, immerhin bin ich doch Grusel-Devyn und ein Stalker«, kommt es von ihm zurück. Allerdings klingt er nicht verbittert, sondern mehr scherzhaft. »Egal, wie verrückt ich bin. Ich habe erreicht, was ich wollte. Ich habe dich ein wenig zum Lächeln gebracht«, fügt er zufrieden hinzu, woraufhin mein Magen ganz flau wird.

Mein Lächeln wird noch breiter.

Devyn erwidert es. Er nickt in Richtung Eingang. »Lass uns reingehen.«

Gemeinsam laufen wir durch eine Drehtür ins Innere des Krankenhauses und begeben uns zur Notaufnahme, die sich neben einem Tresen hinter geschlossenen Türen befindet. Es handelt sich um eine sogenannte Schleuse, die nur vom Krankenhauspersonal geöffnet werden kann. Ein gut aussehender, dunkelhäutiger Krankenpfleger mit strahlend weißen Zähnen steht hinter dem Tresen und redet ruhig auf eine hysterisch weinende Frau ein.

Unruhig knete ich meine Finger ineinander und trete von einem Bein auf das andere. Eine ältere Dame sitzt auf einem Stuhl an der Wand, auf weiteren haben eine vierköpfige Familie und ein Pärchen Platz genommen. All diese Leute haben Angehörige, die in der Notaufnahme sind.

Der Krankenpfleger hat die hysterische Frau mittlerweile beruhigt. Die Türen der Schleuse öffnen sich und die Frau verschwindet in der Notaufnahme. Dann wendet sich der Krankenpfleger an uns. »Hey, was kann ich für euch tun?«

»Hey, Justin«, meint Devyn lächelnd.

»Schön dich zu sehen, Devyn«, erwidert dieser erfreut. Sie scheinen sich zu kennen.

Justins Blick wandert zu mir. Er mustert mich neugierig.

»Ist das deine Freundin?«, will er wissen und zwinkert Devyn zu. »Sie ist echt mega cute. Ihr beide seid ein süßes Pärchen. Ich würde euch am liebsten knuddeln«, scherzt er.

Erschrocken sehen wir uns an.

»Wir sind nicht …«, beginnen wir wie aus einem Mund.

»Also …«, will ich sagen.

»Sie ist nicht …«, stottert Devyn im selben Moment und kratzt sich den Nacken, während er knallrot anläuft. »Sie ist nicht meine Freundin«, stellt er klar, wobei seine Stimme seltsam belegt ist.

Der Krankenpfleger hebt eine Braue. »Natürlich. Und ich date Shawn Mendes und Harry Styles. Leider können wir nicht alles haben und die Hoffnung siegt zuletzt, nicht wahr?« Er zwinkert Devyn verschwörerisch zu und wendet sich an mich. »Wenn du wirklich nicht seine Freundin bist, solltest du das unbedingt ändern. Er ist ein wahres Sahneschnittchen. Leider ist er hetero, sonst hätte ich ihn schon längst vernascht.«

Ich schlage mir eine Hand vor den Mund und weiß nicht, ob ich peinlich berührt sein oder lachen soll. Irgendwie mag ich diesen Justin.

»Justin!«, knurrt Devyn, muss jedoch grinsen. »Danke für dein Kompliment. Aber wir sind wegen ihres Dads hier. Er müsste vorhin eingeliefert worden sein«, kommt er zum Wesentlichen.

Mir wird ganz flau im Magen und Justin wird wieder ernst.

»Wie heißt dein Dad denn?«, fragt er mich freundlich.

Ich reiche ihm Dads Führerschein, den ich aus seinem Geldbeutel habe, den er mir zum Eisbezahlen gegeben hatte, und seine Sozialversicherungskarte.

Justin gibt den Namen meines Dads in den Computer ein. »Ah, da haben wir ihn ja. Er ist in Raum 04. Eigentlich dürfte ich Devyn nicht mit hineinlassen, da jeweils nur ein Angehöriger die Notaufnahme betreten darf, aber hier mache ich eine Ausnahme. Du kannst mich dafür ja mal auf ein Eis oder so einladen.«

»Das würde ich auch so machen. Danke, Justin.«

»Kein Problem.« Justin zwinkert Devyn zu.

Der folgt mir zu der Schleuse, die sich langsam öffnet.

»Ist es für dich okay, wenn ich mitkomme?«, fragt Devyn vorsichtshalber nach.

Ich sehe ihm in die graublauen Augen. Ich weiß nicht warum, aber seine Anwesenheit beruhigt mich. Also nicke ich.

»Ja, das ist okay. Ist dieser Justin dein Freund?«, füge ich noch hinzu.

Devyn runzelt die Stirn. »Er ist ein *guter* Freund, wenn du das meinst. Ich bin wirklich hetero. Er arbeitet als Intensivpfleger und sitzt manchmal am Schalter. Ich bin wegen meiner Mom schon häufiger hier gewesen, deshalb sind wir einmal ins Gespräch gekommen. Wir verstehen uns ganz gut und treffen uns manchmal. Er hat es nicht leicht wegen seiner Homosexualität, weil manche Leute die gleichgeschlechtliche Liebe falsch finden. Aber er ist total in Ordnung. Nur manchmal würde ich ihn am liebsten zum Schweigen bringen«, murmelt er mit geröteten Wangen und ich muss daran denken, wie Justin geglaubt hat, wir wären ein Paar. Darüber kann ich nur mit dem Kopf schütteln. Durch seine selbstlose Hilfe hat Devyn eindeutig Pluspunkte bei mir gesammelt. Das bedeutet aber noch lange nicht, dass ich mich deswegen unsterblich in ihn verliebe. Nach der Trennung mit Braden reicht es mir erst mal mit einem Freund.

»Ich finde ihn trotzdem cool«, gebe ich nur zurück.

In dem Moment können wir auch endlich in die Notaufnahme gehen. Es ist ein wenig beängstigend, den langen Gang entlangzugehen, an dessen Seiten riesige Geräte stehen. An den Türen sind Nummern angebracht. In einem Zimmer, an dem wir vorbeikommen, sitzt ein kleiner weinender Junge auf einer Liege. Hinter ihm steht sein Dad, der ihn zu trösten versucht, während ein Arzt seinen Arm verbindet.

Ich linse zu Devyn, der stehen geblieben ist und den Vater beobachtet, wie er seinem Sohn gut zuredet. Devyn wirkt ganz angespannt. Kommt es mir nur so vor oder glänzen seine Augen verdächtig?

Verwirrt lege ich ihm eine Hand auf den Arm. »Devyn, ist alles okay?«

Er wendet den Kopf in meine Richtung und blinzelt ein paarmal. Dann setzt er ein schiefes Lächeln auf, das seine Augen nicht erreicht. »Alles okay. Lass uns deinen Dad suchen.«

Wir finden meinen Dad wie angekündigt in Raum 04. Zu meiner Erleichterung ist er wach und lächelt, als wir hereinkommen.

»Hey, Daddy«, begrüße ich ihn übertrieben fröhlich.

Er ist an ein paar piepsende Geräte angeschlossen. Auf einem Bildschirm werden sein Puls und sein Blutdruck angezeigt, der meines Wissens nach zwar ein wenig hoch, aber noch im Normalbereich ist. Durch den Anblick fühle ich mich kurz in den Moment vor einem Dreivierteljahr zurückversetzt, als wir meinen Dad einen Tag nach seiner Notoperation auf der Intensivstation besucht haben. Da hing er auch an piepsenden Geräten und hatte einen Verband um den Kopf.

Ein Arzt steht bei ihm. Als wir hereinkommen, tritt er zu uns, um meine Hand zu schütteln. »Sind Sie die Tochter?«

Mehr als ein Nicken bringe ich nicht zustande.

Der Arzt lächelt freundlich. Dann erklärt er mir, dass sie meinem Dad bereits Blut abgenommen und seinen Puls überprüft haben. Außerdem kennt er meinen Dad.

»Ich erinnere mich genau daran«, berichtet er gerade, während er in seinem Computer die Daten und Nummern abgleicht. Adresse, Telefon- und Handynummern, unter denen wir am besten erreichbar sind.

»Ich weiß noch, wie sich Ihr Zustand plötzlich drastisch verschlechtert hat«, wendet er sich an meinen Dad. »Ich habe damals das Blutgerinnsel in

Ihrem Kopf erkannt. Danach haben wir Sie ins künstliche Koma versetzt und Sie sind notoperiert worden. Es ist schön, dass es Ihnen trotz der Folgeschäden den Umständen entsprechend gut geht«, schließt er seine Erinnerungen und drückt den Arm meines Dads, der zurücklächelt.

Dieser Arzt hat meinen Dad damals behandelt. Das wusste ich nicht. Aber er ist mir auf Anhieb sympathisch. Dad scheint ihn auch zu mögen. Dennoch scheint er sich hier nicht gerade sehr wohlzufühlen, so wie seine Augen nervös umherhuschen.

Sein Blick fällt auf Devyn, der auf ihn zutritt und ihm lächelnd die Hand reicht, welche mein Vater ergreift. »Hallo, Mark, ich bin Devyn, ein ehm …« Er räuspert sich verlegen. »Avery und ich gehen auf dieselbe Schule. Ich bin vorhin an der Eisdiele gewesen und habe Ihre Tochter hergebracht.«

Mein Vater scheint sich an ihn zu erinnern, denn ich habe ihm öfter von Devyn erzählt. Dass er komisch und ein Außenseiter ist. Er mustert Devyn interessiert, der die Hand sinken lässt. Dann hebt sich sein Mundwinkel und mein Vater hebt den Daumen.

»Das bedeutet, er mag dich«, erkläre ich, ehe Devyn fragen kann. Mein Dad sieht aufmerksam zwischen Devyn und mir hin und her. Ich runzle die Stirn. Zieht er jetzt auch noch falsche Schlüsse wie Justin vorhin?

Devyn grinst breit. »Das freut mich zu hören.«

Unsere Blicke treffen sich und ich weiß nicht, was ich davon halten soll, dass er Einblicke in mein Leben bekommt, die ich bisher vor den meisten Leuten verborgen gehalten habe.

»Ihr Vater hat sehr viel Glück gehabt«, meint der Arzt ernst.

Mir rutscht das Herz in die Hose. »Warum?«

»Durch den Krampfanfall hat sich in seinem Kopf wieder Druck aufgebaut. Es ist erneut zu einer Blutung gekommen. Allerdings ist die Blutung nur eine kleine gewesen, die frühzeitig gestoppt worden ist, da der Krankenwagen so schnell da gewesen und er so schnell versorgt worden ist.«

Ich schlage mir die Hand vor den Mund und blicke zu meinem Dad, der jetzt nicht mehr lächelt. Sein nicht gelähmter Mundwinkel sackt nach unten.

»Das ist sein erster epileptischer Anfall gewesen?«, hakt der Arzt nach und ich nicke, da mir die Worte fehlen und ich Angst habe, in Tränen auszubrechen, wenn ich etwas sage. »Krampfanfälle können vorkommen. Er wird dagegen Tabletten bekommen. Wir werden jetzt noch ein CT machen und dann kommt er zur Beobachtung auf die Station für Neurologie. Wenn alles gut läuft, kann er spätestens in einer Woche wieder nach Hause.« Er macht eine Pause. »An den Krampfanfall wird er sich wahrscheinlich nicht mehr erinnern können«, fügt er mit leiser Stimme hinzu.

Ich nicke nur und trete an meinen Dad heran, der beschämt dreinblickt, und greife nach seiner Hand. Erst da steigt mir der unangenehme Geruch in die Nase. Er hat sich in die Hose gemacht. Dem Geruch nach zu urteilen ist es nicht nur ein kleines Geschäft. Beinahe wäre ich wirklich in Tränen ausgebrochen. Ihn so hilflos zu sehen, tut mir weh. Ich will meinen alten Dad wieder zurück, der sich mit mir unterhalten konnte. Der mit mir Witze riss und der gesund war. Doch dieser Dad ist gestorben. Er wird nie wieder zurückkehren.

Ich will nicht, dass er mich weinen sieht, weshalb ich die Tränen zurückdränge.

Wir verabschieden uns von dem Arzt und folgen einer Krankenschwester und einem Krankenpfleger, die meinen Dad ins CT bringen. Vor dem Raum müssen wir warten.

Schweigend lehne ich mich neben Devyn an die Wand, während sich in meinem Kopf immer wieder die Bilder des vergangenen Nachmittags abzeichnen. Es ist blöd gelaufen, dass er den Krampfanfall ausgerechnet vor der Eisdiele bekommen hat. Andererseits bin ich trotz der Schaulustigen froh darüber, denn ich hätte nicht gewusst, was ich hätte tun sollen, wäre es zu Hause passiert. Oder noch schlimmer: Was, wenn es passiert wäre, wenn ich nicht da gewesen wäre. Er wäre ganz allein gewesen. Und irgendwann wäre ich zurückgekehrt und hätte ihn gefunden.

Die ganze Zeit über weicht Devyn nicht von meiner Seite. Er sagt nichts, doch es tut gut zu wissen, dass ich nicht allein bin. Dann, nach einer gefühlten Ewigkeit, bringen sie meinen Dad auf die Station für Neurologie, wo er gleich in sein Zimmer kommt, das er sich mit einem älteren Herrn teilen muss, der gerade aber nicht da ist.

Dort erkläre ich der zuständigen Krankenschwester, wie sie mit meinem Dad kommunizieren kann. Nachdem sie Richtung Gang verschwindet, verabschiedet sich Devyn von ihm und begibt sich ebenfalls auf den Flur. Ich greife nach Dads Hand.

»Ich muss jetzt heim und komme später noch mal mit Mom zurück, okay?«, krächze ich und habe Mühe, ruhig zu bleiben. Ich will ihn hier nicht allein lassen. Nicht schon wieder.

Er nickt nur und scheint mit den Gedanken woanders zu sein. Der Kloß in meinem Hals wird immer größer, weshalb ich schnell das Zimmer verlasse. Der Gang schrumpft in sich zusammen. Das ganze Gebäude erdrückt mich. Meine Brust schnürt sich zu, ich bekomme kaum Luft.

Gefolgt von Devyn eile ich aus dem Krankenhaus.

»Avery«, höre ich ihn sagen.

Doch ich antworte nicht. Verzweifelt ringe ich nach Atem. Ich zittere am ganzen Körper, unfähig einen weiteren Schritt zu tun. Meine Beine geben unter mir nach. Ich falle, doch zwei starke Arme fangen mich auf. Devyn drückt mich an sich und ich werde von seinem Zitrus-Aftershave-Geruch eingehüllt. Ich kralle mich an ihm fest, vergrabe das Gesicht an seinem Hals und lasse die Tränen zu, die über meine Wangen kullern. Devyn streichelt sanft meinen Rücken, fährt mit der Hand durch mein Haar. Er sagt nichts, als ich aufschluchze. Er sagt nichts, als ich weine. Die ganze Zeit über schweigt er und hält mich fest.

Es dauert eine Weile, bis ich mich wieder einigermaßen beruhigt habe und nur noch unkontrolliert hickse. Meine Augen sind ganz verquollen und sein T-Shirt ist dort, wo ich meinen Kopf vergraben hatte, ein wenig nass. Peinlich berührt wende ich mich ab. Doch da legt Devyn Zeigefinger und Daumen unter mein Kinn und hebt es leicht an, damit ich ihm in die Augen sehen kann.

»Dir muss es nicht peinlich sein, dass du geweint hast. Das ist ganz normal und menschlich«, sagt er leise.

Ehe ich etwas erwidern kann, hickse ich erneut.

Devyn grinst. »Es ist übrigens echt süß, wenn du Schluckauf hast«, fügt er mit einem frechen Zwinkern hinzu, woraufhin ich ihm einen leichten Schlag gegen den Arm verpasse. »Idiot«, murmle ich nur, muss jedoch lächeln.

Ich weiß nicht warum, aber irgendwie schafft Devyn es, dass ich mich ein wenig besser fühle.

Wir steigen in sein Auto und er fährt mich zu dem Pflegeheim, in dem meine Mom arbeitet. In etwa einer Stunde ist ihre Schicht aus, weshalb ich dort auf sie warten werde.

Erschöpft lehne ich meinen Kopf ans Fenster und betrachte die vorbeiziehende Umgebung, bis wir vor dem Pflegeheim halten. Es ist ein rechteckiges Gebäude mit einem grünen Vorgarten, in dem ein paar ältere Herrschaften auf Gartenstühlen sitzen. Andere spazieren mit Rollatoren umher oder werden mit Rollstühlen herumgefahren. Das erinnert mich an die Zeit nach Dads Unfall, als er ebenfalls im Rollstuhl saß und so gut wie nichts allein konnte. Da habe ich ihn fast jeden Nachmittag spazieren gefahren, damit ihm die Decke nicht auf den Kopf fällt.

Seufzend steige ich aus. Doch bevor ich die Tür zuschlage, lehne ich mich noch einmal ins Auto.

Devyn sieht mich fragend an.

»Danke«, sage ich. Ich bin ihm mehr als dankbar. Ohne ihn wäre der heutige Tag für Dad und mich viel schlimmer gewesen. »Ich weiß nicht, was ich ohne dich gemacht hätte.«

Er winkt ab. »Das ist doch selbstverständlich.«

»Das ist *nicht* selbstverständlich«, betone ich.

Denn während er und der fremde Mann, dem ich gar nicht für seine Hilfe habe danken können, weil ich es in der Hektik ganz vergessen habe, meinem Dad geholfen haben, standen andere nur da und haben alles gefilmt.

Devyn zieht die Brauen zusammen. »Ich habe die Videos von denen, die ich erwischt habe, gelöscht. Aber ich konnte nicht alle am Filmen hindern. Manche habe ich vermutlich nicht erwischt …«

»Ist schon okay«, gebe ich zurück. Dass er überhaupt eingeschritten ist, rechne ich ihm hoch an. Das hätte nicht jeder getan. »Wir ehm …« Ich stoppe, weil ich nicht weiß, was ich sagen soll. Verlegen streiche ich mir eine Haarsträhne hinters Ohr.

Devyn schweigt, aber seine Mundwinkel zucken verräterisch.

»Wir … sehen uns am Montag in der Schule?«, beende ich meinen Satz, der irgendwie eher wie eine Frage klingt. Ich weiß selbst nicht, warum ich plötzlich so nervös bin. Es ist nur Devyn. Sonst habe ich doch auch keine Probleme, mit Leuten zu reden.

Er nickt lächelnd. »Klar.«

»Okay, dann ehm … Ich wünsche dir noch ein schönes Wochenende«, murmle ich.

»Ich dir auch«, gibt er zurück und reißt erschrocken die Augen auf. »Ich meine … sofern dir das möglich ist.«

»Ich werde irgendwie klarkommen. Ist schon Schlimmeres passiert.«

Kurze Stille entsteht, in der wir uns nur stumm anstarren. Devyns Augen gleiten über mein Erscheinungsbild.

»Hübsches Kleid«, bemerkt er.

Ich sehe an mir herunter, dann schaue ich ihn an und muss an die Reaktionen meiner Clique denken, die das Kleid nicht so toll fand.

»Findest du?«, frage ich unsicher.

Er lächelt. »Es steht dir und betont deine Augen.«

»Danke«, erwidere ich überrascht.

Wieder herrscht Stille.

Dieses Mal bin ich diejenige, die sie als Erste durchbricht. »Komm gut nach Hause«, flüstere ich, ehe ich die Tür zumache. Er winkt mir zum Abschied und ich hebe ebenfalls die Hand. Dann trete ich zurück und sehe Devyn zu, wie er davonfährt.

***

Als meine Mom aus ihrer Schicht kommt, erzähle ich ihr sofort, was geschehen ist. Wie erwartet bekommt sie einen riesigen Schrecken. Aber sie ist zumindest beruhigt, dass Dad bereits untersucht wurde und in einem normalen Krankenzimmer liegt.

Wir fahren erst nach Hause, um eine Tasche mit Wäsche und Drogerieartikeln für Dad zu packen. Mit der begeben wir uns ins Krankenhaus. Als Mom Dad umarmt und der in Tränen ausbricht, wende ich mich ab. Es ist wie ein Déjà-vu.

Nach einem kurzen Arztgespräch verabschieden wir uns von Dad und fahren zurück nach Hause.

Das restliche Wochenende ist nicht einmal annähernd so schön, wie Devyn mir es gewünscht hat. Nachts kann ich nicht einschlafen, weil ich meinen zuckenden Dad ständig vor mir sehe. Am Sonntag besuchen wir ihn wieder. Durch die Tabletten, die sie bei ihm zur Vorbeugung weiterer Anfälle einstellen, hat er schlechte Laune. Er ist lustlos, teilnahmslos und lächelt nicht.

Damit er sich ausruhen kann, gehen wir.

Wieder zu Hause sind sowohl Mom als auch ich erschöpft und ausgelaugt. Mom fällt sofort ins Bett. Ich verbringe den restlichen Abend damit, mich mit Serien abzulenken. Zu Hausaufgaben oder Lernen kann ich mich nicht aufraffen.

Kapitel 11

Am Montagmorgen schließe ich mein Fahrrad an den Radständern der Schule ab. Obwohl wir bis zum Unterrichtsbeginn noch ein wenig Zeit haben, ist bereits viel los. Die meisten kommen früher, um die besten Parkplätze zu ergattern. Immer wieder trudeln neue Autos ein, lachende und scherzende Schüler steigen aus, küssende Pärchen schlendern Händchen haltend zum Eingang.

Mein Blick wandert weiter über den Parkplatz, bis mir das rote Auto von Devyn auffällt, das in der Nähe parkt. Devyn selbst ist jedoch nirgends zu sehen. Wahrscheinlich ist er schon im Schulgebäude, obwohl er normalerweise zu spät dran ist. Aber sogar ich bin heute früher da als sonst. Ich habe meinen Wecker extra früher gestellt, damit ich Braden und seinen Freunden nicht begegnen muss. Ich habe keine Lust auf ihre anklagenden Blicke. Sein Auto sehe ich zum Glück noch nirgends. Ich will es trotzdem nicht riskieren, mich länger als nötig hier draußen herumzutreiben, weshalb ich mich schnell nach drinnen begebe.

Auf dem Weg durch die Schulflure fällt mir auf, dass ich immer wieder angesehen werde. Schüler flüstern hinter vorgehaltenen Händen, manche zeigen sogar auf mich.

Ist es wegen der Trennung mit Braden? Ich beschleunige meine Schritte und eile zu meinem Spind, um meine Bücher herauszuholen.

Als ich die Spindtür wieder zuschlage, entdecke ich Devyn, der durch den Gang schlendert. Ein paar Mädchen in meiner Nähe lästerten lautstark über ihn. Er geht direkt an ihnen vorbei, aber sie machen sich nicht die

Mühe, leiser zu sprechen. Vermutlich wollen sie, dass er es hört. Sie mustern ihn abschätzig, doch er ignoriert sie einfach. Allerdings ist er nicht so gelassen, wie er tut, weil sich seine Hand um den Riemen seiner Tasche verkrampft.

Ich winke ihm zaghaft. Erst da wird er auf mich aufmerksam. Er scheint auf mich zugehen zu wollen, doch dann fällt sein Blick auf etwas hinter mir und er läuft schnell an mir vorbei, ohne mich noch einmal anzusehen. Ich bin verwirrt. Was war das denn?

»Hey, Avery«, ertönt plötzlich eine Stimme hinter mir.

Ich erstarre. Es ist Braden. Langsam drehe ich mich zu ihm um. Er trägt seine Sportklamotten. T-Shirt und Shorts. Eigentlich sollte er schon längst auf dem Sportplatz beim Krafttraining sein. Seine Haare sind ganz verstrubbelt, als hätte er sie heute gar nicht gekämmt. Allgemein wirkt er so, als wäre er gerade aus dem Bett gestiegen. Und zwar nicht auf die Sexy-Typ-Art, sondern eher auf die Ich-habe-die-ganze-Nacht-nicht-geschlafen-Art.

»Hey«, bringe ich heiser hervor. »Was willst du?«

Er starrt auf seine Füße, ehe er mir in die Augen schaut.

»Wie geht es deinem Dad?«, fragt er vorsichtig.

»Was meinst du?«, antworte ich alarmiert.

»Ich habe gehört, was passiert ist«, erklärt er. »Deshalb wollte ich wissen, wie es dir geht. Ich bin gestern vor deinem Haus gewesen, aber du bist nicht da gewesen, deshalb bin ich wieder gefahren.«

Ich weiß nicht, was ich darauf sagen soll. Deshalb frage ich: »Warum hast du mir nicht einfach eine Nachricht geschrieben oder angerufen?«

»Weil ich Angst gehabt habe, du würdest mich blockieren. Du wolltest ja Abstand und ich wollte dir deine Zeit geben.« Er holt tief Luft. »Aber ich mache mir ehrlich Sorgen um dich«, fährt er fort. »Ich vermisse dich. Ich vermisse uns«, sagt er verzweifelt.

Innerlich stöhne ich auf. Ich dachte, wir hätten alles geklärt. »Ein uns gibt es aber nicht mehr«, erwidere ich und drücke die Bücher an meine Brust. Ich habe im letzten Dreivierteljahr so viel durchgemacht, dass mir die Trennung von Braden egal sein sollte. Doch das ist sie nicht. Weil er mir viel bedeutet hat. »Ich habe einen Schlussstrich gezogen. Das solltest du jetzt auch tun.« Ich will mich umdrehen, um mich zu meinem Klassenzimmer zu begeben.

»Hast du mich ersetzt?«, fragt er plötzlich.

Ich halte mitten in der Bewegung inne. »Wie bitte? Wie kommst du darauf?«

Braden presst die Lippen aufeinander und mustert mich aus zusammengekniffenen Augen. »Hast du mich durch Devyn ersetzt? Hast du mich mit ihm betrogen?«

»Was? Nein! Ich habe dich nie betrogen!«, verteidige ich mich entsetzt. »Wie kommst du darauf?«

Braden schürzt die Lippen. »Und warum hast du am Samstag mit ihm in seinem Auto gesessen?«

»Weil er mich ins Krankenhaus gefahren hat!«

»Und ganz zufällig seid ihr beide am Samstag in der Eisdiele gewesen?«, knurrt er.

»Zufälle kommen vor«, gebe ich zurück. »Woher weißt du das überhaupt?«

»Eure Zufälle häufen sich aber ganz schön. In letzter Zeit hast du dich oft mit ihm unterhalten«, wirft er mir vor.

»Ich werde mich nicht vor dir rechtfertigen«, erwidere ich betont ruhig. »Leb du dein Leben und ich lebe meins!«

»Also stimmt es. Du hast mich betrogen«, presst er hervor.

Jetzt brennt eine Sicherung bei mir durch. »Weißt du was, Braden? Denk doch, was du willst!«, schreie ich ihn an.

Ich lasse ihn stehen und biege um die nächste Ecke, wo ich beinahe mit Read zusammengestoßen wäre, der mitten im Flur steht. Als ich an ihm vorbeigehen will, tritt er zur Seite und legt seine Handfläche an den Spind neben mir. Damit ist für mich kein Durchkommen mehr möglich.

»Lass mich bitte vorbei. Ich muss zum Unterricht«, sage ich.

Doch Read kommt meiner Aufforderung nicht nach. »Braden hat mir erzählt, dass du grundlos mit ihm Schluss gemacht hast?«, beginnt er betont gelassen. Allerdings schwingt in seiner Stimme ein lauernder Unterton mit.

Meine Finger bohren sich in die Buchrücken meiner Schulbücher, die ich nach wie vor trage und die langsam schwer werden.

»Was geht dich das an?«, knurre ich.

»Er ist mein bester Freund.« Read lächelt scheinheilig. »Du bedeutest ihm viel. Er verhält sich wie ein liebeskranker Volltrottel. Es ist peinlich, wie sehr er sich für dich ins Zeug gelegt hat. Ich an seiner Stelle hätte mir schon längst eine andere gesucht. Aber er? Er hat wegen dir auf so vieles verzichtet. Das ist lächerlich, Avery. Du verhältst dich so undankbar.«

»Hör auf dich in unsere Angelegenheiten einzumischen und kümmere dich um deine eigenen!«, knurre ich und kann mich nur schwer zurückhalten ihn nicht anzuschreien.

Read mustert mich scharf. »Ist es wegen Devyn? Ich habe gesehen, dass er dabei gewesen ist, als dein Dad vor der Eisdiele zusammengebrochen ist. Und du hast ihm gerade eben hinterhergeschaut.«

»Woher weißt du das alles? Bist du auch dort gewesen?«, frage ich mit klopfendem Herzen.

Er schüttelt den Kopf und zuckt mit den Achseln. »Nein, aber Sofia und Chloe. Sie haben etwas abseits gestanden und das Trauerspiel in ihrer Instastory und auf Snapchat gepostet. Devyn sollte dafür angezeigt werden, dass er Menschen ihr Eigentum entrissen hat.«

Mir klappt der Mund auf. Fassungslosigkeit macht sich in mir breit. Meine sogenannten Freundinnen waren dort und haben die Videos auf ihren Social-Media-Kanälen geteilt, statt zu helfen oder mit mir zu reden?! Wie viele Leute haben das noch gesehen? Ich weiß, dass sie viele Follower haben. Wobei sich die meisten für ihre etwas freizügigen Bilder interessieren. Und wie viele Schaulustige haben uns überhaupt fotografiert und gefilmt und die Aufnahmen dann ins Internet gestellt?

»Es gehören sich eher die Leute angezeigt, die das aufgenommen haben! Devyn hat sie nur davon abgehalten! Statt zu gaffen und sich am Leid anderer zu ergötzen, hat er geholfen!«, verteidige ich ihn.

Read kneift die Augen zusammen. »Geholfen? Er wollte doch nur den Helden spielen, um gut dazustehen. Glaub mir, ich hätte das gar nicht sehen müssen. Ich habe ein heißes Cheerleaderfoto von Sofia erwartet. Oder eins mit Bikini. Stattdessen habe ich ein Video mit einem Krankenwagen gesehen, wo du rumgeheult hast. Devyn hat danebengestanden. Vor der Eisdiele. Habt ihr ein Date gehabt? Ist das deine Masche? Dir einen Typen zu angeln, einen auf Mitleidsnummer zu machen und ihn dann fallen zu lassen, wenn er ganz heiß auf dich ist? Genießt du die Aufmerksamkeit, die du bekommst?« Ein breites, selbstgefälliges Lächeln umspielt seine Lippen. »Keine Angst, du wirst noch viel mehr Aufmerksamkeit bekommen.«

»Drohst du mir gerade?« Meine Stimme bebt vor unterdrückter Wut.

Er hebt unschuldig die Hände. »Das würde ich nie tun. Ich erinnere dich nur daran, dass du als Cheerleaderkapitänin und dazu als Freundin des Footballkapitäns viel Ansehen genießt. Dadurch, dass du dich von Braden getrennt hast, wirst du einige Leute gegen dich aufhetzen. So schnell, wie du Kapitänin geworden bist, kannst du auch wieder fallen. Devyn ist das beste Beispiel dafür. Oder willst du so werden wie er?«

Ich blitze ihn wütend an. »Lieber werde ich Schulmaskottchen, als mit jemandem wie dir befreundet zu sein!«

***

Der restliche Schultag zieht sich nur so dahin. Nicht nur, weil mir die Gespräche mit Braden und Read nicht mehr aus dem Kopf gehen, sondern weil ich von gefühlt allen Mitschülern angestarrt werde. Sie haben vermutlich die Videos von Sofia und Chloe gesehen. Da ich heute keine gemeinsamen Unterrichtsstunden mit ihnen habe, könnte ich sie nur in der Pause oder auf den Fluren zur Rede stellen, doch sie scheinen sich absichtlich von mir fernzuhalten. Als wüssten sie genau, dass sie Mist gebaut haben.

In der Mittagspause verstecke ich mich auf dem Klo, nur um den nervenden Blicken der anderen zu entgehen. Die einen bemitleiden mich für das, was meinem Dad passiert ist. Die anderen können nicht verstehen, weshalb ich mich von Braden getrennt habe. Als hätten sie ein Anrecht auf mein Privatleben.

Als es zum Schulschluss klingelt, trete ich gemeinsam mit Emma, mit der ich die letzte Unterrichtsstunde gemeinsam hatte, auf den rappelvollen Schulflur. Zusammen bahnen wir uns einen Weg durch die Schülermenge zu meinem Spind.

»Ich bin übrigens sauer auf dich«, sagt Emma, als wir vor unseren Spinden, die sich nebeneinander befinden, stehen bleiben.

Ich halte mitten im Öffnen meines Spindes inne und drehe mich zu ihr. »Warum?«

»Weil du mir nicht von dem Krampfanfall deines Dads erzählt hast«, erklärt sie. »Ich habe gedacht, wir sind Freundinnen und können uns alles anvertrauen? Ich musste es über Social Media erfahren. Ich bin bei dir zu Hause gewesen, aber niemand ist da gewesen. Dann habe ich dir eine Nachricht geschrieben, die du nicht gelesen hast.«

Ich bekomme ein schlechtes Gewissen. »Tut mir leid. Wirklich. Ich habe vollkommen vergessen dir Bescheid zu geben. Es ist alles so schnell gegangen und ich bin total durch den Wind gewesen«, erkläre ich und schichte die Bücher in meinen Spind. »Aber das bedeutet mir viel, Emma.«

»Und ich habe schon gedacht, dass wir beide eine unterschiedliche Definition von Freundschaft hätten«, meint Emma erleichtert. »Du bist für mich meine beste Freundin, Avery.«

»Du für mich auch, Emma«, sage ich gerührt, woraufhin sie mich umarmt.

»Du willst das jetzt zwar bestimmt nicht hören, aber es tut mir so leid, was passiert ist. Was Sofia abzieht, finde ich übrigens ganz und gar nicht in Ordnung. Wir wissen ja schon, dass sie nicht die hellste Kerze auf der Torte ist«, schimpft sie, als ich die Spindtür schließe. »Und wir wissen auch, wie gemein sie sein kann. Aber diese Storyposts? Das macht mich echt sprachlos.«

»Wir können sowieso nichts mehr daran ändern«, seufze ich müde, weil ich mich damit nicht mehr herumärgern will. Ich will den Samstagnachmittag nur noch vergessen. Was nicht gerade sehr leicht ist, wenn man immer wieder daran erinnert wird.

Emma schüttelt den Kopf. »Ich habe Sofia und Chloe geschrieben, dass sie die Videos runternehmen sollen, aber sie haben mich einfach ignoriert.«

»Trotzdem danke. Du hast es wenigstens versucht«, flüstere ich überrascht.

Sie winkt ab. »Kein Ding. Man müsste sie mal zurechtweisen.«

Ich hebe die Brauen. »Und wie willst du das anstellen? Ein Streitschlichtgespräch mit den verfeindeten Parteien führen?« Emma war früher an ihrer Middle School im Streitschlichter-Team. Eine Freundin wie sie hätte ich schon damals gebraucht, als ich wegen dem Stottern von meinem Dad gehänselt wurde.

»Das wäre natürlich ein Anfang«, meint sie und zieht die Nase kraus. »Vielleicht kann man mit dem Cheer Squad reden. Nicht alle finden es gut, was Sofia abzieht. Doch niemand traut sich etwas zu sagen. Wenn wir aber so viele Leute wie möglich auf unsere Seite ziehen könnten …«

»Hast du das noch aus deiner Zeit als Streitschlichterin oder aus deinem Psychologiekurs?«, frage ich.

»Beides. Eigentlich braucht man dafür keinen Streitschlicht- oder Psychologiekurs. Man muss sich nur selbst ansehen. Wir gehen auf die Highschool und die Highschool ist hart. Niemand will ein Außenseiter sein, deshalb hält man sich lieber raus wie bei Devyn. Manche sprechen vielleicht von Egoismus, ich nenne das Selbstschutz. Wenn ich ehrlich bin, habe ich bei Devyn auch nie etwas gesagt, weil ich Angst habe, das nächste Opfer zu sein. Aber du bist für mich meine beste Freundin und ich will und kann nicht mit ansehen, wie sie dich demütigen und dir wehtun. Vielleicht muss jemand den ersten Schritt machen. Als Sofia Devyn auf dem Sportplatz so fertiggemacht hat, hat nicht jeder mitgelacht. Einige …«

Sie verstummt. Ihre Aufmerksamkeit richtet sich auf etwas hinter mir. Mitgefühl tritt auf ihre Miene.

Schon bevor ich mich umdrehe, weiß ich, wer sich im Flur befindet. Der Gang ist noch immer voller Schüler, die sich lachend unterhalten und ihre Bücher in ihre Spinde stapeln. Manche haben Nachmittagsunterricht oder bleiben wegen Arbeitsgruppen länger an der Schule. Doch es dauert nicht lang, bis ich Devyn ausgemacht habe, der sich durch die Menge schiebt. Er ist nur wenige Meter von mir entfernt, als sich unsere Blicke treffen. Für einen kurzen Augenblick bleibt die Welt stehen. Es gibt nur Devyn und mich.

Bis er plötzlich stolpert, weil Read ihm ein Bein gestellt hat. Als Devyn sich wieder gefangen hat, rempelt Read ihn so heftig an, dass er mit der Schulter gegen einen Spind knallt. Sein Gesicht verzieht sich voller Schmerz und er presst die Lippen aufeinander. Ein paar Schüler in der Nähe schauen ihn teils erschrocken, teils mitleidig an. Andere lachen.

»Kannst du nicht aufpassen, Coleman, oder stehst du so sehr auf Körperkontakt, weil niemand etwas von dir will?!«, ruft Read mit erhobener Stimme.

Devyn strafft die Schultern und umklammert den Riemen seiner Tasche fester, während er Reads höhnischen Blick kalt erwidert. »Danke, aber selbst wenn ich schwul und du der letzte Kerl auf der Welt wärst, würde ich mich nicht mit dir einlassen.«

Einige Schüler pfeifen, andere warten gespannt auf Reads Reaktion. Mit Genugtuung sehe ich, wie ihm die Kinnlade herunterklappt. Emma neben mir kann sich ein Kichern nicht verkneifen und hebt den Daumen.

Devyn erwidert Reads verblüfften Blick mit einem süffisanten Lächeln. »Das Beinstellen solltest du beim Spielen lieber lassen oder willst du deinem Team so unbedingt eine 10-Yard-Strafe einbringen wie beim letzten Spiel?«

»Der Gegner hat es verdient gehabt! Er hat mich provoziert!«, knurrt Read laut. »Wir haben das Spiel noch gewonnen!«

»Aber auch nur wegen seiner Provokation. Hätte er dich nicht geärgert, hätten sie keine 15-Yard-Strafe bekommen und ihr hättet nicht so knapp gewonnen.« Devyn legt den Kopf schief. »Überhaupt habt ihr die letzten Male nur sehr knapp gewonnen, wenn ihr nicht gerade verloren habt.«

Womit er recht hat. Seit er nicht mehr dabei ist, liefen die Spiele unseres Teams sehr glimpflich ab.

»Und du setzt übrigens zu viel Körpergewicht beim Tacklen ein«, fügt Devyn hinzu.

Read baut sich vor ihm auf. Eine Ader pulsiert an seiner Stirn. »Du hast mir nichts zu sagen, du bist nicht mehr der Kapitän! Du bist nichts weiter als ein wertloses Schulmaskottchen!«

»Ein Schulmaskottchen, das sich dennoch gut mit Football auskennt«, kontert Devyn. »Ich habe euch beobachtet. Coach Johnson tut sein Bestes.

Aber das Team agiert nicht wirklich als Team, wenn manipulative Einzelplayer dabei sind, die nur auf ihre eigenen Erfolge aus sind.«

Ohne auf Reads Antwort zu warten, schiebt er sich an den Schülern, die stehen geblieben sind, um das Spektakel zu beobachten, vorbei in Richtung Ausgang.

Read wiederum steht fassungslos da. Sein Kopf ist knallrot angelaufen und er macht Anstalten, Devyn mit zu Fäusten geballten Händen zu folgen. Da laufe ich ihm nach und trete ihm in den Weg, wohlwissend, dass die Schüler immer noch starren und jetzt aller Aufmerksamkeit auf uns liegt.

»Lass ihn in Ruhe!«, befehle ich ihm mit fester Stimme, wenngleich ich mich innerlich frage, was ich da gerade tue.

Read sieht mich an, als fiele er aus allen Wolken. »Ist das dein Ernst? Du verteidigst das Schulmaskottchen? Du weißt, was er dieser Schule angetan hat!«, klagt er laut mit unschuldiger Stimme, sodass ich mich sehr zusammenreißen muss *ihn* nicht gegen den Spind zu stoßen.

»Devyn hat dir nichts getan. Lass ihn einfach in Ruhe, Read«, mischt sich da Emma ein und baut sich neben mir auf.

Read hebt eine Braue und sieht hochnäsig auf sie herab. »Du bewegst dich gerade auf sehr dünnem Eis, Emma. Ich kann euch alle fertigmachen. Ich bin Footballspieler. Wir sind die Stars. Wir bringen dieser Schule die Siege ein.«

»Unser Cheer Squad hat mehr Siege verzeichnet als ihr«, protestiere ich.

Read lacht laut auf. »Ihr seid *Cheer*leader, das zählt nicht«, spuckt er gehässig aus. »Ihr seid Pausenfüller. Ihr seid nur dazu da, gut auszusehen und uns anzufeuern! Das Einzige, was ihr den ganzen Tag über macht, ist herumzuhüpfen, während wir mit vollem Körpereinsatz trainieren.«

»Cheerleading ist ein sehr anspruchsvoller Sport!«, wütet Emma, die genauso sauer ist wie ich. Nicht nur, dass Read Devyn vor allen bloßstellen wollte. Jetzt macht er sich auch noch über unseren Lieblingssport lustig. Leider gibt es viele Menschen, die so über uns denken wie er.

»Ich sehe das genauso wie meine Freundin. Und als Devyn im Team gewesen ist, habt ihr mehr Siege verzeichnet«, ertönt eine weitere Stimme.

Ein Junge mit schokobraunen Augen und einer schwarzen Brille tritt an uns heran. Es ist Scott, Emmas Freund. Entgegen dem Klischee, alle Cheerleaderinnen hätten einen Sportler-Freund – was oft daran liegt, dass wir durch die Footballspiele viel Zeit miteinander verbringen –, ist er Mitglied in der Mathe-AG. Dort haben er und Emma sich auch kennengelernt. Er ist klug, ein wenig nerdig und hat mit Sport gar nichts am Hut. Zu den Spielen kommt er nur wegen seiner Freundin.

»Hey, Süße. Ist alles okay?« Er legt einen Arm um ihre Schultern und blickt von uns zu Read, der sofort ein unschuldiges Lächeln auflegt. Nicht weil der schmächtige Scott so furchteinflößend wirkt, sondern weil seine Mutter Polizistin ist.

»Es ist alles in Ordnung. Ich muss jetzt los, ich will das Schauspiel nicht verpassen.« Sein schadenfrohes Grinsen lässt mir einen Schauer über den Rücken laufen.

»Welches Schauspiel?«, hake ich alarmiert nach.

Statt einer Antwort zwinkert mir Read zu, als hätten wir beide ein Geheimnis. Dann schlendert er mit den Händen in den Hosentaschen in Richtung Ausgang.

»Was ist das denn gewesen?« Scott sieht verwirrt zwischen uns hin und her.

»Erzähle ich dir später«, seufzt Emma genervt und wendet sich an mich, um mich zu umarmen. »Wir müssen jetzt in die AG. Wir sehen uns morgen. Du kannst mir gerne schreiben, wie dein Besuch bei deinem Dad gelaufen ist. Ruf mich an, solltest du jemanden zum Reden brauchen. Ich kann auch vorbeikommen. Wie du willst.«

»Danke, Emma.«

Dann gehen wir getrennter Wege. Der Flur leert sich langsam. Dafür ist der Parkplatz gerappelt voll. Wegfahrende Autos, Schüler, die in Grüppchen an ihren Fahrzeugen lehnen oder auf Bänken vor der Schule sitzen, um sich zu unterhalten. Andere, die in der Mittagspause keine Lust auf das Mensaessen hatten, kommen gerade von umliegenden Supermärkten oder Schnellrestaurants, wo sie sich etwas zu essen geholt haben.

Mit einem merkwürdigen Gefühl in der Magengegend laufe ich zu meinem Fahrrad. Mir gehen Reads Worte nicht mehr aus dem Kopf. Meinte er mit dem Schauspiel, das er nicht verpassen will, Devyn? Haben sie ihm eine Falle gestellt, um ihn vor allen Schülern bloßzustellen?

Wachsam sehe ich mich um und entdecke Read und seine Freunde nicht weit von mir. Sie lehnen an seinem Auto, ein paar Mädchen sind bei ihnen. Darunter auch Sofia und Chloe. Sie haben ihre Handys gezückt und das ungute Gefühl in meinem Magen nimmt zu. Da entdeckte ich Braden, der vor meinem Fahrrad wartet. Ich bleibe wie angewurzelt stehen und will wieder umkehren, als er mich entdeckt und mir zuwinkt.

Mir rutscht das Herz in die Hose, als mir die Rose in seiner Hand auffällt. Er geht direkt auf mich zu. Zu meinem Entsetzen fällt er vor mir auf die Knie und hält mir die Rose hin.

Mir steigt Schamesröte ins Gesicht. Immer mehr Schüler wenden ihre Köpfe in unsere Richtung.

»Braden, was soll das?«, zische ich.

»Es tut mir leid, Babe«, beginnt er und klingt dabei sogar ehrlich. »Ich habe mich danebenbenommen. Du hast allen Grund, sauer auf mich zu sein. Aber bitte wirf unsere gemeinsame Zeit nicht einfach weg.«

Aus den Augenwinkeln bemerke ich, dass Sofia und Chloe ihre Handys in unsere Richtung halten. Read und seine Freunde grinsen breit.

Ich greife nach seinem Handgelenk und ziehe ihn hoch. »Was soll das?«, fluche ich mit gedämpfter Stimme, weil ich nicht will, dass die umstehenden Schüler mich hören.

»Read meinte, ich müsste mich mehr für dich ins Zeug legen«, erklärt mir Braden. »Ich will dich nicht verlieren. Wir beide gehören zusammen. Bitte lass mich nicht hängen. Du bist doch bloß verwirrt.«

»Ich bin nicht verwirrt!«

»Doch, das bist du, Aves«, mischt sich da nun Read ein, der von seinem Auto weg und auf uns zugetreten ist. »Nach allem, was bei dir los ist, ist das ja auch kein Wunder, dass du psychisch labil bist und deshalb nicht weißt, was du willst«, erklärt er verständnisvoll. Allerdings erkenne ich in seinen Augen ein schadenfrohes Blitzen. »Braden hat dir die ganze Zeit über beigestanden. Er hat dich mit deinem behinderten Dad ertragen. Er liebt dich und tut alles für dich. Und du hast dich von ihm getrennt. Das ist undankbar.«

»Hör auf dich da einzumischen! Das ist eine Sache zwischen Braden und mir!«, fahre ich ihn an.

Dann wende ich mich wieder Braden zu. »Es ist mir egal, was du alles versuchst, um mich zurückzubekommen. Und wenn du mir den Mond vom Himmel holst! Zwischen uns ist Schluss. Ende. Finito. Oder brauchst du noch eine japanische Übersetzung? Und warum hast du Read von meiner Familiensituation erzählt? Das geht ihn verdammt noch mal nichts an!«

Es ist mir mehr als unangenehm, dass wir von allen beobachtet und von Sofia und Chloe gefilmt werden. Eigentlich habe ich das mit Braden doch schon alles besprochen. Ich will gehen. Da er mir aber den Weg zu meinem Fahrrad versperrt und mich anscheinend nicht in Ruhe lassen will, bis das geklärt ist, bleibt mir nichts anderes übrig, als hier zu stehen und mir anzuhören, was er zu sagen hat. Zudem haben uns mittlerweile unsere Mitschüler eingekreist und machen eine Flucht unmöglich.

Braden scheint unser Publikum egal zu sein. Oder er hat es noch gar nicht bemerkt, weil er nur auf mich fixiert ist. Kurz meine ich Schuldgefühle in seiner Miene aufblitzen zu sehen, doch dann verschließt er sich wieder vor mir.

»Read ist mein bester Freund. Mein Bro. Natürlich rede ich mit ihm über alles. Ihr Mädchen erzählt euch doch auch jeden Scheiß!«, verteidigt er sich.

»Ich an deiner Stelle würde mir noch einmal überlegen, wie du Braden behandelst«, fügt Read so leise hinzu, dass nur Braden und ich ihn verstehen. Dabei schenkt er den umstehenden Leuten ein freundliches Lächeln. Sein Blick wandert wieder zu mir und seine Augen verengen sich zu Schlitzen. »Gehörst du zu uns, werden wir dich beschützen. Doch wendest du dich gegen uns, werden wir dir das Leben zur Hölle machen!« Ein gefährlicher Unterton, der mir eine Heidenangst einjagt, schwingt in seiner Stimme mit.

Fassungslos sehe ich von ihm zu Braden, der nicht einmal mit der Wimper zuckt. »Wie kannst du nur zulassen, dass er so mit mir redet?! Er droht mir! Ist dir das egal?«

»Wie ich das zulassen kann?« Braden deutet mit der Rose auf mich. »Ich weiß nicht mehr weiter mit dir! Und ich bin froh über seine Unterstützung. Das zeigt nur, was für ein guter Freund er ist!«

Read lächelt zufrieden. »Braden braucht verständlicherweise jemanden zum Reden, wenn du ihn nicht mehr an dich heranlässt, nur weil du nicht damit klarkommst, dass dein Vater jetzt noch behinderter ist als vorher«, sagt er laut und deutlich, sodass jeder seine Worte mitbekommt. »Oder stößt du Braden wegen deiner Schuldgefühle weg, weil dir das Stottern von deinem Vater so peinlich gewesen ist? Jetzt kann er gar nicht mehr sprechen. Komm damit klar, Aves. Denn das ist kein Grund, andere um dich herum zu verletzen.«

Mir klappt der Mund auf. Ich kann mich nicht bewegen. Ich bin wie erstarrt. Das Atmen fällt mir schwer und meine Hände beginnen zu zittern. Meine Kehle wird ganz eng, Tränen treten in meine Augen. Ich kann nicht fassen, dass er das gesagt hat!

Braden wiederum starrt den gespielt unschuldig dreinblickenden Read fassungslos an. Er verteidigt mich aber nicht, sondern schweigt betreten.

Ehe ich etwas sagen kann, schießt ein roter kleiner Ball an mir vorbei und trifft den völlig verdutzten Read mitten auf der Brust. Der zweite landet in Bradens Gesicht. Es folgen weitere. Verwirrt sehe ich die Jungs an. Ihre Gesichter und Oberteile sind nass. Grund dafür sind mit Wasser gefüllte Luftballons.

Ich wirble herum, folge den Blicken meiner Mitschüler. Ich muss die Tränen, die in meinen Augen schimmern, wegblinzeln, um etwas erkennen zu können, und glaube zuerst nicht richtig zu sehen.

Devyn steht am Rande der Schaulustigen und bewirft Read und Braden mit den Wasserluftballons. Die beiden halten sich schützend die Hände vor die Gesichter. Die Leute um uns herum lachen, Read und Braden brüllen voller Wut.

»Zeit zu gehen.« Devyn fängt meinen Blick auf und zwinkert mir lächelnd zu. Dann streckt er zögernd die Hand nach mir aus. »Willst du mitfahren?«

Das lasse ich mir nicht zweimal sagen. Es ist mir egal, dass mein Fahrrad noch angekettet ist. Ich will nur weg von meinen sogenannten Freunden, die mich vor der gesamten Schule erniedrigt haben.

Ich laufe zu ihm und greife nach Devyns ausgestreckter Hand. Wir sehen uns an. Die Wärme in seinem Blick vertreibt ein wenig die Kälte, die sich in mir ausgebreitet hat. Dann stürmen wir Hand in Hand los, weg von den wütenden Footballspielern zu Devyns Auto, das nur wenige Meter weiter auf dem Parkplatz steht.

Dort trennen wir uns, weil Devyn auf den Fahrersitz springt. Ich umrunde schnell sein Fahrzeug. Meine Finger zittern wie verrückt, als ich hastig einsteige.

»Schnall dich bitte an«, sagt er und legt, kaum dass ich seiner Bitte Folge geleistet habe, den Rückwärtsgang ein, um zu wenden. Das Herz schlägt mir bis zum Hals, als ich mich umdrehe und sehe, wie Braden erstarrt dasteht, während Read mit zorniger Miene auf uns zustürmt.

»Das wirst du uns büßen, Coleman!«, brüllt Read und reckt die Faust in die Höhe.

»Ich fühle mich geehrt, dass du deine wertvolle Lebenszeit mit mir vergeudest!«, gibt Devyn aus dem offenen Fenster zurück. Dann fährt er vom Parkplatz und schert in den Straßenverkehr ein. Kaum dass wir die Schule hinter uns gelassen haben, entfährt mir ein hysterisches Kichern und ich schlage mir die Hand vor den Mund. Ich weine und lache gleichzeitig.

»Hast du Braden und Read wirklich mit Wasserbomben beworfen?«, sind die ersten Worte, die ich hervorbringe.

Devyn, der den Blick nicht von der Straße nimmt, hebt die Schultern, seine Mundwinkel zucken verräterisch.

»Ein Ablenkungsmanöver. Außerdem wollte ich das schon immer einmal machen.« Zufrieden grinst er in sich hinein.

Ich runzle die Stirn. »Und wo hast du die Wasserballons her? Du hattest sie doch bestimmt nicht im Auto liegen, um auf den passenden Moment zu warten, oder?«

Er sieht mich kurz an. »Da hast du recht. Das ist reiner Zufall gewesen. Ich habe noch welche übriggehabt von der letzten Wasserballschlacht mit meiner

Schwester. Ich wollte sie eigentlich für die nächste aufheben. Und damit sie sie nicht vorher benutzt und mich hinterrücks angreift, habe ich sie in meinem Auto versteckt, weil sie da nicht hinkommt.«

Ich muss lächeln. Es ist niedlich, dass er mit seiner kleinen Schwester Wasserballschlachten veranstaltet. Dabei ist mir gerade eigentlich gar nicht nach Lächeln zumute.

»Danke, dass du mir geholfen hast«, beginne ich.

»Das ist doch selbstverständlich«, winkt er ab, als wäre es wirklich selbstverständlich für ihn.

Plötzlich habe ich ein schlechtes Gewissen.

»Trotzdem hättest du das nicht tun dürfen. Jetzt werden sie dich erst recht auf dem Kicker haben.«

Er runzelt die Stirn und verzieht das Gesicht. »Erstens haben sie mich doch sowieso auf dem Kicker. Egal, was ich tue. Und zweitens: Hätte ich einfach zusehen und zulassen sollen, dass sie dir wehtun? Ich finde es nicht okay, wie sie sich verhalten. Braden ist so ein Idiot!« Den letzten Satz murmelt er mehr zu sich selbst.

»Und Read ist kein Idiot?«, frage ich herausfordernd.

»Dass Read ein Idiot ist, wissen wir beide. Aber Braden ...« Er verstummt und schüttelt den Kopf.

»Du und Braden seid früher gut befreundet gewesen«, bemerke ich und beobachte ihn aufmerksam.

»Ja, aber er hat sich verändert.« Mehr sagt Devyn nicht dazu.

»Warum bist du noch da gewesen? Du hast die Schule viel früher als ich verlassen«, hake ich nach.

»Hast du mich etwa beobachtet?«, grinst Devyn.

Röte steigt mir ins Gesicht. Doch ehe ich antworten kann, spricht er schon weiter. »Ja, ich bin früher draußen gewesen als du. Ich saß auch schon im Auto und wollte gerade den Motor starten. Aber dann habe ich gesehen, wie Braden vor deinem Fahrrad gewartet hat und Read, der hinzugekommen ist, die anderen dazu aufgefordert hat, noch dazubleiben. Da habe ich gewusst, dass sie irgendetwas vorhaben. Also habe ich gewartet.«

Ich bin erst mal sprachlos. Er hat gewartet. Wegen mir. Auf mich. Und er hat mir wieder geholfen. Und das obwohl ich ihn nie verteidigt habe. Ich habe immer nur zugesehen. Plötzlich fühle ich mich richtig schlecht.

»Ich bin dir so unglaublich dankbar, Devyn. Hast du …«, beginne ich, breche jedoch ab und starre auf meine Hände, die ich verschränkt in meinen Schoß gelegt habe. Devyn schweigt. Er drängt mich nicht. Er wartet einfach ab. Tief durchatmend hebe ich den Kopf und fahre fort. »Hast du mitbekommen, was sie alles gesagt haben?«

Er hält vor unserer Einfahrt. Dann blickt er mich an. Seine Miene ist voller Mitgefühl, aber auch Verständnis.

»Ich habe alles gehört, Avery. Alles.«

Obwohl ich es bereits geahnt habe, schnürt es mir die Kehle zu. Wie viele Mitschüler haben mitbekommen, was Read und Braden ausposaunt haben? Ich erinnere mich daran, wie Sofia, ihre Freundinnen und bestimmt auch andere Schüler das ganze Spektakel gefilmt haben, und mir wird übel.

Devyn beugt sich wortlos über die Mittelkonsole und nimmt mich in die Arme. Zum zweiten Mal innerhalb weniger Tage tröstet er mich. Ich weiß nicht warum, aber ich fühle mich bei ihm wohl. Vielleicht liegt es daran, dass ich mich von ihm verstanden fühle.

Devyn löst sich wieder von mir. Eine Hand legt er auf meine Schulter, mit der anderen streicht er mir ein paar Haarsträhnen zurück, die mir ins Gesicht gefallen sind. Dann bleibt sie auf meiner Wange liegen. Mein Magen kribbelt, als ich in seine Augen blicke.

»Du bist nicht allein mit deinen Problemen. Ich weiß, wie es ist, ein krankes Familienmitglied zu haben oder von diesen Idioten fertiggemacht zu werden. Lass dir von ihnen nichts gefallen. Wenn du möchtest, gehe ich mit dir gemeinsam zu den Lehrern, wenn die Situation nicht besser wird«, sagt er mit eindringlicher Stimme und blickt mich fest an, als wollte er sichergehen, dass ich ihn auch verstehe.

»Danke, Devyn«, wiederhole ich heiser. »Danke für alles.«

»Keine Ursache.«

Stille entsteht zwischen uns, in der wir uns nur anschauen. Devyns Hand liegt immer noch auf meiner Wange, sein Daumen streicht zärtlich über meine Haut. Unwillkürlich halte ich den Atem an. Seine Lippen öffnen sich leicht und er wirkt so, als wollte er etwas sagen. Doch dann reißt er sich aus der Starre, lässt mich los und lehnt sich zurück. Er atmet tief durch, als hätte er ebenfalls die Luft angehalten.

»Ich ... Danke fürs Herfahren«, stottere ich, weil ich mich auf einmal ganz komisch fühle.

Devyn lächelt schief. »Wie schon gesagt: keine Ursache. Wie geht es deinem Dad? Und wie geht es dir? Wobei, wie es dir geht, brauche ich wohl gar nicht erst fragen.« Verlegen fährt er sich durch die Haare.

»Im Moment ist er psychisch nicht so gut drauf«, antworte ich und fühle mich augenblicklich wieder schlecht. »Die Ärzte meinen, er müsse sich noch von dem Anfall erholen und sich an die Tabletten gewöhnen, die sie gerade einstellen.«

Devyn nickt. »Das denke ich auch. Bei meiner Mom ist es genauso gewesen. Sie ist nach ihrem ersten Anfall richtig depressiv gewesen, aber als sie auf die Tabletten eingestellt gewesen ist, ist sie wieder ganz normal gewesen. Du musst ihm ein wenig Zeit geben, sich zu erholen.«

»Wie kommst du mit alldem klar?«, rutscht es mir heraus.

Devyn schaut mich verwirrt an. »Was meinst du?«

»Deine Mom ... sie ist schwer krank und dann wirst du an der Schule gemobbt«, erkläre ich. »Ich an deiner Stelle wäre am Ende.«

Devyn versucht zu lächeln, doch ich sehe in seinen Augen, die verräterisch glänzen, dass es ihn nicht kaltlässt. Dennoch erwidert er meinen Blick fest. »Ich bin gesund, lebe und ich habe meine Familie. Das ist mir am wichtigsten.« Er blickt auf die Uhr am Armaturenbrett und ein panischer Ausdruck huscht über sein Gesicht. »Tut mir leid, wenn ich dich jetzt einfach so rauswerfe, aber ich muss nach Hause.«

»Schon okay.« Ich schnalle mich ab und steige aus.

Dann bleibe ich auf dem Gehsteig stehen und sehe Devyn zu, wie er mit einem letzten Wink davonfährt.

Ich hätte mich gern noch weiter mit ihm unterhalten. Zum einen, um von meinen eigenen Problemen abzulenken. Zum anderen, weil ich mehr über ihn erfahren will. Früher habe ich ihn für einen Herzensbrecher gehalten, dem alles und jeder egal ist. Doch nachdem er meinem Dad und mir geholfen hat, frage ich mich, ob ich mich womöglich in ihm geirrt habe. In seiner Nähe fühle ich mich wohl. Er bringt meinen Magen zum Kribbeln.

Kapitel 12

Mit einem mulmigen Gefühl betrete ich mit Mom das Klinikum. Der Geruch von Desinfektionsmitteln liegt in der Luft. Überall laufen Menschen umher. Mütter oder Väter halten quengelnde Kinder an den Händen, ältere und jüngere Menschen in Rollstühlen fahren herum. Andere humpeln auf Krücken. Eine schwangere Frau schlendert mit ihrem Mann an uns vorbei. Sie hat sich bei ihm untergehakt und hält sich mit der anderen Hand den runden Bauch. Vermutlich wird sie bald entbinden.

Beim Anblick des Pärchens verspüre ich einen Stich im Magen. Sahen meine Eltern früher auch so glücklich, verliebt und sorglos aus? Unwissend, was alles auf sie zukommen würde? Unwissend, dass mein Dad schon so früh ein Pflegefall sein würde?

Eine Frau mit bleichem Gesicht und dunklen Schatten unter den Augen schlurft an uns vorbei. Sie schiebt einen Infusionsständer vor sich her, von dem aus ein Schlauch zu ihrer Hand führt. Unwillkürlich frage ich mich, ob sie wohl Krebs oder eine andere Krankheit hat.

Kurz nach unserem Eintreffen haben wir ein Gespräch mit der Ärztin, laut der Dad bis Samstag hierbleiben muss.

Das einzig Gute an dem epileptischen Anfall: So hat er einen Rundumcheck bekommen, der ohnehin schon überfällig gewesen ist. Zum Glück haben sie nichts weiter festgestellt. Aber unsere Freude nach dem positiven Arztgespräch hält nicht lang, denn als wir sein Zimmer betreten, sitzt er mit finsterer Miene in seinem Bett. Der ältere Mann, mit dem er sich sein Zimmer teilt, ist wieder nicht da.

Mom umarmt Dad, aber er erwidert die Umarmung nur halbherzig, lässt sich wieder zurück ins Kissen fallen und starrt uns müde an. Ihn so teilnahmslos und bei schlechter Laune zu sehen, schmerzt. Trotzdem versuche ich das Beste daraus zu machen. Mit einem gezwungenen Lächeln setze ich mich neben ihn an die Bettkante und greife nach seiner Hand.

»Hey, Dad, wie geht's dir?«

Er schaut mich an, löst seine Hand von meiner und deutet mit dem Daumen nach unten.

Nicht gut.

»Willst du wieder nach Hause?«, frage ich weiter, da Mom die Lippen zusammenpresst und zum Schrank geht, um seine Klamotten zu sortieren, weil wir die dreckigen mit nach Hause nehmen, um sie zu waschen. Ihre Augen glänzen verdächtig und ich weiß nicht, wie lange ich dieses Trauerspiel noch ertragen kann.

Um seine Laune ein wenig zu verbessern, suche ich nach einem anderen Thema. »Wie sieht es aus? Wir haben schönes Wetter. Wollen wir draußen spazieren gehen? Ein Nein akzeptieren wir nicht«, sage ich, als er den Daumen wieder nach unten drehen will. »Du kannst nicht den ganzen Tag in deinem Bett liegen bleiben, Dad!«

Er starrt mich wie ein stures Kind an und ein Kloß bahnt sich in meinem Hals an. Wie sehr wünsche ich mir in diesem Moment meinen alten Dad zurück. Der noch gehen, sprechen und mit mir lachen und Witze reißen konnte. Mit dem ich normale Sachen unternehmen konnte. Jetzt kann er nicht mehr richtig sprechen und wird für sein restliches Leben halbseitig gelähmt sein. Das Risiko auf einen weiteren Schlaganfall ist hoch. Und dann sind da die epileptischen Anfälle, die er noch mal kriegen könnte. Zwar können die Tabletten ein weiteres Anfallsrisiko senken, den Krampfanfall aber nicht verhindern. Was, wenn es wieder in einer großen Menschenmenge geschieht? Oder schlimmer, nachts, wenn er im Bett liegt und wir den Anfall nicht mitbekommen?

So schlecht, wie er heute gelaunt ist, frage ich mich, ob er sich nicht manchmal wünscht, den Unfall nicht überlebt zu haben. Oder ob er sich manchmal wünscht, einfach die Augen zu schließen und zu sterben. Ich weiß, dass er sich wie ein Krüppel, wie ein halber Mensch fühlt, wie er uns durch Gesten schon oft mitgeteilt hat. Ich habe keine Ahnung, wie ich mich an seiner Stelle fühlen würde – bestimmt wäre ich am Verzweifeln und total depressiv –, aber er ist mein Dad und ich habe Angst, ihn zu verlieren.

Mein Herz zieht sich schmerzhaft zusammen. Nach dem Vorfall mit Braden bin ich heute ohnehin schon sehr emotional. Da kann ich weitere Tränen, vor allem vor meinen Eltern nicht auch noch gebrauchen. Also atme ich tief durch, setze ein breites Lächeln auf und boxe ihm kumpelhaft gegen die Schulter.

»Komm schon, Dad. Sei nicht so ein Weichei. Ich weiß, dass es nicht leicht für dich ist, aber du kannst nicht dein Leben lang schlecht gelaunt in deinem Bett liegen. Genieß lieber das Leben, das du noch hast«, schimpfe ich. »Es gibt Leute, denen es bei Weitem schlechter geht als dir. Die den ganzen Tag nur im Bett liegen und sich nicht einmal mehr selbst bewegen können. Doch du lebst, bist für deine Umstände einigermaßen selbstständig und du hast uns. Deine Familie. Wir haben dich lieb, Dad. Und wir sind für dich da.«

Er macht große Augen und sein Mund klappt leicht auf, wobei der Mundwinkel seiner gelähmten Seite wie immer ein wenig herunterhängt. Ich finde es so beängstigend, wie schnell sich der eigene Körper gegen einen selbst wenden kann. Trotzdem schiebe ich all die schlechten Gefühle, die auf mich einströmen, weg, und hebe den kleinen Finger, während ich ihn anlächle.

»Komm schon, Dad. Lass mich nicht hängen.« Ich setze meinen besten Hundeblick auf. »Avery mit Daddy spazieren gehen wollen.«

Das habe ich früher immer als kleines Kind gesagt, wenn ich mit meinem Dad spazieren gehen wollte, worüber meine Eltern noch jahrelang gelacht haben. Es funktioniert. Er seufzt und verhakt seinen kleinen Finger mit dem meinen. Dann lächelt er plötzlich und ich weiß, ich habe ihn so weit. Unser geheimes Handzeichen klappt immer.

»Gotti«, sagt er, lässt los und schlägt die Bettdecke zurück. Es dauert ein wenig, bis er sich aufgesetzt hat.

Mom wirft mir einen sowohl erleichterten, als auch dankbaren Blick zu.

Dann gehen wir mit Dad nach draußen, wo wir über belanglose Dinge reden und versuchen ihn bei Laune zu halten. Ein paarmal lächelt er, doch die meiste Zeit über verzieht er nur das Gesicht und gähnt immer wieder.

Als Mom fragt, wie es heute in der Schule gewesen ist, zucke ich zusammen, lasse mir aber nichts weiter anmerken. Dann fragt sie auch noch nach Braden und will wissen, warum er mich nicht mehr abgeholt hat, weshalb ich heute von Devyn nach Hause gebracht worden sei und wo mein Fahrrad sei. Das steht nach wie vor vor der Schule.

Da ich weiß, dass sie nicht nachgeben wird und Dad mir aufmunternd zunickt, erzähle ich ihnen von der Trennung von Braden. Außerdem erwähne ich Devyn und erkläre, dass er mich heimgefahren hat, damit wir pünktlich zu Dad fahren konnten.

Mom kommentiert die Sache mit Braden nicht weiter. Sie meint nur, dass ich schon wisse, was richtig ist.

Pünktlich zum Abendessen will Dad wieder nach oben in sein Zimmer. Wir verabschieden uns von ihm und fahren nach Hause. Während der Fahrt reden wir nicht viel, da wir in unsere eigenen Gedanken versunken sind.

»Glaubst du, dass das wirklich nur die Tabletten sind?«, frage ich sie leise, als wir in unsere Einfahrt einbiegen und vor unserem Haus halten.

Mom erstarrt kurz. Dann zieht sie die Handbremse an, ehe sie mich anschaut. Tiefe Falten zieren ihr Gesicht und sie wirkt um Jahre gealtert. Dad und die stressige Arbeit machen ihr zu schaffen. Ihr erschöpfter Anblick versetzt mir einen Stich, aber ich weiß nicht, wie ich ihr helfen kann.

»Ich hoffe es«, flüstert sie so niedergeschlagen, wie ich mich fühle. »Dein Dad braucht ein wenig Zeit, um das alles zu akzeptieren und zu verarbeiten.«

Da ist er nicht der Einzige.

Meine Mom drückt kurz meine Hand und zwingt sich zu einem Lächeln, ehe sie nach dem Türgriff langt und aussteigt. Ich folge ihr. Das einzig Gute an dem Vorfall: Es schweißt uns ein wenig mehr zusammen. Wir machen gemeinsam das Abendessen und sehen uns sogar noch einen Film an. Als ich danach in meinem Zimmer auf dem Bett liege und es draußen bereits dämmert, schalte ich mein Handy ein.

Zuerst muss ich lächeln, weil Emma mir geschrieben hat und fragt, wie es mir geht. Doch das vergeht mir, als ich ihre zweite Nachricht lese, die sie zwei Stunden später geschickt hat.

Geh nicht auf die Social-Media-Kanäle von Sofia und Chloe. Scott und ich sind bei euch vorbeigekommen, aber es hat niemand aufgemacht, deshalb sind wir wieder gefahren. Ruf mich sofort zurück, wenn du das hier liest!

Ich weiß, ich sollte mir das nicht ansehen, aber ich kann nicht anders. Wie von selbst rufe ich die Storys der beiden auf und mir stockt der Atem. Das darf nicht wahr sein!

Sofia und Chloe haben Videos von dem Streit heute Mittag in ihren Storys geteilt. Mit Ton. Man hört, wie ich mit Read und Braden diskutiere und was sie über mich sagen. Eine Videounterschrift verkündet:

Unser Star-Pärchen hat Beziehungsstress.

Eine weitere lautet:

Unserer Cheerleaderkapitänin war das Stottern ihres Dads peinlich, jetzt kann er gar nicht mehr reden.

Ich kann nicht sehen, wie ihre Follower darauf reagiert haben, weil sie die Videos nur in ihren Storys gepostet haben. Doch mindestens ein Viertel ihrer Follower sieht sich ihre Storys an. Wie viele Leute haben es schon gesehen? Wie viele Leute haben sich bereits über mich lustig gemacht?

Meine Hände zittern, als ich das Handy sinken lasse und fassungslos auf das Display starre. Mein Zimmer scheint in sich zusammenzuschrumpfen. Die Szenen von heute Mittag wirbeln wie ein Tornado in meinem Kopf umher. Das kann nicht wahr sein. Das kann nicht passieren. Nicht mir. Nicht schon wieder.

Das Atmen fällt mir schwer. In meinem Kopf dreht sich alles und ich kann keinen klaren Gedanken mehr fassen. In diesem Moment ruft Emma an. Sie ist online. Vermutlich hat sie gesehen, dass ich ihre Nachricht gerade gelesen habe. Meine Finger zittern stark, weshalb ich mehrere Anläufe brauche, um den Anruf entgegenzunehmen.

»Ja?« Meine Stimme ist seltsam heiser.

»Würdest du mal bitte kurz deine Zimmertür aufmachen?«

»Warum?«, frage ich verwirrt, während ich zur Tür gehe. Kaum habe ich sie geöffnet, fällt mir Emma um den Hals. Ich habe nicht einmal Zeit zu erschrecken, weil sie und Scott mitten im Flur vor meinem Zimmer stehen.

»Deine Mom hat uns reingelassen. Sie ist gerade in der Einfahrt den Müll rausbringen gewesen, deshalb mussten wir nicht klingeln. Es tut mir so leid, Avery«, sagt sie und löst sich aus unserer Umarmung. »Hätte ich gewusst, dass sie dir draußen auflauern, wäre ich mitgegangen. Persönliche Dinge zu verbreiten, geht gar nicht. Mit den Videoaufnahmen und den Posts in ihren Storys haben sie einen erheblichen Eingriff in deine Privatsphäre begangen. Das, was sie da auf Social Media treiben, ist Cybermobbing. Ich habe ihnen geschrieben und sie mit aller Freundlichkeit, die ich habe aufbringen können, gebeten die Videos sofort zu löschen. Daraufhin haben sie mich einfach blockiert! Scott und seine Freunde haben sie auf den Plattformen schon gemeldet. Wir sind für dich da, okay? Wir überlegen uns, wie wir am besten vorgehen können. Vielleicht kann sich einer von Scotts Freunden in ihre Accounts hacken und diese löschen. Würde ihnen recht geschehen. Dann wären ihre ganzen Follower weg. Die sind doch eh nur wegen ihren Cheerleaderbildern da.«

»Aber das ist doch verboten, oder?«, frage ich vorsichtig nach und winke die beiden in mein Zimmer herein.

Ich will nicht, dass Mom etwas davon mitbekommt. Scott schließt die Tür hinter sich und sieht sich neugierig in meinem Zimmer um, welches gemütlich eingerichtet ist. Mit einem Bett in der Ecke, auf dem sich mehrere Kuscheldecken und ein großer Kissenberg türmen. Des Weiteren gibt es noch meinen Kleiderschrank am Fußende. Auf der gegenüberliegenden Seite befinden sich mein Schreibtisch und ein Regal, auf dem ein kleiner Fernseher steht. Neben ein paar Büchern stehen dort Pokale, die wir bei unseren Cheerleaderwettkämpfen gewonnen haben. Außerdem habe ich Fotos meiner Familie und vom Cheer Squad aufgestellt. Ich habe auch eins gehabt, auf dem Braden und ich uns geküsst haben, als er mich offiziell gefragt hat, ob wir ein Paar seien. Aber das habe ich zerrissen und weggeworfen. Außerdem habe ich überall Lichterketten aufgehängt. Eine liegt auf dem Regal, ein paar habe ich entlang der Decke angeklebt. In einer Ecke neben dem Fenster steht noch ein Ohrensessel, auf dem ich oft sitze und lese. Von dort aus kann ich in unseren Garten und nachts in den Sternenhimmel schauen.

Emma stemmt die Hände in die Hüften und stampft auf und ab. »Ich denke schon. Aber das, was sie tun, ist auch nicht in Ordnung!«, schimpft sie und lässt eine Fluchtirade mit Wörtern los, die sie nie zuvor in meiner Anwesenheit benutzt hat. So zornig habe ich sie noch nie erlebt.

Auch Scott ist verblüfft. Er macht ganz große Augen, dann grinst er sie an und zieht sie an sich, um ihr einen kurzen Kuss auf den Haaransatz zu hauchen. »Du kannst echt sexy sein, wenn du wütend bist.«

»Ich bin nicht wütend, ich bin geladen«, verbessert sie ihn, muss jedoch lächeln, als er ihr noch einen Kuss auf die Wange drückt, die in einem leichten Rotton anläuft. »Sofia und Chloe können so froh sein, dass sie gerade nicht vor mir stehen! Wegen Leuten wie ihnen werden wir Cheerleader alle in dieselbe Klischee-Schublade der gemeinen Zicken gesteckt! Und Read und Braden sind solche Vollpfosten! Vom Aussehen her Muskelprotze, aber in der Birne haben sie nichts.«

Wäre ich gerade eben beinahe zusammengebrochen, muss ich jetzt grinsen.

»Ich freue mich, dass ihr da seid«, meine ich ehrlich. Ich bin verdammt froh über ihren Besuch. Denn ohne sie fühle ich mich nicht mehr so allein. Es tut gut, Freunde zu haben, die zu einem halten und für einen da sind. Wenigstens sie sind wahre Freunde im Gegensatz zu Sofia und Co.

»Dass ihr hier seid, bedeutet mir wirklich viel. Du bist die beste Freundin, die man sich wünschen kann.« Ich drücke ihre Hand.

Sofort hellt sich ihre Miene auf. »Ich hab euch beide lieb«, erwidert Emma und zieht mich in eine dreifache Umarmung mit ihrem Freund, sodass wir alle Wange an Wange gequetscht dastehen. »Wir lassen dich nicht hängen. Wir sind für dich da. Wann immer du uns brauchst.«

Schließlich lassen wir uns auf dem flauschigen Teppich vor meinem Bett nieder und unterhalten uns noch eine Weile miteinander. Emma besteht darauf, zum Direktor zu gehen, um Sofia, Read und ihre Freunde nicht davonkommen zu lassen. Sie ist der Meinung, dass einige Schüler hinter uns stehen, die ebenfalls nicht in Ordnung finden, was Sofia und Read abziehen. Dieses Wissen lässt mir ein wenig leichter ums Herz werden.

Als es langsam dunkel wird und die beiden fahren müssen, begleite ich sie noch vor die Haustür. Sie umarmen mich nacheinander, ehe sie zu Emmas Auto gehen. Da Scott ein Jahr jünger ist als sie und seinen Führerschein gerade erst macht, hat sich meine beste Freundin extra den Wagen von ihrem Dad ausgeliehen, um nach mir zu sehen.

Die beiden konnten mich ein wenig beruhigen. Ich fühle mich besser. Aber nur ein wenig. Trotzdem tauchen die Bilder wie von selbst vor meinem inneren Auge auf. Als ich auf die Social-Media-Kanäle von Sofia und Chloe gehe, sind die Videos immer noch in ihren Storys. Ich schreibe ihnen ebenfalls, dass sie sie bitte runternehmen sollen. Daraufhin werde ich blockiert.

Frustriert lasse ich mein Handy sinken. Auch wenn Emma und Scott mich auf andere Gedanken bringen konnten, sind sie jetzt weg und ich fühle mich wieder so hilflos. Um mich nicht noch mehr zu triggern, schalte ich das Handy aus und lege es weg. Dann stürme ich nach unten, wo ich nach meiner Jacke greife und in meine Schuhe schlüpfe. Auf meine Sportklamotten verzichte ich, da ich eine Jogginghose und ein T-Shirt trage.

Mom, die morgen Frühschicht hat, schläft vermutlich bereits. Zumindest kann ich sie nicht mehr im Erdgeschoss entdecken. Leise schleiche ich mich durch die Haustür hinaus in die dunkle Nacht.

Kapitel 13

Bisher war das Laufen meist eine Notwendigkeit, um die Kondition für das Cheerleadertraining zu halten. Heute laufe ich, um mich abzureagieren und weil ich das alles nur noch hinter mir lassen will. Ich weiß, dass ich meinen Problemen nicht aus dem Weg gehen kann, aber es tut gut, so zu tun, als könnte ich davor flüchten.

Mein Weg führt mich zu einem alten Wasserbunker unweit meines Zuhauses am Stadtrand. Von dort aus kann man die ganze Stadt überblicken. Der Anblick ist vor allem nachts sehr schön, wenn wie jetzt die Sterne am Himmel funkeln und die Lichter von Sunshine Hill blinken. Früher bin ich oft hierhergekommen, um nachzudenken oder den Anblick zu genießen. Es war mein geheimer Platz. Nur für mich selbst. Bis ich Braden kennengelernt habe, mit dem ich meistens bei seinen Freunden gewesen bin. Ich habe diesen Ort aber nie vergessen. Und erst jetzt wird mir klar, wie sehr ich ihn vermisst habe.

Mein Herz macht einen freudigen Hüpfer und ich sehe mich schon an der Kante des Dachs sitzen, als ich feststellen muss, dass ich nicht allein bin. Denn auf dem Dach des Bunkers befindet sich bereits jemand. Mein Herz macht einen weiteren Satz, als ich die Person im fahlen Schein der Straßenlaterne wiedererkenne. Was macht Devyn denn hier?

Er trägt eine enganliegende Jogginghose und ein T-Shirt. Was mich irritiert, ist, dass er auf einem Bein steht und wie eine Statue die Hände in die Höhe hebt. Den rechten Fuß hat er auf die Innenseite seines linken Oberschenkels gelegt. Neugierig gehe ich näher und beobachte, wie er mit seinem Körper weitere seltsame Stellungen einnimmt. Was macht er da?

Ich weiß nicht, wie lange ich ihn schon beobachtet habe, als er mich bemerkt. Er steht immer noch auf einem Fuß. Sein Kopf dreht sich in meine Richtung. Er zuckt zusammen und stolpert. Mit den Armen um Gleichgewicht kämpfend landet er mit einem lauten Stöhnen auf seinem Hintern.

Da ich mich jetzt nicht mehr verstecken kann, aber auch nicht weglaufen will, klettere ich den von hüfthohem Gras und Unkraut bewachsenen Hügel hinauf, der zum Dach führt.

»Hey«, keuche ich, als ich oben ankomme.

Devyn rappelt sich schnell auf und fährt sich durch die zerzausten Haare. Seine Wangen laufen im Schein der Straßenlaterne knallrot an.

»Was hast du da gerade für Bewegungen gemacht?«, will ich wissen, da er mich sprachlos anstarrt, als wäre ich ein Geist. Dann huscht ein breites Grinsen über sein Gesicht.

»Ich habe neue Sexstellungen ausprobiert.« Auf meinen entgeisterten Gesichtsausdruck hin lacht er leise. »War doch nur ein Scherz. Ich mache Yoga unter den Sternen.«

Das erklärt die verschiedenen Posen, die er eingenommen hat. »Du hast das jetzt wirklich geglaubt, oder?« Devyn macht große Augen.

»Du hast das so ernst gesagt«, rede ich mich peinlich berührt heraus. »Warum machst du Yoga unter den Sternen?«

Seine Miene wird weich. »Ich mache das, weil Yoga unter den Sternen sehr entspannend sein kann. Es hilft mir, runterzukommen und einen freien Kopf zu kriegen.«

Ich runzle die Stirn. »Und das geht zu Hause nicht? Warum musst du denn runterkommen? Wegen deiner Mom?«

Sein Gesicht verfinstert sich, als hätte ich einen wunden Punkt getroffen.

»Nicht nur«, murmelt er so leise, dass ich es kaum verstehen kann. Dann zuckt er mit den Schultern und starrt in den sternenklaren Himmel. »Zu Hause habe ich keine Ruhe. Hin und wieder brauche ich Abstand, bevor ich platze. Und hier ist die Aussicht so schön. Es kommt mir so vor, als wäre alles weit entfernt. All meine Sorgen, all meine Probleme. Als wäre ich allein, als gäbe es nur mich.«

»Deshalb bin ich früher auch gern hierhergekommen.«, stimme ich ihm zu. »Hier kann man sich in seine eigene Welt flüchten. So als wäre man einfach man selbst.«

Devyn sieht mich überrascht an. »Ja, genau. Komisch, dass wir uns noch nie hier getroffen haben. Ich habe den Platz vor einem Jahr für mich entdeckt.«

»Da habe ich aufgehört hierher zu kommen«, sage ich und werde traurig.

Früher ist dieser Ort sozusagen mein Anker gewesen, wenn ich mich mit meinen Eltern gestritten oder mich für meinen Dad geschämt habe. Oder Probleme in der Schule hatte. Dann war Braden mein Anker. Jetzt stehe ich wieder hier. Mit Devyn. Ist das Zufall oder Schicksal?

»Worüber denkst du denn nach?«, frage ich vorsichtig. »Ist es wegen deiner Mom? Oder wegen Braden und Read?«

Er seufzt, sein Blick liegt in der Ferne. »Ja und ja. Aber nicht nur. Ich denke über vieles nach. Über die Vergangenheit, die Gegenwart und die Zukunft.«

Devyn wirkt so nachdenklich und gar nicht wie der gleichgültige Herzensbrecher, als der er von allen gesehen wurde. Überhaupt sein komplettes Verhalten ist ganz anders, als ich es von ihm erwartet hätte. Und nachdem er mir so geholfen hat und ich eine ganz andere Seite von ihm kennengelernt habe, von der ich glaube, dass das der wahre Devyn ist, will ich wissen, was hinter unserem ehemaligen Footballkapitän steckt. Wer sich unter dem Waschbärkopf unseres Schulmaskottchens verbirgt.

»Wie geht es dir so?«, frage ich ihn schließlich, weil er mich nachdenklich anschweigt. Überrascht zieht er die Brauen zusammen.

Ich muss an seine Miene und seinen angespannten Körper denken, als er scheinbar gelassen durch den Schulflur marschiert ist. Daran, wie er vom Sportplatz verschwunden ist, als Sofia ihn vor allen Leuten als Grusel-Devyn und Stalker bezeichnet hat.

Er zuckt scheinbar gleichgültig mit den Achseln, aber seine müden Augen verraten ihn.

Ich hole tief Luft. »Ich wollte dir noch etwas sagen, was ich schon viel früher hätte sagen sollen.«

Devyn hebt verwirrt die Brauen. Dann grinst er breit. »Möchtest du mir etwa sagen, dass du unsterblich in mich verliebt bist, Avery?«, raunt er mit verführerischer Stimme.

Mein Herz setzt für einen Schlag aus, nur um mit gefühlt doppelter Geschwindigkeit weiterzurasen. Obwohl er mich nur auf den Arm nimmt, machen mich seine Worte ganz nervös. »Davon träumst du wohl!«, entgegne ich trocken. »Ich meine das ernst«, sage ich. »Das ist mir wirklich wichtig. Ich wollte dir sagen, dass es mir leidtut, was sie dir antun.«

Sofort wird auch Devyn ernst. Seine Mundwinkel sacken nach unten und er verschränkt die Arme vor der Brust. Er sagt nichts, sondern starrt mich nur stumm an.

»Ich hätte einschreiten und etwas sagen sollen, als sie über dich gelacht haben«, fahre ich fort. »Stattdessen habe ich einfach nur dagestanden und mitgelacht. Das ist falsch gewesen und dafür schäme ich mich.«

Devyn fährt sich durch die Haare. »Du hast eben das getan, was alle tun. Es wundert mich, dass du nicht längst das Weite gesucht hast. Ich bin das merkwürdige Schulmaskottchen. Ich bin Grusel-Devyn, schon vergessen?«

»Du bist nicht Grusel-Devyn. Für mich nicht. Nicht mehr«, erwidere ich, woraufhin er die Brauen hebt. »Ich habe mich heute schon einmal mit Emma darüber unterhalten. Wir haben nie etwas gesagt, weil wir zu den *beliebten Kids* gehören und *cool* sein wollten. Dabei ist es alles andere als cool, eine Person zu schikanieren, auszulachen oder Gerüchte über sie zu verbreiten. So ein Verhalten ist verachtenswert. Ich habe Braden, Read, Sofia und die anderen immer als meine Freunde gesehen. Aber heute haben sie gezeigt, wer sie wirklich sind. Während du … du hast mir geholfen, obwohl wir uns kaum kennen. Obwohl ich mich so blöd benommen und zu ihnen gehalten habe.«

»Okay.« Mehr sagt Devyn nicht. Dafür merke ich ihm seine Überraschung an. Ich bin über meine Ehrlichkeit selbst erstaunt.

Kurz ringe ich mit mir, dann überwinde ich mich und halte ihm die Hand hin. »Wollen wir Freunde sein?«

Devyns Brauen wandern so weit nach oben, dass sie fast unter seinen dunklen Strähnen verschwinden. Mit großen Augen starrt er von meiner Hand zu mir. Er wirkt verunsichert und misstrauisch. »Du willst wirklich mit mir befreundet sein? Hast du vergessen, dass ich …«

»Es ist mir egal, wie sie dich nennen«, unterbreche ich ihn. »Ich will dich näher kennenlernen. Als Freund«, betone ich, ehe er noch auf falsche Gedanken kommt.

Devyn zögert kurz. Dann heben sich seine Mundwinkel, sodass sich Grübchen bilden. Er ergreift meine Hand und schüttelt sie feierlich. »In Ordnung.«

Mein Magen kribbelt leicht, als Devyn mir in die Augen blickt. Schweiß bricht auf meiner Stirn aus, weshalb ich ihm meine Hand schnell wieder entziehe. Um meine Verlegenheit zu überspielen, schiebe ich mir eine Haarsträhne aus dem Gesicht und richte meine Aufmerksamkeit auf den schönen Anblick, den wir von hier aus haben.

Devyn stellt sich neben mich, den Blick ebenfalls auf die Lichter von Sunshine Hill gerichtet. »Warum bist du eigentlich hergekommen?«

»Ich weiß es nicht«, murmle ich. »Ich musste einfach raus, Luft schnappen. Früher bin ich oft wegen der Ruhe hierhergekommen. Oder weil ich den Anblick genießen wollte.«

»O ja, der Anblick ist wunderschön«, stimmt mir Devyn zu.

Erst als ich den Kopf in seine Richtung drehe, bemerke ich, dass er mich ansieht.

Wärme kriecht mir in die Wangen.

Devyn lächelt nur. Dann tritt er zurück, bückt sich, stemmt die Hände auf die Matte, die er auf den Boden gelegt hat, streckt den Rücken durch und reckt mir seinen Hintern entgegen.

»Was soll das? Kannst du deinen Hintern nicht woanders hinrecken?«, versuche ich eine Konversation aufzubauen.

Mir klappt der Mund auf, als er seinen Hintern absichtlich hin und herwackeln lässt, was urkomisch aussieht. Mir entfährt ein leises Kichern. Schnell schlage ich mir die Hand vor den Mund. Doch Devyn hat es registriert. Er beugt sich nach vorn, sodass sein Kopf zwischen seinen Füßen auftaucht und er mich kopfüber anschaut. Seine Haare berühren fast den Boden und da ihm das Blut in den Kopf läuft, läuft er knallrot an. Ich muss mich wirklich zusammenreißen nicht gleich laut loszuprusten.

»Ich führe nur mein Yoga unter den Sternen fort«, verteidigt er sich und schmunzelt. »Wenn du meinen bezaubernden Hintern nicht sehen willst, musst du dich woanders hinstellen oder dich umdrehen.«

»Bezaubernder Hintern?«, lache ich kopfschüttelnd.

Devyn grinst breit und lässt seinen Hintern wieder ein wenig hin und herwackeln. »Findest du ihn denn nicht bezaubernd?«

Eher ablenkend, schießt es mir durch den Kopf, woraufhin ich mir beinahe die Hand vor die Stirn geschlagen hätte. Irgendetwas stimmt nicht mit mir. Anders ist das nicht zu erklären. Vielleicht bin ich einfach nur verwirrt, weil er sich kopfüber mit mir unterhält.

»Wenn du mich die ganze Zeit anstarrst, kann ich mich nicht konzentrieren«, fährt er fort, woraufhin sich meine Wangen dunkelrot färben. Er hat mich beim Starren erwischt. Was nicht verwerflich ist, immerhin sieht man nicht jeden Tag einen Mitschüler, der auf dem Dach eines Wasserbunkers unter dem Sternenhimmel Yoga macht.

»Willst du mitmachen?«, fragt Devyn plötzlich und richtet sich wieder auf. »Yoga kann dir helfen runterzukommen und dich zu entspannen.«

Ich erwidere seinen fragenden Blick. In der Dunkelheit heben sich die braunen Sprenkel in seinen Augen noch mehr von seinen blaugrauen Iriden ab, was meinen Magen seltsam kribbeln lässt.

»Okay, ich probiere es mal«, meine ich leicht nervös. »Aber ich habe das noch nie gemacht.«

Devyn scheint sich ehrlich darüber zu freuen. Er strahlt mich regelrecht an. »Cool. Das freut mich. Yoga ist gar nicht so schwer.« Nachdenklich zieht er die Brauen zusammen.

»Dann fangen wir am besten mit einer leichten Übung an.«

Er führt mich zu der Matte und stellt sich darauf. Ich ziehe meine Jacke aus und lege sie neben die Matte. Es ist zwar ein wenig kühl im T-Shirt, aber auszuhalten. Schließlich stelle ich mich an Devyns Seite. »Dann leg mal los. Ich bin gespannt.«

»Lass uns mit dem Sonnengruß oder in diesem Fall dem Mondgruß beginnen.« Er grinst mich breit an und blickt hinauf in den Himmel, wo Abertausende von Sternen und der zunehmende Mond funkeln.

Devyn legt die Handflächen vor dem Brustkorb aneinander. Ich mache es ihm nach. Dann atmet er tief ein und streckt sich, die Hände hebt er nach wie vor aneinander gelegt in die Höhe.

»Brust raus und du musst den Hintern zusammendrücken«, erklärt er mir, als ich es ihm nachmache.

Die Übung ist einfach und tut tatsächlich gut, weshalb wir sie dreimal wiederholen. All die Anspannung scheint von mir abzufallen. Ich fühle mich langsam besser. Von dem Dach aus können wir über eine große gemähte Wiese schauen, auf der tagsüber oft Kinder spielen oder sich Jugendliche treffen. Dahinter sind die Lichter von Sunshine Hill zu sehen. Es wirkt wie aus einem Bilderbuch.

Uns umgibt eine angenehme Ruhe. Die einzigen Geräusche, die an meine Ohren dringen, sind das Rauschen des Windes, der durch die umstehenden Baumkronen fährt, das Zirpen der Grillen oder der gelegentliche Ruf einer Eule aus dem angrenzenden Wald. Bis auf die Tiere und die Natur gibt es nur Devyn und mich.

Er führt mir die nächsten Übungen vor und ich sehe ihm dabei zu. Als er wieder die Hund-Stellung einnimmt und mir seinen *bezaubernden* Hintern entgegenreckt, hätte ich fast laut losgeprustet, weil es einfach zu komisch aussieht.

Aber ich reiße mich zusammen und versuche Devyns Übungen nachzumachen, der voll in seinem Element ist. Seine Haare sind ganz verstrubbelt, seine Augen glänzen und er lächelt die ganze Zeit über. Er wirkt so gelöst und entspannt. So lebendig und sorglos. Ganz er selbst.

Wenn ich daran denke, was er in der Schule und vermutlich mit der Krankheit seiner Mom durchstehen muss, hat er diese Entspannung mehr als nötig. Ich weiß selbst, wie schwer es ist, wenn ein geliebtes Familienmitglied schwer krank ist. Deshalb kann ich mir nur allzu gut vorstellen, wie es Devyn ergehen muss.

»Die letzte Übung für heute ist der Baum«, erklärt er mir gerade und reckt die Arme in die Höhe, um sich zu strecken. Dabei blitzt für einen kurzen Moment ein Streifen Haut hervor und ich erhasche einen Miniblick auf seinen leicht durchtrainierten Bauch. Er ist nicht so muskulös wie Braden oder Read. Zwar hat er auch breite Schultern, aber er ist ein wenig schmächtiger als die beiden. Und irgendwie gefällt mir das. Er sieht nicht aus wie ein Muskelprotz, er sieht einfach nur aus wie ... Devyn.

Unwillkürlich stelle ich mir ihn komplett ohne Kleidung vor. In genau diesem Moment trifft sein Blick den meinen. Als hätte er meine Gedanken irgendwie gehört. Fragend hebt er eine Braue. Ich laufe mal wieder knallrot an und wende mich schnell ab.

Aus den Augenwinkeln bemerke ich, wie er leicht den Kopf schüttelt und sich auf ein Bein stellt. Das andere legt er auf den Oberschenkel, ehe er die Arme in die Höhe streckt. »Der Baum sollte in etwa so aussehen.«

»Die Übung hast du vorhin gemacht, als du mich entdeckt hast und dann umgefallen bist«, bemerke ich.

Dieses Mal ist Devyn derjenige, der rote Wangen bekommt. »Ja, genau.«

Irgendwie mag ich es, wenn er verlegen ist. Das lässt ihn jünger, unschuldiger und süßer wirken und passt gar nicht zu einem Jungen, der angeblich in einem Wutanfall die Trophäen des Footballteams kaputt geschlagen hat.

»Du machst das falsch. Wenn du auf einem Bein stehen bleiben willst, fokussierst du am besten einen Gegenstand oder so. Und du musst den Bauch einziehen, um die Körperspannung zu halten«, erklärt Devyn, nachdem er eine Weile beobachtet hat, wie ich mich mit der Übung verzweifelt abmühe und auf einem Bein umherhüpfe. Was vor allem daran liegt, dass mir so viele Gedanken durch den Kopf gehen. »Man sollte meinen, du als Cheerleaderin wüsstest am besten mit Körperspannung umzugehen«, fügt er neckend hinzu.

»Yoga ist aber kein Cheerleading«, verteidige ich mich.

Devyn grinst nur. »Darf ich?« Er deutet auf meinen Bauch, sieht dabei jedoch mich an. Sein Blick nimmt mich ganz gefangen. Ich kann mich ihm nicht entziehen.

Da ich kein Wort hervorbringe, nicke ich wie mechanisch. Daraufhin tritt er langsam zu mir und bleibt direkt vor mir stehen. Er ist mir so nah, dass ich seinen warmen Atem auf meinem Gesicht spüren und seinen unverwechselbaren Zitrus-Aftershave-Geruch wahrnehmen kann. Dann legt er seine Hände auf meinen Bauch und unteren Rücken, um mich in die richtige Position zu bringen. Mir stockt der Atem. Eine angenehme Wärme breitet sich in mir aus.

»Atmen nicht vergessen, Avery«, flüstert er leise.

»Ich atme doch«, krächze ich.

Devyn schüttelt den Kopf. »Nein, du hältst ihn an, das spüre ich doch.« Wie um seine Worte zu verdeutlichen, tätschelt er meinen Bauch leicht. Damit macht er es nicht gerade besser.

Ich hole tief Luft und stoße sie lautstark wieder aus, während ich ihm herausfordernd in die dunklen Augen blicke. Er bringt mich aus der Fassung. Warum bringt er mich nur so aus der Fassung? »Zufrieden?«, flüstere ich.

»Ja, schließlich will ich doch nicht, dass du erstickst. Oder raube ich dir so sehr den Atem?«, scherzt er und streicht mir lächelnd über den Rücken. Seine Berührung ist wohl alles andere als Absicht, doch er hat keine Ahnung, was er mit ihr anstellt. Mit mir. Denn dort, wo er mich berührt, breitet sich ein angenehmes Prickeln aus. Mir entfährt ein leises Keuchen.

Und Devyn hat es gehört.

Seine Augen weiten sich überrascht.

Vor lauter Scham wäre ich am liebsten im Boden versunken. Ich schließe die Augen, will am liebsten unsichtbar werden. Dabei vergesse ich jedoch, dass ich noch auf einem Bein stehe und gerate ins Wanken. Obwohl Devyn mich festhält, taumle ich gegen ihn. Dabei bringe ich uns beide aus dem Gleichgewicht. Während ich mich geistesgegenwärtig an seinen Schultern abstütze, greift er nach meiner Taille. Meine Hände verkrallen sich in seinem Shirt und ziehen dadurch seinen Ausschnitt ein wenig nach unten. Unsere Gesichter sind sich viel näher als vorhin. Ich spüre seinen warmen Atem, der mein Gesicht streift. Seine Augen scheinen dunkler zu werden. Seine Lippen haben sich leicht geöffnet, als wollte er etwas sagen. Doch ihm scheinen die Worte zu fehlen. So wie mir.

»Atmen nicht vergessen, Devyn«, flüstere ich, um die Stimmung zu lockern.

Das bringt wieder Leben in ihn. Er grinst übers ganze Gesicht und löst eine Hand von meiner Taille, um mir eine Strähne, die mir ins Gesicht gefallen ist, hinters Ohr zu schieben.

»Kennst du das Gefühl, wenn plötzlich deine ganze Welt stehenzubleiben scheint?«, fragt er leise.

Ja, das kenne ich sogar sehr gut. Denn genau dieses Gefühl hatte ich, als ich von dem Unfall meines Dads erfuhr, als dieser den Krampfanfall hatte oder als Braden mir nach der Schule auflauerte. Doch in genau diesem Augenblick mit Devyn ist es am intensivsten. Ich weiß nicht, ob ich wegen seinem Blick oder wegen seiner rauen Stimme kein Wort mehr herausbringe und wie ein Roboter mechanisch nicke. Devyn verschlägt mir die Sprache. Schon wieder.

Mein Herz schlägt schneller, als sein Blick auf meine Lippen fällt. Wird er mich jetzt küssen? Will ich das überhaupt? Nach der Trennung von Braden? Außerdem kenne ich ihn kaum. Ich weiß nur, dass ich ihn mit jedem weiteren Mal, das wir uns treffen, immer besser leiden kann.

Devyn nimmt mir die Entscheidung ab. Er löst sich von mir und tritt schnell zurück, als wollte er auf Abstand gehen. »Wie fandest du deine erste Yoga-Stunde?«, fragt er mit belegter Stimme.

Erleichtert darüber, wieder richtig atmen zu können, meine ich: »Ganz cool. Du bist ein guter Lehrer.«

»Super, das freut mich.« Er erwidert mein Lächeln, doch es wirkt ein wenig verkrampft. Schließlich senkt er den Kopf, sodass ihm ein paar dunkle Strähnen in die Stirn fallen. Ich bin versucht die Hand nach ihm auszustrecken, um sie ihm wegzustreichen, wie er es vorhin mit meinen Haaren gemacht hat. Doch ich kann mich gerade noch so zurückhalten.

Irgendwie ist die Stimmung zwischen uns jetzt ganz komisch. Dabei habe ich ihm eine Freundschaft vorgeschlagen. Und das macht mir Angst. Vielleicht bin ich wirklich verwirrt, wie Read und Braden meinen. Die Trennung von Braden, die Sache mit meinem Dad und der Stress in der Schule setzen mir zu. Ich kann nicht mehr klar denken, meine Gefühle spielen verrückt. Devyn hat mir in Situationen geholfen, in denen ich vollkommen überfordert gewesen bin und mich hilflos gefühlt habe. Vermutlich mag ich ihn deshalb so. Weil er neben Emma und Scott der Einzige ist, der zu mir hält.

Ehe ich etwas sagen kann, schenkt mir Devyn ein kurzes, eher schüchternes Lächeln. Dann legt er sich mit dem Rücken auf die Matte und verschränkt seine Hände hinter dem Kopf, um in den Sternenhimmel zu blicken.

Ich lasse mich kurzerhand in einigem Abstand zu ihm nieder und starre ebenfalls nach oben. Unwillkürlich frage ich mich, wie es sich wohl anfühlt, wenn man den Sternen entgegenfliegen kann. Weg von alldem, was mich in letzter Zeit beschäftigt.

»Ist der Anblick nicht unglaublich?«, flüstert Devyn irgendwann. Ich drehe meinen Kopf in seine Richtung. Er deutet mit dem Zeigefinger in den Himmel. »Dort oben sind so unglaublich viele Sterne. Früher habe ich immer gedacht, jeder Stern stünde für einen Verstorbenen, der von oben auf uns aufpasst und uns beschützt.« Er grinst schief. »Ist das schräg?«

»Nein, überhaupt nicht«, antworte ich. »Ich habe das auch immer gedacht. Der Gedanke, jemand, der tot ist und den man sehr geliebt hat, ist noch irgendwo, ist …«

»Beruhigend«, beendet er meinen Satz nickend.

»Und was denkst du jetzt?«, frage ich nach.

»Jetzt vergleiche ich die Sterne gern mit Menschen. Man kann sie nicht alle sehen, weil es so unglaublich viele gibt. Manche Sterne leuchten heller, manche dunkler als die anderen. Manchmal stelle ich mir vor, dass jeder Stern für einen Menschen steht. Die hellen Sterne sind gesund, aber den dunkleren läuft die Zeit davon.«

Ein trauriger Ausdruck huscht über sein Gesicht. Er denkt bestimmt an seine Mom. Am liebsten hätte ich ihn darauf angesprochen, aber er wirkt so in Gedanken versunken, dass ich schweige und wieder in den Sternenhimmel blicke.

Eine Weile sagt keiner etwas. Zwischen uns herrscht ein einvernehmliches

Schweigen, das aber nicht unangenehm ist. Es tut gut, einfach nur dazuliegen, nach oben zu blicken und diesen Anblick zu genießen.

»Über was denkst du gerade nach?«, will er irgendwann wissen.

»Eigentlich habe ich für einen Moment an gar nichts gedacht. Dafür ist mir vorher vieles durch den Kopf gegangen«, sage ich leise. »In den letzten Tagen ist einfach so viel passiert. Ständig habe ich das Bild im Kopf, wie mein Dad zuckend am Boden liegt. Es ist so schlimm, wenn man danebensteht und nichts tun kann. Jemanden, den man liebt, leiden zu sehen. Wenn sich die Bilder wie in Dauerschleife im Kopf abspulen. Wie ein endloser Film, der nicht mehr aufhören will zu spielen.«

»Ich weiß, was du meinst«, flüstert er so leise, dass ich ihn kaum verstehe. Ich schaue zu ihm. Sein Blick ist noch immer auf den Himmel über uns gerichtet.

»Wie lange ist deine Mom jetzt schon krank?«, wage ich zu fragen. Devyn antwortet nicht sofort, sodass ich es schon bereue, diese Frage gestellt zu haben.

»Die Diagnose hat sie ziemlich früh bekommen. Da bin ich noch auf der Elementary School gewesen«, ist schließlich seine ruhige Antwort. »Aber in den letzten Jahren hat sich ihr Zustand verschlechtert. Letzten Sommer hat sie einen schweren Schub gehabt.«

Ich richte mich auf den Ellbogen auf und starre ihn an. »Vor einem Jahr? Ist das nicht die Zeit, als du …?«

Devyn fährt sich seufzend durch die Haare. Dann stützt er sich ebenfalls auf den Ellbogen ab und dreht seinen Körper auf die Seite, um mir in die Augen schauen zu können. Er wirkt müde. Aber nicht auf die Art müde, als hätte er kaum geschlafen, sondern als würde ihm die Kraft fehlen.

»Ja, das ist in der Zeit gewesen, als ich immer wieder zu spät gekommen bin und das Spiel vermasselt habe«, erklärt er.

Jetzt wird mir so einiges klar. »Aber …«, fange ich an und breche ab. Ich setze mich im Schneidersitz vor ihn. Da das Betondach kalt ist, rutsche ich auf meine Jacke. »Hat überhaupt jemand davon gewusst?«

Er presst seine Lippen aufeinander und lässt sein Kinn auf seine Brust sinken. Und da wird mir klar, dass niemand davon weiß.

»Du hast niemandem etwas gesagt?«, wiederhole ich ungläubig.

»Braden kannte meine Mutter. Das war aber, als es ihr noch besser ging«, fügt er leise hinzu. »Warum hast du denn kaum jemandem von deinem Dad und seiner Behinderung erzählt?«, kontert er herausfordernd.

Die Frage habe ich kommen sehen. Ich hole tief Luft, ehe ich antworte. »Er hat früher gestottert. Eigentlich hat er schon immer gestottert. Auf der Middle School bin ich deswegen von allen ausgelacht worden. Deshalb ist mir mein Dad peinlich gewesen. Auch nachdem wir hierhergezogen sind. Sein Stottern ist mir sogar so peinlich gewesen, dass ich niemanden kommen lassen wollte, wenn er da gewesen ist. Ich wollte nicht, dass irgendjemand von meinen Freunden mit ihm spricht, weil ich Angst hatte, vor ihnen blöd dazustehen und wieder ausgelacht zu werden wie auf der Middle School«, sage ich ehrlich. Obwohl es wehtut und ich deshalb große Schuldgefühle habe, verspüre ich Erleichterung darüber, endlich laut auszusprechen, was mich bedrückt.

»Niemand sollte wegen einer Behinderung oder was auch immer ausgelacht werden«, meint Devyn. »Du hast in der Vergangenheitsform gesprochen«, bemerkt er. Dabei sieht er mich nicht verurteilend an. Er wartet meine Erklärung ab.

Und das ermutigt mich weiterzusprechen. »Sofia und Chloe habe ich meinem Dad nie vorgestellt. Die beiden haben schon früher deutlich gemacht, dass sie mit Behinderungen nicht klarkommen und damit nichts zu tun haben wollen. Als mein Dad dann den Unfall gehabt hat, haben sie sich erkundigt, was geschehen ist. Doch sobald klar gewesen ist, dass er halbseitig gelähmt und sprachbehindert ist, haben sie sich nicht mehr dafür interessiert. Erst da ist mir klar geworden, wie verdammt oberflächlich ich gewesen bin.« Ich hole tief Luft. »Wie Read heute schon gesagt hat: Jetzt kann er gar nicht mehr reden. Ich wünschte mir, er würde wieder stottern. Es tut mir verdammt leid. Aber ich kann nicht mehr ändern, was geschehen ist. Ich bin dankbar dafür, dass er da ist. Dass er noch lebt.« Ich mache eine Pause. »Aber …«

»Nichts ist mehr wie zuvor?«, errät er. »Was ist mit deinem Dad denn genau passiert, falls du darüber reden möchtest?«

Ich sehe ihn an. Sehe ihm in die dunklen Augen, die voller Verständnis sind. Er weiß genau, was in mir vorgeht. Dieses Wissen lässt mich mich nicht mehr allein fühlen. Es lässt mir ein wenig leichter ums Herz werden.

Ich hole tief Luft. »Mein Dad hat vor einem Dreivierteljahr den Unfall gehabt. An seinem Geburtstag. Sie haben alle ein wenig zu viel getrunken. Er wollte nur nach unten und noch eine Flasche Wein aus dem Keller holen. Irgendwie muss er gestolpert sein. Er ist die Treppe runtergefallen. Dabei ist er mit dem Kopf aufgekommen und bewusstlos geworden. Durch den Sturz hat er sich eine Hirnblutung zugezogen. Weil alle ausgelassen gefeiert haben, hat es gedauert, bis er vermisst und nach ihm gesucht worden ist. Als sie ihn gefunden haben, haben sie sofort den Notarzt gerufen.« Mich schaudert bei der Erinnerung. »Braden ist da gewesen. Mom hat gesagt, ich solle mit ihm auf mein Zimmer gehen. Aber ich habe Dad noch gesehen. Wie er am Boden gelegen hat. Überall ist Blut gewesen. Er hat sich nicht geregt. Ich habe gedacht, er wäre tot.«

Devyn nickt nur betroffen. Er sagt nichts, sondern lässt mir Zeit, bis ich mich wieder gesammelt habe.

»Mein Dad ist ins Krankenhaus gebracht und notoperiert worden. Die Blutung hat seine Gehirnzellen beschädigt. Seitdem ist er halbseitig gelähmt und kann bis auf *Ja* und *Ne* nicht mehr sprechen. Er hat Glück im Unglück gehabt, denn er hätte auch sterben können, wäre er zu spät entdeckt worden. Hin und wieder frage ich mich, ob er sich manchmal wünscht, er wäre gestorben. Er hat seine Arbeit verloren, seine Selbstständigkeit, seine Hobbys. Und manche seiner Freunde, die nicht gewusst haben, wie sie mit ihm umgehen sollen.«

Devyn legt seine Hand auf die meine und drückt sie leicht. »Anfangs ist er sehr depressiv gewesen«, erzähle ich weiter. »Irgendwann hat er sich mit seiner Situation abgefunden. Trotz seiner Einschränkungen kann er glücklich sein und freut sich über die kleinen Dinge des Lebens. Doch hin und wieder merke ich ihm an, wie sehr es ihn frustriert, wenn er Hilfe braucht, weil er etwas nicht allein schafft. Seit dem Unfall ist er nicht mehr derselbe. Ich bin nicht mehr dieselbe. Mein Leben fühlt sich so merkwürdig an. Als wäre ich eines Tages einfach im falschen Film aufgewacht.«

»Ich kann dich sehr gut verstehen. So geht es mir auch. Aber irgendwie findet man sich mit der Situation ab, weil einem nichts anderes übrigbleibt und man versucht das Beste daraus zu machen«, meint Devyn und setzt sich ebenfalls mir gegenüber in den Schneidersitz. Obwohl er betont gleichgültig spricht, erkenne ich in seinen Augen unendliche Traurigkeit. Er lässt die Schultern und den Kopf hängen. Deshalb rutsche ich näher zu ihm heran und drücke seine Hände, um ihm zu signalisieren, dass ich für ihn da bin.

Schließlich schaut er mich wieder an. »Emma hat mir erzählt, wie du Read vor allen Schülern auf dem Gang zurechtgewiesen hast, als ich schon weg gewesen bin«, wechselt er plötzlich das Thema. »Das hat noch nie jemand für mich getan.«

»Das ist doch selbstverständlich«, wiederhole ich seine Worte. »Reads Verhalten ist nicht okay. Außerdem: Wenn du nicht gewesen wärst, ich hätte nicht gewusst, was ich tun soll, als mein Dad den Krampfanfall gehabt hat. Weil du dabei gewesen bist, ist es nicht ganz so schlimm gewesen. Und du hast mich vor Braden, Read, Sofia und Co verteidigt. Meinen sogenannten Freunden.« Ich muss an die in ihren Storys geteilten Videos denken und mir wird übel. »Ich kann immer noch nicht fassen, dass sie mir das angetan haben.«

Devyn schnaubt, seine Miene verfinstert sich. »Wenn ich ehrlich bin, verhalten sich Sofia und Chloe nicht wirklich wie wahre Freunde. Ich kann verstehen, dass du nicht glauben kannst, was sie da abziehen. Leider können dich Freunde schnell fallen lassen.«

»Sprichst du von Braden und dir?«, errate ich.

Er nickt geistesabwesend. »Wie du wahrscheinlich weißt, sind wir früher gute Freunde gewesen – bis er Read kennengelernt hat. Der ist auf unsere Schule gewechselt und dem Footballteam beigetreten. Read ist ein richtiges Alpha-Männchen.« Bei der Bezeichnung muss ich kichern, aber es passt tatsächlich zu ihm und seinem Verhalten. »Braden ist so fasziniert von Read gewesen. Der bekommt alles, was er will. Dein Ex-Freund hat sich von ihm um den Finger wickeln lassen und ist immer öfter mit ihm unterwegs gewesen. Er hat alles geglaubt, was Read erzählt hat. Anfangs wollte er noch, dass ich mich mit dem Idioten anfreunde.« Er macht eine Pause. Die Verbitterung und Enttäuschung in seiner Stimme sind unverkennbar. »Wir kennen uns seit dem Kindergarten. Wir sind die besten Freunde gewesen. Und dann hat er mich fallen lassen und durch Read ersetzt.«

Ich drücke seine Hände, weil ich nicht weiß, was ich sagen soll. Bradens Verhalten macht mich sprachlos. Andererseits passt es zu ihm. Immerhin hat er heute auch lieber zu Read anstatt zu mir gehalten und zugelassen, dass dieser mich vor allen Leuten demütigt.

Ein Grund mehr, die Trennung nicht zu bereuen. Das vertreibt allerdings nicht den Schmerz, verraten und hintergangen worden zu sein.

»Was hast du eigentlich allein hier draußen zu suchen gehabt?«, wechselt er das Thema.

Ich seufze, die Videos und die Kommentare, die ich aus meinem Kopf verbannen wollte, tauchen vor meinem inneren Auge auf. »Bist du auf Social Media?«

Er runzelt verwirrt die Stirn. »Nein, warum?«

Ich hole tief Luft, ehe ich ihm von den Videos erzähle, die Sofia, Read, Chloe und bestimmt noch weitere Mitschüler in ihren Storys geteilt haben. An Devyns Miene kann ich sofort erkennen, was in ihm vorgeht. Zuerst scheint er verwirrt, dann bildet seine Stirn tiefe Furchen und er löst seine Hände von den meinen, um sie zu umklammern.

»Diese …« Er unterbricht sich und blickt mich mitfühlend an. »Ich kann mir nicht einmal annähernd vorstellen, wie du dich gerade fühlen musst.« Fassungslos schüttelt er den Kopf.

»Ich fühle mich beschissen«, gebe ich zu.

»Das, was die da abziehen, ist Cybermobbing. Was willst du dagegen unternehmen? Du kannst das nicht einfach so stehen lassen, sonst werden sie weitermachen.« Ich sehe ihm an, dass er sich Sorgen um mich macht. Und das rührt mich zutiefst, lässt meinen Magen seltsam flattern.

»Emma ist vorhin mit ihrem Freund bei mir gewesen. Sie haben Sofia und Chloe bei den Social-Media-Plattformen gemeldet. Sie meint, dass wir vielleicht den Direktor einschalten sollten, damit sie bestraft werden … aber …«, setze ich an, denn ich fühle mich nicht wohl dabei, die ganze Sache so auszuweiten. Es reicht schon, dass auf den Social-Media-Plattformen diese Videos herumgehen. Ich will nicht auch noch, dass der Direktor meine Eltern zu sich ruft. Meine Mom hat genug Stress mit meinem Dad und der Arbeit. Da kann sie keine Tochter gebrauchen, deren Privatleben im Internet herumposaunt wird.

»Da hat sie auch recht«, meint Devyn. »Sie dürfen damit nicht davonkommen. Wenn wir jetzt nichts dagegen unternehmen, werden sie nicht damit aufhören.«

»Wir?«, hauche ich überrascht und mache große Augen.

Devyn lächelt unsicher. »Wenn das für dich okay ist? Du ... Ich habe gedacht, wir sind Freunde oder so was Ähnliches?« Verlegen lässt er meine Hände los und kratzt sich im Nacken.

»Klar sind wir das«, gebe ich perplex zurück und frage mich im selben Moment, warum es mich so ärgert, dass er mich anscheinend nur als *Freundin oder so was Ähnliches* sieht. Dabei habe ich ihm meine Freundschaft selbst angeboten.

Erleichtert atmet er aus. »Gut. Denn Freunde halten zueinander. Und selbst wenn du nicht meine Freundin wärst, würde ich dir helfen.« Zögernd legt er mir eine Hand auf die Schulter und blickt mich eindringlich an. »Du musst das nicht allein durchstehen. Lass dir dein Leben bloß nicht von diesen hirnverbrannten Idioten kaputtmachen. Im Internet fühlen sie sich mächtig, weil sie dir nicht persönlich gegenüberstehen. Außerdem hast du Emma, Scott und mich, die hinter dir stehen. Ich werde dich nicht hängen lassen.«

Vor lauter Rührung treten mir Tränen in die Augen. Deshalb bin ich unglaublich froh, als er neben mich rutscht, mich an sich zieht und seine Arme um mich schlingt. Ich lege meinen Kopf auf seine Schulter und schließe die Augen. Genieße seine Umarmung und atme seinen unverkennbaren Duft ein.

So sitzen wir eine Zeit lang da. Bis die Kälte langsam durch die Jacke kriecht und mich trotz der Wärme, die von Devyns Körper ausgeht, fröstelt.

»Ich sollte langsam gehen, bevor meine Mom aufwacht und feststellt, dass ich nicht da bin, und sich Sorgen macht.« Ich löse mich aus der Umarmung, erhebe mich von meiner Jacke, um nach ihr zu greifen, und richte mich auf, ehe ich sie mir überziehe. Da ich kein Handy dabeihabe, weiß ich nicht, wie viel Uhr wir jetzt haben. Aber es ist bestimmt schon richtig spät und ich werde langsam müde.

Devyn, der von meinem Gähnen angesteckt wird, steht ebenfalls auf und hebt die Arme, um sich zu strecken. Dabei rutscht sein T-Shirt wieder ein wenig nach oben. Es juckt mich in den Fingern, den Stoff runterzuziehen, und nicht, weil ich seinen Bauch gerne berührt hätte.

Unsicher sieht er mich an. »Ich begleite dich, wenn das für dich okay ist. Ich will nur sichergehen, dass dir nichts passiert. Wer weiß, welche Gestalten sich nachts hier herumtreiben«, schiebt er mit einem Zwinkern hinterher.

Ich muss grinsen. »Sagt ausgerechnet der Typ, der unter dem Sternenhimmel Yoga macht.«

Er lächelt. »Touché.« Dann packt er seine Tasche zusammen. Dabei fällt mein Blick auf den Inhalt und ich stutze. »Du hast einen Football dabei?«

Devyn versteift sich augenblicklich. »Jap.« Mehr sagt er nicht. Doch dann dreht er sich zu mir um, die Griffe seiner Tasche fest umklammernd. »Bevor ich Yoga gemacht habe, habe ich ein paar Würfe geübt, aber allein macht es keinen großen Spaß.« Unruhig kaut er auf seiner Unterlippe herum. »Du hast mich letztens gefragt, ob ich das Footballspielen vermisse. Und meine Antwort lautet: Ja. Ich vermisse es zu spielen. Ich vermisse es, auf dem Feld zu stehen. Nicht nur das, ich vermisse das Team, den Zusammenhalt, den wir früher gehabt haben. Das gemeinsame Verlieren und Gewinnen. Nicht alle sind solche Idioten wie Read oder Braden. Doch seit Read da ist, hat sich viel verändert.« Er senkt den Kopf.

»Inwiefern viel verändert? Gibt es denn keine Möglichkeit, dass du wieder zurückkehren kannst?«, überlege ich.

»Sie wollen mich nicht mehr im Team haben.«

»Weil du angeblich die Pokale kaputt geschlagen hast?«

Daraufhin schweigt er mit zusammengepressten Lippen.

»Ist es wahr, was sie gesagt haben?«, wage ich zu fragen.

»Was denkst du?«, gibt er zurück.

Ich erwidere seinen Blick. »Nein«, sage ich mit fester Stimme. »Ich glaube ihnen nicht. Du bist das nicht gewesen. Und wenn du es getan hättest, hast du bestimmt gute Gründe dafür gehabt.«

Daraufhin lächelt Devyn. Er wirkt ganz erleichtert.

»Schön zu wissen, dass es noch jemanden gibt, der mir glaubt«, murmelt er mehr zu sich selbst.

»Bist du mit dem Auto oder zu Fuß da?«, frage ich ihn, als wir die Böschung zur Straße hinunterklettern.

»Zu Fuß. Eigentlich fahre ich immer mit dem Fahrrad, weil ich mein Auto wegen der kurzen Strecke nicht benutzen will, aber ...« Er verstummt.

»Braden hat dir also immer noch keine neuen Reifen besorgt«, knurre ich wütend.

Devyn nickt langsam und ich weiß wieder nicht, was ich sagen soll. Meine Wut auf Braden und die Scham auf mich selbst werden immer größer. Wie konnte ich nur so blind sein?

Während unseres gemeinsamen Weges reden wir nicht viel. Wir gehen einfach nebeneinander her. Dabei berühren sich hin und wieder unsere Schultern. Das erneute Schweigen ist angenehm. Es ist schön, die Siedlung, in der ich lebe, zu durchqueren. In den meisten Häusern brennen noch die Lichter. Die Laternen am Straßenrand tauchen die Umgebung in ein warmes Licht. Eine Katze huscht über die Straße. Irgendwo bellt ein Hund.

Viel zu schnell ist unser Spaziergang zu Ende. Im Wohnzimmer brennt Licht, also ist meine Mom noch wach oder wieder aufgestanden. Vielleicht hat sie gemerkt, dass ich das Haus verlassen habe, und wartet bereits auf mich. Hoffentlich hat sie sich keine allzu großen Sorgen gemacht. Ich habe ein schlechtes Gewissen, weil ich ihr nicht Bescheid gesagt habe, dass ich kurz verschwinde.

»Also dann.« Plötzlich nervös, weil wir schweigend in meiner Einfahrt stehen, schiebe ich mir eine Haarsträhne hinters Ohr.

Devyn schultert seine Tasche. »Also dann.«

»Ich … ehm …«, meine ich, breche jedoch ab, weil ich wieder nicht weiß, was ich sagen soll.

»Ist es für dich okay, wenn ich dich morgen früh abhole und mit zur Schule nehme?«, fragt Devyn mich plötzlich.

Überrascht sehe ich ihn an. »Das wäre toll. Aber ist das nicht ein Umweg für dich?«

»Überhaupt nicht«, winkt er ab. »Und wenn es ein Umweg wäre, wäre es auch kein Problem für mich. Wir sind doch jetzt Freunde, oder?«

Ich nicke perplex, dann fasse ich mir ein Herz und trete einen Schritt nach vorn, um ihn zum Abschied zu umarmen. »Danke, Devyn. Für alles«, flüstere ich.

Da sich unsere Oberkörper berühren und Devyn nur wenige Zentimeter größer ist als ich, kann ich sein schnell schlagendes Herz an meinem spüren. Er streicht mit der freien Hand sanft über meinen Rücken. Dann, als ich mich wieder von ihm löse, sieht er mir tief in die Augen. Für einen kurzen Moment fühlt es sich so an, als blickte er direkt in meine Seele.

»Komm gut nach Hause«, sage ich.

»Das werde ich«, lächelt er.

»Gut«, erwidere ich. »Ich wünsche dir noch eine gute Nacht.«

»Ich wünsche dir auch eine gute Nacht«, flüstert er mit rauer Stimme. »Träum was Schönes.«

Kapitel 14

Als ich die Haustür aufschließe, mache ich mich schon auf eine gewaltige Standpauke meiner Mom gefasst, da es, wie ich mit einem Blick auf die Wanduhr im Flur feststelle, bereits nach neun Uhr ist. Doch das Einzige, was ich neben dem steten Ticken der Uhr vernehme, ist ein lautes Schluchzen aus der Küche.

Leise schleiche ich zur Tür, die einen Spaltbreit offen steht, sodass ich hineinsehen kann. Der Anblick bricht mir das Herz. Meine Mom sitzt schluchzend am Tisch, das Gesicht zwischen den Händen vergraben.

»Mom? Was ist los? Ist was mit Dad?«, rufe ich voller Angst und betrete die Küche.

Sie schreckt hoch. »Nein, mit Dad ist alles in Ordnung.« Sie wischt sich mit dem Handrücken über die geröteten Augen und räuspert sich schniefend. »Du bist wieder zurück?«

»Warum weinst du?«, frage ich sie.

Ich gehe zu ihr und umarme sie. Sie lässt es zu und klammert sich an mir fest, als wäre ich ihr rettender Anker. Erst da fällt mein Blick auf die Fotos, die vor ihr auf dem Tisch liegen, und mein Magen wird ganz flau.

Es sind Bilder von meinen Eltern, als sie jünger und frisch verliebt waren. Mein Dad hat meine Mom im Brautstyle in den Arm genommen und grinst sie verliebt an, während sie ihn mit einem Strahlen in den Augen anlächelt, das ich nie zuvor bei ihr gesehen habe. Auf dem Foto wirken sie so glücklich und entspannt.

Ein weiteres zeigt meinen Dad in einem schwarzen Anzug und meine

Mom mit ihrem weißen Brautkleid, wie sie sich vor der Kirche küssend an den Händen halten.

Auf dem nächsten sind sie im Krankenhaus abgebildet. Meine Mom sitzt in einem Nachthemd im Krankenbett, mein Dad umarmt sie. Sie strahlen beide übers ganze Gesicht. In ihren Armen liege ich als kleines Baby, das sie mit großen Augen anblickt. Wir sehen aus wie eine glückliche, kleine Familie. Eine glückliche, kleine Familie, die in diesem Augenblick nicht wusste, was in der Zukunft auf sie zukommen wird.

»Ich arbeite gern im Pflegeheim, auch wenn es sehr anstrengend und stressig ist«, schluchzt sie. »Aber besteht mein Leben nur noch aus pflegen?«

Darauf weiß ich nichts zu sagen. Und ich kann auch nicht, denn mein Mund ist ganz trocken, meine Zunge ist wie belegt.

Meine Mom löst sich wieder von mir, wischt sich die Tränen unter den Augen weg und seufzt müde. »Ich weiß, ich sollte froh sein, dass er es überlebt hat. Und das bin ich auch.« Sie sieht mich aus erschöpften Augen, unter denen sich dunkle Ringe abzeichnen, an. »Früher ist er so aufgeweckt gewesen und hat immer ein Lächeln auf den Lippen gehabt. Der Unfall hat ihn verändert. Wir können uns nicht mehr normal unterhalten und nur eingeschränkt etwas unternehmen. Andauernd muss ich darauf achten, dass alles behindertengerecht ist und es ihm nicht zu viel oder zu anstrengend wird. Jedes Mal, wenn ich andere Paare sehe, die gesund und glücklich sind, muss ich an meinen kranken Mann denken, der nie wieder gesund werden wird.«

Ich schweige, weil ich sie verstehen kann. Dad wird nie mehr gesund beziehungsweise so werden wie zuvor. Diese Hoffnung haben wir aufgegeben, als er Wochen nach dem Unfall und der Hirnblutung immer noch nicht sprechen oder gehen konnte. Er war weiterhin schlaganfall- und jetzt auch noch krampfanfallgefährdet.

Erst die Trennung von Braden, dann der Krampfanfall mit meinem Dad, der Vorfall in der Schule … momentan kommt alles zusammen. Dabei habe ich aber nicht an meine Mom gedacht, die genauso zu kämpfen hat wie ich.

Eindringlich sehe ich meine Mom an. »Unser Leben ist nicht leicht und das, was du leistest … ich hätte das niemals geschafft. Wirklich. Und dafür bewundere ich dich.«

Noch nie zuvor bin ich so ehrlich gewesen zu meiner Mom. Und das scheint auch sie zu überraschen, denn sie schaut mich ungläubig an. Ich muss lächeln. Und dieses Mal kommt mein Lächeln sogar von Herzen. Selbst wenn es ein wenig traurig ist.

»Dads Unfall hat unser Leben verändert. Weinen bringt uns nicht weiter. Wir können für das dankbar sein, was wir haben«, meine ich.

Meine Mom schweigt, also rede ich weiter.

»Ich weiß, das mit Dad ist nicht einfach. Doch er hat überlebt. Und nur das zählt. Wie wir hat er Probleme, mit dieser Situation klarzukommen. Ich kann mir gar nicht vorstellen, wie er sich gefühlt haben muss, als er aufgewacht ist und erfahren hat, dass seine rechte Seite gelähmt ist. Dass er nie wieder richtig sprechen kann.« Ich hole tief Luft und greife nach Moms Händen. »Aber ich glaube auch, dass er trotz allem froh ist zu leben. Weil er uns hat. Weil wir ihn lieben und er liebt uns. Ich habe gesehen, dass er sich über die kleinen Dinge freut, wie mit uns zusammen zu essen, mit mir zur Eisdiele oder spazieren zu gehen. Dieser Unfall hätte auch anders enden können. Wir haben mehr Zeit mit ihm geschenkt bekommen und diese Zeit sollten wir genießen, bevor sie abgelaufen ist.«

Für ein paar Sekunden herrscht völlige Stille, in denen meine Mom und ich uns anschauen. Nur das Ticken der Uhr durchbricht das Schweigen zwischen uns. Schließlich drückt sie meine Hände, während sie den Kopf langsam schüttelt. »Wann bist du nur so erwachsen geworden?«

Ich zucke mit den Schultern. »Ich habe gelernt, dass das Leben schnell vorbei sein kann und man die Zeit, die man hat, genießen sollte. Außerdem sind wir nicht die Einzigen, die mit Schicksalsschlägen zu kämpfen haben.«

Bisher habe ich ihr nichts über Devyn erzählt, ihn lediglich kurz erwähnt. Sie weiß nur, dass er ein Freund aus der Schule ist. Also berichte ich ihr von ihm und seiner Mom.

Meine Mom hört betroffen zu. »Das ist bestimmt nicht leicht für ihn. Wer kümmert sich denn um sie? So wie du ihren Zustand beschrieben hast, ist sie vermutlich nicht mehr so selbstständig? Und dann auch noch den Haushalt und zwei Kinder unter einen Hut kriegen?«

Ich beiße mir auf die Unterlippe, denn darauf kann ich ihr keine Antwort geben. Von seinem Dad weiß ich nichts. Er hat nicht erzählt, wer sich um seine Mom und seine Schwester kümmert. Ein erschreckender Verdacht beschleicht mich. Ich muss an all die Fehlstunden, Verspätungen und die fehlenden Hausaufgaben denken. Wie er mir gesagt hat, dass seine Mom vor etwa einem Jahr einen schweren Schub gehabt hat. Das allein kann aber nicht der Grund für sein unvorbildliches Verhalten sein. Was ist noch vorgefallen, das Devyn so dermaßen aus der Bahn geworfen hat?

Meine Mom mustert mich aufmerksam. Jetzt wirkt sie nicht mehr so traurig, sondern interessiert und neugierig. »Werde ich diesen Devyn jetzt häufiger zu Gesicht bekommen?«

O nein. Innerlich stöhne ich auf und kann nicht fassen, in welche Richtung sich dieses Gespräch plötzlich entwickelt. »Mom … ich habe erst mit Braden Schluss gemacht. Ich bin froh, wenn ich jetzt erst einmal meine Ruhe habe!«

»Na und?« Meine Mom runzelt die Stirn. »Zwar habe ich keine Ahnung, warum du dich von ihm getrennt hast …?«

»Wir haben uns einfach auseinandergelebt!«

»Das habe ich mir schon gedacht.«

»Was meinst du damit?«

Sie bedenkt mich mit einem Blick, der so viel sagt wie: *Ich bin deine Mom. Ich weiß so etwas.* »Ich kenne dich, Avery. Ich habe deine Beziehung mit Braden von Anfang an mitbekommen. Mir ist aufgefallen, dass du ihn irgendwann nicht mehr so angesehen hast wie früher. Dass du dich in seiner Gegenwart anders verhalten hast. Außerdem ist er sehr oberflächlich geworden und so bist du nicht mehr.«

Ich werde rot. Sogar meine Mutter weiß, wie oberflächlich ich gewesen bin. Sie scheint mich besser zu kennen, als ich gedacht habe.

Meine Mom drückt meine Hand. »So ist das Leben. Menschen finden und verlieren sich. Menschen verlieben sich und entlieben sich wieder. Es gibt viele Ereignisse im Leben, die Menschen prägen. Sie verändern sich. Du hast

Braden gemocht, aber du bist nicht mehr Hals über Kopf in ihn verliebt gewesen.«

Sie spricht das aus, was ich lange versucht habe zu ignorieren. Obwohl ich dachte, es würde mir zusetzen, ist es, als fiele ein schweres Gewicht von meinen Schultern. Es hat mich innerlich aufgefressen. Doch zu sehen, dass sie mich versteht, tut gut.

»Die Trennung ist noch frisch …«, beginne ich, doch dieses Mal unterbricht sie mich.

»Nimm dir so viel Zeit, wie du brauchst«, meint sie und sieht mich fest an. »Aber du solltest dich nicht schuldig fühlen, wenn dein Herz einen anderen Weg einschlägt, als du anfangs gedacht hast.«

Kapitel 15

Diese Nacht kann ich nicht richtig schlafen. Zwar fällt es mir in letzter Zeit ohnehin schon schwer, doch dieses Mal ist es schlimmer als sonst. Mir spukt einfach zu viel im Kopf herum. Die Angst um Dad, die Bilder, wie er zuckend am Boden lag und ich hilflos danebenstand und nicht wusste, was ich tun sollte. Die Trennung von Braden und das Verhalten von seinen Freunden. Und der Fast-Kuss mit Devyn. Wie konnte es nur dazu kommen? So etwas tun Freunde nicht. Und warum kribbelt mein Magen so komisch, wenn ich nur an ihn denke? Warum kriege ich ihn nicht mehr aus meinem Kopf?

Weil mich die ganzen Gedanken so lange wachgehalten haben, stehe ich total verschlafen und mit gemischten Gefühlen auf, als mein Wecker klingelt. Dieses Mal verschlafe ich nicht, wenngleich ich mich lieber den ganzen Tag unter der Bettdecke versteckt hätte. Aber ich muss mich meinen Mitschülern stellen. Außerdem bin ich ein wenig aufgeregt wegen Devyn.

Da ich keine Ahnung habe, wann er kommt, stehe ich schon um sieben Uhr in der Küche. Mein Handy habe ich seit gestern Abend ausgeschaltet gelassen. Ich will die Videos so weit wie möglich von mir entfernt halten. Sie würden mich nur runterziehen und das will ich nicht zulassen. Dabei will ein Teil in mir unbedingt herausfinden, ob die Profile von Sofia und Chloe gesperrt wurden. Und ob Emma geschrieben hat.

Schließlich stehe ich vor dem Kühlschrank und beschließe doch etwas zum Frühstück zu machen. Ich brauche eine Beschäftigung und will Devyn als Dankeschön fürs Abholen eine Kleinigkeit mitnehmen. Also mache ich in der Hoffnung, dass er sie mag, belegte Sandwiches und wasche und schneide Obst, um alles in zwei getrennte Dosen zu legen.

Mein Herz macht einen Satz, als ich kurze Zeit später draußen ein Auto vorfahren höre, das nicht auf der Straße, sondern in der Einfahrt direkt vor der Haustür hält.

Schnell packe ich meine Tasche und laufe mit klopfendem Herzen zur Haustür. Ich muss automatisch lächeln, als ich das rote Auto von Devyn erkenne.

Mit neuer Hoffnung für den heutigen Tag gehe ich auf ihn zu. Devyn ist ausgestiegen und hält mir die Beifahrertür auf. Er trägt eine graue Jeans und ein weißes, zerknittertes T-Shirt. Seine Haare stehen zu allen Seiten ab, als wäre er nach dem Aufstehen nur mit den Händen hindurchgefahren.

»Guten Morgen«, begrüße ich ihn und umarme ihn.

Er ist so überrascht, dass er kurzzeitig erstarrt. Doch dann entspannt er sich und seine Hand gleitet über meinen Rücken, während die andere weiterhin auf dem Türgriff liegt. Ich schließe einen Moment lang die Augen und atme seinen mittlerweile vertrauten Zitrusduft ein, der meinen Magen auf seltsame Art und Weise flattern lässt.

Als ich mich wieder von ihm löse, strahlt er mich fröhlich an. Seine Wangen haben einen leichten Pfirsichton angenommen.

»Guten Morgen, Avery«, murmelt er und lächelt.

Dann setze ich mich in sein Auto und Devyn lässt sich wenige Sekunden später auf dem Fahrersitz nieder. Bevor er den Zündschlüssel herumdreht, sieht er mich unsicher an.

»Wie geht es dir? Warum so fröhlich heute? Versteh mich bitte nicht falsch. Ich bin froh, wenn du so gut drauf und nicht traurig bist«, erklärt er schnell. »Aber wegen ...«

»Kein Problem«, erwidere ich und schnalle mich an. »Und du hast recht, eigentlich bin ich auch gar nicht gut gelaunt. Und ich habe auch keine Lust auf die Schule. Aber ich muss mich dem stellen. Zu wissen, dass Emma, ihr Freund und du hinter mir steht, macht es mir leichter. Und ich freue mich, dass du hier bist. Ich bin sogar extra früher aufgestanden, um uns eine Kleinigkeit zu essen mitzu…« Mein Blick fällt auf die beiden dampfenden Thermobecher, die in der Mittelkonsole stehen, und ich verstumme.

»Sieht so aus, als hätten wir ähnliche Ideen gehabt«, meint Devyn lächelnd. »Und du bist extra früher aufgestanden? Nur wegen mir?«, hakt er mit einem neckischen Blitzen in den Augen nach, woraufhin ich rot anlaufe.

»Ich wollte nicht verschlafen. Außerdem konnte ich nicht mehr einschlafen. Und ich wollte dir als Dankeschön etwas mitbringen. Allerdings haben wir gerade nicht so viel da, deshalb habe ich nur belegte Sandwiches und Obst dabei. Für Pancakes habe ich leider keine Zeit gehabt und Croissants sind keine mehr da. Die hat meine Mom alle weggefuttert.«

»Avery«, flüstert Devyn mit rauer Stimme.

»Ja?«, krächze ich. Habe ich etwas falsch gemacht?

Seine Mundwinkel heben sich. »Danke. Ich nehme dich gerne mit und will keine Gegenleistung dafür. Aber ich freue mich sehr über deine kleine Aufmerksamkeit. Ich habe dir eine heiße Schokolade mitgebracht. Nicht die gekaufte heiße Schokolade, die man to go beim Kaffeeshop bekommt, sondern eine von zu Hause mit der besten Milch und dem besten Kakaopulver. Ich mache es mir lieber selbst.« Er verstummt und läuft rot an. »Das hat jetzt irgendwie falsch geklungen. Ich habe damit gemeint, dass ich lieber Dinge esse, die man selbst zubereitet und nicht irgendwo kauft«, verbessert er sich schnell. »Keine Ahnung, ob du so was magst, aber ich könnte sie den ganzen Tag trinken.«

Ich schmunzle belustigt. »Geht mir genauso und ich bin gespannt, wie es schmecken wird.«

Da wir noch genug Zeit haben, bis die Schule anfängt, und nicht gleich losfahren müssen, bleiben wir im Auto sitzen. Weil Devyn kein Problem damit hat, dass wir im Auto essen, vertilgen wir gleich dort das Frühstück, das ich hergerichtet habe. Zum Schluss trinken wir die heiße Schokolade. Sie wärmt mich von innen heraus und schmeckt tatsächlich himmlisch. Ich schließe die Augen und lecke mir genüsslich über die Lippen.

Als ich meine Augen wieder öffne, bemerke ich Devyns Blick auf mir. Der schluckt schwer und wendet sich ertappt ab. Seine Wangen sind immer noch leicht gerötet.

»Die heiße Schokolade schmeckt wirklich gut«, sage ich ehrlich.

»Das freut mich zu hören«, gibt er mit merkwürdig belegter Stimme zurück. »Deine Sandwiches sind aber auch sehr köstlich gewesen.«

Damit wir nicht zu spät kommen, fährt er schließlich los. Ich schaue in den Seitenspiegel und erstarre. Denn ich sehe gerade noch, wie ein dunkelblaues Cabrio um die Ecke biegt. Bevor ich einen Blick auf das Nummernschild erhaschen kann, ist Devyn bereits in die nächste Straße abgebogen.

Ich lasse mich flach atmend tiefer in den Sitz sinken. Mein Herz wummert in meiner Brust. War das Braden? Von der Uhrzeit her kommt es hin. Wollte er mich abholen? Immer wieder werfe ich einen Blick in den Seitenspiegel, aber das blaue Cabrio taucht kein weiteres Mal auf. Entspannen kann ich mich allerdings nicht. Denn umso näher wir der Schule kommen, desto nervöser werde ich.

Obwohl ich weiß, dass Devyn und Emma hinter mir stehen, habe ich Angst. Angst vor den Reaktionen meiner Mitschüler. Angst, erneut von Sofia und Read angefeindet zu werden.

Mein Bein wippt unablässig hin und her, bis Devyn plötzlich eine Hand vom Lenkrad nimmt und sie auf meine legt, die auf meinem Oberschenkel ruht. Er drückt sie kurz, sagt jedoch nichts. Das lässt mich ein wenig ruhiger werden.

Er nimmt die Hand erst wieder weg, als er auf den Parkplatz abbiegt. Vor lauter Aufregung ist mir so übel, dass ich am liebsten aus seinem Auto gesprungen wäre und mich übergeben hätte.

Auf dem Schulgelände ist bereits viel los. Schüler schlendern lachend über den Parkplatz, stehen in Grüppchen zusammen an ihren Autos oder sitzen auf Bänken zwischen den umstehenden Bäumen. Während ich sie so betrachte, frage ich mich, wie viele von ihnen die Videos in den Storys von Sofia und Chloe gesehen haben.

Nachdem Devyn eingeparkt und den Motor abgestellt hat, sieht er mich fragend an. »Bereit?«

»Nein.« Ich hole tief Luft. »Aber wenn ich da jetzt nicht rausgehe, werde ich ein noch größeres Angriffsziel.«

»Das ist die richtige Einstellung«, stimmt er mir zu. »Du bist nicht allein. Ich bin bei dir.« Er legt mir seine Hand auf die Schulter und drückt sie leicht.

Gemeinsam steigen wir aus. Als ich die Tür hinter mir zuschlage und mich umsehe, wird mir wieder mulmig zumute. Ein paar Schüler in unserer Nähe werfen uns schiefe Blicke zu und tuscheln hinter vorgehaltenen Händen.

»Ignorier sie und stell dir vor …«, beginnt er, doch ich unterbreche ihn mit einem Grinsen: »Dass alle rosafarbene Plüscheinhörner sind?«

Devyn klappt die Kinnlade herunter. »Du erinnerst dich daran?«

Ich nicke.

Ich erinnere mich an alles.

An jenem Tag bin ich als angehende Kapitänin in ihn hineingelaufen. Devyn, damals noch der Footballkapitän, hat meine Nervosität bemerkt und mich beruhigt.

»Würdest du dir vorstellen, alle wären nackt, wäre das bei deinen Teamkollegen eher unangenehm und bei uns Mädels eher ablenkend«, wiederhole ich seine Worte von vor einem Jahr und zwinkere ihm zu, so, wie er es damals bei mir getan hat.

Devyn blinzelt ein paarmal. Dann grinst er plötzlich breit. »Interessant, dass sich meine Worte so gut in dein Gedächtnis eingebrannt haben«, meint er und seine Mundwinkel zucken. »Ich schätze mal, das ist gut, wenn ich dir so lange in Erinnerung geblieben bin?«

Erst jetzt wird mir klar, was ich da gesagt habe. Ich merke, wie mir ganz warm wird. Verdammt. Ich habe zugegeben, dass ich mich an unser erstes richtiges Gespräch erinnere.

Damals war alles noch anders. Devyn hatte den Ruf eines Herzensbrechers. Was so gar nicht zu dem Jungen passt, den ich in den letzten Tagen kennengelernt habe. Zu dem Jungen, der mich gerade sehr selbstgefällig anblickt.

»Das ist nicht witzig!«, knurre ich und schlage mir die Hände vors Gesicht. »Das ist so peinlich!«

»Dir muss das nicht peinlich sein«, meint Devyn und tritt vor mich. Ich spüre seine Finger, die sanft nach meinen Handgelenken greifen und sie nach unten ziehen, damit ich ihn ansehen kann. »Ich finde es süß«, sagt er und zwinkert mir zu. »Ich fühle mich geehrt, dass du dich daran erinnerst.« Sein Blick wird eindringlicher. »Denkst du oft an mich?«

»Devyn!«, schimpfe ich und stoße ihn sanft von mir.

Obwohl ich nicht will, muss ich ebenfalls grinsen. Devyns Unbeschwertheit überträgt sich auch auf mich.

Meine gute Laune verfliegt jedoch schnell wieder, als wir das Schulgebäude betreten. Die Schüler tuscheln leise, doch manchmal höre ich ein paar Wortfetzen oder abfällige Bemerkungen heraus.

Ich bleibe stehen und bin kurz davor, wieder umzudrehen und abzuhauen. Ich will nur noch weg von hier.

Doch da spüre ich Devyns Hand, die die meine sucht und sie drückt. Ich hebe den Blick und sehe in seine Augen. Die blaugraue Farbe seiner Iriden hat eine beruhigende Wirkung auf mich. Genau wie sein Händedruck.

»Denk einfach an meinen bezaubernden Hintern, wenn sie dich blöd anstarren.« Er zwinkert mir zu. »Das wird dich eine Weile ablenken.«

»Du bist unmöglich«, gebe ich zurück.

»Ich finde deinen Hintern übrigens bezaubernder als meinen«, meint er und zwinkert mir zu.

Ich mache große Augen. Devyns Grinsen wird breiter. Unsicher schiebe ich mir eine Haarsträhne hinter die Ohren. Hat er mir gerade ein Kompliment gemacht? Flirtet er mit mir? Mir wird noch wärmer, als sein Blick länger als normal auf meinem Gesicht verweilt. Doch es ist mir nicht unangenehm. Ganz im Gegenteil: Mir gefällt, wie er mich anschaut.

Bis uns jemand im Vorbeigehen anrempelt und wir aus diesem magischen Moment gerissen werden und wieder im Schulflur stehen. Für einen klitzekleinen Augenblick hatte ich das alles komplett ausgeblendet. Wie hat es dieser Junge nur geschafft, meine Welt in so kurzer Zeit auf den Kopf zu stellen?

***

Wenige Minuten später finde ich mich in einer stürmischen Umarmung von

Emma wieder, die mich fest an sich drückt, ehe sie sich wieder von mir löst. »Wie geht es dir? Ich kann mir natürlich vorstellen, dass du dich jetzt nicht so besonders gut fühlst, aber auf einer Skala von Null bis Zehn, wie schlimm ist es? Ich muss mir doch keine Sorgen um dich machen, oder?«

»Ich würde sagen, eine sechs, aber du brauchst dir keine Sorgen machen.«

Sie kneift die Augen zusammen. Schließlich nickt sie. »Gut. Ich möchte nämlich meine beste Freundin nicht verlieren.«

Sie legt einen Arm um meine Schultern, drückt mich fest an sich und hält Devyn die freie Hand zu einem High five hin. »Hey, Devyn, was geht ab?«

Devyn grinst zurück und schlägt ein. »Hey, Emma.«

»Also, wie sieht der Plan aus? Gehen wir zu Direktor Higgens? Bisher hat es nicht viel geholfen, sie auf den sozialen Netzwerken zu melden, weil ihre Accounts immer noch da sind. Aber vielleicht kann sich die Schule irgendwie einschalten«, durchbricht Emma meine Gedanken und sieht von mir zu Devyn, der die Hände lässig in die Hosentaschen geschoben hat, den Blick konzentriert auf sie gerichtet.

»Irgendetwas müssen wir unternehmen. Sonst denken sie noch, sie könnten sich alles erlauben und machen damit weiter. Wenn du nicht zu Direktor Higgens gehen möchtest, wie wäre es, wenn du dich zuerst an einen Vertrauenslehrer wendest?«, stimmt er ihr zu und schaut mich an.

»Ich weiß nicht so recht …« Wenn ich nur daran denke, zu einem Lehrer zu gehen und ihm von den Vorfällen zu berichten, wird mir übel.

»Hey.« Emma löst sich von mir und sieht mir fest in die Augen. »Wir zwingen dich zu nichts. Aber es wäre das Beste.«

Ich seufze. »Ich weiß. Nur kommen in diesen Videos …«

»… sehr private Themen vor und du willst nicht, dass das alles noch mehr ausgeweitet wird«, vollendet Devyn meinen Satz.

»Egal wie du dich entscheidest, wir stehen hinter dir«, meint Emma und schultert ihre Tasche.

Devyn nickt zustimmend.

»Danke, ich wüsste nicht, was ich ohne euch machen würde«, murmle ich gerührt.

»Du würdest vermutlich verzweifeln«, meint Emma zwinkernd. »Aber wenn du es tun willst, warte bis nach dem Cheerleadertraining«, raunt sie verschwörerisch.

Ich runzle die Stirn. »Warum?«

Sie grinst breit. »Wirst du schon sehen.«

Verwirrt schaue ich Devyn an, doch der zuckt nur mit den Achseln und verabschiedet sich von uns, da er gleich einen Kurs hat. Emma und ich haben eine Freistunde, die wir immer zum Lernen in der Cafeteria nutzen.

Dort angekommen suchen wir uns einen leeren Tisch in einer Ecke und holen unsere Bücher hervor. Eine Weile lernen wir still vor uns hin. Bis mich Emma interessiert mustert. »Sorry, ich kann mich gerade nicht so ganz konzentrieren. Mir schwirrt die ganze Zeit eine Frage durch den Kopf: Du und Devyn also? Seit wann seid ihr ... befreundet?«, hakt sie vorsichtig nach.

»Wir sind nicht zusammen oder so«, sage ich schnell.

Emma nickt nur. Allerdings bemerke ich das wissende Lächeln, das ihre Lippen umspielt.

»Nach Braden brauche ich jetzt erst mal keinen Freund«, erkläre ich, muss allerdings an den Fast-Kuss auf dem Wasserbunker denken. Mein Magen beginnt zu kribbeln.

Emmas Lächeln geht in ein breites Grinsen über. »Natürlich, deshalb wirst du gerade so verräterisch rot.«

»Wenn ich ehrlich bin, weiß ich nicht, was das zwischen Devyn und mir ist«, gebe ich nach kurzem Zögern zu.

Schließlich berichte ich ihr, wie Devyn meinem Dad und mir geholfen hat. Und wie ich ihm an dem Wasserbunker begegnet bin. Emmas Augen werden immer größer. »Das klingt ja richtig romantisch. So unter dem Sternenhimmel«, meint sie mit wackelnden Brauen, wird jedoch gleich wieder ernst. »Devyn scheint sehr hilfsbereit, selbstlos und süß zu sein. Ich finde es gut, dass du dich mit ihm angefreundet hast. Devyn ist ein wahrer Freund. Vielleicht wird ja irgendwann mal mehr daraus. Später oder früher.« Sie zwinkert mir zu. »Braden und seine obercoole Mobber-Clique kannst du dafür in die Tonne hauen.«

Da kann ich ihr nur zustimmen.

Wir lernen noch eine Weile, ehe wir in unsere Kurse müssen, die wir heute leider nicht gemeinsam haben. Am Nachmittag haben wir Cheerleadertraining. Dieses Mal kann ich mich nicht wieder drücken, da in drei Wochen das große Heimspiel gegen unseren alten Rivalen – die Blue Cliff High – stattfindet. Deshalb ist Devyn ab heute bei jedem Training dabei.

Um Sofia und Chloe nicht zu begegnen, warte ich, bis alle weg sind, ehe ich die Umkleiden betrete und mich umziehe. Gerade suche ich in meiner Tasche nach meiner Wasserflasche, als die Tür hinter mir aufgeht. Ich denke mir nichts dabei und schaue in der Erwartung, ein paar Mädchen hereinkommen zu sehen, zur Seite. Mir entgleitet meine Flasche und fällt zu Boden.

Im Türrahmen stehen keine Cheerleader, sondern Braden.

Kapitel 16

Wie erstarrt stehe ich da, als er die Umkleide betritt und die Tür hinter sich schließt.

»Hallo, Avery«, flüstert er.

»Was tust du hier?«, fahre ich ihn an und hebe meine Wasserflasche wieder auf. »Das hier ist die Mädchenumkleide! Ich hätte nackt sein können!«

Braden verschränkt die Arme vor der breiten Brust. »Wäre ja nicht so, als hätte ich das alles nicht schon längst gesehen«, gibt er trocken zurück.

Seine Worte und der vorwurfsvolle Tonfall in seiner Stimme versetzen mir einen Stich. Gleichzeitig macht er mich aber auch wütend. Obwohl ich so viele Meter wie möglich zwischen Braden und mich bringen will, trete ich auf ihn zu.

»Ich gehe jetzt«, sage ich mit so neutraler Stimme wie möglich. Dass sie zittert, kann ich jedoch nicht verhindern. »Ich komme sonst zu spät zum Training.«

»Du bist ohnehin schon zu spät dran, da wirst du wohl noch ein paar Minuten für mich erübrigen können«, hält er dagegen.

Wütend blitze ich ihn an. »Lass mich vorbei!«

»Wir müssen reden«, fleht mich Braden an und versperrt mir den Weg, als ich mich an ihm vorbeischieben will. Dadurch kommen wir uns so nah, dass sich unsere Oberkörper fast berühren. Schnell trete ich einen Schritt zurück.

»Bitte, Babe!«, schiebt er noch hinterher.

»Wir müssen gar nichts! Wir haben genug geredet! Und nenn mich nie wieder Babe, denn das bin ich nicht mehr und ich werde es auch nie mehr sein!«, gebe ich zurück und umklammere die Wasserflasche so fest, dass das Plastik leicht eingedrückt wird.

Fassungslos starrt er mich an und verzieht seine Miene, als hätte ich ihn geschlagen. Für einen kurzen Augenblick tut er mir leid. Immerhin ist er ein Jahr lang an meiner Seite gewesen, hat mich durch die schwere Zeit mit meinem Dad begleitet und sich immer nach mir gerichtet. Bis auf seine Ungeduld in letzter Zeit hat er mich nie zu etwas gedrängt.

»Ich habe nichts von den Videos gewusst, die sie gemacht und hochgeladen haben«, sagt er plötzlich und sieht mich ernst an. Ich glaube ihm sogar.

»Aber du hast zugelassen, dass ich öffentlich gedemütigt werde. Du hast mich bloßgestellt!«, rufe ich. »Du hast Read Dinge über meine Familie und mich erzählt, die ihn, die niemanden etwas angehen! Dinge, die ich dir im Vertrauen gesagt habe! Das ist nicht okay von dir gewesen!«

Braden zuckt schuldbewusst zusammen. »Das ist doch nur Gelaber unter Freunden gewesen. Mädchen erzählen sich doch auch alles«, meint er entschuldigend. »Wir haben gedacht, du würdest mich nicht abweisen, wenn alle zusehen. Und du würdest endlich einsehen, dass die Trennung ein Fehler gewesen ist, sobald es dir alle bestätigen …«

Mir fehlen die Worte. Was ist mit dem Braden passiert, der einfühlsam und verständnisvoll ist? Der Braden, für den ich vor einem Jahr Gefühle entwickelt habe?

»Deine Entschuldigung kannst du dir sonst wohin hinstecken, denn damit kannst du das alles nicht mehr rückgängig machen! Es ist im Internet verbreitet worden!«

Tränen brennen in meinen Augen, aber ich wische sie nicht weg. Soll er doch sehen, wie sehr er mich verletzt hat!

»Es sind doch nur ihre Storys gewesen«, meint Braden.

»*Nur* ihre Storys?«, echoe ich ungläubig. »Findest du das okay? Weißt du eigentlich, wie es mir deswegen geht?«

»Das tut mir wirklich leid.« Er will nach meinen Händen greifen, aber ich weiche vor ihm zurück.

»Babe …«, beginnt er wieder, doch ich hebe die Hand, um ihn zu unterbrechen.

»Ich habe dir gesagt, du sollst mich nie wieder so nennen! Und weißt du was? Vielleicht musste das alles passieren, damit ich endlich klar im Kopf werde. Ich erkenne dich gar nicht wieder. Vor einem Jahr bist du anders gewesen. Du bist charmant, auf deine eigene Art einfühlsam und verständnisvoll gewesen. Aber jetzt tust du mir nur noch leid.«

Braden stolpert einen Schritt zurück und knallt mit dem Rücken gegen die Tür. Ungläubig starrt er mich an.

»Das kann doch nicht dein Ernst sein«, widerspricht er mir verzweifelt. »Ich weiß, dass ich viel falsch gemacht habe. Deshalb will ich mich ja auch bei dir entschuldigen und dich fragen, wie ich meine Fehler wiedergutmachen kann.«

Ich lache auf. »Wiedergutmachen? Du kannst nichts mehr gutmachen, weil du nicht mehr rückgängig machen kannst, was geschehen ist! Das werde ich dir nie verzeihen!«

»Aber Babe …!«

»Nein! Hör verdammt noch mal auf mich so zu nennen!«, schreie ich ihn an, weil ich diesen Kosenamen und Bradens flehende Stimme nicht mehr hören kann und auch nicht mehr hören will. Ich bin nicht mehr sein Babe. »Kapier endlich, dass wir nie wieder zusammenkommen werden. Wir haben schon darüber gesprochen: Ich habe keine Gefühle mehr für dich. Und du nicht mehr für mich, glaube ich. Willst du wirklich eine Beziehung, nur weil es alle von uns erwarten?«, frage ich herausfordernd.

Braden schweigt.

»Wir hätten Freunde bleiben können«, sage ich leise. »Aber nach allem, was ihr in letzter Zeit getan habt, will ich nichts mehr mit dir und deinen tollen Freunden zu tun haben!«

Getroffen sieht er mich an. Dann werden seine Augen schmal und er presst seine Lippen zu einer dünnen Linie zusammen. Seine Hände ballen sich zu Fäusten.

»Ich wollte dich heute Morgen abholen, um dir alles zu erklären und mich bei dir zu entschuldigen. Ich habe extra die Erdbeerschokolade, die du so sehr magst, und einen Blumenstrauß gekauft.« Seine Miene verdüstert sich. »Doch dann habe ich Devyns Auto davonfahren sehen und du bist nicht da gewesen. Read hat gesagt, er habe gesehen, wie ihr gemeinsam aus Devyns Auto gestiegen seid. Was läuft da zwischen euch?«

Es ist also tatsächlich Bradens Auto gewesen, das ich heute Morgen in unserer Straße gesehen habe.

»Was zwischen Devyn und mir läuft, geht weder dich, noch Read oder sonst irgendjemanden etwas an, weil das eine Sache zwischen mir und Devyn ist«, zische ich zornig und will endlich an Braden vorbeigehen.

Doch der greift nach meinem Unterarm. Sein Griff ist wie ein Schraubstock und seine Finger bohren sich in meine Haut, sodass ich vor Schmerz laut aufzische, weshalb er mich sofort wieder loslässt.

»Avery, ich liebe dich«, beginnt er, doch ich unterbreche ihn zornig: »Du liebst nur die Vorstellung von mir als Cheerleaderkapitänin und dir als Footballkapitän! Hättest du mich wirklich geliebt, hättest du niemals zugelassen, dass Read mich vor allen so demütigt. Es ist dir wichtiger, was andere Menschen von dir denken, als zu deiner eigenen Meinung zu stehen! Lieber hast du zu ihm gehalten, um ja nicht *uncool* zu sein. Und beinahe wäre ich so geworden wie du und deine Freunde. Aber das bin nicht ich! Ich bin froh, dass ich das noch erkannt habe, denn ich will niemand sein, der sich von anderen alles vorschreiben lässt! Ich bin so, wie ich bin!«

Ich lasse meine ganze angestaute Wut aus mir heraus und verpasse ihm einen heftigen Stoß, weil er wieder so nah an mich herangetreten ist. Da er anscheinend nicht damit gerechnet hat, stolpert er ein paar Schritte zur Seite und starrt mich fassungslos an.

Ich reiße die Tür auf und rausche auf den Gang. Dabei schlage ich die Tür so fest hinter mir zu, dass der Knall durch den ganzen Flur hallt.

Auf dem Weg nach draußen kommt mir Devyn entgegen, der in seinen Sportklamotten steckt. Er trägt ein T-Shirt und Shorts. Sein Gesicht ist gerötet, Schweißperlen stehen auf seiner Stirn.

»Wir haben schon angefangen mit dem Aufwärmen. Emma und ich haben uns Sorgen gemacht, als du nicht gekommen bist. Deshalb bin ich losgegangen, um dich zu suchen.« Er kommt vor mir im Eingangsbereich der Sporthalle zum Stehen und blickt mich besorgt an. »Was ist passiert?«

Statt einer Antwort trete ich einen Schritt an ihn heran und schlinge meine Arme um seinen verschwitzten Körper. Ich muss mich an irgendetwas festhalten, bevor der Boden unter meinen Füßen wegbricht.

Devyn streicht mir beruhigend über den Rücken. Eine Weile bleiben wir so stehen, bis er sich von mir löst.

Eine Hand legt er auf meine Schulter, die andere berührt vorsichtig meine Wange. Er beugt sich ein wenig vor, sodass wir auf gleicher Augenhöhe sind. Dadurch sind sich unsere Gesichter ganz nah. Fast so nah wie bei Braden und mir gerade eben. Nur dass mir Devyns Nähe nichts ausmacht. Ganz im Gegenteil: Ich fühle mich wohl bei ihm.

»Ist alles in Ordnung, Avery? Du wirkst so aufgelöst«, fragt er alarmiert.

»Ich habe eine Auseinandersetzung mit Braden gehabt. Aber es geht mir gut.« Ich hole tief Luft. »Lass uns gehen. Die anderen warten sicher schon.«

Devyn sieht mich unsicher an. Dann richtet sich sein Blick auf etwas hinter mir. Ich drehe mich um und erschrecke.

Am anderen Ende des Eingangsbereichs steht Braden und starrt uns finster an. Die Hände hat er zu Fäusten geballt.

»Lass uns einfach gehen«, bitte ich Devyn, greife nach seiner Hand und ziehe ihn hinter mir her nach draußen. Dabei spüre ich Bradens düstere Blicke im Nacken.

Kapitel 17

»Was ist denn zwischen Braden und dir los gewesen?«, will Devyn wissen, als wir nach draußen treten.

Auf der anderen Seite des Platzes macht der Cheer Squad letzte Aufwärmübungen. Ich kann Emmas dunklen Haarschopf ausmachen, der hin und her wippt, als sie beim Hampelmann auf und ab springt.

Auf den Sportbahnen ziehen die Footballspieler ihre Runden. Read läuft an uns vorbei. Mit dem Handrücken wischt er sich den Schweiß von der Stirn. Sein Gesicht ist vor Anstrengung knallrot angelaufen, sein abfälliger Blick liegt auf uns.

Augenblicklich verkrampfe ich mich, weil er uns so auffällig anstarrt, als hätten wir etwas falsch gemacht. Erst da fällt mir auf, dass ich immer noch Devyns Hand halte.

Reflexartig entziehe ich sie ihm.

Devyn starrt Read mit zusammengepressten Lippen und zusammengezogenen Brauen nach, ehe er sich wieder mir zuwendet. »Was ist zwischen dir und Braden vorgefallen? Er hat dir doch nicht wehgetan?«

Ich seufze auf. »Er ist einfach in die Mädchenumkleide gekommen, um mich zur Rede zu stellen.«

»Er ist in die Mädchenumkleide gegangen?«, wiederholt Devyn entsetzt.

»Wir haben uns gestritten. Ich habe ihm gesagt, dass er sich seine Entschuldigung sonst wohin schieben kann und mich in Ruhe lassen soll. Und dann bin ich einfach abgehauen.«

Ein erleichtertes Lächeln schleicht sich auf Devyns Lippen. »Das klingt jetzt vielleicht doof, aber ich bin froh, dass das zwischen euch aus ist. Und so, wie er sich aufführt, behandelt man niemanden. Er kann nicht einfach in die Mädchenumkleide spazieren. Ich kann verstehen, dass er versucht dich wieder zurückzugewinnen. Du bist ein tolles Mädchen. Doch die Art, wie er das tut, ist falsch.«

Hat er gerade gesagt, dass ich ein tolles Mädchen bin? Sprachlos sehe ich ihm in die dunklen Augen. Devyn verstummt. Der Sportplatz und alles um uns herum scheint plötzlich verschwunden. Es gibt nur noch Devyn und mich und seine blaugrauen Augen mit den braunen Sprenkeln. Mein Magen beginnt wieder einmal seltsam zu flattern und ich öffne die Lippen. Ebenso wie er.

Doch dann tritt er zurück.

Devyn räuspert sich. »Wir sollten zu deinem Team gehen, sonst wundern sie sich, was wir hier so lange tun. Nicht dass sie auf falsche Gedanken kommen.«

Kommt es mir nur so vor oder hat seine Stimme einen seltsamen bedauernden Unterton?

Schweigend schlendern wir auf meinen Cheer Squad zu, der noch dabei ist, letzte Aufwärmübungen zu machen. Sie hören nicht auf, als sie uns kommen sehen. Mir werden lediglich vereinzelt mitleidige Blicke zugeworfen. Ich stelle mich neben Emma, die uns fröhlich begrüßt. Dann beginnen Devyn und ich uns zu dehnen. Niemand spricht mich auf die Storys von Sofia und Chloe an. Stattdessen sind die Cheerleader sehr ruhig. Quatschen sie sonst ununterbrochen oder kichern, werfen sie mir dieses Mal immer wieder flüchtige Blicke zu.

»Hey, Aves«, säuselt eine gekünstelte Stimme hinter mir.

Als ich mich umdrehe, stehe ich Sofia gegenüber. Sie ist ein wenig größer als ich und hat wie Read und Braden eine einschüchternde Ausstrahlung. Doch ich lasse mich davon nicht beeindrucken, sondern erwidere ihren Blick herausfordernd. Ich werde mich von ihr nicht unterkriegen lassen.

»Wo bist du denn so lange geblieben?«, blafft sie mich an. Dann schenkt sie mir ein falsches Lächeln. »Ein Wunder, dass sich Read und Braden überhaupt mit dir abgegeben haben. Sie sind cool und du ein Psycho. Aber ich kann dir einen guten Psychologen empfehlen, der dir mit deinen … Problemen weiterhelfen kann.«

Ihre Worte machen mich so sprachlos, dass ich einfach nur dastehe und sie mit offenem Mund anstarre.

»Therapiert der auch unsichere Mädchen mit Aufmerksamkeits- und Selbstbewusstseinskomplexen, die andere fertigmachen, um sich besser zu fühlen?«, kontert Emma. Sie hat die Hände in die Hüfte gestemmt und funkelt Sofia böse an.

»Da hat sie recht. Außerdem geht Averys Privatleben niemanden außer Avery selbst etwas an«, stimmt Devyn ihr zu und stellt sich auf meine andere Seite.

Sofia wird kreidebleich und wirkt plötzlich nicht mehr ganz so sicher. Doch allein an Devyn und Emma kann es nicht liegen. Als ich mich umdrehe, verstehe ich wieso: Vor mir steht das gesamte Cheerleaderteam.

Gerade eben haben sie noch ihre Übungen gemacht.

Jetzt stehen sie geschlossen hinter uns.

Vor lauter Rührung treten mir Tränen in die Augen. Sie stehen tatsächlich hinter mir. Alle. Sogar Chloe, wobei die sich wohl eher dem Gruppendruck beugt. Dafür fängt sie sich von Sofia einen giftigen Blick ein. Diese beißt sich schmollend auf die Unterlippe. Ihre Augen huschen kurz zum Rest des Teams. Sie wirkt immer unsicherer, jetzt, wo sie ganz allein gegen alle anderen dasteht.

»Du bist das beste Beispiel für eine klischeehafte Cheerleaderzicke wie im Film«, wirft Emma ihr vor. »Dabei sind wir ein Team! Wir halten zusammen. Was ist aus gegenseitigem Vertrauen geworden? Gegenseitigem Verständnis und Zusammenhalt? Ich habe gedacht, wir sehen nicht weg, wenn andere gemobbt oder tyrannisiert werden.«

Die Jungs und Mädels aus unserem Team nicken zustimmend.

»Wie würdest du dich fühlen, würde man dein Privatleben überall herumposaunen und Videos von dir ins Internet stellen?«, fragt Emma Sofia herausfordernd. »Fändest du das okay? Würdest du das wollen?«

Sofia senkt den Kopf, der mittlerweile knallrot angelaufen ist. »Nein«, nuschelt sie schließlich.

»Dann kannst du dir ja vorstellen, wie es Avery jetzt geht. »Ich habe mit dem Team schon darüber gesprochen. Wie du siehst, sind wir alle derselben Meinung. Löscht die Videos von euren Handys oder wo ihr sie hochgeladen habt. Tut das nie wieder und entschuldigt euch bei Avery«, verlangt Emma und wendet sich damit nicht nur an Sofia, sondern auch an Chloe.

Die reißt die Augen auf. »Es tut mir leid, Avery. Ich habe die Videos wieder gelöscht.«

Ich nicke nur. Obwohl ich immer noch enttäuscht und verletzt bin, überkommt mich Erleichterung. Sie hat ihren Fehler eingesehen und das ganze Team steht hinter mir. Damit hätte ich nie gerechnet.

Wir beginnen mit dem Choreographie-Training. Auch wenn eine gewisse Anspannung im Cheer Squad herrscht.

»Da kommt Direktor Higgens«, murmelt plötzlich ein Cheerleader. Wir drehen uns alle um. Tatsächlich kommt Direktor Higgens – ein kleiner, schmächtiger, aber respekteinflößender Mann über den Rasen geradewegs auf uns zugestampft.

»Avery, Chloe, Sofia? In mein Büro. Sofort!«, befiehlt er mit scharfer Stimme, die keinen Widerspruch duldet. Sein gesamter Kopf ist rot angelaufen. Er wartet nicht auf eine Antwort, sondern macht abrupt wieder kehrt.

»Hast du ihm etwas gesagt?«, wende ich mich an Emma.

»Ohne es vorher mit dir abzusprechen, wäre ich nicht hingegangen!«, verteidigt die sich.

Ich sehe zu Devyn, doch der schüttelt ebenfalls den Kopf. »Ich hätte dich auch zuerst gefragt.«

Ich runzle die Stirn. »Aber wer ist es dann gewesen?«

Kapitel 18

Devyn

Unruhig laufe ich vor Averys Spind auf und ab. Nach Direktor Higgens Auftritt konnte ich nicht mehr beim Cheerleadertraining bleiben. Nicht, wenn ich nicht weiß, was der Direktor von ihnen beziehungsweise Avery will. Emma hat das Training übernommen, bis ihr Coach kommt. Ich habe ihr versprochen mich um Avery zu kümmern und ihr sofort Bescheid zu geben, wenn ich Näheres weiß.

Außerdem bin ich froh nicht beim Cheerleadertraining dabei sein zu müssen. Obwohl ich jetzt anscheinend mit Avery und Emma neue Freunde gewonnen habe, fühlt es sich dennoch falsch an, Schulmaskottchen zu sein.

Ich vermisse das Footballteam. Ich hatte meine Freunde. Wir haben unsere gemeinsame Freude am Sport geteilt. Wir haben zusammen gewonnen und verloren. Bis Read kam und alles anders wurde.

Ich bin kein Schulmaskottchen. Im Herzen bin ich Footballspieler. Ich werde immer Footballspieler sein. Aber ich werde nie wieder mit dem Team gemeinsam spielen können.

»Hallo, Devyn«, ertönt plötzlich Bradens Stimme direkt hinter mir. Vor lauter Schreck wirble ich herum. Ich bin so in Gedanken versunken gewesen, dass ich ihn gar nicht bemerkt habe. Mein ehemaliger bester Freund lehnt mit vor der Brust verschränkten Armen an dem Spind neben meinem und betrachtet mich abschätzig. Er trägt seine Footballuniform, ist allerdings nicht verschwitzt. Vermutlich war er noch gar nicht beim Training. Schwänzt er es? Wegen Avery? Hat er mitbekommen, dass Direktor Higgens die drei Mädchen zu sich zitiert hat?

Ich spanne meine Muskeln an und sehe mich unauffällig um. Doch bis auf uns beide ist niemand im Gang zu sehen.

»Was willst du, Braden?«, frage ich betont gelassen und hoffe, dass er mir meine Enttäuschung nicht anmerkt, die in all den Monaten nichts an ihrer Intensivität eingebüßt hat. Er ist einmal mein bester Freund gewesen. Bis er sich von mir abgewandt und sich in einen hirnlosen Vollpfosten verwandelt hat.

Braden zieht die Brauen zusammen und mustert mich scharf. »Was findet sie nur an dir? Du bist ein Außenseiter, das Schulmaskottchen! Ein Niemand! Und trotzdem gibt sie sich mit dir ab.« Er spukt die Worte nur so aus.

Mein Herz macht einen Satz. War ja klar, dass es ihm um Avery geht. »Vielleicht hat sie ja gemerkt, was ihr für Idioten seid. Im Gegensatz zu dir achtet sie auf meine inneren Werte und nicht auf mein Geld, denn du gibst dich ja lieber mit Gleichgesinnten ab«, gebe ich mit einem falschen Lächeln zurück, wenngleich ich mir dieselbe Frage stelle.

Avery ist wunderschön und beliebt. Warum will sie überhaupt mit mir befreundet sein? Ist es wegen ihrem Dad, dem ich geholfen habe? Fühlt sie sich deswegen dazu verpflichtet, sich mit mir abzugeben? Dieser Gedanke tut mir mehr weh, als er sollte. Allgemein sollte ich keine Gefühle für sie entwickeln. Egal ob freundschaftlich oder mehr.

Eigentlich hatte ich auch nicht vor irgendjemanden an mich heranzulassen oder zu vertrauen. Vertrauen kann schnell missbraucht werden. Gerade die Personen, die einem nahestehen, sind diejenigen, die einen am meisten verletzen können. Das hat mir Braden nur allzu deutlich gezeigt.

Der schnaubt. »Read ist cool. Seine Eltern verkehren in den besten Kreisen und sind noch reicher als meine. Sie haben ein Ferienhaus an der Küste und besitzen eine kleine Yacht, auf die er mich in den Ferien eingeladen hat.«

»Und für ein paar Tage auf der Yacht kriechst du ihm dermaßen in den Arsch? Für kein Geld der Welt würde ich seinen besten Freund spielen.«

Braden lacht herablassend. »Read *ist* mein bester Freund. Du bist doch nur neidisch, weil du es nicht mehr bist. Weil wir alles haben und du nichts. Er weiß genau, was er tut. Und wohin hat dich das Niemandem-in-den-Arschkriechen gebracht? Sieh dich doch nur an. Du bist ein Versager, ein Niemand! Das Schulmaskottchen!«

Seine Worte sind wie ein Faustschlag mitten ins Gesicht. Weil er recht hat. Ich bin ein Versager. Ich bin ein Niemand. Ich bin das Schulmaskottchen, wenn auch gezwungenermaßen. Es gibt bestimmt Leute, denen diese Position gefallen würde. Doch ich fühle mich darin überhaupt nicht wohl. Zu groß ist die Sehnsucht nach dem Footballspielen. Aber das werde ich ganz sicher nicht vor ihm zugeben.

Deshalb erwidere ich seinen Blick standhaft. Meinem ehemaligen besten Freund so gegenüberzustehen, als wären wir Feinde, schmerzt. Zu wissen, wie er früher gewesen ist, und zu sehen, wie sehr er sich verändert hat. Was aus unserer Freundschaft geworden ist: Hass.

»Und wohin hat dich das Arschkriechen gebracht? Sieh *dich* nur an. Früher bist du so nett und verständnisvoll gewesen. Früher hast du nur den Kopf geschüttelt über Leute wie Read, die denken, sie wären etwas Besseres, und Mädchen wie Dreck behandeln! Read scheint auf dich abzufärben. Früher habe ich dich cool gefunden, jetzt finde ich nur noch bemitleidenswert, was aus dir geworden ist.«

Braden stolpert mit weit aufgerissenen Augen einen Schritt zurück. In dem Moment weiß ich, dass ich ins Schwarze getroffen habe. Vielleicht ist sogar ein Teil von dem alten Braden, der einmal mein bester Freund gewesen ist, noch in ihm.

»Wir sind seit dem Kindergarten beste Freunde gewesen. Haben schon so viel zusammen erlebt. Wir sind wie Brüder gewesen«, flüstere ich bitter. »Bis Read gekommen ist. Du hast dich von mir abgewandt. Du hast ihm einfach so geglaubt, ohne mich nach meiner Version der Geschichte zu fragen. Du verteidigst und lügst für ihn. Ich erkenne den alten Braden gar nicht mehr wieder. Denn der hätte nicht zugelassen, dass seine Freundin so gedemütigt und so mit ihr umgegangen wird. Der Braden, den ich gekannt habe, wäre eingeschritten. Aber dir ist es zu peinlich gewesen, Read öffentlich zu widersprechen. Oder hat dein stolzes Ego nicht verkraftet, dass sie mit dir Schluss gemacht hat?« Obwohl ich mir bewusst bin, mich auf dünnem Eis zu bewegen, mache ich weiter, versuche zu ihm durchzudringen, denn in seinen Augen habe ich für eine Millisekunde Unsicherheit aufglimmen sehen. »Oder ist sie genau deshalb vor dir weggelaufen? Weil du zu Read 2.0 mutiert bist?«

Braden ballt die Hände zu Fäusten. Mit vor Zorn verzerrtem Gesicht packt er mich am Kragen meines T-Shirts und donnert mich mit voller Wucht gegen die Spinde hinter mir.

»Ich habe sie immer gut behandelt!«, zischt er zwischen zusammengebissenen Zähnen. »Wegen ihr habe ich mich zum Affen gemacht. Und was ist der Dank dafür? Sie hat sich von mir getrennt und jetzt gibt sich *meine* Freundin zu allem Überfluss mit *dir* – meinem ehemaligen besten Freund ab. Sehr komischer Zufall. Hast du das geplant? Willst du mir eins auswischen?«

Ungläubig schüttle ich den Kopf. »Nach all den Jahren solltest du mich eigentlich besser kennen.«

Er kneift die Augen zusammen. »Das sollte man meinen. Aber du bist nicht mehr der Devyn von früher. Du bist nicht mehr mein Freund. Oder *Bruder*.«

Ich schnaube. »Hätte ihr der Braden von früher in der Mädchenumkleide aufgelauert?«, kontere ich herausfordernd. »Du hast ihr damit Angst eingejagt. Ist dir das überhaupt klar?«

Daraufhin presst er die Lippen aufeinander. Ich sehe ihm an, wie es in ihm arbeitet. »Ich wollte niemals, dass sie gedemütigt wird. Ich habe nicht gewusst, was für Ausmaße das alles annehmen würde. Und mit der Umkleide? Wann hätte ich sie denn sonst erwischen sollen? Es hat keinen besseren Zeitpunkt gegeben, da sie ja nur noch mit dir oder Emma zu sehen ist. Und die hat mir deutlich zu verstehen gegeben, dass ich mich von Avery fernhalten soll. Aber ich musste mit ihr reden.« Ein bösartiges Lächeln breitet sich auf seinen Lippen aus. »Du hättest sie sehen sollen, als ich die Umkleide betreten habe. In ihrer Uniform sieht sie echt heiß aus. Dabei habe ich sie bereits in weit weniger gesehen. Etwas, das du nie zu sehen bekommen wirst. Read hat recht gehabt: Mädchen sind nur gut fürs Bett.«

Etwas in mir platzt. Ich stoße ihn an den Schultern nach hinten, sodass er zurückstolpert. Fassungslos starrt er mich an. Es ist das erste Mal, dass ich ihm gegenüber handgreiflich werde. Sonst konnte ich mich immer zurückhalten. Doch jetzt gehen die Nerven mit mir durch. Seine Worte schockieren mich. Der alte Braden hätte so etwas nie gesagt.

»So redest du über deine Ex-Freundin, die du angeblich so geliebt hast? Niemand sollte so über Mädchen sprechen!«

Braden legt den Kopf schief, seine Mundwinkel heben sich. »Wie süß, du verteidigst sie. Du bist immer noch in sie verknallt.« Das war eine Feststellung, keine Frage.

Ich beiße die Zähne zusammen, denn ich will ihm nicht die Genugtuung geben, ihm meine Gefühle zu offenbaren.

Braden tritt an mich heran und blickt mit hasserfülltem Blick auf mich herab. »Avery ist die Kapitänin der Cheerleader und ich bin Kapitän des Footballteams. Wir gehören zusammen. Sie wird zu mir zurückkommen, wenn sie das erst eingesehen hat. Ich habe es wiedergutgemacht, indem ich Direktor Higgens von den Videos erzählt habe, die Sofia und Chloe in ihren Storys gepostet haben. Ich habe sogar einen Beweis-Screenshot gemacht, weil sie es heruntergenommen haben.«

»Du warst das?«, entfährt es mir verblüfft.

Er lächelt selbstgefällig. »Direktor Higgens wird sich jetzt darum kümmern, dass Sofia und Chloe ihre gerechte Strafe bekommen. Avery wird mir dafür danken.« Ein gefährliches Funkeln tritt in seine Augen. »Ich will, dass du dich von ihr fernhältst!«

»Drohst du mir gerade?«

»Sieh es, wie du willst. Wenn du dich weiterhin mit ihr abgibst, werden wir das Beweisvideo, wie du die Pokale zerschlagen hast, an alle Schüler dieser Schule schicken. Jeder wird die Gewissheit haben, dass du es gewesen bist.«

Mir wird zugleich heiß und kalt. »Das würdest du nicht tun!«

Braden lächelt gehässig. »Und ob ich das tun würde.«

Er zückt sein Handy. Sein Finger schwebt über dem Display. Mir bleibt das Herz stehen und ich strecke die Hand nach ihm aus, doch er hält sein Handy schnell außer Reichweite.

»Eine einzige Berührung und der Beweis wird an unzählige Kontakte geschickt, die dieses Video bestimmt liebend gern teilen. Ein Video sagt mehr als tausend Worte. Dieses Mal wird Coach Johnson seinem Schützling nicht mehr helfen können. Direktor Higgens wird es nicht mehr vertuschen können. Nicht bei diesem Beweisvideo.« Braden lächelt siegessicher.

Ungläubig starre ich ihn an. Ich habe damals gedacht, wir wären Freunde. Doch das wir das nicht gewesen sind, hat sich nach dieser einen verhängnisvollen Nacht gezeigt. Ich habe einen Fehler begangen. Ich habe mehrere Fehler begangen, weil ich es damals nicht besser gewusst habe. Und jetzt bereue ich jeden einzelnen davon.

»Und du hast dich mal mein Freund genannt«, murmle ich fassungslos. »Ich habe dir vertraut, doch jetzt sieh nur, was aus dir geworden ist, dass du mir drohst und mich erpresst. Dein Verhalten ist nicht nur verletzend, vielmehr ist es enttäuschend.«

Braden erwidert meinen Blick finster, sein Kiefer mahlt. Für einen klitzekleinen Moment kann ich etwas in seinen Augen aufblitzen sehen, doch die Emotion – welche es auch immer war – ist so schnell, wie sie kam, wieder verschwunden.

Mein ehemaliger bester Freund hebt das Kinn.

»Menschen ändern sich«, erwidert er mit seltsam kratziger Stimme. »Du bist das perfekte Beispiel dafür. Du hast dich ohne jegliche Erklärung von uns abgewandt. Von mir. Deinem besten Freund. Wenn ich mit dir reden wollte, hast du dich verschlossen und mich abgewiesen. Du hast all unsere Pokale zerstört, die wir gemeinsam gewonnen haben, und hast es nicht für nötig gehalten, mit mir darüber zu reden, warum du das getan hast. Warum du uns hängen gelassen hast.«

Ich presse die Lippen aufeinander. »Du glaubst also immer noch, dass ich es gewesen bin?«

Braden starrt mich verwirrt an. »Das Video beweist es doch!«

Ich komme zu keiner Antwort, da eine Tür geöffnet wird und eine Lehrerin den Gang betritt, die uns misstrauisch mustert. »Ist alles in Ordnung?«

»Ja, bei uns ist alles klar, Mrs Bell. Wir unterhalten uns nur ein wenig«, flötet Braden mit seiner schmierigsten Stimme und klopft mir auf die Schulter.

Auf die Lehrerin muss es wirken wie ein freundschaftlicher Schulterklopfer. Doch sie spürt nicht, wie hart sein Schlag wirklich ist.

»Pass nur auf, dass du auf deiner Schleimspur nicht ausrutschst!«, zische ich ihm zu, als er mich loslässt, da Mrs Bell alarmiert auf uns zumarschiert.

Braden raunt mir im Vorbeigehen noch zu: »Halt dich fern von Avery oder wir werden dein ohnehin schon trauriges Loser-Leben zerstören.«

Kapitel 19

Avery

Sofia, Chloe und ich sitzen vor Direktor Higgens, der uns aus zusammengekniffenen Augen mustert.

»Ich hoffe, dass so etwas nie wieder vorkommen wird. Sonst werde ich das nächste Mal härtere Maßnahmen ergreifen.«

Wie bereits vermutet geht es um die Videos, die Sofia und Chloe in ihren Storys gepostet haben. Irgendwer muss Direktor Higgens davon erzählt haben. Ich weiß nicht, ob ich dieser Person dankbar oder böse sein soll.

»Wird es nicht«, sagt Sofia schnell, Chloe nickt bekräftigend.

»Das würde ich Ihnen sehr raten«, blafft Mr Higgens sie an. »Mobbing dulde ich an unserer Schule nicht. Ich habe Sie dieses Mal glimpflich davonkommen lassen, weil Avery darauf bestanden hat, Ihnen eine zweite Chance zu geben.« Er nickt mir zu. »Und weil ich ebenfalls an zweite Chancen glaube. Jeder macht Fehler. Aber dann sollte man auch daraus lernen und sie nicht mehr wiederholen. Kommt so etwas noch einmal vor, müssen Sie mit einem Schulverweis rechnen.«

Sie nicken heftig. Wobei ich glaube, ihnen wäre dieser wohl lieber gewesen, da Direktor Higgens sie für den Rest des Schuljahres zu Sozialhilfestunden verdonnert hat. Sie müssen in der Cafeteria und im Sekretariat unserer Schule aushelfen.

»Überlegen Sie sich, was das für Ihre Zukunft bedeuten würde. Ihre Vergehen stünden in Ihrem Zeugnis. Kein College würde Sie aufnehmen. Mal abgesehen von dem Leid, das Sie der anderen Person zugefügt haben. Überlegen Sie sich einmal, wie Sie sich an Averys Stelle fühlen würden.« Er nickt in meine Richtung und ich sinke tiefer in meinen Stuhl. Eigentlich will ich die ganze Sache nicht weiter ausschlachten. Ich will einfach nur noch meine Ruhe haben.

»Tut mir leid«, murmelt Sofia und blickt mir in die Augen. Ich bin überrascht, dass sie sich überhaupt traut mich anzusehen. Entweder ist sie sich nach wie vor keiner Schuld bewusst oder es ist ihr schlichtweg egal. Hat sie überhaupt nachgedacht, als sie dieses Video ins Internet gestellt hat?

»Mir tut es auch leid«, murmelt Chloe zerknirscht.

Ich will schon okay sagen, verkneife mir aber die Antwort, weil ganz und gar nichts okay ist. Deshalb presse ich die Lippen aufeinander und schweige.

»Ich hoffe, Sie führen sich noch einmal zu Gemüte, was Sie getan haben und machen sich bewusst, wie sehr Sie einer anderen Person mit Ihrem Verhalten schaden können«, droht der Direktor Sofia und Chloe, die ihn mit großen Augen ansehen und erneut hektisch nicken.

»Aber natürlich. Es wird nie wieder vorkommen«, sagt Sofia. »Versprochen«, fügt Chloe hinzu.

»Gut, Sie können jetzt gehen. Ich möchte mich noch kurz allein mit Avery unterhalten.«

Ich schrumpfe in mich zusammen und wäre am liebsten unsichtbar geworden. Ich will nur weg von hier.

Sofia und Chloe stehen auf. Sie verabschieden sich von Direktor Higgens und flüchten nach draußen. Ich wäre ihnen am liebsten gefolgt.

»Das Video ist gelöscht worden, auch von ihren Handys, die ich eingezogen habe. Allerdings können wir nicht garantieren, dass es komplett vernichtet worden ist. Wir wissen nicht, ob und an wen sie das Video weitergeschickt haben«, erklärt mir Mr Higgens.

»Danke«, krächze ich mit belegter Stimme.

»Sollte so etwas ein weiteres Mal vorkommen, wenden Sie sich bitte sofort an mich oder eine andere Lehrkraft, Avery.«

»Mache ich«, murmle ich.

»Mit Mobbing ist nicht zu spaßen. Wegen solchen Dingen haben Schüler in extremen Fällen schon Selbstmord begangen«, fährt er fort. »Das ist mir sehr wichtig. Ich will Mobbing an unserer Schule vermeiden. Wir sind eine tolerante Bildungseinrichtung. Niemand sollte ausgeschlossen werden.«

Beinahe hätte ich geschnaubt. Devyn haben sie ausgeschlossen und geärgert, aber alle haben weggesehen. Sogar die Lehrer.

»Sie wissen, dass die Tür unserer Schulpsychologin immer offensteht, oder? Sie sollten auch keine Scheu davor haben, sich bei einer anderen Lehrkraft zu melden, wenn Sie sich bei dieser wohler fühlen.«

Schamesröte steigt mir ins Gesicht. »Natürlich.«

»Gut.« Er lächelt zufrieden. »Nehmen Sie das Angebot auf jeden Fall an, wenn Sie jemanden zum Reden brauchen oder …«

»Ich bin nicht selbstmordgefährdet. Wenn ich jemanden zum Reden brauche, weiß ich, wohin ich gehe. Trotzdem danke für das Angebot«, unterbreche ich ihn, greife nach meiner Tasche und stehe auf. »Ich muss jetzt gehen.«

Ich verabschiede mich schnell, dann stürme ich nach draußen. Auf dem Gang lehne ich mich mit geschlossenen Augen an die Spinde an der Wand und atme erst einmal tief ein und aus.

»Es tut mir wirklich leid, Avery«, ertönt da die helle Stimme von Sofia neben mir.

Ich fahre erschrocken herum. Sie muss hinter der Tür gewartet haben, deshalb habe ich sie beim Hinausgehen nicht gesehen. Jetzt steht sie neben mir, die Arme vor der Brust verschränkt, und blickt mich schuldbewusst an.

»Warum hast du das überhaupt getan?«, frage ich leise.

Sie schluckt und spielt mit ihren langen Haarsträhnen herum. »Ich habe gedacht, es … es wäre lustig.«

»Lustig?« Ich lache auf. »Findest du das wirklich so lustig, Videos von mir, wie ich bloßgestellt werde, oder von meinem schwerkranken Dad ins Internet zu stellen? Ist es wirklich so lustig gewesen, mich dabei zu filmen, wie ich vor Angst fast austicke, weil ich denke, dass er mir gleich wegstirbt?«

Sie läuft kreidebleich an und senkt den Blick zu Boden. »Ich habe das Video doch nur in meiner Story geteilt, weil ich alles aus meinem Leben in meinen Storys teile. Ich habe doch nicht gewusst, was wir damit anrichten würden.«

»Das ist aber keine Story über dein Leben gewesen, sondern über meines und das meines Dads!« Früher wäre es mir peinlich gewesen, wäre so ein Video von meinem Dad im Internet herumgegeistert. Jetzt muss ich nur daran denken, wie er sich fühlen würde, wüsste er davon.

Sofia schweigt betreten.

»Mach das einfach nie wieder. So etwas ist weder lustig noch cool. Stell dir vor, du wärst in meiner Situation. Stell dir vor, es wäre dein Vater gewesen, der da auf dem Boden liegt. Hättest du das gewollt?«

»Nein!«, sagt sie sofort. Unsicher kaut sie auf ihrer Unterlippe herum. »Tut mir wirklich leid. Ich werde keine Videos mehr von dir machen.«

»Auch von anderen Personen nicht«, erinnere ich sie.

Daraufhin nickt sie nur, den Blick in die Ferne gerichtet. »Ich gehe mal besser. Read wartet auf mich und auf dich wartet dein Ex-Freund, wie es aussieht.«

Verwirrt folge ich ihrem Blick und stöhne auf. Braden kommt mir mit einem zufriedenen Lächeln im Gesicht entgegen. Er bleibt direkt vor mir stehen und wirft Sofia, die mir zum Abschied kurz zunickt und an uns vorbei nach draußen geht, einen bösen Blick zu.

»Und? Wie ist es gelaufen? Haben sie Sofia und Chloe für das, was sie getan haben, bestraft?« Erwartungsvoll sieht er mich an.

Eigentlich will ich ihn ignorieren und an ihm vorbeilaufen. Doch seine Frage lässt all meine Alarmglocken schrillen. »Woher weißt du davon?«

Sein Grinsen wird noch breiter und er verschränkt die Arme vor der vor Stolz geschwellten Brust. Da fällt es mir wie Schuppen von den Augen. »Du!«

»Ja, ich.« Er grinst selbstsicher. »Unser Gespräch vorhin in der Mädchenumkleide hat mich nicht mehr losgelassen. Was sie getan haben, ist nicht in Ordnung. Deshalb bin ich sofort zum Direktor gegangen und habe ihm alles erzählt.«

Ungläubig starre ich ihn an.

»Habe ich dich jetzt sprachlos gemacht, Babe?« Er zwinkert mir zu. »Siehst du? Ich tue alles für dich.«

»Das ist wirklich nett von dir, Braden, aber hast du schon mal daran gedacht, dass ich gern selbst gegangen wäre, wenn ich dazu bereit gewesen wäre?«, frage ich ihn.

Entgeistert zieht er die Brauen zusammen. »Aber wieso denn? Jetzt habe ich es ja für dich übernommen und du brauchst dich nicht mehr darum kümmern.«

»Du sollst dich aber nicht darum kümmern! Das ist *meine* Sache! Hörst du? *Meine!*«, protestiere ich müde.

Bradens Gesicht verzieht sich. Er wirkt auf einmal ganz wütend. »Langsam reicht es mir! Nichts mache ich richtig. Ich bin dir nicht gut genug! Dabei solltest du mir dankbar sein, dass ich dich noch als Freundin haben möchte und dass ich mich so für dich einsetze! So viele Mädchen wären gern mit mir zusammen, aber ich will nur dich!«

»Ich soll dir dankbar für das sein, was du mir angetan hast? Ich glaube, bei dir piept es!« Ich zeige ihm den Vogel. »Und wenn du so große Auswahl hast, dann such dir doch eine neue Freundin und lass mich endlich in Ruhe!«

Ohne seine Antwort abzuwarten, stampfe ich an ihm vorbei zum Ausgang. Ich drehe mich kein einziges Mal nach ihm um, aber er läuft mir auch nicht nach, weshalb ich erleichtert ausatme. Wenn das so weitergeht, muss ich mir Bodyguards anschaffen, die ihn von mir fernhalten.

Ich laufe zurück zur Sporthalle, ziehe mich um und gehe mit meiner Tasche zum Parkplatz der Schule. Das restliche Cheer Training kann ich für heute vergessen, weil es fast vorbei ist.

Ich fühle mich schlecht, weil ich das Team jetzt schon seit einer Woche versetze. Ich bin nicht nur eines der Top-Girls unserer Stunts, ich bin die Kapitänin. Es wundert mich, dass sie mich nicht schon längst rausgeschmissen haben. Ich verhalte mich beinahe so wie Devyn vor einem Jahr. Dabei liebe ich das Cheerleading.

Ich entdecke Devyn auf dem Parkplatz. Er lehnt mit dem Rücken an seinem Auto, die Hände in die Hosentaschen geschoben, und scheint ganz in Gedanken versunken.

Ich winke ihm und laufe auf ihn zu, doch er registriert mich gar nicht.

Aus den Augenwinkeln bemerke ich Read und Sofia, die auch noch da sind. Sie scheinen sich zu streiten, da Sofia wild gestikulierend auf ihn einredet. Doch er scheint sich nicht für das zu interessieren, was sie ihm sagt, weil sein dunkler Blick auf mir liegt. Und dieser Blick jagt mir einen Schauer über den Rücken. Read macht mir immer mehr Angst.

Eilig schreite ich auf Devyn zu, der immer noch vor sich hinstarrt.

»Hey, Devyn, ist alles in Ordnung?«, frage ich deshalb.

Ich hätte erwartet ihn lächeln zu sehen. Doch da ist kein Lächeln, nicht einmal die Andeutung eines Lächelns. Stattdessen wirkt er eher so, als würde er gleich losheulen. Er weicht meinem Blick aus.

»Was ist los?«, frage ich besorgt, da er nichts sagt, sondern mich nur anblickt, als wäre ich ihm völlig fremd.

»Gehst du noch zum Training?«

»Nein«, erwidere ich. »Dafür ist es jetzt zu spät.«

»Dann lass uns einfach fahren«, murmelt er kurz angebunden, holt seine Autoschlüssel hervor und lässt sich auf den Fahrersitz fallen.

Die Unfreundlichkeit in seiner Stimme trifft mich.

Verwirrt lasse ich mich auf dem Beifahrersitz nieder.

Die ganze Fahrt über redet er kaum. Er fragt mich lediglich, was das Gespräch mit dem Direktor ergeben hätte. Ich berichte ihm alles und als ich bei dem erneuten Zusammentreffen mit Braden ankomme, verkrampfen sich seine Finger um das Lenkrad, sodass seine Knöchel schneeweiß hervortreten.

»Was ist zwischen Braden und dir vorgefallen, Devyn?«, frage ich ihn leise.

Doch er antwortet nicht, sondern starrt stur auf die Straße hinaus. Dann biegt er auch schon in unsere Straße ein und hält vor meinem Haus.

»Ab morgen wird Emma dich abholen«, nuschelt er kaum hörbar.

»Warum Emma? Ich habe gedacht, du könntest mich mitnehmen? Und warum antwortest du nicht auf meine Frage? Was ist zwischen euch vorgefallen, Devyn?«

Ich will nicht unfreundlich klingen und hoffe, dass er nicht denkt, ich bräuchte ihn nur als Chauffeur. Denn ich könnte auch mit dem Fahrrad oder notfalls mit dem Bus fahren. Aber ich habe ihn gern in meiner Nähe.

»Weil Emma dich ab jetzt mitnehmen wird. Ich bin vorhin noch mal kurz auf dem Sportplatz gewesen und habe sie gefragt, als du beim Direktor gewesen bist. Sie meinte, dass das klar geht«, antwortet er ungeduldig.

»Aus welchem Grund holst du mich nicht mehr ab? Mir geht es nicht darum, einen Fahrer zu haben. Ich ... ich habe gedacht, wir wären Freunde? Ich mache mir Sorgen um dich. Du bist gerade so komisch drauf. Was ist denn auf einmal los mit dir?«

Er schweigt. Seine Finger trommeln ungeduldig auf seinem Lenkrad herum, während er mit finsterer Miene auf die Straße hinausstarrt. »Es tut mir leid, aber könntest du bitte aussteigen? Ich muss meine Schwester abholen. Wenn ich nicht gleich losfahre, komme ich zu spät.«

Seine plötzliche Verschlossenheit trifft mich. Er erinnert mich schon fast an Braden, nur dass Devyn einen guten Grund hat, mich aus seinem Auto zu werfen. Dennoch bin ich über sein Verhalten verwirrt. Mit zitternden Händen schnalle ich mich ab und steige aus. Ich mache die Tür zu, klopfe dann aber noch mal an die Scheibe, weil ich nicht so schnell nachgeben will. Devyn lässt das Fenster herunter.

»Willst du wirklich nicht darüber reden?«, versuche ich es erneut und beobachte, wie sich seine Hände noch mehr um sein Lenkrad verkrampfen. Irgendetwas scheint ihn zu bedrücken, doch er weigert sich, sich mir gegenüber zu öffnen.

»Es tut mir leid. Halte dich einfach von Braden, Read und mir fern. Wir sind nicht gut für dich.«

Und dann fährt er einfach weg.

Und ich stehe da und starre ihm fassungslos nach.

Kapitel 20

Selbst am nächsten Morgen kann ich noch nicht wirklich glauben, dass Devyn mich einfach so hat stehen lassen. Ich habe keine Ahnung, was mit ihm los ist und warum er mir plötzlich aus dem Weg geht. Unzählige Gedanken und Fragen schießen mir durch den Kopf.

Wir haben uns doch in den letzten Tagen so gut verstanden. Weshalb will er mich dann nicht mehr abholen? War die Fahrt ein Umweg für ihn? Dabei schien es ihm doch egal zu sein. Nein, es muss einen anderen Grund geben. Hat er irgendwelche Probleme? Was, wenn mit seiner Mom etwas war? Doch dann wäre er nicht in der Schule gewesen. Seine Handynummer habe ich nicht, also kann ich ihn auch nicht anrufen.

Ich habe gehofft, dass Emma womöglich seine Nummer hat, doch Fehlanzeige. Dafür kommt diese kurz vor halb acht vor meinem Haus an. Damit sie nicht warten muss, stand ich bereits eine Weile vor der Haustür.

»Einen wunderschönen guten Morgen«, begrüßt sie mich freudestrahlend, als ich mich auf den Beifahrersitz fallen lasse.

»Morgen«, erwidere ich und setze ein Lächeln auf, obwohl ich heute Nacht wieder nicht viel geschlafen habe. Die ganze Zeit über musste ich an die vergangenen Vorfälle denken. Mein Dad. Die Auseinandersetzung mit Braden. An Devyn. Vor allem an Devyn.

»Wie geht es dir? Du siehst aus, als hättest du die ganze Nacht durchgefeiert«, bemerkt Emma mit einem Stirnrunzeln, als hätte sie meine Gedanken gehört.

»So ähnlich. Ich habe nur viel nachgedacht.«

»Wegen deinem Dad und der Sache mit Sofia und Braden?«, hakt sie teilnahmsvoll nach. »Das kann ich vollkommen verstehen.«

Ich seufze. »Es kommt mir so vor, als würde alles auf mich einschlagen. Als bekäme ich gar keine Ruhe mehr. Und sobald ich denke, jetzt wird alles einigermaßen in Ordnung kommen, passiert wieder irgendetwas.«

»Ich kann mir vorstellen, dass das nicht leicht für dich ist, aber du bist nicht allein. Du hast Freunde, die dir beistehen.« Sie legt sich strahlend eine Hand ans Herz. »Mich zum Beispiel. Und Devyn.«

Meine Laune sinkt noch weiter. »Weißt du, was mit ihm los ist? Hat er dir gesagt, warum er mich nicht mehr mitnehmen kann? Ich meine, ich würde schon irgendwie zur Schule kommen. Aber ... als Devyn mich mitgenommen hat, ist das irgendwie ...« Ich suche nach den richtigen Worten. »Es ist irgendwie schöner, wenn man nicht allein zur Schule fährt und jemanden hat, mit dem man sich unterhalten kann. Danke übrigens, dass ich bei dir mitfahren kann.«

»Kein Problem. Meine Mom hat diese Woche frei, also kann ich das Auto haben. Und ich sehe das genauso wie du. Ich bin auch froh, wenn ich nicht allein fahren muss und zu zweit ist es viel cooler. Scott fährt in der Früh meistens mit seinem besten Freund und Nachbarn mit. Da wäre ich überflüssig und man braucht außerdem mal Abstand voneinander.« Sie lächelt mich offen an. Doch dann wird sie wieder nachdenklich. »Wegen Devyn weiß ich leider nichts. Er hat mich nur gefragt, ob es okay sei, wenn ich dich von jetzt an mitnehme.« Sie zieht die Stirn kraus. »Aber komisch ist es schon irgendwie. Immerhin mag er dich sehr gern.«

Bei ihren Worten wird mir ganz flau im Magen. »Wirklich? Woher willst du das wissen?«

Emma lächelt wissend. Dann fährt sie los. »Man merkt an der Art, wie er dich ansieht, dass er dich sehr gern hat.« Sie macht eine Pause. »Ihr würdet gut zusammenpassen.« Meine beste Freundin beobachtet mich aus den Augenwinkeln.

Nervös knete ich meine Finger. »Meinst du?«

Sie nickt. »Er passt viel besser zu dir als dieser Vollpfosten Braden. Seit er mit Read befreundet und Footballkapitän ist, stolziert er durch die Gänge, als gehörte ihm die ganze Schule. Als würden Geld und unsere soziale Stellung unsere Persönlichkeit definieren«, schnaubt sie. »Mein Freund ist kein beliebter Sportler. Für andere ist er ein Nerd. Doch ich liebe ihn. Und es ist mir egal, wie er aussieht und dass er in ihren Augen nicht cool ist. Ich mag ihn so, wie er ist. Und was Devyn angeht ... Du hast mir ja erzählt, was er für dich getan hat. Und das würde nicht jeder tun. Er ist wirklich ein lieber Kerl.« Sie lächelt traurig. »Aber irgendwie tut er mir leid.«

»Warum?«

Sie zuckt mit den Achseln. »Auf ihn scheinen sie es besonders abgesehen zu haben. Dabei ist er vollkommen in Ordnung.«

»Hast du eine Ahnung, warum sie ihn so hassen?«, frage ich sie. »Es kann doch unmöglich daran liegen, dass sie wegen ihm das Spiel verloren haben. So nachtragend ist niemand. Oder glaubst du, es liegt an den kaputten Pokalen?«

»Na ja, bei den Jungs weiß man nie. Ihr Ego ist so groß, dass sie schon fast platzen.« Sie schenkt mir ein schiefes Grinsen und bremst vor einer roten Ampel ab. »Ansonsten habe ich keine Ahnung. Brauchen sie überhaupt einen Grund, ihn fertigzumachen?«

Die restliche Fahrt über schweigen wir. An der Schule angekommen halte ich Ausschau nach Devyns rotem Fahrzeug. Doch der Wagen ist noch nicht da. Dafür aber Braden, Read und Sofia, die sich vor Reads Auto versammelt haben. Braden hat sich mit dem Rücken dagegen gelehnt. Neben ihm steht Read, eine Hand in seine Hosentasche geschoben und den anderen Arm locker um Sofias Schulter gelegt.

Ein mulmiges Gefühl beschleicht mich. Dieses verstärkt sich, als er den Kopf hebt und seinen Blick suchend über den Parkplatz schweifen lässt. Als er bei mir haltmacht, verengen sich seine dunklen Augen. Sein Blick schnürt mir die Kehle zu. Da stößt er Braden mit dem Ellbogen an und nickt zu mir. Ich stöhne innerlich auf, als Braden sich vom Auto abstößt und auf mich zukommt.

»Avery?«, ertönt da Emmas Stimme neben mir. »Warum bist du stehen geblieben?« Sie folgt meinem Blick und ihre Miene verdüstert sich. »Nicht der schon wieder!«

»Lass uns schnell reingehen«, flehe ich sie an, doch da höre ich bereits Bradens Stimme in meinem Rücken.

»Hey, Avery«, säuselt er.

Früher habe ich Schmetterlinge bekommen, wenn er meinen Namen in diesem Tonfall sagte. Jetzt dreht sich mir der Magen um. Ich schließe die Augen. Dann wende ich mich genervt zu ihm um. »Was willst du?«

Wenn ihn mein barscher Tonfall getroffen hat, dann lässt er es sich nicht anmerken. »Ich wollte nur Hallo sagen. Du siehst heute wieder wunderschön aus.«

»Glaubst du, ein Kompliment macht das wieder gut, was du ihr angetan hast?!«, faucht Emma, ehe ich antworten kann. »Komm endlich klar damit, dass sie nichts mehr von dir will!«

Braden ist der Schock anzusehen. Mit geweiteten Augen starrt er Emma an. Sein Mund klappt wie bei einem Fisch auf und zu.

Meine Freundin schüttelt den Kopf und greift nach meinem Oberarm. »Komm, lass uns gehen. Wenn wir noch länger hierbleiben, werde ich handgreiflich.«

Sie zieht mich hinter sich her und ich stolpere mit ihr mit. »Braden wird langsam echt lästig. Der ist ja schlimmer als eine Klette«, brummt sie kopfschüttelnd.

»Wer ist schlimmer als eine Klette?« Scott taucht neben uns auf. Er legt einen Arm um Emmas Hüfte und zieht sie an sich, während er uns fragend anschaut.

»Scott!« Emma strahlt ihn überglücklich an und schlingt die Arme um seinen Hals. Ich sehe weg, als sie sich lautstark küssend begrüßen. Doch sie lassen relativ schnell wieder voneinander ab. »Ich habe nur Braden zurechtgewiesen, in der Hoffnung – die ja bekanntlich zuletzt stirbt –, dass er Avery endlich in Ruhe lässt«, erklärt Emma ihrem Freund und schildert ihm in kurzen Sätzen, was vorgefallen ist.

Der macht große Augen und sieht seine Freundin kopfschüttelnd an. Dann zieht er sie wieder an sich und haucht ihr einen Kuss auf den Haaransatz. »Du bist wirklich gefährlich. Und irgendwie finde ich das sehr scharf.« Er wackelt mit den Augenbrauen und wirft ihr einen Blick zu, der sie erröten lässt.

»Ich muss dann mal in meine Klasse.« Ich schultere meine Tasche, als Emma sich von Scott löst.

»Jetzt haben wir sie vergrault«, meint Emma und zwinkert mir zu. »Wir sehen uns dann in der Pause oder spätestens nach der Schule an meinem Auto.«

»Okay.« Ich winke zum Abschied und mache mich auf zu meinem Klassenzimmer. Als mir jedoch Braden und Read im Gang entgegenkommen, kehre ich schnell um und nehme einen anderen Weg. Dadurch brauche ich länger, doch das ist mir lieber, als diesen Vollidioten in die Arme zu laufen.

Auf meinem Weg sehe ich mich suchend nach Devyn um, doch ich kann ihn nirgends entdecken. Die ersten Stunden haben wir an diesem Tag nicht zusammen, deshalb treffe ich ihn weder da noch in der Mittagspause oder den Zwischenstunden an.

In der Hoffnung, ihn in unserem letzten und heute einzigen gemeinsamen Kurs zu erwischen, bin ich schon als Erste dort. Leider erscheint er erst, als die Lehrerin gerade die Klassenzimmertür schließen will.

»Das ist aber sehr knapp gewesen, Mr Coleman«, bemerkt sie mit spitzem Tonfall.

Devyn lächelt ihr nur zu. »Besser spät als nie, oder?«

Mir bleibt das Herz stehen. Denselben Satz habe ich Braden einmal gesagt.

»Außerdem bin ich ja noch pünktlich gekommen«, fügt er hinzu.

Unsere Lehrerin seufzt nur. »Setzen Sie sich einfach.«

Er nickt. Wortlos geht er an mir vorbei und lässt sich auf dem Stuhl des letzten freien Einzeltisches schräg hinter meinem nieder. Ich wende mich ihm zu, weil ich sein plötzliches abweisendes Verhalten nicht auf sich beruhen lassen will.

Doch er tut so, als wäre ich gar nicht da. Stur starrt er auf sein Heft, als unsere Lehrerin mit dem Unterricht beginnt und ich mich wieder umdrehen muss.

Dafür sitze ich wie auf heißen Kohlen und fiebere dem Ende der Stunde entgegen, die sich heute endlos zu ziehen scheint. Schließlich halte ich es nicht mehr aus und kritzle eine kurze Nachricht an Devyn auf einen Zettel aus meinem Block, den ich ihm auf den Tisch lege, als die Lehrerin uns den Rücken zudreht, um etwas an die Tafel zu schreiben.

Devyn sieht mich schweigend an. Erst wirkt er so, als wollte er den Zettel ungelesen weglegen. Doch seine Augen bleiben an dem Papier hängen. Schließlich öffnet er die Nachricht, überfliegt kurz den Text und schaut wieder zu mir.

Ich habe ihm einen großen traurig-beleidigten Emoji auf das Papier gemalt und daneben geschrieben:

Da ich deine Handynummer nicht habe (du könntest sie mir gerne geben? :D), muss ich dir über die altmodische Weise schreiben: Warum gehst du mir plötzlich aus dem Weg?

Als Devyn den Zettel eine Zeit lang anstarrt, denke ich schon, er würde mich weiter ignorieren. Doch dann kritzelt er etwas auf das Blatt, das er mir unauffällig zuschiebt.

Mit klopfendem Herzen falte ich ihn auf.

Ich geh dir nicht aus dem Weg. Auf dem Handy bin ich nicht so gut zu erreichen …

Ich sehe ihn an.

Er starrt zurück.

Seine Finger umklammern den Stift in seiner Hand so fest, dass ich fürchte, er bricht gleich auseinander.

Doch, das tust du!
Was ist los, Devyn?
Du kannst mit mir darüber reden. Ich bin dir auch nicht böse.

Ich will es einfach nur wissen. Hat es etwas mit mir zu tun? Oder deiner Mom? Ist bei euch alles okay? Ich mache mir Sorgen!

Da sich die Lehrerin erneut der Klasse zuwendet, um eine Mitschülerin in der ersten Reihe aufzurufen, die ihre Frage beantworten soll, lasse ich meinen Stift fallen, bücke mich und schiebe ihm unauffällig den Zettel zu. Sobald sie sich zur Tafel umdreht, hebt Devyn den Zettel auf. Nachdem er ihn gelesen hat, setzt er mit dem Stift immer wieder an, bis er etwas darauf schreibt. Dann reicht er ihn mir zurück.

Mit meiner Mom hat es nichts zu tun. Der geht es ganz gut. Ich brauche einfach ein wenig Abstand von dir.

Seine Nachricht ist wie ein Faustschlag in den Magen. Ich bin froh, dass es seiner Mom gut geht. Aber warum braucht er Abstand von mir? Die letzten Tage haben wir uns doch so gut verstanden?

Fieberhaft überlege ich, was ihn zu diesem Stimmungswechsel verleitet haben könnte. Seit meinem Gespräch mit dem Direktor ist er wie ausgewechselt. Liegt es daran? Oder ist in der Zeit etwas vorgefallen?

Mir kommt ein dunkler Gedanke und ich schreibe eine neue Frage auf. Da er keine Anstalten macht, den Zettel zu nehmen, warte ich, bis unsere Lehrerin uns wieder den Rücken kehrt, um weitere Dinge an der Tafel zu notieren. Dann werfe ich ihn auf seinen Tisch. Devyn zögert, ehe er ihn öffnet.

Haben Read oder Braden dich dazu gezwungen?

Aufmerksam warte ich auf eine Reaktion. Er presst die Lippen aufeinander. Seine Finger umklammern das Papier so fest, dass er es komplett zerknüllt. Schließlich lässt er den Zettel in seiner Tasche verschwinden. Die restliche Stunde über ignoriert er mich eiskalt.

Danach steht Devyn auf und verlässt fluchtartig den Raum, ehe ich ihn hätte aufhalten oder ihm nachlaufen können. Als ich auf dem Parkplatz ankomme, wo Emma auf mich wartet, ist sein Auto bereits weg.

Kapitel 21

Am frühen Samstagnachmittag fahre ich gemeinsam mit meiner Mom ins Krankenhaus, um meinen Dad abzuholen, der entlassen wird.

»Hast du alles eingepackt?«, frage ich ihn und sehe mich in dem nach Desinfektionsmittel stinkenden Krankenhauszimmer um, in dem er eine Woche lang war. Mein Dad sitzt neben mir auf dem Bett, seinen Stock in der nicht gelähmten Hand, und sieht sich suchend um. Am Fußende liegt seine Reisetasche, die er die letzten Monate im Krankenhaus oder in der Reha dabeihatte. Er schaut mich wieder an, legt den Stock beiseite und hebt den Daumen. »J-ja.«

»Okay.« Ich lächle ihn an. »Ich freue mich, dass du endlich wieder nach Hause kommst.«

Daraufhin hebt sich sein Mundwinkel und er legt seinen nicht gelähmten Arm um meine Schultern und zieht mich an sich. »Gotti.«

Obwohl ich froh bin, dass er endlich nach Hause kann, habe ich Angst. Was, wenn er daheim wieder einen Krampfanfall oder einen Schlaganfall bekommt und wir nicht da sind oder es nicht mitbekommen?

Meine Mom kommt herein, die sich angeregt mit einer Krankenschwester unterhält. Diese lächelt uns an und drückt meinem Dad die Hand. »Ich wünsche Ihnen noch alles Gute.«

»Gotti«, sagt er, lächelt und hebt den Daumen, was vermutlich *danke* bedeutet. Seine Stimmung scheint sich verbessert zu haben.

Wir stehen auf und ich schnappe mir seine Tasche. Nachdem wir uns ein letztes Mal von der freundlichen Krankenschwester und einer Ärztin verabschiedet haben, die uns noch ein paar Unterlagen mitgegeben hat, auf denen seine aktuellen Werte und Prognosen stehen, gehen wir zum Fahrstuhl. Wobei wir eher schlendern, weil wir uns Dads Tempo anpassen müssen.

Sobald wir das Gebäude verlassen, ist es, als ob eine schwere Last von mir fallen würde.

»Hoffentlich ist das jetzt vorerst das letzte Mal gewesen, dass wir hier gewesen sind«, meint meine Mom, woraufhin mein Dad zustimmend »Gotti ... ja«, sagt.

»Geht mir genauso«, murmle ich.

Als wir endlich im Auto sitzen und Mom losfährt, sehe ich aus dem Fenster. Patienten in Rollstühlen fahren herum oder werden von Angehörigen herumgeschoben. Andere laufen auf Krücken umher oder ziehen Infusionsständer mit sich mit, von denen aus Schläuche mit ihren Ellbogen verbunden sind.

Meine Mom bremst abrupt, weil ein rotes Auto an uns vorbeischießt.

»Der scheint es ja eilig zu haben«, meint sie verdutzt und blickt mit zusammengezogenen Brauen in den Rückspiegel.

Ich drehe mich ruckartig um. Das Auto parkt gerade in eine freie Lücke in der Nähe der Notaufnahme ein.

»Mom, kannst du bitte schnell warten?«, bitte ich sie, als sie gerade wieder anfahren will.

»Warum?«, fragt sie, hält jedoch.

Mir bleibt eine Antwort im Hals stecken, denn Devyn springt aus dem Fahrzeug heraus. Gefolgt von seiner kleinen Schwester, die er an der Hand nimmt und mit der er zum Eingang rennt.

Ohne nachzudenken, greife ich nach dem Türgriff. »Könnt ihr ohne mich nach Hause fahren? Da ist jemand, den ich kenne, und ich würde gern nach ihm sehen.«

»Ist das dieser Devyn?«, fragt meine Mom wissend.

»Ja«, erkläre ich schnell und schnalle mich ab. »Ich glaube, irgendetwas ist mit seiner Mom.« Seine Schwester sah nämlich ganz okay aus. Deshalb tippe ich auf seine Mutter.

»Hast du dein Handy dabei?«, fragt meine Mom.

Ich nicke nur.

»Falls ich dich abholen soll, schreib mir.«

»Mache ich. Und danke. Ich schreibe dir oder rufe an, sobald ich mehr weiß.«

Ich springe aus dem Auto und schlage die Tür hinter mir zu. Devyn und seine Schwester sind bereits im Eingang verschwunden. Ich entdecke die beiden schließlich vor den Türen der Notaufnahme. Wie es aussieht, redet Devyn auf den Krankenpfleger vom letzten Mal ein. Seine Schwester hat sich an seiner Hand festgeklammert.

»... sie bei dir lassen? Ich will sie nicht mit in die Notaufnahme nehmen«, höre ich Devyn Justin fragen.

»Devyn?«

Ich laufe auf ihn zu. Er erstarrt, dreht sich jedoch nicht nach mir um. Dafür tut es seine kleine Schwester. Sie macht große Augen und zerrt an seiner Hand, doch er bewegt sich nicht von der Stelle. »Das Mädchen hat deinen Namen gerufen.« Aufmerksam sieht sie zwischen uns hin und her. »Ist sie deine Freundin?«

Ich stehe bereits hinter ihm. Doch er dreht sich immer noch nicht zu mir um, weshalb ich um die beiden herumtrete. Vor lauter Schreck bleibt mir das Herz stehen. Sein T-Shirt ist voller Blut, sein Gesicht kreidebleich angelaufen, sodass er aussieht wie ein Typ aus einem Horrorfilm. Seine Augen sind vor Panik weit aufgerissen.

»Soll ich mich um deine kleine Schwester kümmern?«, biete ich ihm an, obwohl ich ihn gern gefragt hätte, was los ist.

»Wenn Avery sich um Katy kümmert, kannst du in Ruhe reingehen. Und ich bin ja auch noch da. Ich öffne jetzt die Schleusen, Devyn. Es warten schon die nächsten Angehörigen«, mischt sich Justin mit ruhiger Stimme ein.

Devyn blinzelt ein paarmal. Er öffnet die Lippen, doch es kommen keine vollständigen Wörter heraus. Stattdessen geht er vor seiner kleinen Schwester, der ebenfalls der Schock in ihrem bleichen, angstvollen Gesicht anzusehen ist, in die Hocke.

»Ja, Avery ist … ein Mädchen aus meiner Schule«, erklärt er schließlich, ohne mich anzusehen. »Sie wird auf dich achtgeben. Ich schaue nach Mom und dann, wenn alles geregelt ist und es ihr ein wenig besser geht, komme ich sofort zu dir zurück, damit wir sie gemeinsam besuchen können. Okay?« Er zwingt sich zu einem Lächeln, doch ich sehe ihm an, wie schwer ihm diese Geste fällt.

Katy nickt heftig. »Okay. Mit Mommy wird doch alles gut werden, oder?«

Devyn schließt sie in seine Arme. »Ja, sie kommt wieder in Ordnung. Aber ich muss jetzt zu ihr.« Er löst sich von ihr und richtet sich auf.

Dann schaut er mich an. Seine Augen glänzen verräterisch, doch er zwinkert ein paarmal, um die Tränen zu vertreiben. Ich zwinge mich zu einem aufmunternden Lächeln. »Geh. Ich warte hier mit Katy und werde sie so lange beschäftigen.«

»Danke«, flüstert er mit belegter Stimme und schiebt seine kleine Schwester sanft in meine Richtung. Die mustert mich mit unverhohlener Neugier.

»Hi, ich bin Avery.« Ich halte ihr lächelnd die Hand hin, die sie zögernd ergreift.

»Hallo. Ich bin Katy. Was machen wir jetzt?«, fragt sie.

»Ihr könnt euch in den Aufenthaltsraum um die Ecke setzen«, mischt sich Justin ein, der bereits den nächsten Angehörigen durch die Schleuse auf die Notaufnahme lässt. »Dort gibt es Zeitschriften, Getränke und einen Snackautomaten. Wenn ihr kein Geld dabeihabt, kann ich euch etwas leihen.«

»Danke, das wäre super. Ich habe mein Portemonnaie zu Hause liegen lassen«, sage ich, da ich bis auf mein Handy nichts mitgenommen habe. »Das ist wirklich nett von dir.«

»Kein Problem.« Justin verschwindet kurz in einem Nebenraum, dann kommt er wieder zurück und gibt mir ein paar Münzen. »Das müsste reichen.« Ehe ich meine Hände zurückziehen kann, umklammert er sie kurz und sieht mir in die Augen. »Ich bin froh, dass du da bist. Devyn ist total durch den Wind gewesen. Er kann eine gute Freundin jetzt brauchen. Und Katy ebenso«, meint er mit einem Lächeln auf das kleine Mädchen.

»Was ist überhaupt passiert?«, traue ich mich zu fragen.

»Das darf ich leider nicht sagen. Schweigepflicht und so weiter«, erklärt er bedauernd. »Am besten wartest du auf Devyn. Ich kann aber vielleicht so viel verraten: Es sieht vermutlich schlimmer aus, als es in Wirklichkeit ist«, fügt er noch hinzu, als ich mich enttäuscht abwenden will.

Das beruhigt mich ein wenig. »Danke, Justin.«

»Das mache ich gerne. Ich schicke Devyn zu euch, sobald er wieder zurück ist. Und wenn du etwas brauchst, weißt du ja, wo du mich findest«, meint er und zwinkert mir zu.

Ich wende mich an Katy. »Dann lass uns mal in den Aufenthaltsraum gehen.«

Gemeinsam schlendern wir um die Ecke und betreten einen offenen Raum, der mich an ein Wartezimmer beim Arzt erinnert. Auf ein paar Sesseln an den Wänden sitzen Besucher, die in ihre Handys oder in Magazine vertieft sind. In einer Ecke steht ein Fernseher, in dem die Nachrichten laufen. Und in einer anderen gibt es eine kleine Spielecke, wo zwei Kinder spielen. Sie werden von einem jungen Pärchen beobachtet, die vermutlich ihre Eltern sind. An der Wand daneben stehen ein Süßigkeitenautomat und ein Tisch mit Wasser und sauberen Gläsern, auf den ich zusteuere. Ich grüße das Paar, ehe ich mich an Katy wende: »Was möchtest du denn haben?«

»Ich mag Vollmilchschokolade sehr gerne«, antwortet Katy schüchtern.

»Dann kriegst du sie auch«, meine ich. Außerdem fülle ich noch zwei Gläser mit Wasser. Anschließend setze ich mich mit ihr auf zwei freie Plätze in einem ruhigen Bereich.

»Möchtest du eine Zeitschrift anschauen oder spielen?«, frage ich sie nach einer Weile, da sie ganz in Gedanken versunken auf ihrer Schokolade herumkaut. Sie scheint doch nicht so großen Appetit darauf zu haben, was ich nachvollziehen kann. Nach dem Unfall und der Hirnblutung meines Dads brachte ich kaum einen Bissen herunter und musste mich dazu zwingen, etwas zu essen.

Sie schüttelt den Kopf und starrt vor sich hin.

»Wie geht es dir denn?«, wage ich zu fragen.

Ich habe nicht viel Erfahrung mit Kindern und habe Angst, etwas falsch zu machen.

Katy zuckt mit den Schultern. »Es geht schon. Ich will einfach nur, dass Mami wieder gesund wird.«

»Was hat sie denn?«

»Sie wollte ohne Devyn in der Einfahrt spazieren gehen und ist gestürzt. Dabei ist sie mit dem Kopf auf der Treppe aufgekommen. Überall ist Blut gewesen. Als hätte ich da aus Versehen Ketchup hingeschüttet.«

Ihre Lippen beben. Da schlingt sie bereits die Arme um mich und vergräbt ihr Gesicht an meiner Schulter. Zaghaft erwidere ich die Umarmung und drücke sie an mich, während ich ihr beruhigend über den Rücken streiche, wie Devyn es bei mir getan hat.

In meinem Kopf dreht sich alles. Seine Mom ist gestürzt. Deshalb ist er also voller Blut gewesen. Vermutlich hat sie eine Platzwunde und die bluten sehr stark, je nachdem, wo man aufkommt. Wahrscheinlich hat er etwas von dem Blut abgekommen, als er ihr aufhelfen wollte. Vor ein paar Wochen ist mein Dad auch einmal hingefallen. Er ist zwar auf dem Knie gelandet und es ist nur ein kleiner Schnitt gewesen, aber die Wunde hat wie verrückt geblutet und musste genäht werden.

Doch wenn ihre Mutter auf dem Kopf aufgekommen ist, ist das noch einmal etwas anderes. Sie könnte durch den Sturz ein Schädel-Hirn-Trauma oder auch eine Hirnblutung bekommen.

Ich kann mir gut vorstellen, wie sich Devyn gerade fühlt.

»Das wäre nicht passiert, wenn sie nicht so krank wäre«, schluchzt Katy leise. »Sie zittert immer und kann nichts dagegen machen. Es heißt Parmesan oder so.«

»Parmesan ist aber ein Käse«, korrigiere ich sie und schenke ihr ein aufmunterndes Lächeln, in der Hoffnung, sie dadurch ein wenig zu beruhigen.

»Oh.«

»Du meinst wohl Parkinson«, sage ich und löse mich von ihr.

Sie nickt heftig. »Ja, genau. Parkinson. Das hat sie schon länger. Ich habe gehofft, dass sie wieder gesund wird. Aber das wird sie nicht. Nie mehr.«

»Mein Dad ist auch sehr krank«, flüstere ich leise.

Sie wischt sich über die Augen und sieht mich an. »Ist er auch so krank wie meine Mommy?«

Ich schüttle den Kopf. »Das kann man nicht vergleichen. Aber er ist auch sehr krank. Seine ganze halbe Körperseite ist gelähmt, das bedeutet, er kann seinen ganzen rechten Fuß, seinen rechten Arm und seine Hand nicht mehr bewegen. Und er kann überhaupt nicht mehr sprechen.«

»Aber wie will er dann gehen? Könnt ihr nicht miteinander reden?«, fragt sie verwirrt.

»Das mit dem Gehen hat er gelernt«, erkläre ich ihr. »Er hat eine Gehhilfe. Einen Stock, auf den er sich stützen kann. Aber er geht sehr langsam, weil er seinen gelähmten Fuß immer nachziehen muss.« Es wird auf Dauer seine Hüfte kaputt machen, bis er irgendwann nur noch im Rollstuhl sitzen wird. Doch daran will ich lieber nicht denken.

»Das hat meine Mommy auch. Also eine Gehhilfe«, meint Katy. »Sie ist nicht gelähmt, aber sie hat einen Rollstuhl, weil sie wegen dem Zittern manchmal nicht richtig gehen kann. Sie wollte heute mal ohne gehen. Und ohne Devyn.« Traurig lässt sie die Schultern hängen.

»Einen Rollstuhl hat mein Dad anfangs auch gehabt«, sage ich und muss mit einem flauen Gefühl an die ersten Monate nach seinem Rehaaufenthalt denken, als er wieder zu Hause gewesen ist. Denn da konnte er überhaupt nicht gehen. Er konnte so gut wie gar nichts. Wir mussten ihm beim Umziehen helfen, sobald er ins Bett gehen oder aufstehen wollte. Anfangs hat er sich nicht einmal seinen Hintern putzen können, was ich auch manchmal übernommen habe, wenn Mom nicht da gewesen ist. Es war für ihn sehr demütigend.

»Und wie macht ihr das, wenn er nicht reden kann?«, wiederholt Katy ihre Frage interessiert.

»Das mit dem Sprechen ist ein wenig schwierig, aber wir können uns auf eine geheime Art und Weise verständigen«, sage ich und schlage einen geheimnisvollen Unterton an, während ich sie verschwörerisch anblicke.

Katy macht große Augen. »Wie?«

»Mit Zeichensprache. Entweder weiß ich, was er will, weil ich ihn kenne. Oder wir machen es mit Gesten.« Ich zeige ihr, wie ich mit meinem Dad kommuniziere. Wie er für *Ja* den Daumen hebt und für ein *Nein* nach unten zeigt.

»Das ist ja total cool.« Katy klingt begeistert. »Aber ist es nicht schwer für dich?«

Von einem Kind eine solch ernste Frage gestellt zu bekommen, macht mich erst einmal sprachlos. Katy ist noch so jung, hat aber in ihrem kurzen Leben sehr viel durchmachen müssen.

»Es ist nicht leicht für mich«, gebe ich zu. »Aber am wichtigsten ist mir, dass er da ist und lebt.«

Katy nickt. »Das denke ich bei meiner Mommy auch immer. Ich bin froh, dass ich sie und Devyn habe.«

»Genau«, erwidere ich und lächle sie an.

Katy legt den Kopf schief. »Dein Daddy ist auch an der Eisdiele gewesen, oder? Bist du das Mädchen, das Devyn zu ihrem Daddy ins Krankenhaus gebracht hat?«

Ich nicke. »Ja, genau die bin ich.«

Katy nickt nur. Dann richtet sich ihre Aufmerksamkeit auf die beiden Kinder in der Spielecke, zu denen sich jetzt ihre Eltern gesellt haben, um mit ihnen zu spielen. Sie lachen, wenngleich ihre Mutter ein wenig betrübt wirkt und immer wieder zur Schleuse blickt. Auf wen wartet sie? Ein Familienmitglied? Ein Elternteil oder hat sie Geschwister, die in der Notaufnahme sind?

»Ich wünsche mir immer, dass meine Familie auch so ist«, murmelt Katy. »Sie sehen alle so glücklich aus. Sie haben gesunde Eltern. Daddys, die noch da sind.«

»Wo ist denn dein Dad?«, frage ich, da mir wieder einfällt, dass vor der Eisdiele kein Mann dabei gewesen ist. Ich erinnere mich an Devyns komische Reaktion, als wir die Notaufnahme betreten haben, um meinen Dad zu suchen. Als er stehen geblieben ist, um einen Vater anzustarren, der sein kleines Kind getröstet hat, das sich vermutlich den Arm gebrochen hatte.

»Das weiß ich leider nicht.« Katy zuckt mit den Schultern und lässt die Füße baumeln. »Er ist abgehauen.«

Mir fehlen die Worte. Ich muss an Devyn denken, der mir ausgewichen ist, als ich ihn gefragt habe, ob er sich allein um seine Mutter und seine kleine Schwester kümmern würde.

»Das tut mir leid. Kümmert sich Devyn deshalb um euch beide?«, hake ich nach, woraufhin Katy stolz nickt.

»Ja, Devyn ist der Beste. Er tut alles für Mami und mich. Er bringt mich immer in die Schule und holt mich vom Hort ab. Dann kümmert er sich um Mami, wir kochen gemeinsam, er macht mit mir meine Hausaufgaben und lernt mit mir. Manchmal ist er für mich nicht mein großer Bruder. Er ist wie mein Daddy.« Sie macht eine Pause und hört auf mit den Füßen zu wippen. Ihre Miene nimmt einen betrübten Ausdruck an. »Devyn ist oft traurig. Er gibt es nicht zu, weil er denkt, dass ich zu klein bin. Doch ich höre ihn, wenn er weint.«

Mein Herz zieht sich schmerzhaft zusammen, weil ich mir Devyn vorstelle, wie er aufgelöst in seinem Bett liegt. Wie schafft er es nur, trotz allem in der Schule so gleichgültig und unbeschwert zu wirken?

Ehe ich etwas sagen kann, schnappt sich Katy eine Zeitschrift mit Einhörnern vorne drauf und hält sie mir hin. »Liest du mir was vor? Das machen Mami und Devyn immer, weil ich noch nicht richtig lesen kann.«

Ich nicke perplex. »Na klar.«

Strahlend kuschelt Katy sich an mich und blickt über meinen Arm in das Heft, das ich nun in meinen Händen halte. Ich sehe mir mit ihr die Bilder an und lese ihr die Texte vor.

Doch je mehr Zeit verstreicht, desto ungeduldiger werde ich. Ich weiß von meinem Dad, dass es manchmal länger dauern kann, bis alle Untersuchungen abgeschlossen sind. Doch diese Ungewissheit ist nervenaufreibend. Auch wenn ich ihre Mom nicht kenne, hoffe ich, dass sie keine lebensgefährlichen Schäden davongetragen hat. Ich bekomme das Bild des blutüberströmten, panischen Devyn nicht mehr aus dem Kopf. Katys Worte über ihre Mom, ihren Dad und ihren Bruder.

***

Ich habe keine Ahnung, wie viel Zeit vergangen ist, als Katy plötzlich den Kopf hebt und ruft: »Devyn!«

Sie reißt sich von mir los, stürmt durch den Aufenthaltsraum zum Gang und wirft sich ihm in die Arme.

Ich lege die Zeitschrift weg und trete zögernd näher. Ich weiß nicht, was ich tun, ob ich bleiben oder verschwinden soll. Immerhin ist er jetzt da und kann sich um seine Schwester kümmern. Er braucht mich nicht mehr. Außerdem ist er mir die letzten Tage aus dem Weg gegangen. Gerade eben noch ist er überfordert gewesen. Doch was, wenn er mich jetzt wieder von sich stößt? Deshalb bleibe ich ein paar Schritte entfernt von ihnen stehen und beobachte, wie sich Katy überglücklich an Devyn schmiegt. Dieser wiegt sie in seinen Armen hin und her und flüstert: »Es ist alles gut.«

Dann sieht er auf und unsere Blicke treffen sich. Mein Herz bleibt stehen. Er wirkt erschöpft, doch die Leere in seinen Augen ist verschwunden und die Röte ist in seine Wangen zurückgekehrt. Langsam löst er sich von Katy, die sofort nach seiner Hand greift und ihn erwartungsvoll anschaut. »Wie geht es Mommy? Kann sie gleich wieder mit nach Hause?«

Devyn schüttelt den Kopf. »Die Ärzte haben sich gut um sie gekümmert. Aber sie muss noch ein paar Tage zur Überwachung hierbleiben.«

»Schade. Können wir Mommy jetzt wenigstens sehen?«, fragt Katy und zupft an Devyns Shirt. Der schüttelt den Kopf. »Sie schläft gerade. Wir sehen morgen nach ihr, okay?«

»Okay.« Seine Schwester senkt enttäuscht den Kopf, woraufhin Devyn vor ihr in die Hocke geht und seine Hände auf ihre Schultern legt. »Sie muss sich jetzt ausruhen, damit sie wieder zu Kräften kommt. Wenn du krank bist, schläfst du doch auch viel, oder?« Sie nickt heftig, woraufhin sich seine Mundwinkel heben. »Morgen wird es ihr wieder besser gehen.«

»Sicher?«

»Sicher«, gibt Devyn zurück.

Daraufhin strahlt Katy über das ganze Gesicht und schlingt ihre Arme um ihn. Devyn drückt sie fest an sich. Dann löst er sich wieder von ihr und richtet sich auf. Seine Augen blicken zu mir. Ich habe mich nicht von der Stelle bewegt und fühle mich plötzlich wie eine Stalkerin.

»Kommt Avery mit?«, will seine Schwester wissen, ehe jemand von uns beiden etwas sagen kann.

»Bist du allein da?«, hakt er nach.

Ich nicke. »Mein Dad ist heute entlassen worden. Aber dann habe ich euch die Notaufnahme betreten sehen. Ich habe mir gedacht …« Nervös kaue ich auf meiner Unterlippe herum. »Ich habe mir gedacht, ich schaue mal, ob alles in Ordnung ist, weil du so durch den Wind gewirkt hast. Deshalb sind meine Eltern allein nach Hause gefahren.«

Devyn schaut mich verblüfft an. Er öffnet die Lippen, scheint etwas sagen zu wollen, doch dann schließt er sie wieder. »Soll ich dich heimfahren?«, bietet er mir an. »Ich muss Katy aber zuerst noch zu ihrer Tante bringen.«

»Ich darf bei Tante Veronica übernachten?«, ruft seine Schwester erfreut.

Devyn lächelt. »Ja. Sie würde dich über Nacht gern zu sich nehmen, wenn du das auch möchtest.«

»Ja!« Katy umarmt ihn erneut. »Danke, Devyn! Tante Veronica ist so toll. Sie hat so viele Puppen, mit denen ich spielen darf.«

Devyn lächelt. »Ich weiß.« Er wendet sich wieder an mich. »Soll ich dich mitnehmen?«

»Wenn das für euch okay ist?«

Er nickt. »Klar.«

Daraufhin gehen wir nach draußen zu seinem Auto. Die ganze Zeit über liegt eine erdrückende Anspannung in der Luft, obwohl Devyn das Radio anmacht und Katy mit Geschichten über Prinzessinnen ablenkt. Ich merke ihm an, wie abgekämpft er ist. Seiner Schwester gegenüber gibt er sich als der große, starke Bruder, während ich sehe, welchen Kampf er in seinem Inneren ausfechtet.

Schließlich halten wir vor einem knallgelb angestrichenen Wohnhaus mit gepflegtem Vorgarten.

»Da wären wir«, erklärt Devyn und wir schnallen uns ab, um die Einfahrt hoch zur Haustür zu gehen, vor der verschiedene Blumenstöcke mit den unterschiedlichsten Blumen und Farben stehen.

Kaum dass Devyn die Klingel betätigt hat, reißt die blonde, stark geschminkte Frau, die ich schon vor der Eisdiele gesehen habe, die Haustür auf.

»O Devyn, Katy!«, ruft sie und schließt die Geschwister in ihre Arme, um sie an ihre üppige Brust zu drücken. Dann sieht sie an ihnen vorbei und ihr Blick fällt auf mich.

»Du musst Avery sein?«, fragt sie an mich gewandt und lächelt mir zu.

Perplex nicke ich. Woher weiß sie das?

»Devyn hat mir bereits viel über dich erzählt«, errät sie meine Gedanken und wackelt vielsagend mit den Brauen, woraufhin Devyn knallrot anläuft und sich aus ihrer Umarmung windet.

»Tante …«, stottert er, doch sie lässt ihn gar nicht zu Wort kommen.

»Ich bin Veronica«, stellt sie sich mir vor und zieht mich ebenfalls in eine kurze Umarmung. Dabei weht mir ihr blumiger Parfümduft entgegen. »Bist du Devyns Freundin? Er schwärmt regelrecht von dir, wenn er …«

»Tante Veronica!«, mischt sich Devyn ein, der sich inzwischen gar nicht mehr traut mich anzuschauen. Sein Kopf ist vor Scham so rot angelaufen, dass ich glaube, er explodiert gleich. Ich finde es niedlich und kann mir nur schwer ein Grinsen verkneifen, während gleichzeitig mein Magen flattert. Er hat ihr von mir erzählt? Geschwärmt?

Seine Tante schüttelt nur den Kopf. Dann wird sie wieder ernst. »Wie geht es Lucinda?«

»Besser. Die Platzwunde ist genäht worden. Aber sie hat eine leichte Gehirnerschütterung, weshalb sie sie über Nacht zur Überwachung dabehalten wollen. Sie schläft jetzt, deshalb habe ich dir geschrieben, dass du nicht kommen brauchst. Wir können morgen gemeinsam zu ihr fahren.«

Sie nickt erleichtert und hält sich die Hand ans Herz. »Gut, da bin ich aber froh. Der Sturz hätte böse ausgehen können.«

Devyn nickt nur und sieht zu mir. »Wir müssen jetzt gehen.«

»Möchtet ihr nicht noch eine Weile bleiben?«, fragt Veronica.

Devyn schüttelt den Kopf. »Nein, ich muss zu Hause …« Er wirft einen kurzen Blick zu Katy, die uns beobachtet, ehe er sich wieder seiner Tante zuwendet. »… saubermachen. Außerdem warten ein ganzer Stapel an Wäsche und Hausaufgaben auf mich.«

Sie nickt. »Es ist deine Entscheidung. Aber meine Tür steht immer für dich offen, mein Junge.«

»Das weiß ich, Tante Veronica«, sagt Devyn. »Und dafür bin ich dir auch sehr dankbar. Aber ich habe wirklich noch einiges zu tun.«

Veronica wirkt nicht wirklich überzeugt. »In deinem Alter solltest du …«

»Es ist in Ordnung«, erwidert Devyn mit fester Stimme. »Wirklich. Mir geht es gut. Ich bin nur ein wenig müde. Morgen bin ich wieder fit. Dann können wir Mom gemeinsam besuchen.«

Seine Tante presst die Lippen aufeinander, nickt jedoch. Ich merke ihr aber an, dass sie gern noch mehr gesagt hätte.

Katy läuft an ihr vorbei, schlingt die Arme um Devyn und drückt sich fest an ihn.

»Wir sehen uns sicher morgen wieder?«, fragt Katy und blickt mit großen Augen zu ihm auf.

»Natürlich.« Er lächelt. »Morgen wird es Mom auch wieder besser gehen. Dann besuchen wir sie alle gemeinsam. Okay?«

Katy nickt. »Okay.«

»Gut«, gibt Devyn zurück.

»Schreib mir, wenn du zu Hause bist, ja? Wenn du es dir anders überlegst, dann komm einfach vorbei«, meint seine Tante besorgt.

»Mache ich. Wir müssen jetzt los«, antwortet er, woraufhin Veronica ihn in ihre Arme schließt.

Wenngleich sie nicht sehr erfreut darüber scheint, nickt sie verständnisvoll. Seine Tante umarmt auch mich zum Abschied. Dabei hält sie mich länger fest, als es nötig gewesen wäre und raunt mir leise ins Ohr: »Ich bin froh, dass er eine so gute Freundin wie dich an seiner Seite hat. Er braucht jemanden, der für ihn da ist. Der arme Junge ist ganz am Ende, aber zu stur, um Hilfe anzunehmen. Vielleicht kannst du mit ihm reden. Auf mich hört er nicht. Das kann nicht so weitergehen, sonst ist er in ein paar Jahren auch ein Pflegefall.«

Sie löst sich von mir und zwinkert mir kurz zu. Als sie jedoch Devyn wieder anschaut, bemerke ich die Sorge in ihrem Blick. »Wenn etwas ist, schreib mir sofort und ich bin da. In Ordnung?«

Devyn nickt. »Ja, Tante Veronica. Danke.«

Als seine Tante und seine Schwester im Haus verschwunden sind und wir in Richtung Auto gehen, lässt Devyn die Schultern und den Kopf hängen. Müde fährt er sich durch die Haare. »Es fühlt sich so an, als hätte ich meine Schwester abgeschoben«, murmelt er mehr zu sich selbst. »Aber meine Tante kann sich jetzt besser um sie kümmern als ich.«

Als wir vor seinem Auto stehen, holt er seinen Schlüsselbund aus seiner Hosentasche hervor. Seine Hände zittern jedoch so stark, dass ihm der Bund entgleitet und mit einem leisen Klirren auf dem Asphalt landet.

Er will sich bücken, doch ich komme ihm zuvor. Schnell greife ich nach den Schlüsseln. Doch statt sie ihm zu geben, blicke ich ihm in die Augen, die verdächtig glänzen. Ich erwidere seinen Blick stumm. Er kann seine Gefühle nicht mehr länger verstecken. Das sehe ich ihm an.

Wortlos trete ich einen Schritt nach vorn, sodass sich unsere Oberkörper berühren, und umarme ihn. Zuerst verkrampft er sich.

»Avery«, sagt er mit brüchiger Stimme, macht jedoch keine Anstalten, mich von sich zu schieben.

»Es ist okay, Devyn«, flüstere ich. »Ich bin bei dir.«

Da entspannt er sich ein wenig. Die Arme lässt er kraftlos zu seinen Seiten herabhängen, den Kopf vergräbt er an meinem Hals. Er bewegt sich nicht. Er sagt auch nichts. Lediglich sein schneller Atem verrät mir, dass er keine leblose Puppe ist. Dann geben die Beine unter ihm nach und er sinkt in sich zusammen, sodass er halb auf dem Gehsteig hockt. Ich knie mich neben ihn und halte ihn fest. Sein Körper erbebt unter seinen Schluchzern, als er sich weinend an mir festklammert.

Ich weiß, dass er das jetzt braucht, weil ich selbst in einer solchen Situation gewesen bin. Nur dass es die letzten beiden Male Devyn gewesen ist, der mich so gehalten hat.

Kapitel 22

Irgendwann, als er nur noch hickst, löst er sich von mir und richtet sich auf. Ich erhebe mich ebenfalls und lege meine Hand auf seinen Unterarm. Den Kopf hat er zu Boden gesenkt, als könnte er mir nicht in die Augen sehen.

»Devyn, es ist okay«, flüstere ich leise und greife nach seiner Hand. »Ich fahre dich jetzt nach Hause. Ist das für dich in Ordnung?«

»Du ... Das musst du nicht tun«, stottert er und sieht mich wieder an. »Du musst doch selbst irgendwie nach Hause kommen. Ich fahr dich nach ...«

»Vergiss es«, widerspreche ich ihm standhaft und deute auf ihn. »Du wirst jetzt erst mal nicht Auto fahren. Du bist ganz durcheinander. Am Ende baust du einen Unfall und landest auch im Krankenhaus. Dann kannst du dir mit deiner Mom ein Doppelzimmer teilen«, sage ich halb im Scherz. »Lass mich fahren. Ich fahr dich zu dir und bleibe bei dir, bis du dich wieder beruhigt hast. Und wenn du mich dann immer noch nach Hause fahren möchtest, kannst du das gerne tun. Aber meine Mom kann mich auch abholen. Okay?«

Er blinzelt ein paarmal, ehe er antwortet. »Danke, Avery.«

Ich öffne die Beifahrertür und warte, bis er sich auf dem Sitz niedergelassen und angeschnallt hat. Dann schließe ich die Tür, gehe um das Auto herum und setze mich auf den Fahrersitz. Bevor ich losfahre, prüfe ich erst Gas und Bremse, um ein Gefühl für seinen Wagen zu bekommen.

»Hast du eigentlich einen Führerschein?«, fragt er mich mit gerunzelter Stirn.

»Ja, den habe ich«, erwidere ich grinsend. »Ich habe nur kein eigenes Auto und das, was wir haben, braucht meine Mom. Ich fahre nur, wenn ich mit ihr und Dad einkaufen gehe oder wir einen Ausflug machen und uns abwechseln.«

»Achso.« Devyn nickt. »Okay.«

»Keine Angst, ich fahre vorsichtig«, beruhige ich ihn.

»Ich vertraue dir«, meint er, ohne mit der Wimper zu zucken.

Den Weg zu ihm nach Hause kenne ich nur vage, weshalb er mich navigieren muss. Als wir schließlich halten, steigt er als Erster aus. Ich folge ihm zur Haustür und laufe direkt in ihn hinein, als er abrupt stehen bleibt.

»Was …«, beginne ich, als mein Blick auf die Blutflecken auf der Treppe fällt. »Oh.«

Devyn hat die Hände zu Fäusten geballt und atmet langsam ein und aus. Seine ganze Haltung ist angespannt. Ich lege ihm eine Hand auf die Schulter und schiebe ihn an den kleinen roten Flecken vorbei.

An seinem Schlüsselbund hängt neben dem Autoschlüssel ein weiterer, bei dem es sich vermutlich um seinen Haustürschlüssel handelt. Das bestätigt sich, als ich ihn ins Schloss stecke und herumdrehe. Nach einem leisen Klicken schwingt die Tür auf.

Gemeinsam treten wir ein. Links führt eine Treppe ins obere Stockwerk. Rechts von uns befindet sich eine Kommode, neben der ein Rollstuhl steht. Der Flur führt in ein geräumiges Wohnzimmer, das mit der Küche verbunden ist. Bis auf ein paar Unterlagen auf dem Küchentisch ist alles penibel aufgeräumt. An einer Wand steht eine Sofaecke mit einem kleinen Tisch. Dahinter hängen mehrere gerahmte Fotos, die Devyn, seine Schwester und seine Mom zeigen. Auf einem beobachten Devyn und seine Mom Katy grinsend dabei, wie sie die Kerzen eines Geburtstagskuchens auspustet; auf einem anderen ist Devyn zu sehen, wie er Katy auf der Schaukel anschubst. Auf manchen ist auch ihre Tante drauf. Und auf allen Bildern strahlen sie glücklich in die Kamera. Mir fällt auf, dass auf keinem einzigen sein Dad zu finden ist.

Devyn bleibt mitten im Zimmer stehen. Er fährt sich tief durchatmend durch die Haare, seine vom Weinen noch geröteten Augen wandern unschlüssig umher. Er öffnet den Mund, doch dann schließt er ihn wieder.

Mein Blick fällt auf sein blutverschmiertes T-Shirt. »Wie wäre es, wenn du dich erst mal umziehst?«, schlage ich vor. »Du siehst aus wie aus einem Horrorfilm entsprungen.«

Er blickt an sich herunter. Dann schaut er wieder mich an. »Tut mir leid, aber ich habe keine Zeit mehr gehabt, meine Klamotten zu wechseln oder mich zu waschen. Ich habe mir Katy geschnappt und bin mit ihr sofort dem Krankenwagen nachgefahren.«

»Das ist doch nicht schlimm«, erwidere ich und greife nach seiner Hand, um sie zu drücken.

»Ich geh mich kurz duschen und umziehen.« Er ist schon dabei loszugehen, als er stoppt und sich wieder zu mir dreht. Seine Wangen sind leicht errötet und er grinst entschuldigend. »Es tut mir leid. Ich bin ein schlechter Gastgeber. Möchtest du etwas zu trinken oder zu essen?«

Ich lächle ihn an. »Danke, aber ich brauche gerade nichts. Geh einfach duschen und ich warte hier auf dich.«

***

Während er im Bad ist, lasse ich mich auf der Couch nieder. Ich rufe meine Eltern an, um sie auf dem Laufenden zu halten und ihnen zu sagen, dass ich bei Devyn bin. Die beiden wollen sich heute einen ruhigen Filmabend machen und Zeit miteinander verbringen. Der Krampfanfall scheint sie wieder ein wenig zusammengebracht zu haben. Wenigstens etwas Positives. Nachdem ich ihnen noch viel Spaß gewünscht habe, lege ich auf und packe mein Handy weg.

Bis auf das Rauschen des Wassers aus dem oberen Stockwerk herrscht beinahe eine gespenstische Stille im Haus. Lediglich der Zeiger der Uhr über dem Küchenherd, der in einem monotonen Rhythmus tickt, durchbricht sie.

Da ich nicht stillsitzen kann, laufe ich auf und ab. Mein Blick fällt wieder auf die Fotos an der Wand. Devyn wirkt darauf so jung und unbeschwert. Er hat dieses Funkeln in den Augen, das ich nur ein einziges Mal bei ihm gesehen habe. Nämlich als wir gemeinsam Yoga unter den Sternen gemacht haben und wir uns so nah gewesen sind.

Ich grüble noch eine Weile vor mich hin, bis ich ein Geräusch an der Hintertür höre, das wie ein Klappern klingt. Mit klopfendem Herzen verharre ich auf der Stelle. Plötzlich nehme ich aus den Augenwinkeln im Türrahmen einen Schatten auf dem Boden wahr. Als ich genauer hinsehe, stoße ich einen erschrockenen Schrei aus.

Vor mir steht ein schwarzer, kugelrunder Fellball und starrt mich aus grünen Augen an. Ich bin wie erstarrt und greife nach dem nächstbesten Gegenstand auf dem Couchtisch und halte ihn schützend vor mich.

Von oben höre ich, wie eine Tür aufgeschlagen wird, Schritte erklingen auf der Treppe. Wenige Sekunden später erscheint Devyn im Türrahmen. »Was ist passiert?«

»Da …!« Mit dem Gegenstand in meiner Hand deute ich auf den Fellball. »Ich habe Geräusche von der Hintertür gehört. Und dann ist plötzlich das da in der Küche gewesen!«

Devyn folgt meinem Blick und bricht in schallendes Gelächter aus.

»Was ist so lustig?«, frage ich ihn verstört.

»Also erstens hast du eine Fernbedienung in der Hand und hältst sie wie eine Waffe vor dich. Das sieht sehr lustig aus«, beginnt er glucksend, woraufhin ich verwirrt auf den Gegenstand in meinen Fingern blicke. Vor Scham laufe ich rot an. Ich habe tatsächlich nach einer Fernbedienung gegriffen!

»Mit irgendetwas muss ich mich ja gegen den Einbrecher verteidigen! Unterschätze nie die Kraft einer Fernbedienung!«, rechtfertige ich mich, muss aber auch grinsen.

Devyns Mundwinkel zucken. »Der gefährliche Einbrecher heißt Vampir und ist unsere Katze.«

»Vampir? Du nennst deine Katze Vampir? Und das ist eine Katze?« Skeptisch beäuge ich die schwarze Kugel.

Und tatsächlich, als Devyn in die Hocke geht und ihm über den Rücken streicht, beginnt der Fellball zu schnurren.

»Er … er ist so … rund«, meine ich, lege die Fernbedienung weg und trete zögernd näher, um mich neben ihn zu knien.

»Er ist eine sie«, korrigiert Devyn mich grinsend. »Sie ist aber die faulste

Katze, die ich kenne. Die meiste Zeit liegt sie entweder im Garten oder irgendwo im Wohnzimmer, weil sie zu faul ist die Treppen hochzulaufen. Und ich nenne sie Vampir, weil sie wie ein Vampir aussieht.« Er hebt ihr Köpfchen leicht an, sodass ihre spitzen Schneidezähne zu sehen sind, die tatsächlich an einen Vampir erinnern.

»Du kannst sie ruhig streicheln. Solange du sie nicht hochhebst – das mag sie gar nicht –, tut sie dir nichts. Sie freut sich immer über Streicheleinheiten.«

Vorsichtig strecke ich die Hand nach der Katze aus und lasse sie erst an meinen Fingern schnuppern. Sie reibt ihr Köpfchen an meinem Handrücken, woraufhin ich mich traue sie zu streicheln. Sie hat glattes Fell und ein lautes Schnurren. Als sie genug zu haben scheint, springt sie schwerfällig auf die Couch, wo sie sich zu einer runden Kugel zusammenrollt und uns mit ihren grünen Augen aufmerksam beobachtet.

»Sie ist so schwer, dass sie es manchmal nicht auf die Couch schafft«, erklärt mir Devyn und richtet sich wieder auf.

Ich tue es ihm gleich. »Ist sie deshalb so dick – weil sie sich nicht bewegt? Ich finde sie echt drollig.«

Devyn schüttelt den Kopf. »Wir haben sie vor Jahren sterilisieren lassen. Dabei ist irgendetwas schiefgegangen. Aber es liegt auch teilweise daran, dass sie sich einfach nicht bewegt. Ich habe schon mehrmals versucht mit ihr zu spielen, damit sie nicht nur herumsitzt, aber meistens hat sie nach ein paar Minuten keine Lust mehr. Lieber liegt sie faul herum oder erschrickt im Garten Vögel.«

Ich muss lachen, obwohl die Vögel das sicher nicht witzig finden. Devyn sieht mich an. Er grinst ebenfalls. Seine Augen sind nicht mehr so leer wie vorhin. Er wirkt ein wenig entspannter und lächelt auch wieder. Als ich ihn genauer betrachte, fällt mir auf, dass er nur mit einem Handtuch bekleidet vor mir steht. Mir wird ganz warm, als ich meinen Blick über seinen Oberkörper gleiten lasse. Wie ich bereits vermutet hatte, ist er nicht so breit gebaut und muskulös wie Braden und Read, die Werbung für Kampfsport oder Fitnessstudios machen könnten. Er ist jedoch gut durchtrainiert, seine Muskeln sind deutlich erkennbar. Ich muss mich zusammenreißen nicht die Finger nach ihm auszustrecken und ihn zu berühren. Seine Muskeln einzeln nachzufahren. Mein Blick gleitet weiter nach unten zu seinem V-Muskel, der zu sehen ist, weil sein Handtuch tiefer auf seiner Hüfte liegt, als es erlaubt sein dürfte.

»Ich wollte mich gerade anziehen, als ich dich schreien hörte. Deshalb habe ich mir nur ein Handtuch geschnappt und bin sofort nach unten gelaufen«, erklärt er entschuldigend und fährt sich durch die noch nassen Haare.

»Sch... schon okay«, stottere ich, kann ihm jedoch nicht in die Augen schauen, weil es mir peinlich ist, dass er mich beim Starren erwischt hat. »Du bist ja nicht ganz nackt.« Erschrocken sehe ich ihn an. »Ich meine, mir wäre das egal gewesen, wenn du nackt gewesen wärst. Nein, es wäre mir nicht egal gewesen, weil ... ich ... ehm ... ich bin jetzt mal besser ruhig.« Vor Scham wäre ich am liebsten im Boden versunken.

Devyn wiederum scheint das Ganze zu amüsieren. Er grinst über beide Ohren. »Ich gehe mich schnell umziehen. Bin gleich wieder da.«

Als er nach oben geht, setze ich mich neben Vampir auf die Couch. Ich atme erst einmal tief durch, um mich zu sammeln. Vampir beäugt mich interessiert.

»Du hast mir echt einen Schrecken eingejagt.« Ich streichle sie. »Aber dein Besitzer hat mir gefühlt einen noch größeren eingejagt. Nein, viel schlimmer: Er lässt mein Herz verrücktspielen.«

Als hätte sie mich verstanden, miaut Vampir und reibt ihr Köpfchen wieder an meiner Hand.

Sowie Devyn wieder zurückkommt, streichle ich Vampir noch immer. Er hat eine Jogginghose und ein eng anliegendes T-Shirt angezogen. Beides betont seine Körperfigur, sodass mir ganz anders wird. Vor allem, weil ich vor nur wenigen Minuten gesehen habe, wie es teilweise darunter aussieht. Er muss seine Haare mit dem Handtuch durchgerubbelt haben, da sie noch ein wenig feucht sind und ihm wirr zu allen Seiten abstehen. Damit sieht er allerdings verdammt gut aus.

Ich räuspere mich. Ich sollte mir nicht über sein Aussehen den Kopf zerbrechen, sondern für ihn da sein. »Wenn du reden willst, werde ich dir zuhören. Okay?«

Er nickt und schenkt mir ein warmes Lächeln. »Danke, Avery.«

Als er meinen Namen ausspricht, läuft mir ein Schauer über den Rücken. Devyn blickt mich noch einige Sekunden lang schweigend an, dann holt er tief Luft.

»Ich kann uns beiden Spaghetti machen, auch wenn ich gerade nicht so hungrig bin. Aber vielleicht kommt mein Appetit ja beim Kochen.« Er zuckt scheinbar lässig mit den Schultern, doch ich sehe ihm an, dass er mit sich ringt.

Ich kann mir schon denken, warum er keinen großen Appetit hat. Ich konnte nach dem Unfall und der Hirnblutung meines Dads auch nichts essen. Es ist eine normale Schockreaktion. Aber das Kochen wird ihn ablenken und runterbringen. Und gegen Spaghetti habe ich nie etwas einzuwenden.

Also nicke ich. »Gerne. Lass uns Spaghetti machen.«

Devyn führt mich zur Kücheninsel, wo er das Radio neben dem Kühlschrank einschaltet. Dann holt er Schüsseln und Nudeln hervor. Ich helfe ihm einen Topf mit Wasser aufzusetzen. »Magst du lange oder kurze Nudeln lieber? Und willst du sie eher hart- oder weichgekocht?«, wendet sich Devyn an mich. »Weil meine Mom zerbricht sie immer in der Mitte, damit sie leichter in den Topf passen und kocht sie viel zu weich, sodass sie auf der Zunge zergehen. Das mag ich nicht so.«

»Geht mir genauso. Ich mag lange und harte Nudeln auch lieber«, erwidere ich. Zu spät erkenne ich, wie zweideutig und falsch sich das angehört hat. Ich starre Devyn aus weit aufgerissenen Augen an. »Ich habe hart gekochte Nudeln gemeint.«

»Das habe ich mir schon gedacht.« Devyn schüttet die Spaghetti breit grinsend in den großen Topf, in dem bereits das Wasser kocht, und zwinkert mir zu. »Dann kriegst du deine Nudeln lang und hart gekocht.«

Verlegen wende ich mich ab. Mein Kopf ist mittlerweile bestimmt knallrot angelaufen. Wobei ich diese scherzende Art an Devyn irgendwie mag. Er wirkt nicht mehr so verschlossen und in sich gekehrt wie vorhin.

Ich helfe ihm schließlich, einen Beilagensalat und die Spaghettisoße zuzubereiten. Wir haben uns dafür entschieden, zusätzlich zum Hackfleisch und der Tomatensoße Zwiebeln und Karotten hineinzuschneiden. Wobei Tomatensoße nach der Sache mit seiner Mutter vermutlich nicht die beste Idee ist.

»Reichst du mir bitte den Kochlöffel, damit ich die Nudeln und die Soße umrühren kann?«, fragt er und deutet auf die Schublade zu meiner Linken.

Ich öffne sie. Darin liegen mehrere Kochlöffel in verschiedenen Größen. Ich ermahne mich, dass es jetzt reicht mit den zweideutigen Späßen. Doch ich kann mich nicht zurückhalten.

»Was für ein Kochlöffel ist dir denn lieber?«, frage ich betont unschuldig. »Eher ein großer oder ein kleiner?«

Devyn, der meine Doppeldeutigkeit sofort durchschaut hat, lacht. »Das sollte eigentlich mein Spruch sein«, neckt er mich. »Aber ein mittlerer reicht auch. Es kommt auf die Technik des Umrührens an, nicht auf die Größe«, fügt er noch hinzu.

Mein Blick wandert über seinen Oberkörper nach unten und ich frage mich automatisch, wie groß denn sein …

Erschrocken lasse ich den Kochlöffel fallen. Klappernd landet er zwischen unseren Füßen auf dem Boden. Ehe Devyn in die Hocke gehen kann, habe ich ihn bereits wieder aufgehoben.

Meine Wangen brennen wie Feuer.

»Alles okay?«, fragt er verwirrt nach.

Ich nicke nur und vermeide es, ihm in die Augen zu schauen. Immerhin kann ich ihm ja schlecht sagen, dass mir der Kochlöffel aus den Händen geglitten ist, weil ich mich gefragt habe, wie groß sein … Kochlöffel wohl ist.

Ich umklammere den echten Kochlöffel in meiner Hand noch fester. Schweißperlen treten mir bereits auf die Stirn. Ich muss mich beruhigen und aufhören an seinen Kochlöffel zu denken. Deshalb lasse ich das Wasser länger als nötig über den heruntergefallenen Kochlöffel laufen, ehe ich ihn Devyn reiche.

Der sieht mich verdattert an. Vermutlich fragt er sich gerade, warum ich mich auf einmal so komisch verhalte.

Beim Überreichen des Kochlöffels streifen sich unsere Finger. Es ist nur eine kleine Berührung, aber diese fühlt sich an wie ein Stromschlag. Ich hebe den Kopf und unsere Blicke treffen sich. Eine knisternde Spannung liegt in der Luft und ich halte den Atem an. Dann zieht Devyn seine Hand schnell weg, um die Soße umzurühren.

Ich schlucke und wende mich wieder dem Salat zu. So arbeiten wir eine Weile schweigend weiter. Die einzigen Geräusche, die die Stille durchbrechen, sind das Blubbern des Wassers, in dem die Nudeln zubereitet werden, das Köcheln der Soße und die Musik aus dem Radio. Dafür spüre ich seinen Körper nur umso deutlicher neben mir.

Dann ertönt die Anfangsmelodie meines derzeitigen Lieblingssongs. Jedes Mal, wenn ein Lied kommt, das mir gut gefällt, *muss* ich einfach mittanzen und mitsingen.

»Kannst du bitte lauter machen?«, bitte ich Devyn, weil er näher am Radio steht. »Ich liebe dieses Lied!«

Devyn nickt. »Klar.«

Zuerst summe ich leise mit, doch dann kann ich mich nicht mehr zurückhalten. Ich fange an mich zur Musik zu bewegen, und trällere den Songtext laut mit.

Devyn steht neben mir, den Kochlöffel in der Hand, mit dem er die Soße umgerührt hat, und beobachtet mich belustigt.

»Du tanzt gern.« Es ist mehr eine Feststellung als eine Frage.

Ich nicke grinsend. »Ja, das ist einer der Gründe, warum ich Cheerleaderin bin«, erkläre ich ihm und stoße ihn leicht mit der Hüfte an, woraufhin er beinahe zur Seite gestolpert wäre. Singend reiße ich ihm den Kochlöffel aus den Fingern und lege ihn beiseite. Dann hebe ich seine Hand hoch und drehe mich einmal um die eigene Achse. Ich habe keine Ahnung, wie Devyn auf meine spontane Tanzeinlage reagieren wird. Aber ein wenig Ablenkung wird ihm guttun.

Er überrascht mich, indem er mich plötzlich ruckartig an sich zieht, sodass ich an seiner Brust lande. Schmunzelnd und mit einem Funkeln in den Augen, das ich so noch nie bei ihm gesehen habe, erwidert er meinen verblüfften

Blick. Dann schiebt er mich mit tänzelnden Schritten durch die Küche. Seine Hände streichen über meine Hüften, die ich im Takt der Musik bewege. Danach gleiten sie zu meinen Händen und heben sie hoch, damit ich mich noch mal drehen kann. Wir lachen ausgelassen.

Ich gehe ein paar Schritte zurück, Devyn folgt mir.

Plötzlich spüre ich die Wand in meinem Rücken. Er bleibt vor mir stehen und hebt eine Hand, um eine Strähne, die sich im Eifer des Gefechts aus meinem provisorischen Dutt gelöst hat, hinter meine Ohren zu schieben.

Statt seine Finger wieder wegzunehmen, lässt er sie auf meiner Wange liegen. Sein Daumen streicht sanft über meine Haut und ich halte die Luft an. Irgendwie finden meine Hände ihren Weg auf seine Schultern und verschränken sich hinter seinem Nacken. Ich bin ihm so nah, dass ich seinen warmen Atem auf meinem Gesicht spüren kann. Die Musik rückt in den Hintergrund. Ich nehme seinen unverkennbaren Zitrus-Geruch wahr. Zugleich duftet er nach fruchtigem Duschgel. Er riecht einfach nach Devyn. Und ich mag diesen Geruch. Sein durchdringender Blick jagt mir einen Schauer über den Rücken. Mein Pulsschlag verdoppelt sich, das Blut rauscht in meinen Ohren.

Devyn scheint genauso atemlos zu sein. Wir können den Blick nicht mehr voneinander wenden. Bis sich seine Augen auf meine Lippen richten. Er schluckt. Sein Mund öffnet sich leicht, doch er bringt keinen einzigen Ton hervor. Und dann halte ich es nicht mehr aus. Ich will diesen verdammten Abstand zwischen uns überbrücken.

Devyn neigt seinen Kopf langsam in meine Richtung. Ich spüre seinen Atem, der über meine Wange streicht. Seine Lippen, die meinen Mundwinkel berühren.

Doch kurz bevor wir uns richtig küssen können, lässt uns ein lautes Zischen erschrocken auseinanderfahren.

Innerlich fluche ich. Hätte sich das Wasser keinen anderen Zeitpunkt zum Überkochen suchen können?

Kapitel 23

Stille.

Schweigen.

Stille.

Peinliche, oberpeinliche Stille.

Wir sitzen am Tisch und essen schweigend vor uns hin. Einzig das monotone Ticken der Uhr und die leise Musik aus dem Radio durchdringen die Stille zwischen uns. Wir trauen uns nicht einmal einander in die Augen zu sehen. Warum müssen auf einen Fast-Kuss immer diese unangenehmen Schweige-Momente folgen?

»Die Spaghetti sind wirklich gut«, murmle ich, weil ich diese angespannte Atmosphäre zwischen uns nicht mehr länger ertrage.

Ich kann ihn ja schlecht darauf ansprechen und sagen: *Hey, Devyn, wir haben uns fast geküsst – zum zweiten Mal – und jetzt weiß ich nicht, wie ich damit umgehen und was ich davon halten soll. Wobei ich, wenn ich genauer darüber nachdenke, dich gerne geküsst hätte. Aber ich weiß ja nicht genau, was du willst, und ich will auch nicht, dass es komisch zwischen uns wird.*

»Ich finde die Spaghetti auch sehr gut, aber Pizza ist besser«, entgegnet Devyn sichtlich erleichtert und sieht mich lächelnd an.

Ich reiße die Augen auf. »Wie habe ich nur Pizza vergessen können?! Ich liebe Pizza.«

Devyn schmunzelt. »Ja, Pizza ist echt gut.«

»Sagtest du bereits.«

Peinlich berührt wickelt er sich die Spaghetti auf seinem Teller um die Gabel. »Ich bin nicht so gut in Small Talk.«

»Ich auch nicht. Andere reden über das Wetter, wenn ihnen nichts einfällt, wir reden über das Essen. Und lange, hart gekochte Nudeln.« Ich zucke mit den Schultern. »Läuft bei uns.«

Wir sehen uns an. Dann brechen wir gleichzeitig in schallendes Gelächter aus, das mir Tränen in die Augen treibt. Es ist befreiend und lockert die unangenehme Spannung zwischen uns wieder auf.

Nachdem wir gegessen, aufgeräumt und den Esstisch sauber gemacht haben, begeben wir uns wegen dem schönen Wetter nach draußen in den Garten. Er ist überraschend groß und besitzt einen kleinen, in den Boden integrierten Pool. Der allerdings eine Reinigung dringend nötig hätte, da einige Blätter und Äste darin herumtreiben.

»Ich habe bisher keine Zeit gehabt, ihn zu reinigen«, erklärt mir Devyn entschuldigend, der meinem Blick gefolgt ist. Bei dem, was bei ihm alles anfällt, kann ich mir das sehr gut vorstellen.

Obwohl auch das Gras bereits schienbeinhoch ist und mal gemäht werden müsste, ist der Garten sehr schön. Er ist von einer hohen Steinmauer und mehreren Bäumen umgeben, sodass wir vor den Blicken neugieriger Nachbarn geschützt sind.

Die Sonne geht langsam unter, weshalb die ganze Umgebung in ein warmes, orange-rötliches Licht getaucht wird.

Wir setzen uns nebeneinander auf die Wiese, wo einsam und verlassen ein Football liegt. Da ich zu meinem T-Shirt Shorts und flache Turnschuhe trage, kitzeln Grashalme meine Knöchel. Ein leichter Wind streicht durch mein Haar und über mein Gesicht. Ich atme die frische Abendluft ein. In der Nähe zirpen Grillen, weiter weg bellt ein Hund. Irgendwo quakt ein Frosch. Ansonsten bleibt es still.

Erneut schweigen wir, aber dieses Mal ist es nicht unangenehm. Wir sitzen einfach nebeneinander und genießen die Ruhe um uns herum.

»Außerhalb des Cheerleadertrainings und von Auftritten tanze und singe ich in der Nähe einer Person nur, wenn ich mich bei ihr wohlfühle«, sage ich irgendwann in die Stille hinein.

Devyn sieht mich von der Seite her überrascht an.

Ich erwidere seinen Blick lächelnd. »Ich fühle mich mega wohl bei dir. So wohl habe ich mich schon lange bei niemandem mehr gefühlt.«

Nachdenklich runzelt er die Stirn. »Was ist mit Braden?«

»Was soll mit ihm sein?«

»Du hast gemeint, du hättest dich bei einer Person schon lange nicht mehr so wohl gefühlt. Aber er ist ... er war dein Freund. Sollte man sich bei ihm nicht wohlfühlen?«

Ich kaue auf meiner Unterlippe herum. Er hat einen wunden Punkt getroffen. »Am Anfang ist das auch so gewesen. Aber irgendwie ... Es ist so viel passiert in den letzten Monaten. Manchmal vergehen die Gefühle.«

»Gefühle?« Devyn mustert mich aufmerksam.

»Was?«, frage ich verwirrt.

Er räuspert sich. »Du hast nur von Gefühlen gesprochen. Was ist mit Liebe?«

Ich runzle die Stirn und ein mulmiges Gefühl macht sich in mir breit, als ich mich daran erinnere, wie Braden das erste Mal zu mir gesagt hat, dass er mich liebt. Da er es erwartet hat, habe ich es erwidert. Aber habe ich ihn jemals geliebt?

Je länger ich darüber nachdenke, desto klarer wird es mir.

In seiner Nähe bin ich oft nervös gewesen, weil er mich anfangs mit seinem Quarterbackruf eingeschüchtert hat. Zugleich bin ich unglaublich stolz darauf gewesen, mit ihm ausgehen zu dürfen. Immerhin war er Quarterback – einer der wichtigsten Spieler und schließlich Teamkapitän. Vermutlich haben unsere sozialen Stellungen als Teamkapitäne dazu beigetragen, dass wir zusammengekommen sind. Wir haben uns gut verstanden und anfangs gut miteinander harmoniert, sonst hätte ich mich nie auf ihn eingelassen.

Ich bin in ihn *ver*liebt gewesen, aber habe ich ihn jemals *ge*liebt? Das berühmte Magenkribbeln, das Herzflattern habe ich zwar bei Braden auch verspürt. Doch dieses Kribbeln war nie so stark, wie ich mir das Gefühl vorstelle, wenn man eine Person wirklich und von ganzem Herzen liebt. Gibt es diese Art von Liebe überhaupt, die in den Büchern immer beschrieben wird? Oder ist das nur reine Fantasie?

»Es tut mir leid, das ist privat und ich hätte nicht nachhaken dürfen«, beginnt Devyn entschuldigend.

»Nein, schon okay. Ich kann ja selbst entscheiden, ob und was ich dir erzähle«, gebe ich zurück. »Ich bin nur in Gedanken gewesen. Ich habe Braden anfangs wirklich sehr gemocht. Aber mit der Zeit haben wir uns verändert und auseinandergelebt.«

Ich zucke mit den Achseln. Inzwischen habe ich es akzeptiert, auch wenn mir die Trennung schwergefallen ist, weil Braden für mich ein wichtiger Halt und Teil meines Lebens gewesen ist. Doch ohne ihn fühle ich mich viel freier. Warum kann er es nur nicht einsehen? Wir hätten gute Freunde bleiben können.

Devyn nickt, als könnte er mich verstehen. »So ist es mir mit ihm auch ergangen.« Sein Blick fällt auf den Football in seiner Hand, den er von der Wiese aufgeklaubt hat. Bei genauerem Hinsehen fällt mir auf, dass er von mehreren Personen unterschrieben ist. Ich erkenne Bradens Handschrift.

»Hat ihn das ganze Team unterschrieben?«, hake ich nach.

Devyn nickt. Er wirkt sehr niedergeschlagen, aber auch wehmütig, so wie er den Football ansieht.

»Warum erzählst du mir nicht endlich, was zwischen euch geschehen ist?«, wage ich zu fragen.

Vielleicht erfahre ich jetzt endlich die Wahrheit.

Als ich angefangen habe Braden zu daten, war die Freundschaft zwischen ihm und Devyn bereits zerbrochen. Doch ich weiß noch, dass die beiden vor dem katastrophalen Heimspiel unzertrennlich waren und der Streit meinen Ex-Freund belastete. Er hat es nie zugegeben, aber mir ist aufgefallen, wie er Devyn manchmal nachgesehen hat und wie traurig er dann oft gewesen ist. Außerdem habe ich ein gerahmtes Foto entdeckt, das er in seinem Regal hinter dicken Büchern versteckt hat und auf dem die beiden ihre Footballuniform tragen. Sie haben die Arme um die Schultern des jeweils anderen gelegt und halten ihre Helme in den freien Händen, während sie fröhlich und unbeschwert in die Kamera grinsen.

Devyn weicht meinem Blick aus und setzt sich in den Schneidersitz. Er lässt die Schultern hängen. Gedankenverloren dreht er den Football zwischen seinen Fingern. »Wir sind die besten Freunde gewesen. Bis Read auf unsere Schule gewechselt ist«, beginnt er leise. »Er hat mich von Anfang an nicht gemocht. Ich weiß nicht, woran es gelegen hat. Vielleicht, weil er an seiner alten Schule Kapitän gewesen ist. Hier bin ich es gewesen. Ich bin beliebter als er gewesen, obwohl er schnell Anschluss gefunden hat. Sowohl in der Schule als auch im Team. Und er ist ein guter Spieler. Aber er hat mich als Kapitän nicht akzeptiert und meine Entscheidungen ständig infrage gestellt. Er wollte mich verunsichern, weshalb wir immer wieder aneinandergeraten sind. Ich glaube, es hat ihm gar nicht gepasst, dass ich vom Team den meisten Respekt, vom Coach das meiste Lob und auf dem Spielfeld den meisten Applaus bekommen habe.«

Devyn zieht die Brauen zusammen und legt den Football zur Seite. »Braden wiederum hat Read total cool gefunden. Dann hat meine Mom diesen schweren Schub gehabt. Als sie damals die Diagnose bekommen hat, ist mein Dad zunächst geblieben. Bis sich ihr Zustand verschlechtert hat. Sie bekommt viele Therapien, die sehr teuer und zeitaufwendig sind. Dad hat ihr zehn Jahre lang dabei zugesehen, wie sich ihr Zustand zunehmend verschlechtert hat. Irgendwann hat er es nicht mehr ertragen. Also ist er abgehauen und hat sich eine jüngere Frau gesucht, mit der er eine neue Familie gegründet hat. Er hat uns aus seinem Leben gelöscht und sich ein neues aufgebaut. Er hat uns hängen lassen.« Ich höre die Verbitterung und den Schmerz in seiner Stimme und greife nach seinen Händen, um sie zu drücken. Devyn holt tief Luft. »Wenn Braden, Read und die Jungs sich getroffen haben, habe ich keine Zeit gehabt. Ich musste Dads Aufgaben übernehmen. Meine Mom zu ihren Therapien fahren und mich um meine kleine Schwester kümmern. Obwohl die Jungs irgendwann gefragt haben, was los ist, habe ich nichts gesagt, weil ich Angst gehabt habe, sie würden mich auslachen oder sich von mir abwenden, wie es mein Dad getan hat.«

»Ich kann dich vollkommen verstehen. Dieselbe Angst habe ich auch gehabt, als mein Dad gestottert hat. Es ist mir so peinlich gewesen. Aber ganz ehrlich? Wenn sie dich wegen so etwas im Stich lassen, sind sie Idioten und deine Freundschaft nicht wert. Du und Braden seid schon länger befreundet gewesen ... da hat er doch davon gewusst, oder?«

Devyn lächelt mich traurig an. »Da hast du recht. Und ja, er weiß von ihrer Krankheit. Aber wir haben uns kaum bei mir getroffen. Wenn wir nicht gerade bei Braden gewesen sind, sind wir meistens unterwegs gewesen. Deshalb hat er nicht so mitbekommen, wie sich ihr Zustand verschlechtert hat. Und ich wollte auch nicht andauernd darüber reden oder bemitleidet werden. Sobald ich mit Braden und den Jungs unterwegs gewesen bin oder Football gespielt habe, dann bin ich ein ganz normaler Teenager ohne Probleme gewesen. Ich habe das alles vergessen. Ich bin einfach nur glücklich und unbeschwert gewesen.«

»Ich weiß, was du meinst. So geht es mir mit dem Cheerleading auch«, sage ich. »Wie ist die Geschichte weitergegangen?«

»Read hat meine Abwesenheit genutzt und damit begonnen, mich bei den anderen schlechtzumachen und sie gegen mich aufzuhetzen«, erwidert Devyn finster. »Er hat Lügen über mich verbreitet und sie haben es ihm geglaubt. Auch Braden.«

Ich schüttle ungläubig den Kopf. Doch das passt zu dem Braden, der sich von Read so viel sagen lässt.

»Soll er seinen geliebten Read doch heiraten, wenn er ihm ein so großes Vorbild ist«, schimpfe ich, was Devyn kurzzeitig schmunzeln lässt.

Aber er wird schnell wieder ernst. »Weil ich kaum Zeit für das Training und keinen Kopf mehr für Schule gehabt habe, habe ich Probleme beim Lernen der Spielzüge gehabt. Ich bin schlecht vorbereitet gewesen und kurz davor, nicht an dem Heimspiel teilzunehmen, doch ich bin der Kapitän gewesen. Ich konnte mein Team nicht im Stich lassen.«

»Also hast du gespielt«, errate ich und erinnere mich daran, wie ich auf dem Feld stand und Devyn beim Einzug der Spieler als Letztes an mir vorbeilief. Ich habe den traurigen Ausdruck in seinen Augen gesehen. Die Zerrissenheit. Damals habe ich Braden geglaubt, dass Devyn ein überheblicher Aufreißer ist, dem alles und jeder egal ist. Jetzt kenne ich die Wahrheit.

»Ich bereue es, dass ich trotzdem gespielt habe«, meint Devyn. »Ich bin so durch den Wind gewesen … mir sind die Spielzüge nicht mehr eingefallen oder ich habe welche vertauscht. Durch mein Verhalten habe ich das Team komplett verwirrt. Ich habe mich sogar vom gegnerischen Team mit dem Ball in die eigene Endzone drängen lassen.«

Ich erinnere mich daran. Damals habe ich mich gefreut, weil es das erste Spiel gewesen ist, zu dem ich als Cheerleaderkapitänin aufgetreten bin. Doch das Spiel war das reinste Desaster. Vor allem wegen Devyn, der in seine Teamkameraden hineingelaufen ist oder den Football nicht gefangen hat, obwohl Braden ihn ihm präzise zugepasst hat. Ausgerechnet ein Spieler aus der Defensive des gegnerischen Teams hat ihn abgefangen und einen Touchdown erzielt. Als Devyn im letzten Quarter den Football gefangen hat, ist er, verfolgt von der Defensive der Blue Cliff High, in die eigene Endzone gelaufen, statt ihn unserem Running Back Tyler zuzuwerfen. Ich weiß noch, wie die Spieler unseres Teams sich verwirrt angesehen haben. Es war sehr niederschmetternd, als wir haushoch verloren. Alle waren enttäuscht und wir Cheerleader hatten Probleme, das Publikum bei Laune zu halten.

»Ich hätte zu Hause bleiben sollen. Dann hätten sie das Spiel nicht vermasselt«, murmelt Devyn. In seiner Stimme schwingen so viele Schuldgefühle mit, dass es mir das Herz bricht.

Ich sehe ihm in die Augen. »Das kannst du nicht wissen«, meine ich. »Auch wenn ich verstehen kann, warum du allen deine Probleme verschwiegen hast, hättest du ihnen erzählen sollen, was bei dir los ist. Ich habe dich als Kapitän erlebt. Sie haben Respekt vor dir gehabt. Sie haben dich geschätzt. Vielleicht hätten sie dich sogar verstanden.« Ich mache eine kurze Pause. Mir ist es wichtig, ehrlich zu ihm zu sein. Zu sagen, was ich denke. Jedoch will ich ihm keine weiteren Schuldgefühle einreden. »Du kannst nicht mehr ändern, was geschehen ist. Vielleicht hätten sie auch ohne dich verloren. Außerdem: Sollte ein Team nicht zusammenhalten? Man gewinnt gemeinsam und man verliert gemeinsam?«

Devyn nickt langsam. »Du hast recht. Ich hätte es ihnen sagen sollen. Zu einem Team gehört, dass man sich alles erzählen kann und sich gegenseitig unterstützt. Stattdessen habe ich aus Angst, von meinen Freunden ausgestoßen zu werden, geschwiegen. Ich habe als Teamkapitän versagt. Sie haben mich aus dem Team geworfen und zum Schulmaskottchen heruntergestuft. Ab da bin ich endgültig unten durch bei ihnen gewesen. Bei Braden, Read und dem Team.«

»Wenn ich ehrlich bin, habe ich damals auch gedacht, es wäre dir alles egal«, sage ich. »Du hast dich so gleichgültig verhalten. Ich bin der Meinung gewesen, du wärst ein arroganter Frauenheld, dem der Ruhm zu Kopf gestiegen ist. Ich habe angenommen, du wärst dir zu gut für uns alle.«

Devyn schüttelt den Kopf. »Nichts ist mir gleichgültig gewesen. Es ist mir einfach alles zu viel geworden. Ich bin so wütend auf meinen Dad gewesen, weil er uns einfach im Stich gelassen hat. Zugleich musste ich für meine Mom da sein, die total deprimiert gewesen ist. Von Katy ganz zu schweigen, die nicht verstanden hat, warum ihr Dad nicht mehr nach Hause kommt. Ich habe gedacht, wenn ich einen Zusammenbruch erleide oder sie mich weinen sehen, dann ist es das gewesen. Da habe ich mich von allem abgeschottet.«

Es ist mir unvorstellbar, wie Devyn das alles nur ausgehalten hat, ohne daran zu zerbrechen. Ich rutsche an ihn heran, lege meinen Arm um seine Schultern und ziehe ihn an mich. Er lässt es zu und lehnt seinen Kopf an meinen.

»Das Traurige oder Lustige ist, dass ich die Spielzüge jetzt alle kann«, murmelt Devyn leise. »Sooft ich kann sitze ich auf der Tribüne und beobachte sie beim Training. Der Coach kombiniert gern Pass- und Laufspielzüge, damit sie flexibler sind. Manchmal muss ich mich zurückhalten ihnen nicht ihre Fehler zuzurufen, wenn Braden nicht auf seine Beinarbeit achtet oder Tyler an die falsche Stelle schickt.« Er verstummt.

Ich ringe ein wenig mit mir, ehe ich ihn frage: »Wenn dir das Footballspielen so viel bedeutet, warum fragst du nicht einfach, ob du wieder mitspielen kannst?«

Devyn schüttelt den Kopf. »Sie hassen mich. Sie werden mich nie wieder mitspielen lassen.«

»Wegen der Pokalgeschichte?«, rate ich.

Er schweigt wieder.

»Wir haben auf dem Wasserbunker schon kurz darüber gesprochen«, erinnere ich ihn und mustere ihn aufmerksam. »Du weißt, ich glaube das nicht. So etwas tust du nicht. Und du hast gemeint, wenigstens ich würde dir glauben. Also stimmt es doch, oder? Du bist es nicht gewesen.«

Devyn löst sich von mir und sieht mir in die Augen. In ihnen kann ich nichts als Ehrlichkeit erkennen. »Nein, ich bin es nicht gewesen. Ja, ich bin frustriert gewesen, weil sie mich aus dem Team geworfen haben. Football ist meine größte Leidenschaft. Football ist mein Leben gewesen. Und dann als Schulmaskottchen in diesem nach Schweiß stinkenden und stickigen Kostüm zu stecken und mein Team, meine Freunde vom Spielfeldrand aus anfeuern zu müssen …« Devyn beendet den Satz nicht, jedoch höre ich den Schmerz in seiner Stimme heraus. Deshalb drücke ich seine Hand, um ihm zu signalisieren, dass ich für ihn da bin.

»Außerdem kann ich es gar nicht gewesen sein«, fährt er fort. »Ich bin nicht auf der After-Party gewesen. Direkt nach dem Spiel bin ich nach Hause gefahren, weil ich meine Mom früh am nächsten Morgen zu einer Therapie habe fahren müssen. Und da wollte ich nicht verschlafen.«

Ich ziehe die Brauen zusammen. »Wer hat dann die Pokale zerstört? Glaubst du, jemand wollte dir die Tat in die Schuhe schieben?«

Wären Braden oder Read in der Lage, so etwas zu tun?

Devyn zuckt mit den Schultern. »Möglich wäre es. Mittlerweile ist das doch sowieso egal. Ich habe keine Beweise für meine Unschuld oder ihre Schuld. Ich habe mich damit abgefunden, der verhasste Außenseiter und das Schulmaskottchen zu sein. Nur noch ein paar Monate und dann haben wir unseren Abschluss. Danach sehe ich sie nie wieder.«

Er kann behaupten, was er will, doch seine deprimierte Stimme verrät ihn. Ich würde ihm gerne helfen, weiß aber nicht wie. Devyn hat recht, es gibt keine Beweise. Weder für ihn noch gegen ihn.

»Du hast gemeint, dein Maskottchen-Kostüm würde nach Schweiß stinken. Tun das die Footballuniformen nicht auch?«, meine ich scherzhaft, um die Stimmung ein wenig zu lockern.

Daraufhin nickt er leicht. »Das stimmt.«

Ich grinse ihn an. »Weißt du, ich finde das Maskottchen-Kostüm viel cooler als die Footballklamotten. Das Fell lädt einen zum Kuscheln ein. Wenn du das trägst, siehst du richtig süß aus. Wie ein süßer Devyn-Waschbär.«

»Ist das jetzt ein Kompliment?«, hakt Devyn mit erhobener Braue nach und grinst dann breit. »Würdest du etwa nur mit mir kuscheln, wenn ich dieses Kostüm trage?«

Prompt stelle ich mir vor mit ihm zu kuscheln und werde rot.

»Das Footballspielen hat mich immer glücklich gemacht«, erklärt er. »Ich bin als Maskottchen eine lange Zeit unglücklich gewesen. Aber seit du da bist, bin ich irgendwie besser drauf. Du bringst mich zum Lächeln, Avery.«

Ich erwidere seinen Blick atemlos, kann nicht glauben, was er mir da gerade eben gestanden hat. Tränen der Rührung treten mir in die Augen. »Es freut mich, wenn ich dich zum Lächeln bringe. Aber du bringst mich auch zum Lächeln.«

Devyn reißt leicht die Augen auf. Seine Mundwinkel heben sich, dann fallen sie leicht herunter. »Manchmal kommt es mir aber wie ein Traum vor. Ich bin so lange Zeit allein gewesen. Ich bin ein Ausgestoßener. Du hast sozialen Selbstmord begangen, indem du dich von Braden getrennt hast und mit mir abhängst.«

Früher hätte ich das genauso gesehen. Jetzt nicht mehr. »Ich finde es traurig, dass in unserer Gesellschaft nur zählt, *was* man ist, statt *wer* man ist«, gebe ich zurück. »Mal abgesehen von den Vorurteilen, die man anderen gegenüber hat. Viele machen sich ein Bild über andere und stecken sie in eine Schublade, ohne diese Personen überhaupt zu kennen.«

Devyn nickt zustimmend. Wir sind uns so nah, dass ich seinen warmen Atem auf meinem Gesicht spüren kann. Und ich rieche seinen angenehmen Duft, vermischt mit dem Geruch des Grases um uns herum. Devyn legt den Kopf schief. Dabei fallen ihm seine Haare ins Gesicht. In meinen Fingern kribbelt es und ich verspüre den immer stärker werdenden Drang, sie ihm wegzustreichen.

»Du hast also gedacht, ich wäre ein Frauenheld?«, fragt er verschmitzt grinsend.

Ich werde rot. »Na ja, du bist der Kapitän des Footballteams gewesen …«, beginne ich und verstumme.

Devyn hebt eine Braue. »So so. Und nur, weil ich der Kapitän des Footballteams gewesen bin, soll ich ein Frauenheld gewesen sein? Wie war das noch mal mit Vorurteilen und Schubladendenken?«

Ich boxe ihm leicht in die Schulter. »Ich habe es halt gedacht.« Ich mache eine Pause und mustere ihn neugierig. »Bist du jetzt eigentlich ein Player gewesen oder nicht?«

»Definiere Player. Ich bin Footballplayer gewesen«, gibt er mit zuckenden Mundwinkeln zurück.

»Du weißt genau, was ich meine.«

Devyn beugt sich ein wenig nach vorn, sodass sein Gesicht direkt vor meinem schwebt, und sieht mir so tief in die Augen, dass mein Herz stehen bleibt und ich den Atem anhalte. »Warum willst du das so genau wissen, Avery?«

»Ich … ehm …«, stottere ich, weil mich seine Nähe so nervös macht. Ausgerechnet jetzt muss ich an vorhin denken, wie er nur mit seinem Handtuch um die Hüfte im Wohnzimmer stand. Hitze steigt mir in die Wangen. »Ich will nur meine Vermutungen von vor einem Jahr überprüfen. Ob ich mich geirrt habe oder mit meinen Vorurteilen recht gehabt habe«, entgegne ich schließlich, wobei meine Stimme ein wenig zittert.

Devyn sieht mich einige sehr lange Sekunden an. Dann geht er plötzlich auf Abstand und knetet seine Hände. »Ich bin bei den Mädchen beliebt gewesen, das stimmt. Es hat auch ein paar gegeben, die gern mit mir zusammen gewesen wären. Und ich gebe ganz offen zu, dass ich diese Aufmerksamkeit genossen habe. Allerdings bin ich nur an einem einzigen Mädchen interessiert gewesen.«

Ein eifersüchtiger Stich bohrt sich in mein Herz. »Wer ist sie gewesen?«, krächze ich und hoffe, dass er mir meine Gefühle nicht anmerkt. »Bist du immer noch an ihr interessiert? Und warum seid ihr nicht zusammengekommen?«

Er seufzt schwer und starrt kurz auf seine Hände, ehe er mich wieder anschaut. »Sie ist mit jemand anderes zusammengekommen.«

»Oh«, mache ich nur. Es muss wehtun, wenn die große Liebe mit jemand anderes zusammenkommt. Zugleich verspüre ich erneut diesen eifersüchtigen Stich im Herzen. Wer ist dieses Mädchen, von dem er spricht?

Devyn betrachtet mich aufmerksam, als er fortfährt: »Und ja, ich bin immer noch an ihr interessiert. Mein Interesse an ihr hat nie nachgelassen. Wenn es nicht sogar stärker geworden ist, weil ich gemerkt habe, dass sie gar nicht so oberflächlich ist, wie ich eine Zeit lang gedacht habe. Sie ist sogar echt cool und nett und hilfsbereit.«

Mein Herz zieht sich zusammen. Auf eine sehr schmerzhafte Art und Weise. Es ärgert mich, wie er über dieses Mädchen spricht und über sie schwärmt. Ich presse die Lippen aufeinander. Verdammt, wir sind Freunde!

Freunde, die sich vorhin fast geküsst hätten.

»Gibt es denn eine Möglichkeit, dass ihr doch noch zusammenkommen könntet?«, frage ich, weil ich eine gute Freundin sein will. Denn eine gute Freundin freut sich für ihre Freunde und hält zu ihnen.

Devyns Blick scheint intensiver zu werden. Er verursacht ein Kribbeln in meinem Magen und eine Gänsehaut, die sich auf meinem gesamten Körper ausbreitet. »Das liegt an ihr.«

Kapitel 24

Da ich den Gedanken nicht mehr ertragen kann, dass Devyn in ein anderes Mädchen verknallt ist, und Ablenkung brauche, greife ich nach seinem Football, den er neben sich ins Gras gelegt hat, als ich ihn umarmt habe. Herausfordernd sehe ich ihn an.

»Wie wäre es mit einem kleinen Spiel? Nur wir zwei.«

Devyn macht große Augen. »Du willst mit mir Football spielen?«

Ich hebe eine Braue. »Warum nicht? Glaubst du, nur weil ich Cheerleaderin bin, kann ich nicht Football spielen oder kenne die Regeln nicht?«

Devyn will etwas sagen, schweigt dann jedoch. Ertappt beißt er sich auf die Unterlippe. Es tut ein wenig weh, dass er anscheinend die gleichen Vorurteile mir gegenüber hat wie viele andere, wenn sie hören, dass ich Cheerleaderin bin. Andererseits gibt mir das den nötigen Antrieb, ihm das Gegenteil zu beweisen.

»Wie war das noch mal: Wie wäre es, wenn du mich erst kennenlernst und dir selbst ein Bild von mir machst, ehe du über mich urteilst?«, necke ich ihn.

Devyn klappt die Kinnlade herunter. »Du hast meine Worte nicht vergessen.«

Verlegen nicke ich. »Ich habe sie nicht vergessen. Nie.«

»Dann lass uns spielen«, meint er und strahlt mich an.

Gemeinsam stehen wir auf. Zuerst werfen wir uns zum Aufwärmen den Football gegenseitig zu, wie es die Jungs beim Training immer machen. Dann stellen wir uns voreinander auf und gehen in die Knie. Da wir nur zu zweit sind, müssen wir die Regeln ein wenig abändern. Ich ziehe eine imaginäre

Linie zwischen uns in der Wiese und lege dort den Football ab, auf dem ich meine Hand abstütze. Unsere Gesichter schweben nur wenige Zentimeter voreinander. Ich nehme jede kleine Regung von Devyn wahr. Wie er zwinkert, wie sich sein Brustkorb bei jedem Atemzug hebt und senkt. Wie sein Kehlkopf hüpft, als er schluckt.

Unsere Nasenspitzen streifen sich leicht. Ich müsste mich nur ein wenig nach vorn beugen und wir würden uns küssen. Doch den Gedanken verdränge ich schnell. Ich darf mich nicht von ihm ablenken lassen. Was leichter gedacht ist als getan, denn je länger ich ihm in die Augen sehe, desto nervöser werde ich und umso wärmer wird mir. Devyn kneift die seinen zusammen. Er wartet darauf, dass ich anfange. Aber ich lasse mir Zeit, versuche einen Moment der Unaufmerksamkeit bei ihm auszunutzen.

Als er kurz blinzelt, greife ich nach dem Football, springe zur Seite und mit Schwung kopfüber nach vorn. Mit dem Football in der einen Hand stütze ich mich mit der anderen im Gras ab und schlage ein Rad. Ich komme auf den Füßen auf und kombiniere es mit einem Handstützüberschlag rückwärts, wobei ich da beide Hände benötige und den Football als Federung benutze. Mit dem Gesicht zu Devyn gewandt komme ich mehrere Meter von ihm entfernt zum Stehen.

Der starrt mich verdutzt an. Dann stürmt er auf mich zu. Ich drehe mich um und sprinte los. Aus den Augenwinkeln sehe ich ihn näher kommen. Ich spüre bereits seine Finger, die meine Schulter leicht berühren. Also beschleunige ich mein Tempo und werfe mich mit dem Ball in die imaginäre Endzone à la Wiese zwischen zwei Bäumen.

»Touchdown!«, juble ich.

Devyn kommt vor mir zum Stehen und blickt verblüfft auf mich herab. »Wow. Was ist das denn gewesen?«

Grinsend erwidere ich seinen Blick. »Football und eine Kombination aus Radschlag und Flickflack.«

»Es sah genial aus. Ich bin mir allerdings nicht sicher, ob das nicht gegen die Regeln ist«, überlegt er laut.

Ich grinse ihn an. »Wir spielen unser eigenes Spiel. Lust auf Runde zwei?«

Er hält mir die Hand hin. »Bin dabei.«

Ich lasse mich von ihm hochziehen und gebe ihm den Ball. Dann marschieren wir zurück in die Mitte des Gartens. Dort wiederholen wir das Ganze, nur dass Devyn dieses Mal den Ball hat. Als er lossprintet, bin ich ihm dicht auf den Fersen. Ich bin kurz davor, mich auf ihn zu werfen, als er plötzlich einen Haken schlägt und ich ins Stolpern gerate. Als ich mich verwirrt umsehe, steht er bereits in meiner Endzone und winkt mir grinsend zu.

»Wäre das ein richtiges Spiel, wäre deine Mannschaft jetzt richtig angepisst«, ruft er fröhlich.

»Ich werde dir zeigen, wer gleich richtig angepisst sein wird. Nämlich du!«, zetere ich gespielt entrüstet.

Allerdings habe ich mich ein wenig überschätzt. Denn dieses Mal holt Devyn mich ein. Ehe ich seine Endzone erreicht habe, schlingt er seine Arme von hinten um meinen Bauch und bringt mich dadurch zum Stehen. Er zieht mich sanft an sich. Sein Oberkörper schmiegt sich von hinten an meinen Rücken. Den Kopf bettet er auf meine Schulter, während seine Finger über meine nackten Unterarme zu meinen Händen gleiten.

Ich halte die Luft an, nicht fähig mich zu bewegen. Dort, wo Devyn mich berührt, breitet sich eine Gänsehaut aus.

»Avery«, haucht Devyn an meinem Ohr. Seine Haare und sein Atem kitzeln meinen Hals. Ich öffne den Mund, will etwas sagen, doch mir fehlen die Worte. Dafür flattert mein Magen.

Bis ich spüre, wie er mir den Ball aus den Fingern zu ziehen probiert. Sofort ist es aus mit meiner Erstarrtheit.

Schnell bohre ich die Finger in das Leder, reiße mich von Devyn los und sprinte nach vorn. Devyn nimmt sofort die Verfolgung auf. Aber ich bin schneller. Er bleibt hinter mir stehen, als ich meinen zweiten Touchdown erziele.

»Das ist unfair gewesen!«, schimpfe ich und deute mit dem Football auf ihn. »Du hast mich abgelenkt!«

Devyn hebt grinsend die Hände. »Ich weiß nicht, was du meinst. Ich habe nur versucht dir den Ball abzunehmen«, gibt er gespielt unschuldig zurück.

»Du hast mich …« Ich unterbreche mich. *Beinahe verführt,* hätte ich fast gesagt.

Devyn tritt einen Schritt auf mich zu. Mit erhobenen Mundwinkeln blickt er mich an. Seine Hände wandern zu meinen, die den Ball fest umklammern. Er tritt einen weiteren Schritt an mich heran, sodass sich nur noch der Football zwischen uns befindet, den wir beide festhalten.

»Ich habe was, Avery?«, haucht er mit derselben verführerischen Stimme wie vorhin an meinem Ohr. Er beugt sich ein wenig nach vorn und sieht mir tief in die Augen.

Erneut stockt mir der Atem. Bis Devyn grinst und mir zuraunt: »Ich habe gedacht, wir hätten unsere eigenen Spielregeln?«

Dann entreißt er mir den Football und rennt los.

Wir wiederholen die Züge. Immer und immer wieder. Einmal schafft Devyn es, mir den Ball abzunehmen, das andere Mal bin ich es.

Eine Weile geht das so weiter, bis die Sonne komplett untergegangen ist und sich bereits die ersten Sterne am Himmel abzeichnen. Ich bin vollkommen durchgeschwitzt, meine Haare hängen mir in Strähnen ins Gesicht, obwohl ich sie mir vor dem Spiel zusammengebunden habe, wie ich es beim Sport immer tue, damit sie mich nicht stören.

»Du bist wirklich gut«, meint Devyn bewundernd. »Ich habe dich total unterschätzt«, gibt er ehrlich zu.

»Da sind wir wieder beim Thema Vorurteile«, murmle ich.

Devyn betrachtet mich von der Seite. »Als Cheerleader habt ihr mit vielen Vorurteilen zu kämpfen, oder?«

Ich nicke düster, als ich mich an die dummen, sexistischen Sprüche von manchen Kerlen nach den Spielen erinnere.

»Ich habe das Gefühl, Cheerleading wird als Sport nicht wirklich ernst genommen«, erkläre ich. »Als Cheerleader hat man mit vielen Vorurteilen, Klischees und Sexismus zu kämpfen. Viele denken, wir wären knapp bekleidete, attraktive Mädchen, die zur Belustigung der Zuschauer und zum Pausenfüllen auf dem Spielplatz mit Pompons wedelnd herumhüpfen. Dabei ist das Cheerleading viel mehr. Es ist ein Leistungssport. Cheerleading ist anspruchsvoll und abwechslungsreich, aber auch gefährlich. Es kommt immer wieder vor, dass wir Verletzungen davontragen, wenn wir falsch aufkommen. Ich habe mir schon zweimal den Fuß und einmal das Handgelenk verstaucht. Trotzdem ist es mein Lieblingssport, so wie du dich für Football begeisterst.«

Ich lächle Devyn an. »Eigentlich ist das Cheerleading dem Football gar nicht mal so unähnlich. Cheerleading ist wie Football ein Teamsport. Man muss einander vertrauen. Wenn wir eine Pyramide machen oder die Mädels mich bei einem Stunt halten, muss ich darauf vertrauen, dass sie mich nicht fallen lassen. Wir trainieren wie ihr Kondition, Ausdauer und Kraft. Wir haben mehr Meisterschaften gewonnen als das Footballteam. Aber unsere Pokale verstauben in einem Karton im Büro von Coach Miller, während die des Footballteams in der Vitrine für alle sichtbar sind.«

»Das ist unfair.« Devyn nickt verständnisvoll. »Wenn ich ehrlich bin, habe ich noch nie so übers Cheerleading nachgedacht. Ich habe dich und deinen Lieblingssport vollkommen falsch eingeschätzt. Das tut mir leid.«

Es tut ein wenig weh, aber wenigstens ist er ehrlich.

»Was das Footballspielen angeht: Wir sind ja bei allen Spielen dabei, da lernt man schnell die Regeln«, fahre ich fort. »Außerdem hat mir Braden ein wenig was beigebracht. Ich habe manchmal mit ihm und seinen Freunden gespielt.«

Devyn nickt nur. Doch bei der Erwähnung seiner Freunde verdüstert sich seine Miene.

»Lass uns ein letztes Spiel spielen«, meine ich mit Blick auf den sternenklaren Himmel über uns. Allerdings ziehen am Horizont bereits die ersten dunklen Wolken auf. Dem Himmel nach zu urteilen wird uns heute Abend ein Gewitter erwarten. Schwül genug dafür ist es jedenfalls.

Wir stellen uns erneut voreinander auf. Dieses Mal habe ich wieder die Hand am Ball. Der Garten ist bereits dunkel. Nur ein Teil wird von der Laterne auf der Terrasse vor Devyns Haus beleuchtet.

Ich täusche ein Ausweichmanöver nach rechts vor, laufe jedoch nach links. Kichernd, weil ich Devyn ausgetrickst habe, stürme ich in Richtung der Endzone. Ich werfe einen Blick über die Schulter, um nachzusehen, ob er schon aufgeholt hat, als er ruft: »Avery, pass auf!«

Ich mache einen weiteren Schritt. Doch er geht ins Leere. Ich kann meinen Kopf gerade noch herumdrehen, um zu erkennen, dass ich auf den Pool zugelaufen bin, als ich schon ins kalte Wasser falle.

Vor lauter Überraschung bleibt mir der Aufschrei im Hals stecken, als das kalte Wasser über mir zusammenschlägt. Der Pool ist nicht gerade sehr tief – ich kann sogar darin stehen, wenn ich mich auf die Zehenspitzen stelle. Prustend durchbreche ich wieder die Oberfläche. Glitschige Blätter bleiben in meinem Gesicht kleben.

Devyn steht am Poolrand. Er macht Anstalten, ins Wasser zu springen, doch als er feststellt, dass es mir gut geht, bricht er in schallendes Gelächter aus.

»Was ist so lustig?«, mache ich einen auf beleidigt.

»Du siehst aus wie ein begossener Pudel«, erklärt er prustend.

Ich schwimme zu ihm an den Rand. »Kannst du mir bitte helfen und mich aus dem Wasser ziehen, bevor du dich totgelacht hast?«, bitte ich ihn.

»Klar.« Devyn greift nach meiner ausgestreckten Hand.

Darauf habe ich nur gewartet. Ein Grinsen breitet sich auf meinem Gesicht aus. Devyn reißt die Augen auf. Doch bevor er sich losreißen kann, verfestige ich meinen Griff und ziehe ihn mit einem Ruck zu mir.

Er landet mit einem lauten Aufschrei neben mir im Wasser. Wie ich kommt er wenige Sekunden später wieder prustend an die Wasseroberfläche. Seine Haare hängen ihm triefend in die Stirn. Dieses Mal bin ich es, die in schallendes Gelächter ausbricht.

»Was sollte das denn?«, will er wissen, doch ich höre das Grinsen in seiner Stimme. Er nimmt es mir nicht übel.

»Du hast gemeint, ich sähe aus wie ein begossener Pudel. Irgendwie habe ich mich einsam gefühlt, deshalb habe ich dich ins Boot – äh Wasser geholt. Jetzt sind wir zwei begossene Pudel«, antworte ich beschwingt. »Außerdem habe ich mir gedacht, dir würde eine Abkühlung in dem Natur-Pool auch ganz guttun.«

»Natur-Pool?«

Ich grinse ihn an und greife nach ein paar nassen Blättern, die ich ihm vor die Augen halte. »Hier. Kostenlose, natürliche Blätter. Das ist fast wie ein Schlammpeeling. Nur mit Blättern. Ich nenne es ein Blätterpeeling. Ist bestimmt genauso gut für die Haut wie Schlamm.«

Devyn schüttelt lachend den Kopf. »Du bist verrückt.«

Zur Antwort bespritze ich ihn mit Wasser. Er schießt sofort zurück, sodass wir eine wilde Wasser- und Blätterschlacht ausfechten. Irgendwann schwimme ich nah an ihn heran, stoße mich vom Boden ab und springe hoch, um ihn an den Schultern nach unten zu drücken.

Doch er bewegt sich keinen Zentimeter von der Stelle.

»Was soll das werden, wenn du fertig bist?«, meint Devyn schmunzelnd.

»Ich will dich untertauchen!«, empöre ich mich.

»Und, funktioniert es?«, fragt er glucksend.

»Das ist unfair! Du bist echt stark! Viel stärker als ich!«

»Natürlich bin ich stärker als du«, erwidert Devyn. »Ich bin mal Quarterback gewesen. Da muss man stark sein.«

»Na und? Es gibt auch starke Frauen.« Ich will ihn mit Wasser anspritzen, doch er fängt meine Hände mit den seinen ab und zieht mich zu sich heran. Mein Atem beschleunigt sich, als sich unsere Oberkörper berühren. Mein T-Shirt hat sich mit Wasser vollgesogen und klebt an meinem Körper. Es fühlt sich an, als wären wir Haut an Haut.

Plötzlich wird mir ganz warm, obwohl das Wasser arschkalt ist. Unsere Finger verschränken sich ineinander. Wir lassen sie langsam auf Hüfthöhe ins Wasser sinken. Ich spüre Devyns warmen Atem auf meiner Wange.

»Avery?«, raunt er mit heiserer Stimme.

»Ja?«, hauche ich mit klopfendem Herzen.

»Ich muss dir etwas sagen.«

»Wenn jemand das sagt, kommt dabei meistens nichts Gutes raus«, meine ich unruhig, während ich mich zugleich frage, was er mir sagen will. Beichtet er mir ein schlimmes Geheimnis? Hat er gerade ins Wasser gepinkelt?

»Nein«, meint Devyn sofort. Unsicherheit schwingt in seiner Stimme mit.

»Es ist nichts Schlimmes. Es ist nur so, dass wir doch so etwas wie Freunde sind, oder? Ich will diese Freundschaft oder was auch immer das zwischen uns ist, nicht gefährden. Ich weiß nicht, wie du darauf reagieren wirst. Aber du solltest es wissen.«

»Was sollte ich wissen?«

Er holt tief Luft. »Das Mädchen, von dem ich vorhin gesprochen habe. Das Mädchen, an dem ich interessiert war und immer noch bin ...«

»Was ist mit ihr?«, presse ich hervor.

»Damit bist du gemeint.«

Es dauert ein paar Sekunden, bis seine Worte zu mir durchdringen.

»Oh.« Ich starre ihn an. Mir klappt die Kinnlade herunter und ich mache große Augen. Der Stich, den ich gerade eben verspürt habe, wandelt sich in ein aufgeregtes Magenflattern. »Oooh.«

»Ja.« Devyn kaut unsicher auf seiner Unterlippe herum. »Ich habe dich gemeint. Du bist es.« Seine Wangen laufen im Dunkeln rot an, dennoch schaut er mir direkt in die Augen. »Um genau zu sein, bist du mir schon im Unterricht aufgefallen. Du hast diese Angewohnheit, dir die Haare um den Finger zu wickeln, wenn du über etwas nachdenkst.« Ich stutze. Das ist mir gar nicht aufgefallen. »So richtig mag ich dich seit dem Moment, als du in mich hineingelaufen bist«, fährt Devyn fort. »Das ist an deinem ersten Tag als ...«

»... Cheerleaderkapitänin gewesen«, beende ich seinen Satz verblüfft. »Ich bin total nervös gewesen.«

Devyn lächelt. »Das hat man dir angemerkt. Du bist ein wenig schüchtern gewesen und so rot wie eine Tomate. Aber ich habe deine Unruhe vor dem ersten Training als Kapitänin sehr gut nachvollziehen können.«

Ich sehe ihn an. »Du hast mich gefragt, ob ich dich näher kennenlernen und mir eine eigene Meinung über dich bilden will. Aber dazu ist es irgendwie nie gekommen. Bis jetzt.«

Devyn nickt traurig. »Nachdem sich zu Hause alles einigermaßen eingependelt hat, bin ich ein wenig enttäuscht gewesen, dass wir uns nicht näher haben kennenlernen können. Ich habe mich nicht getraut dich anzusprechen.

Ich wusste ja nicht, wie du mich findest, und dann bist du mit Braden zusammengekommen. Ihr beide habt so glücklich gewirkt. Ich habe gedacht, du würdest mit mir nichts mehr zu tun haben wollen. Ich bin das Schulmaskottchen gewesen. Alle haben mich gehasst.«

Da hat er vermutlich recht. Damals war ich so oberflächlich, dass ich das Schulmaskottchen hätte abblitzen lassen. Vermutlich hätte ich mich noch über ihn lustig gemacht.

»Ich bin nicht mehr die oberflächliche Avery von früher, Devyn. Ja, der soziale Status ist mir sehr wichtig gewesen. Aber das ist mir jetzt vollkommen egal. Es ist mir egal, *was* du bist. Egal, ob Kapitän des Footballteams oder Schulmaskottchen. Mir ist wichtiger, *wer* du bist. Für mich bist du Devyn. Ehrlich, witzig, fürsorglich und einfühlsam.«

Devyn hält die Luft an. Seine Lippen öffnen sich vor lauter Überraschung, aber er sagt nichts. Er starrt mich nur an.

»Ich wollte herausfinden, wer dieser Devyn Coleman wirklich ist, der so nett zu mir gewesen ist, als mein Dad den Krampanfall gehabt hat und alle Leute nur um uns herumgestanden und uns gefilmt haben. Doch du bist da gewesen und hast geholfen. Du hast mich ins Krankenhaus gefahren. Als ich auf dem Parkplatz vor allen Schülern gedemütigt worden bin, hast du mich da rausgeholt. Ich bin dir so unglaublich dankbar für alles, was du für mich getan hast, denn du hast mir gezeigt, was wirklich zählt und das ist weder Beliebtheit noch der Ruf, sondern das Leben, die Familie. Du hast mir gezeigt, wie sich wahre Freunde verhalten. Du bist kein Loser, Devyn. Für mich bist du die wunderbarste Person, die ich kenne.«

Ich nehme all meinen Mut zusammen, beuge mich vor und küsse ihn.

Ich küsse Devyn Coleman.

Devyn, zu dem ich gesagt habe, dass er nicht mein Typ sei und dass zwischen uns nie etwas laufen würde.

Jetzt bin ich hier mit ihm mitten in seinem dreckigen Pool voller Blätter unter dem Sternenhimmel und küsse ihn. Und es fühlt sich gut an. Es fühlt sich verdammt gut an.

Meine Lippen streichen sanft über die seinen. Doch dann erwidert er den

Kuss – wenn auch ein wenig unbeholfen. Seine Hände lösen sich von den meinen und legen sich auf meine Hüften, um mich näher an ihn heranzuziehen. Ich werte es als gutes Zeichen, dass er den Kuss nicht abbricht, und schlinge meine Arme um seinen Hals.

Irgendwann lösen wir unsere Lippen voneinander, bleiben jedoch eng umschlungen voreinander stehen. Devyn scheint die Luft anzuhalten, weil sich sein Brustkorb, den ich dicht an meinem spüre, nicht mehr bewegt.

»Atmen, Devyn«, flüstere ich leise.

Seine Lider, die er während des Kusses wohl geschlossen hat, flattern, dann öffnet er sie wieder und starrt mich ungläubig an.

»Du hast mich geküsst«, stellt er überflüssigerweise fest.

»Ja, das habe ich. Und du hast den Kuss erwidert. Aber ... Ich ... War das ... war das okay? Hätte ich das nicht tun dürfen? Falls das nicht okay gewesen ist, tut es mir leid.«

Ich mache schon Anstalten, mich von ihm zu lösen, obwohl ich mich in seiner Nähe so wohlfühle und er mich in dem kalten Wasser wärmt, doch Devyn hält mich zurück.

»Nein, ich meine ja. Du solltest wissen ... Ich ... ich bin noch nie geküsst worden und weiß nicht, ob dir der Kuss gefallen hat«, stottert er verlegen.

»Du bist noch nie geküsst worden?«, rutscht es mir heraus.

Devyn lächelt mich nervös an. »Ähm ... jetzt schon, aber davor ... nicht.«

»Oh.« Ich weiß nicht, was ich sagen soll.

Er erwidert meinen ungläubigen Blick mit einem schiefen Grinsen. »Kommen jetzt wieder die Kapitän-Herzensbrecher-Vorurteile?« Ehe ich mich verteidigen kann, fährt er fort. »Zwar bin ich als Kapitän beliebt gewesen – und wie ich dir vorhin gesagt habe, habe ich die Aufmerksamkeit genossen, die ich vor allem von Mädchen bekommen habe. Aber ich wollte nicht irgendjemanden küssen. Und auf Partys bin ich gar nicht dazu gekommen, weil ich meistens entweder mit dem Team oder mit Braden zusammen dort gewesen bin und mit ihnen gefeiert habe. Wir haben uns weniger für die Mädchen interessiert, sondern haben lieber einen Abend unter Freunden oder als Team verbracht.«

Das von ihm zu hören, überrascht mich positiv. Innerlich verfluche ich mich dafür, dass ich den Gerüchten Glauben geschenkt habe, die über ihn verbreitet worden sind.

»Hat es sich richtig angefühlt, mich zu küssen?«, wage ich zu fragen.

Devyn erwidert meinen schüchternen Blick. Er streicht mir ein paar nasse Strähnen, die mir ins Gesicht hängen, zurück und lächelt.

Statt einer Antwort küsst er mich. Grinsend lege ich meine Hand in seinen Nacken. Devyn wird mutiger. Seine Finger wandern vorsichtig über meinen Rücken und ich seufze leise, als unsere Lippen miteinander verschmelzen.

Ich schmiege mich enger an seinen warmen Körper. Ich friere bereits, aber ich will den Kuss, der mich innerlich ganz warm werden lässt, nicht unterbrechen.

Nachdem wir uns wieder voneinander gelöst haben, blicken wir nach oben. Über uns funkeln die Sterne. In meinem Magen breitet sich ein merkwürdiges Gefühl aus, als würden Hunderte von Schmetterlingen darin herumschwirren. Es fühlt sich so an, als wäre ich federleicht. Ich fühle mich glücklich. So glücklich, wie ich mich schon lange nicht mehr gefühlt habe.

»Ich hätte mir keinen perfekteren ersten Kuss vorstellen können«, flüstert Devyn. »Auf das kalte Wasser hätten wir aber verzichten können«, fügt er leicht bibbernd hinzu.

Ich streiche über seine Arme. Er hat eine Gänsehaut. Mir geht es nicht anders. Das Wasser hat meine Klamotten komplett durchweicht. Mir ist bis auf die Knochen kalt.

Schließlich steigen wir aus dem Pool, wobei Devyn noch nach seinem Football greift, der neben uns schwimmt.

»O nein, die ganzen Unterschriften!«, rufe ich erschrocken.

»Kein Problem. Sie haben mit wasserfesten Stiften unterschrieben«, beruhigt er mich und greift nach meiner Hand.

Schlotternd laufen wir durch den dunklen Garten zurück ins Haus. Vampir liegt zusammengerollt auf der Couch und sieht uns blinzelnd an, als wir hereinkommen. Unsere tropfnassen Haare und Klamotten hinterlassen dunkle Flecken auf dem Holzboden.

»Du bist komplett durchgefroren«, murmelt Devyn, der die aufgestellten Härchen auf meinen Armen bemerkt hat. Dass wir sein Wohnzimmer gefühlt halb überschwemmen, scheint ihn nicht zu kümmern. »Soll ich dir ein heißes Bad einlassen oder willst du duschen? Ich kann dir warme Klamotten leihen.«

Seine Fürsorge rührt mich. »Eine warme Dusche reicht vollkommen aus. Danke. Außerdem bist du doch genauso durchgefroren«, bemerke ich mit Blick auf seinen bibbernden Körper. Er zuckt nur mit den Achseln.

»Dann lass uns doch gemeinsam duschen. Wir können uns ja gegenseitig einheizen«, meint er und zwinkert, woraufhin ich prompt rot werde.

Devyn lacht über meinen wohl entsetzten Gesichtsausdruck. »Ist doch nur Spaß gewesen, Avery. Es ist süß, wenn du so rot anläufst«, fügt er schmunzelnd hinzu. »Wir haben zwei Bäder. Du kannst das große nehmen und ich nehme die Dusche im Gästebad. Du kannst dir ein paar Klamotten von mir leihen. Unsere nasse Kleidung werfe ich in die Waschmaschine und den Trockner, dann sind sie in ein paar Stunden wieder sauber und trocken.« Sein Blick fällt auf die Uhr. Es ist bereits nach neun Uhr.

Ich werfe einen Blick auf mein Handy, das ich auf dem kleinen Tisch vor der Couch habe liegen lassen. Meine Mom hat mir geschrieben. Sie und Dad gehen gleich ins Bett. Da ich nicht will, dass sie wegen mir noch herumfahren muss und Devyn allein bleibt, schlage ich vor: »Wenn es für dich okay ist, würde ich über Nacht einfach hierbleiben.«

Devyn nickt. »Klar. Du kannst gerne bei mir übernachten. Wenn du nicht zu müde bist, können wir uns noch einen Film anschauen. Ohne böse Absicht«, schiebt er grinsend hinterher.

»Gerne«, erwidere ich lächelnd, woraufhin Devyn mich überglücklich anstrahlt.

»Das freut mich.«

Während er mich über die Treppe in den ersten Stock hochführt, schreibe ich meiner Mom eine Nachricht, dass ich bei Devyn übernachte und morgen nach Hause komme.

Ihre Antwort kommt schnell.

Alles klar. Viel Spaß euch beiden ;)

Ich muss grinsen. Obwohl ihre Nachricht leicht zweideutig klingt, weiß ich, dass sie mir vertraut. Und nach allem, was ich ihr über Devyn erzählt habe, vertraut sie auch ihm. Sonst würde sie mich nicht bei ihm übernachten lassen.

Kapitel 25

Nachdem ich die Badezimmertür abgeschlossen habe, ziehe ich mich aus und werfe die nasse Kleidung in den Wäschekorb neben dem langen Schrank und springe unter die Dusche. Das warme Wasser tut gut. Ich greife nach einem der unzähligen Shampoos und Duschgele, die an der Seite stehen, und entscheide mich für eins mit Erdbeer-Vanille-Duft.

Ich bleibe viel länger unter dem warmen Wasserstrahl stehen, als es nötig gewesen wäre. Die ganze Zeit über geht mir unser Kuss durch den Kopf. Ich spüre seine Lippen immer noch auf den meinen. Damit haben wir auf jeden Fall die Grenze der Freundschaft überschritten. Devyn hat gesagt, dass er mich mag. Doch was bedeutet das jetzt für uns?

Meine Mom meinte, ich soll mich nicht schuldig fühlen, wenn mein Herz einen anderen Weg einschlägt als gedacht. Hat sie bereits geahnt, dass so etwas kommt? Bin ich nach der frischen Trennung mit Braden überhaupt wieder bereit mich auf jemand Neues einzulassen?

Schließlich drehe ich das Wasser ab und hole mir ein Handtuch aus dem Schrank. Im untersten Fach sind einige Windeln gestapelt. Sie erinnern mich an die Begegnung mit Devyn im Supermarkt. Obwohl es mir mega peinlich gewesen ist, muss ich bei der Erinnerung an Devyns Spiegel-Bemerkung schmunzeln. Er hat Braden richtig auflaufen lassen.

Nachdem ich abgetrocknet bin, fällt mir ein, dass ich ja noch Klamotten brauche. Deshalb schlinge ich das Handtuch noch mal um meinen Körper, ehe ich die Tür öffne. Von Devyn ist nirgends etwas zu sehen. Aber er hat mir wie versprochen ein T-Shirt und eine Jogginghose vor die Tür gelegt.

Und eine Boxershorts, auf die er einen Zettel mit einer Nachricht geklebt hat:

Falls du eine brauchst, sie ist frisch und noch ungetragen.

Ich muss den Kopf schütteln. Er hat wirklich an alles gedacht. Mein Slip ist durch das unfreiwillige Poolbad nämlich ebenfalls nass. Ebenso wie mein BH, weshalb ich ohne auskommen muss. Was einerseits egal ist, weil ich nachts sowieso ohne schlafe. Andererseits ist es ein komisches Gefühl, keinen zu tragen und so Devyn gegenüberzustehen.

Seine Boxershorts und die Jogginghose sind mir ein wenig zu groß. Dafür sind die Klamotten bequem und warm und das ist das Wichtigste. Sein T-Shirt reicht mir bis zu den Ellbogen und knapp über die Hüften. Zum Glück hat er ein dunkles aus festem Stoff ausgesucht, sonst würde ich mich jetzt wegen meinem fehlenden BH ein wenig unwohl und nackt fühlen.

Als ich den Kragen seines Shirts an meine Nase ziehe, atme ich seinen unverwechselbaren Devyn-Duft ein. Ein kribbelndes Gefühl breitet sich in meinem Magen aus und ich grinse in mich hinein. Ich mag seinen Geruch. Und ich mag Devyn.

Beschwingt trete ich aus dem Badezimmer auf den Gang, wo Devyn schon auf mich wartet. Seine Augen weiten sich, als er mich von oben bis unten mustert. Mir wird ganz warm und aus dem Magenkribbeln wird ein angenehmes Flattern.

»Du … du siehst … du siehst toll aus«, stottert er und kratzt sich verlegen im Nacken. »Du siehst natürlich immer toll aus. Aber gerade … du siehst toll aus.«

»Danke. Du siehst auch toll aus«, bemerke ich.

Er hat sich ebenfalls umgezogen und trägt eine Jogginghose und ein weißes T-Shirt, das bei ihm enger anliegt als bei mir und ihm perfekt steht. Seine Haare, die vom Duschen noch ganz feucht sind, stehen zu allen Seiten ab, als hätte er sie nur kurz abgerubbelt.

Ehe die Situation unangenehm werden kann, räuspert sich Devyn und führt mich den Gang entlang, um mir sein Zimmer zu zeigen. An der Tür zögert er kurz, dann öffnet er sie und wir treten ein.

Neugierig sehe ich mich um. Die Wände sind in einem schönen dunklen Meerblau gestrichen. Der Raum ist gemütlich eingerichtet mit einem großen Doppelbett an der Seite, einem kleinen Fernseher in der Ecke, einem Schreibtisch vor dem Fenster, von dem aus man in den Garten blicken kann, und einem Kleiderschrank. Über einem schmalen Regal, in dem Bücher und CDs gestapelt sind und auf dem er seinen signierten Football abgelegt hat, kleben an der Wand ein paar Fotos. Ich trete näher, um sie genauer anschauen zu können. Auf ihnen lachen Devyn, seine Mom und seine Schwester während diverser Ausflüge in die Kamera. Ein paar von ihnen zeigen Devyn und seine Schwester, als sie noch jünger sind und ihre Mom nicht im Rollstuhl sitzt.

Eines finde ich besonders süß. Es ist in einem Park vor einem schneeweißen Pavillon inmitten von unzähligen bunten Blumenbeeten gemacht worden. Seine Mom steht zwischen den Geschwistern und hat ihre Arme um die beiden gelegt und sie an sich gezogen. Alle drei wirken darauf so glücklich und unbeschwert. Allerdings ist weder auf diesem noch auf den restlichen Fotos sein Dad zu sehen.

Devyn tritt neben mich. »Das Foto hat mein Dad geschossen. Mom hat die Diagnose nach diesem Ausflug bekommen.«

Ich greife nach seiner Hand und drücke sie.

»Es macht mich fertig, sie so zu sehen«, flüstert er. »Nichts dagegen tun zu können. In der Gewissheit, dass es irgendwann so schlimm werden wird, dass sie …« Er bricht ab, spricht dann jedoch mit bebender Stimme weiter: »Ich fühle mich so …«

»Hilflos«, errate ich.

»Ja.« Eine Träne schleicht sich aus seinem Augenwinkel, die er schnell wegwischt.

»Ich kenne das von meinem Dad. Es macht mich auch fertig, ihn so zu sehen. Er wird bis an sein Lebensende halbseitig gelähmt bleiben. Er wird nie wieder sprechen können. Und es ist immer der Gedanke da, dass er erneut eine Hirnblutung, einen Schlaganfall oder einen Krampfanfall bekommen könnte. Doch mit solchen Ängsten und Sorgen macht man sich nur kaputt. Man muss sich daran festhalten, dass es ihnen jetzt für ihren Zustand einigermaßen gut geht.«

Devyn nickt zustimmend. »Da hast du recht. Mom hat immer wieder diese Phasen. Sobald etwas nicht mehr klappt, ist sie total frustriert und deprimiert. Doch sie lebt ihr Leben mit den Einschränkungen. Und jedes Mal, wenn sie Katy, Tante Veronica und mich sieht oder wir etwas zusammen unternehmen, strahlt sie.«

»So ähnlich ist es mit meinem Dad«, meine ich. »Hin und wieder hat er seine depressiven Momente. Trotzdem ist er glücklich, dass er lebt. Ich bewundere meinen Dad manchmal. Ich weiß nicht, was ich in seiner Situation getan hätte. Vermutlich hätte ich mich verkrochen, aber er geht spazieren und macht so viel, wie es ihm möglich ist. Nur weil ein Mensch eine Behinderung hat, heißt das nicht, dass man nicht mehr glücklich sein kann oder keine Lebensqualität mehr hat. Klar, man muss mit Einschränkungen leben, mit denen man sich abfinden muss. Doch man sollte daran festhalten, was man noch hat. Daran und an der Gegenwart. Man sollte die Zukunft nicht aus den Augen verlieren, doch gerade ist die Gegenwart das, was zählt.«

Ich hole tief Luft. »Du hast noch dein ganzes Leben vor dir. So kann es nicht mehr weitergehen, Devyn. Auch wenn du deine Mom und deine Schwester liebst, hast du ein Recht auf ein unbeschwertes Leben. Und das bedeutet ja nicht, dass du sie gleich in ein Pflegeheim schicken musst. Es gibt Pflegedienste, die ins Haus kommen und dir die Arbeit abnehmen«, erkläre ich und blicke ihn eindringlich an.

Durch meine Mutter kenne ich mich ein wenig mit dem Pflegesystem aus und weiß grob, was Devyn für Hilfsdienste in Anspruch nehmen könnte, um sich zu entlasten.

Er hat die Brauen nachdenklich zusammengezogen, lässt jedoch resigniert die Schultern sinken. »Ich weiß. Aber ein Pflegedienst kostet Geld, das wir nicht haben. Mein Dad hat das meiste Geld verdient und das, was meine Mom zusammen mit dem bisschen Unterhalt bekommt, das Dad noch zahlt, reicht gerade mal so für uns drei und Vampir.«

»Es gibt immer Möglichkeiten und Hilfeleistungen. Wir müssen uns einfach mal gemeinsam darüber informieren. Ich werde dir dabei helfen, wenn das für dich in Ordnung ist. Wir können uns mit meiner Mom zusammensetzen, sie hat Ahnung davon und kennt bestimmt Leute, die uns weiterhelfen können. Ich werde dich mit deinen Problemen nicht allein lassen, Devyn.«

Ich sehe, wie es in ihm arbeitet. Wie sich seine Augen hoffnungsvoll weiten. Er zögert kurz, ehe er nickt. »Einen Versuch ist es wert. Danke, Avery. Das weiß ich zu schätzen.«

Ich lächle ihn an und drücke seine Hand erneut. Dann fällt mein Blick auf zwei weitere Fotos. Auf einem ist Devyn mit seiner Footballmannschaft zu sehen. Er und Braden stehen in der Mitte. Mein Ex-Freund hat freundschaftlich den Arm um Devyn gelegt. Sie alle grinsen fröhlich in die Kamera. Devyn wirkt so unbeschwert und glücklich. Er scheint sich richtig wohlzufühlen. Das muss seine Zeit als Kapitän gewesen sein. Daneben klebt dasselbe Bild, das Braden in seinem Regal versteckt hat.

Devyn schluckt laut. »Das ist nach unserem ersten Spiel gewesen.«

»Braden hat das Bild auch bei sich stehen. Er hat es hinter dem Mannschaftsbild versteckt«, flüstere ich leise.

Devyn erstarrt neben mir. Seine Lippen zittern leicht.

»Ich vermisse ihn manchmal«, gibt er leise zu. »Zumindest den Braden von früher. Er ist wie ein Bruder für mich gewesen.«

In meinem Hals bildet sich ein Kloß. Nicht nur, dass Devyn seinen Vater verloren hat und seine Mutter krank geworden ist, er hat auch seinen besten Freund verloren. Seinen Platz im Footballteam. Seinen Platz in dem Sport, der seine große Leidenschaft ist. Ich kann mir gar nicht richtig vorstellen, wie es ihm gehen muss. Was hätte ich getan, wenn mir das alles geschehen wäre? Hätte ich Braden nicht an meiner Seite gehabt. Oder Emma.

Und da fasse ich einen festen Entschluss. Was auch immer zwischen Devyn und Braden vorgefallen ist, ich werde nicht zulassen, dass dieses Drama so weitergeht. Irgendetwas muss ich tun, damit sich die beiden aussprechen und diese Drangsaliererei an der Schule ein Ende hat!

»Als du noch geduscht hast, habe ich ein wenig was zu essen hergerichtet«, wechselt Devyn das Thema.

Erst da steigt mir der Geruch von Essen in die Nase. Ich blicke zur Seite auf seinen Schreibtisch und mir klappt der Mund auf. Auf seinem Schreibtisch steht ein Tablett mit einem Teller vollbeladen mit belegten Sandwiches. Daneben stehen eine Teekanne und zwei leere Tassen.

Devyn, der meine Reaktion bemerkt hat, lächelt verlegen. »Ich habe uns einen Tee und Wärmflaschen gemacht, damit wir nicht krank werden. Und ich habe noch zwei Kuscheldecken, wenn dir kalt ist.«

Ungläubig starre ich ihn an. Devyn erwidert meinen Blick unsicher. »Ist das zu viel?«

»Nein, überhaupt nicht!« Ich falle ihm um den Hals und drücke ihn fest an mich. »Das ist total lieb und aufmerksam von dir. Dankeschön.«

Ich löse mich wieder von ihm und greife mit knurrendem Magen nach einem der Schinken-Käse-Sandwiches auf dem Tablett. Daneben steht noch ein kleiner Teller voll mit frisch geschnittenem Obst sowie eine Schüssel voller Chips und eine weitere mit Gummibärchen. Devyn hat wirklich an alles gedacht, was für mich einen schönen Filmabend ausmacht. Mein Blick fällt auf sein Bett, das einladend vor uns liegt.

»Wir können auch runtergehen ins Wohnzimmer, wenn du dich damit wohler fühlst«, sagt er sofort, doch ich winke ab. »Schon in Ordnung. Dein Bett hat genug Platz für zwei Leute«, erwidere ich, wenngleich ich ein wenig nervös werde, weil mir der Kuss nicht mehr aus dem Kopf geht.

Wieder frage ich mich, was das jetzt zu bedeuten hat. Doch ich traue mich nicht es anzusprechen. Devyn macht ebenfalls keine Anstalten, das Thema anzuschneiden. Dafür spüre ich seinen nachdenklichen Blick auf mir.

Als ich ihn ansehe, errötet er, greift nach dem Tablett und stellt es auf seinen Nachttisch. Ich helfe ihm, indem ich die Schüsseln voller Süßigkeiten nehme und danebenstelle. Dann legen wir uns auf sein Bett. Der einzige Junge, mit dem ich bisher in einem Bett gelegen habe, ist Braden gewesen. Und obwohl ich weiß, dass nichts passieren wird, bin ich richtig unruhig, weil ich mich andauernd frage, was wohl als Nächstes geschehen wird. Werden wir uns wieder küssen? Oder war das nur eine einmalige Sache zwischen uns? Obwohl er ja zugegeben hat mich zu mögen. Und ich mag ihn auch.

Bei ihm fühle ich mich wohl. Deshalb lässt meine Nervosität langsam nach, als wir uns jeder in eine Decke kuscheln. Meine Füße lege ich auf die Wärmflasche, die er mir gemacht hat. Ich muss lächeln und mein Magen kribbelt erneut. Devyn ist so fürsorglich.

»Auf welchen Film oder welche Serie hast du denn Lust?«, fragt er an mich gewandt. Er hält sein Handy in der Hand, das er mit dem Fernseher verbunden hat, um diesen damit zu steuern.

Draußen hat es sich zugezogen. Dunkle Wolken hängen am Himmel. Die ersten Regentropfen prasseln gegen sein Fenster und in der Ferne grollt leise Donner.

»Magst du Horrorfilme?«, schlage ich nach kurzem Überlegen vor. »Es ist nicht unbedingt mein Lieblingsfilmgenre, aber um mal etwas anderes als Komödien und Actionfilmen zu sehen, schaue ich gern welche. Nicht die blutigen und brutalen, sondern die übernatürlichen, bei denen man sich richtig gruselt wegen der unerklärlichen Dinge, die passieren. Allein will ich sie aber nie gucken, weil ich dann Angst habe«, gebe ich zu.

»Ich bin auch mehr der Komödien- oder Actionfan. Aber dein Vorschlag klingt gut«, gibt Devyn zurück und wirft schaudernd einen Blick nach draußen. »Die Atmosphäre ist perfekt.«

Gemeinsam suchen wir einen Film aus, den wir beide noch nicht gesehen haben. Es geht um eine Familie, die umzieht. Allerdings spukt es in ihrem neuen Haus, woraufhin sie Videokameras aufstellen, um das Geschehen aufzunehmen. Ich finde die Idee cool, dass man die Szenen nur aus Sicht der Kameras oder der Figuren sieht, wenn sie eine Kamera oder ein Handy in den Händen haben. Es macht den Film realistischer.

Devyn schaltet mithilfe einer Fernbedienung das Licht aus. Erst da werde ich auf ein Leuchten über uns aufmerksam. Als ich zur Decke blicke, halte ich überrascht die Luft an. »Wow.«

Devyn hat Dutzende von kleinen und ein paar größeren Leuchtsternen an die Decke geklebt, sodass es aussieht, als befände sich über uns der Himmel.

»In völliger Dunkelheit kann ich schlecht einschlafen. Es fällt mir mit den Sternen irgendwie leichter«, erklärt er leise. »Ich fühle mich damit wohler.«

Ich sehe ihn an und lächle. »Ich finde es richtig cool. Ich habe nur Lichterketten. Aber die schalte ich aus, wenn ich ins Bett gehe. Vielleicht überlege ich mir auch solche Leuchtsterne zu holen.«

Devyn erwidert mein Lächeln erleichtert. Dann drückt er auf Play und wir kuscheln uns enger in unsere Decken.

Zu Beginn passiert nicht viel. Die Familie zieht neu in das Haus. Aber nachdem die ersten unerklärlichen Vorfälle geschehen, hat es der Film in sich. Nach nur wenigen Szenen, bei denen ich vor Schreck zusammengefahren bin, rutsche ich näher an Devyn heran.

»Darf ich bitte mit unter deine Decke?«, flüstere ich leise, ohne den Blick vom Fernseher zu wenden.

Devyn scheint es ähnlich zu ergehen wie mir. Denn als ich kurz zu ihm blicke, starrt er mit vor Schreck geweiteten Augen den Bildschirm an. Er nickt langsam und hebt die Decke an. Ich kuschle mich an ihn und er legt einen Arm um meine Schulter.

Er sieht mich an. Sein Mundwinkel hebt sich. »Hast du absichtlich einen Horrorfilm ausgesucht, damit wir kuscheln? Das wäre nicht nötig gewesen. Ich hätte auch so mit dir gekuschelt«, meint er und schmunzelt.

Ich grinse. »Vielleicht ist das ein angenehmer Nebeneffekt gewesen? Aber gut zu wissen, dass du auch so mit mir gekuschelt hättest«, gebe ich zurück.

Dann reden wir nicht mehr. Die Vorfälle häufen sich, der Film wird gruseliger. Das Gewitter draußen trägt noch mehr zum Gruselfaktor bei. Es kommt näher und näher. Blitze erhellen gefühlt im Sekundentakt den Garten. Donner folgen immer schneller aufeinander. Starker Wind lässt die Baumkronen gespenstisch hin und herschwanken, Regen trommelt gegen das Fenster. Ein weiterer Donner und ein Blitz, der wohl in der Nähe eingeschlagen hat, lassen gefühlt das ganze Haus erzittern.

Plötzlich knarrt Devyns Zimmertür. Wir sitzen wie erstarrt da, als sie sich langsam öffnet und rutschen noch enger zusammen, sodass ich schon fast auf seinem Schoß sitze.

»V… vielleicht ist das nur der Wind gewesen«, krächze ich, glaube mir aber selbst nicht. Immerhin sind alle Fenster zu. Auf dem Boden ertönen seltsam kratzende Geräusche.

Ich bin unfähig mich zu bewegen.

Devyn antwortet nicht. Er hat lediglich die Arme um mich geschlungen und mich fest an sich gezogen.

Wir lauschen angestrengt. Aber das komische Geräusch hat aufgehört. Ich atme erleichtert aus, als plötzlich ein Schatten direkt vor dem Bildschirm auftaucht, der nicht zum Film gehört. Ein weiterer Blitz erhellt die Umgebung und das Zimmer. Vor dem Fernseher steht eine runde schwarze Kugel mit grünen Augen, spitzen weißen Zähnen und faucht laut.

Devyn und ich schreien erschrocken auf und ziehen die Decke über unsere Köpfe. Dabei rutsche ich nun vollends auf seinen Schoß beziehungsweise zwischen seine Beine. Ich spüre seinen schnellen Herzschlag in meinem Rücken und seinen warmen Atem, der meinen Nacken streift. Seine Hände, die er um meinen Bauch geschlungen hat, zittern leicht.

Plötzlich springt etwas auf das Bettende und wir fahren zusammen. Ich wage nicht mich zu bewegen oder zu atmen, als kleine tapsende Schritte auf uns zukommen.

»Warte«, macht Devyn und zieht die Bettdecke von uns herunter.

Ungläubig starren wir auf Vampir, die uns mit schief geneigtem Kopf anschaut und lauthals miaut.

»Vampir, du bist es nur«, murmelt Devyn erleichtert. »Ich habe schon gedacht, der Geist wäre wirklich aus dem Fernseher gekommen.«

»Habe ich auch gedacht«, kichere ich vor lauter Erleichterung und halte mir die Hand ans Herz, das mir bis zum Hals schlägt.

Vampir scheint sich keiner Schuld bewusst. Ganz im Gegenteil.

Sie stolziert nach vorn und dribbelt mit den Pfoten auf der Decke umher, ehe sie sich schließlich auf meinem Bauch zu einer Kugel zusammenrollt.

»Sie hat Angst vor Gewittern«, erklärt mir Devyn, der über meine Schulter lugt und sie streichelt. »Deshalb kommt sie dann immer zu mir. Wollen wir lieber etwas Lustigeres anschauen?«, schlägt er vor, als ein weiterer Blitz den Garten erhellt.

»Gerne, sonst kann ich heute Nacht nicht schlafen«, stimme ich ihm zu.

Devyn hangelt nach der Fernbedienung. Was nicht gerade sehr leicht ist, da ich zwischen seinen Beinen liege, meinen Rücken an seinem Brustkorb und meinen Kopf an seine Schulter gelehnt. Aber ich will die zufrieden schnurrende Vampir nicht verschrecken, deshalb bewege ich mich so wenig wie möglich.

»Ist es okay für dich, wenn ich so auf dir liege? Bekommst du überhaupt noch Luft?«, hake ich vorsichtshalber nach und muss schlucken. Das klingt irgendwie falsch.

»Klar«, erwidert Devyn mit rauer Stimme. »Du raubst mir auch den Atem, ohne dass du auf mir liegst.«

Ich muss lachen und drehe meinen Kopf in seine Richtung. Da Devyn sich vorgelehnt hat, streifen meine Lippen seine Wange. Ich halte den Atem an. Ebenso wie Devyn. Wir sehen uns in die Augen.

»Wenn ich zu schwer werde oder so, dann sag Bescheid, okay?«, sage ich mit heiserer Stimme.

»Mache ich«, gibt Devyn leise zurück.

Wir einigen uns schließlich auf einen witzigen Spielfilm.

Das Gewitter flaut langsam ab. Immer weniger Blitze erhellen den Himmel, die Donner erfolgen in geringeren Abständen und der Regen prasselt nur noch sehr leicht ans Fenster.

Während wir schweigend den Film anschauen, streicheln wir Vampir, die laut schnurrt. Dabei berühren sich immer wieder unsere Hände.

Irgendwie verschränken sie sich irgendwann ineinander. Daraufhin steht Vampir auf. Sie streckt sich und reckt mir dabei ihr Hinterteil ins Gesicht. Dann stolziert sie mit erhobenem Schwanz ans Fußende und hüpft vom Bett, um sich in einer Ecke des Zimmers in einem Katzenbett zusammenzurollen. Von dort aus beobachtet sie uns mit ihren grünen Augen.

Devyn und ich sehen uns an.

»Hat deine Katze uns gerade …?«, beginne ich verblüfft.

»Vampir ist sehr gerissen«, meint Devyn nicht minder überrascht. »Katzen sind sehr schlau.« Er sieht mich unsicher an. »Ich habe mich vorhin nicht getraut dich anzusprechen, weil ich unsere Freundschaft nicht kaputtmachen will. Aber wir sollten darüber reden, oder? Als wir uns bei dem Wasserbunker getroffen haben, hast du gesagt, du möchtest mit mir befreundet sein. Doch vorhin haben wir uns geküsst. Was bedeutet das jetzt?«

Ich weiß nicht, ob ich nervös oder erleichtert sein soll. Endlich reden wir über den oder die Küsse im Pool. Devyn scheint genauso unsicher wie ich.

Da ich immer noch mit dem Rücken auf ihm liege und mein Nacken von dem Kopfgedrehe langsam wehtut, löse ich mich aus der Umarmung und setze mich im Schneidersitz neben ihn, sodass wir uns in die Augen schauen können. Devyn lehnt sich mit dem Rücken ans Kopfende.

»Was bedeutet es denn für dich? Was willst du?«, frage ich.

Er erwidert meinen Blick fest. Für einen kurzen Moment habe ich Angst. Angst, dass er mir eine Abfuhr erteilt. Dass er mir vorschlägt Freunde zu bleiben und dass es dann komisch wird. Doch meine Angst ist unbegründet, denn er sagt: »Ich mag dich, Avery. Sehr. Ich wäre gern mehr als nur ein guter Freund.«

»Ich mag dich auch, Devyn. Es hört sich vielleicht ein wenig kitschig an, aber in deiner Nähe bekomme ich Herzklopfen«, gebe ich verlegen zu.

»Geht mir bei dir ebenso. Ich … ich weiß nicht, wie ich die Frage stellen soll, ohne, dass es blöd klingt. Aber … könntest du dir vorstellen mit mir … also … zusammen zu sein?«, fragt Devyn vorsichtig. »Oder geht dir eine Beziehung zu schnell nach der Trennung von Braden?«

Lächelnd fahre ich mit den Fingern über seine Wange und suche Devyns Blick. »Wenn ich ehrlich bin, habe ich daran auch schon gedacht. Aber das mit Braden ist Vergangenheit. Ich lebe in der Gegenwart. Meine Mom hat gemeint, ich solle mich nicht schuldig fühlen, wenn mein Herz einen anderen Weg einschlägt, als anfangs gedacht. Und mein Herz sagt, dass ich dich sehr gern habe. Wir können es zumindest versuchen, oder? Lass uns diese Beziehung einfach langsam angehen und nichts überstürzen. Und einfach sehen, wie sie sich entwickelt.«

»Klingt gut«, meint Devyn strahlend.

Zuerst zögere ich, dann beuge ich mich nach vorn und küsse ihn. Devyn öffnet bereitwillig die Lippen. Er zieht mich an sich und ich klettere auf seinen Schoß. Danach verschränke ich meine Arme in seinem Nacken, während er mich umarmt.

Der Kuss ist unschuldig, aber so viel mehr. In ihm stecken so viele Gefühle, dass mir ganz schwindelig davon wird und sich das Kribbeln in meinem Magen in einen flatternden Schwarm an Schmetterlingen verwandelt.

Nach ein paar Minuten lösen wir unsere Münder voneinander. Ich blicke ihm lächelnd in die Augen, die mich im dämmrigen Schein des Fernsehers hinter mir und seiner Leuchtsterne über uns dunkel anfunkeln. Seine Haare schimmern in der Dunkelheit geradezu schwarz. Seine Strähnen hängen ihm in die Stirn, seine Lippen haben sich leicht geöffnet.

Er sieht so gut aus. Aber sein Aussehen ist mir nicht am wichtigsten, sondern Devyn selbst.

Devyn, der mir zur Seite gestanden hat, als mein Dad den Krampfanfall gehabt hat. Devyn, der mich beruhigt hat und mit mir ins Krankenhaus gefahren ist. Devyn, der zu mir gehalten und mich verteidigt hat.

Seine Fürsorge, wie er sich aufopferungsvoll um seine Familie kümmert.

Wie er immer darauf achtet, dass ich mich wohlfühle.

Seine Aufmerksamkeit, als er mir frische Klamotten hingelegt und eine Wärmflasche gemacht hat.

Seine Art, mit der er mich zum Lachen bringt.

Seine Augen, die mich anziehen und nicht mehr loslassen. Sein Lächeln, das mir den Atem raubt.

Devyn, der mein Herz zum Rasen bringt.

Erst da wird es mir klar.

Ich habe mich in Devyn Coleman verliebt.

Kapitel 26

»Kommt es mir nur so vor oder starren uns alle an?«, murmelt Devyn, dessen Hand die meine umklammert. Sein Blick wandert über den Schulparkplatz. Gott sei Dank ist montagmorgens meistens weniger los, weil jeder besonders *motiviert* ist, in die Schule zu kommen.

Nachdem wir gestern erst sehr spät aufgestanden sind, hat Devyn mich erst nach Hause gebracht, ehe er zu seiner Tante gefahren ist, um mit ihr und seiner Schwester ihre Mutter aus dem Krankenhaus abzuholen. Für die nächsten Tage hat sich seine Tante freigenommen, um sich um ihre Schwester zu kümmern.

Ich wiederum habe mich mit Mom zusammengesetzt, die gestern freihatte. Ich habe ihr Devyns Situation erklärt und sie hat mir versprochen sich über mögliche Hilfeleistungen zu erkundigen.

»Tun sie das nicht immer?«, erwidere ich, wenngleich mir ebenfalls ein wenig unwohl zumute ist.

Das ungute Gefühl wird noch stärker, als wir an dem wohlbekannten dunkelblauen Cabrio von Braden vorbeimarschieren. Zu allem Pech lehnen mein Ex-Freund und Read daran. Braden starrt uns ungläubig an. Read hingegen hat die Augen zusammengekniffen und das Kinn gehoben.

Ich hole tief Luft und wende mich von ihnen ab. Braden und seine Clique sind für mich Vergangenheit. Devyn ist jetzt meine Gegenwart.

»Ignorier sie einfach«, meine ich und drücke seine Hand.

»Das ist leichter gesagt als getan«, murmelt er mehr zu sich selbst. Es kommt mir so vor, als läge ihm noch etwas auf dem Herzen, doch dann seufzt er tief und schenkt mir ein schiefes Lächeln. »Lass uns einfach schnell reingehen.«

Wir betreten das Gebäude. Emma, die mit Scott an meinem Spind gewartet hat, macht große Augen, als sie uns Händchen haltend durch den Gang auf sich zuschlendern sieht. Sie reißt sich von ihrem Freund, der einen Arm um ihre Hüfte gelegt hat, los und stürmt auf uns zu, um uns beide in eine stürmische Umarmung zu ziehen.

»O wie toll!«, kreischt sie uns überglücklich ins Ohr. »Wurde ja Zeit, dass ihr merkt, dass ihr zusammengehört!«

Ich stutze. »Wurde ja Zeit?«, hake ich nach.

Emma löst sich aus der Umarmung, wechselt einen vielsagenden Blick mit Scott und grinst breit. »So rot, wie du in den letzten Tagen in Devyns Nähe geworden bist und umgekehrt, ist das nur eine Frage der Zeit gewesen. Scott hat damit gerechnet, dass es länger dauern würde. Aber ich habe dagegengehalten und gesagt, dass ihr bald zusammenkommen werdet. Ich finde, ihr seid ein süßes Paar.«

»Wir gehen es langsam an«, erwidere ich zögernd.

»Das sieht für mich aber alles andere als langsam aus«, bemerkt sie mit Blick auf unsere nach wie vor ineinander verschränkten Hände. Dann stupst sie mich grinsend mit dem Ellbogen an. »Ihr habt euer eigenes Tempo und das ist auch gut so. Lasst euch von niemandem was vorschreiben.«

***

Die nächsten zwei Wochen vergehen wie im Flug. Braden, Read und Co. lassen uns überraschenderweise in Ruhe. Sie schenken uns lediglich verachtende Blicke. Auch die Mehrheit der restlichen Schüler sieht uns ununterbrochen abwertend an.

Aufgrund meines Status stehe ich auf der Beliebtheitsskala unserer Highschool ganz oben, während Devyn für alle an unterster Stelle steht. Meine Mitschüler können nicht verstehen, wie ich mit *einem wie ihm* ausgehen oder zusammen sein kann.

Doch mir ist egal, was sie sagen oder denken. Für mich zählt nur Devyn.

Ich mag ihn. Sehr. Er macht mich glücklich. Glücklicher als es Braden je konnte. Zumindest unsere Familien haben das auch erkannt, denn sie freuen sich über unsere Beziehung.

Devyn und ich haben uns in den letzten zwei Wochen jeden Tag getroffen. Er holt mich morgens ab. Wir fahren gemeinsam zur Schule und danach zu ihm oder zu mir, wo wir Hausaufgaben machen, lernen und uns küssen. Wie ich Emma schon gesagt habe, gehen wir es langsam an. Zumal Devyn im Gegensatz zu mir kaum Erfahrungen hat und deshalb auch ein wenig unsicher ist.

Heute bin ich bei Devyns Familie eingeladen. Es ist ein warmer Sommertag, die Sonne brennt auf mich herunter und bringt mich schon beim Gehen ins Schwitzen.

Ich habe die Einfahrt noch nicht einmal erreicht, als bereits lautes Gelächter an meine Ohren dringt. Morgen ist das große Heimspiel, weshalb ich heute länger Training hatte. Devyn ist zwar auch da gewesen, jedoch früher gefahren, weil er seine Mutter von einer Therapie abgeholt hat.

Das Bild, das sich mir bietet, als ich den Garten betrete, bringt mich zum Lachen. Devyn wird von seiner kleinen Schwester mit einer Wasserpistole durch den Garten gejagt. Sein T-Shirt ist schon komplett durchnässt. Seine Haare sind wirr, Wasser perlt über sein strahlendes Gesicht, als er die Hände vor den Mund schlägt und ganz schockiert tut, als Katy vor ihm zum Stehen kommt und ihn mit ihrer Wasserpistole bedroht.

»O nein, jetzt hat sie mich!«, ruft er, woraufhin Katy kichert.

»Ergibst du dich der großen Katy?!«

»Aber natürlich.« Mit einer schwungvollen Verbeugung verneigt er sich vor ihr.

»Die große Katy macht aber keine Gefangenen!« Und schon wird er von einer Fontäne aus ihrer Wasserpistole getroffen.

Auf der Terrasse, die zum Garten führt, sitzen seine Mutter und seine Tante auf Gartenmöbeln im Schatten eines Sonnenschirms und beobachten die Geschwister gut gelaunt. Wobei das Gesicht seiner Mutter eher starr wirkt. Aber in ihren Augen sehe ich die Freude über ihre glücklich miteinander spielenden Kinder blitzen.

»Hallo, Lucinda. Hallo, Veronica«, begrüße ich sie.

»Hallo, Avery, schön, dass du da bist«, entgegnet Veronica und schließt mich in eine überschwängliche Umarmung.

Devyns Mutter erhebt sich ebenfalls nach mehreren Versuchen. Ich warte geduldig, bis sie einen festen Stand gefunden hat. Ihre Haltung ist gebückt und mit einer Hand hält sie sich am Gartentisch neben sich fest, auf dem halbleere Limonadengläser stehen. Dann, als sie sicher steht, umarme ich auch sie. Als ich mich wieder von ihr löse, lässt sie sich schwerfällig auf ihren Stuhl neben Veronica nieder.

»Setz dich doch gerne, Avery«, bietet Veronica mir an. »Möchtest du Limonade?«

»Danke, sehr gerne.«

Veronica steht auf. »Ich bringe dir sofort etwas.« Sie verschwindet im Haus und ich bleibe mit Devyns Mutter auf der Terrasse zurück. Devyn und Katy sind so vertieft in ihre Wasserschlacht, dass sie mich noch nicht bemerkt haben.

Dafür mustert mich seine Mutter Lucinda interessiert. Ich habe mich in den letzten Tagen häufiger mit ihr unterhalten. Hauptsächlich, um sie kennenzulernen, aber auch wegen etwas anderem, was ich Devyn versprochen habe.

»Ich habe wegen den Hilfeleistungen mit meiner Mom gesprochen«, beginne ich. »Und sie hat sich ebenfalls informiert. Momentan hat sie wieder viel Schichtarbeit im Pflegeheim, aber nächste Woche hat sie ein paar freie Tage. Da könnte sie vorbeikommen und dir ein paar Vorschläge machen, welche Leistungen du kostengünstig in Anspruch nehmen könntest, damit Devyn und du entlastet seid.«

Die Lippen seiner Mutter zittern. Doch dieses Zittern kommt nicht von ihrer Krankheit. Tränen treten in ihre Augen und sie greift nach meiner Hand. »Danke, Avery. Das bedeutet mir und meiner Familie sehr viel.«

»Kein Problem, ich helfe gerne«, winke ich ab.

Lucinda sieht mir in die Augen. Ihre Mundwinkel heben sich ein wenig. Sie neigt sich zu mir. »Du bist das erste Mädchen, das Devyn je nach Hause gebracht und mir vorgestellt hat. Er hat schon früher von dir geschwärmt«, raunt sie mit geheimnisvoller Stimme. Zwar hat er mir das bereits gesagt, aber es von seiner Mutter zu hören, lässt meinen Magen erneut flattern. »Als sein Vater uns verlassen hat, ist das sehr schwer für ihn gewesen. Ich habe seinen Vater geliebt und die Trennung nur sehr schwer verkraftet. Ich bin in eine Depression verfallen und Devyn hat, ohne zu fragen, seine Rolle übernommen. Er hat sich um mich und Katy gekümmert, als ich nicht in der Lage dazu gewesen bin. Bis meine Schwester mich rausgezogen hat. Das werde ich nie wiedergutmachen können.«

Ich weiß nicht, was ich sagen soll. Aber ich merke, dass Lucinda tiefe Schuldgefühle plagen. »Es ist eine schwere Zeit gewesen. Was geschehen ist, kann man nicht mehr ändern. Was zählt, ist die Gegenwart und die Familie. Man muss einfach das Beste aus der Situation machen. Meine Mom und ich, wir werden euch helfen, damit ihr die Hilfeleistungen bekommt. Dann wird es wieder leichter werden.«

Lucinda betrachtet die Geschwister, die sich immer noch kreuz und quer durch den Garten jagen. »Devyn ist lange Zeit sehr einsam gewesen. Aber seit er mit dir Zeit verbringt, lächelt mein Junge wieder ehrlich. Ich bin so froh, dass er dich kennengelernt hat.«

»Da gebe ich dir recht«, mischt sich Veronica ein, die mit einem vollen Limonadenglas zurückkehrt, das sie mir herzlich in die Hand drückt. Ich bedanke mich bei ihr und nehme einen Schluck von der kühlen Flüssigkeit. Sie schmeckt richtig gut.

Veronica setzt sich neben Lucinda und zwinkert mir verschwörerisch zu. »Seit er dich kennt, hat der Junge dieses Dauerstrahlen und ein Dauergrinsen im Gesicht, als wäre die ganze Welt ein Sonnenschein.«

Ich werde rot. Denn mir geht es mit Devyn genauso.

»Du bist ein Engel, Avery«, meint Lucinda.

Ich sehe zu Devyn, der seine Schwester eingefangen hat, um sie zu kitzeln. Sie windet sich kreischend in seinen Armen. Die Wasserpistolen liegen neben ihnen im Gras.

»Nein, Devyn ist ein Engel«, flüstere ich.

Katy entdeckt mich als Erste. »Devyn, Avery ist da!«, ruft sie fröhlich. Er hebt überrascht den Kopf. Katy nutzt die Gelegenheit. Sie entreißt sich ihm und stürmt auf mich zu. Ich komme ihr entgegen, als sie schon ihre Arme um mich schlingt. Strahlend blickt sie zu mir auf. »Hallo, Avery.«

»Hallo, Katy«, lächle ich.

Devyn schlendert ebenfalls auf uns zu. Wasser perlt von seinen verstrubbelten Haaren über sein Gesicht. Seine Augen funkeln, als er die Wasserpistolen, die er wieder aufgehoben hat, fester umgreift.

»Untersteh dich!«, lache ich, weil ich erkenne, was er vorhat.

»Wir haben heute so heißes Wetter, das gerade noch heißer geworden ist.« Devyn grinst breit und wechselt einen Blick mit seiner Schwester. »Katy, findest du nicht auch, dass Avery eine kleine Dusche bräuchte?«

Katy, diese Verräterin, reißt begeistert die Augen auf und greift nach der Wasserpistole, die er ihr hinhält. »Ja!«

Zwei Wasserpistolen werden auf mich gerichtet, hinter denen sich zwei grinsende Gesichter befinden. Ich quieke auf und renne weg, Devyn und Katy im Rücken. Es dauert nicht lange und mein Kleid ist vollkommen durchnässt.

»Das ist unfair!«, rufe ich lachend, als ich pitschnass wie ein begossener Pudel dastehe. »Ich habe keine Wasserpistole, um mich zu verteidigen oder zurückzuschlagen!«

»Du kannst meine haben«, bietet mir Katy an und bleibt stehen. »Wir können uns abwechseln. Oder Devyn gibt dir seine. Dann können wir ihn gemeinsam jagen!«

»Das ist eine hervorragende Idee«, stimme ich ihr zu, woraufhin Devyn einen Schmollmund zieht, sich dabei jedoch ein Schmunzeln nicht verkneifen kann. »Für mich ist das aber nicht hervorragend. Jetzt verbünden sich die Damen gegen mich.«

So kommt es, dass Devyn mir seine Wasserpistole übergibt und Katy und ich ihn vergnügt gemeinsam durch den ganzen Garten jagen.

Katy ist irgendwann so erschöpft, dass sie sich zu ihrer Mutter und Tante setzt, um sich auszuruhen. Etwas später entschließen sie sich zur Eisdiele zu gehen. Devyn und ich haben trotz der Hitze keine große Lust auf Eis. Momentan bringe ich es nicht über mich, dorthin zu gehen, wo mein Dad zuckend am Boden lag.

Bevor die drei verschwinden, bringt Veronica uns noch Sonnencreme, damit wir keinen Sonnenbrand bekommen. »Anständig bleiben«, scherzt sie und zwinkert uns zu.

Obwohl wir wissen, dass sie uns nur auf den Arm nimmt, sehen Devyn und ich uns peinlich berührt an.

Als sie schließlich weg sind, ist es später Nachmittag. Die Sonne brennt auf uns herunter. Da mein Kleid nass ist und ich sowieso einen Bikini darunter anhabe, weil wir in den Pool gehen wollten, streife ich mir mein Kleid über den Kopf.

Dann drehe ich mich langsam zu ihm um. Es ist das erste Mal, dass Devyn mich im Bikini sieht. Obwohl ich nicht nackt bin und er mich schon in knappen Sportklamotten oder der Cheerleaderuniform gesehen hat, ist es dennoch etwas anderes.

Mit roten Wangen sehe ich ihn an. Doch meine Verlegenheit verfliegt schnell, als ich seinem liebevollen Blick begegne. Er hat sich sein nasses T-Shirt ausgezogen und steht nun nur noch in Badeshorts vor mir. Seine Augen gleiten von meinem Gesicht über meinen Körper und wieder zurück.

»Du bist wunderschön, Avery«, haucht er mit rauer Stimme.

»Du auch«, gebe ich atemlos zurück.

Devyn tritt einen Schritt an mich heran. Seine Hände legen sich auf meine Hüften und er blickt mich so intensiv an, dass mir ganz schwindelig wird. Ich verschränke meine Hände in seinem Nacken, meine Beine fühlen sich plötzlich ganz wackelig an.

Devyn streicht mir eine Strähne aus dem Gesicht und neigt sich nach vorn, sodass sein Mund neben meinem Ohr verharrt. Sein Atem kitzelt meinen Hals. Ich halte die Luft an.

»Avery, weißt du, was ich schon immer mal tun wollte?«, raunt er leise.

In meinem Magen bricht ein aufgeregter Schmetterlingssturm aus. Ich schüttle den Kopf, weil mir die Worte fehlen.

Devyn neigt sich leicht zurück und erwidert meinen Blick mit einem süffisanten Lächeln. Dann bückt er sich. Ehe ich mich's versehe, hat er die Arme unter meine Kniekehlen und meinen Rücken gelegt und mich hochgehoben. Ich schreie auf und halte mich erschrocken an ihm fest. Dadurch sind sich unsere Gesichter so nah, dass sich unsere Lippen streifen. Statt mich jedoch zu küssen, marschiert Devyn mit mir in seinen Armen breit grinsend auf den Pool zu. Gestern haben wir ihn gesäubert, sodass das Wasser jetzt ganz klar und einladend aussieht. Die Sonne spiegelt sich auf der glitzernden Wasseroberfläche.

»Bereit?«, fragt er.

»Bereit«, erwidere ich.

Dann stößt er sich vom Beckenrand ab und springt mit mir ins Wasser und wir tauchen in das erfrischende Kühl. Zum Glück ist der Pool durch die Sonne erwärmt und nicht so kalt wie beim letzten Mal, als ich unfreiwillig hineingestolpert bin. Prustend kommen wir beide wieder an die Wasseroberfläche. Da ich durch die Wasserpistolenschlacht erschöpft bin, lege ich meine Arme um Devyn und schmiege mich an ihn. Er schlingt die seinen um meine Hüfte und hält mich fest.

Wir sehen uns in die Augen. Wasser perlt über unsere Gesichter.

»Morgen spielen wir wieder gegen die Blue Cliff High«, flüstere ich leise. Das fatale Heimspiel jährt sich. Damals musste sich Devyn nicht nur die Vorwürfe seines Teams gefallen lassen, sondern wurde wegen seines Versagens auch von unseren größten Rivalen verspottet. Einige von ihnen sind jetzt am College, doch es wird trotzdem ein paar Spieler geben, die sich an ihn erinnern werden. Und dieses Mal ist er auch noch das Schulmaskottchen.

»Ich weiß«, murmelt Devyn und lehnt seine Stirn gegen meine. »Aber das ist mir egal. Mom geht es gut, ich habe Tante Veronica, Katy und dich. Das ist mir am wichtigsten.«

Obwohl er sich bemüht unbeschwert zu klingen, höre ich die Anspannung aus seiner Stimme heraus.

Dann verändert sich etwas in seinem Blick. Seine Augen funkeln mich an. »Hol tief Luft, Avery.«

Überrascht tue ich, was er sagt und Devyn taucht mit mir gemeinsam unter. Meine Finger streichen über seine Wangen, Devyns Hände liegen auf meinen Hüften. Unsere Gesichter nähern sich einander, dann küssen wir uns unter Wasser.

Kapitel 27

Als wir am nächsten Morgen an der Schule ankommen, sind Braden und Read wie immer schon da. Mittlerweile haben wir uns daran gewöhnt, dass sie an Bradens Auto lehnen und uns nach dem Motto »Und täglich grüßt das Murmeltier – in diesem Fall: und täglich grüßen Braden und Read« blöd anstarren.

Eigentlich hatte ich ja vor Devyn und seinen ehemaligen besten Freund zu versöhnen. Braden ist jedoch so beleidigt, dass er nicht mehr mit mir sprechen will und mir aus dem Weg geht.

Hand in Hand verschwinden Devyn und ich im Schulgebäude. Bei meinem Spind angekommen, lehne ich mich mit dem Rücken gegen ihn und ziehe Devyn am Kragen seines weißen T-Shirts zu mir heran. Er stützt seine Hände neben meinem Kopf ab. Wir sagen nichts, sehen uns lediglich in die Augen. Er neigt seinen Kopf zu mir herunter. Ich komme ihm entgegen, sodass sich unsere Lippen auf halbem Weg treffen.

Bis Emma und Scott zu uns stoßen.

»Heute ist das große Heimspiel«, erinnert Emma uns, nachdem sie uns zur Begrüßung umarmt hat. »Seid ihr schon aufgeregt?«

Devyn zuckt nur mit den Schultern, allerdings merke ich ihm seine Anspannung an. Emma reißt erschrocken die Augen auf. »O sorry, Devyn. Ich habe ganz vergessen ...«

»Schon okay.« Er legt ein schiefes Grinsen auf und greift nach meiner Hand. »Schulmaskottchen zu sein hat auch seine ... Vorteile. Ich bin ein flauschiger Waschbär«, scherzt er. Doch ich kann den Schmerz in seinen Augen erkennen. »Außerdem sehen meine Tante, meine Mom und meine Schwester heute zum ersten Mal nach längerer Zeit zu. Meine Schwester wird begeistert sein. Wahrscheinlich will sie sogar noch, dass ich öfter als Waschbär oder Einhorn herumlaufe. Wird bestimmt ganz … cool.«

Emma wechselt einen vielsagenden Blick mit mir. Dann lächelt sie uns an. »Scott und ich haben keine große Lust auf die After-Party. Ich habe mir gedacht, wir könnten stattdessen nach dem Spiel was essen gehen oder habt ihr schon was vor?«

»Essen gehen klingt gut«, meint Devyn und sieht mich an.

»Ja«, sage ich. »Wäre es denn in Ordnung, wenn unsere Familien mitkommen?«

»Klar.« Emma nickt. »Das wird ne schöne gemütliche Runde. Ich freu mich drauf.«

Da gleich der Unterricht beginnt, verabschieden sich die beiden von uns. Devyn und ich müssen uns ebenfalls voneinander trennen, weil wir die ersten Stunden verschiedene Kurse haben.

»Ist es wirklich okay für dich?«, frage ich ihn, nachdem ich die Arme um seinen Nacken gelegt habe.

Devyn erwidert meinen Blick. »Ich muss mich damit abfinden, dass ich das Schulmaskottchen bin. Bis zum Abschluss sind es ja nur noch Monate. Vielleicht kann ich am College wieder anfangen zu spielen. Einen Neuanfang machen.«

»Das klingt gut«, meine ich.

Seit ich ihn über die möglichen Hilfeleistungen für seine Familie aufgeklärt und ihm versprochen habe, dass Mom sie unterstützen wird, macht er sich Gedanken über das College. Und das freut mich, denn Devyn sollte sich nicht nur um seine Familie, sondern auch um sich und seine eigene Zukunft kümmern.

Wir küssen uns nochmals, bis uns der Schulgong unterbricht. Devyn löst sich bedauernd von mir. Als ich an ihm vorbeischaue, steht Read mitten im Gang. Ein teuflisches Grinsen breitet sich auf seinem Gesicht aus, das mir einen eiskalten Schauer über den Rücken jagt. Dann dreht er sich um und biegt um die nächste Ecke.

»Ist alles okay?«, fragt Devyn besorgt.

»Ja«, lüge ich, weil ich ihn nicht unnötig beunruhigen will. »Ich ... ich muss los. Wir sehen uns später.«

Ich drücke ihm einen flüchtigen Kuss auf die Stirn, dann reiße ich mich von ihm los, werfe meine Tasche über die Schulter und renne den Gang entlang. Ich drehe mich nicht noch einmal um, obwohl Devyn mir vermutlich verwirrt nachschaut.

Ich laufe in die Richtung, in die ich Read habe verschwinden sehen, und wäre beinahe mit ihm zusammengestoßen. Schlitternd komme ich vor ihm zum Stehen. Er hat die Arme vor der breiten Brust verschränkt und ragt vor mir auf. »Was ist dein Problem, Aves?«

»*Du* bist mein Problem!«, fahre ich ihn an. »Glaubst du, ich würde nicht merken, dass ihr uns andauernd beobachtet? Oder ist das Absicht gewesen und ich *soll* es merken? Warum könnt ihr Devyn und mich nicht einfach in Frieden lassen?«

Read verzieht keine Miene. »Ich weiß nicht, was du meinst.«

»Wenn ihr irgendetwas vorhabt ...!«, beginne ich, doch er unterbricht mich mit einer unwirschen Handbewegung und grinst herablassend. »Warum sollten wir etwas vorhaben? Heute ist doch der besondere Heimspiel-Tag. Er wird unvergesslich werden. Noch unvergesslicher als letztes Jahr.«

Mit diesen Worten lässt er mich mitten im Gang stehen und marschiert davon.

***

Irgendetwas stimmt nicht. Das merke ich sofort, als ich in der Mittagspause den Gang betrete. Meine Mitschüler tuscheln hinter vorgehaltenen Händen. Die meisten starren auf ihre Handys. Ich begebe mich in die Cafeteria.

Emma sitzt mit Scott an einem der runden Tische in der hintersten Ecke, von wo aus man durch die Glaswand einen schönen Blick nach draußen hat. Vor ihnen liegen mit Essen beladene Tabletts, die sie jedoch nicht angerührt haben. Stattdessen sind sie ganz auf Emmas Handy konzentriert.

Meine Schritte beschleunigen sich. Als ich bei ihnen ankomme, hebt Emma den Kopf. Dann springt sie auf und umarmt mich. »Avery, das tut mir so leid. Es ist so schrecklich.«

»Was meinst du?« Ich bin wie erstarrt. Emma löst sich wieder von mir und ich runzle die Stirn, denn ich habe keine Ahnung, wovon sie spricht. Irgendetwas muss geschehen sein, sonst würden sich alle nicht so komisch verhalten.

Emma wird kreidebleich. »Hast du es noch nicht gesehen?«

Das ungute Gefühl in meinem Magen wird immer schlimmer und ich bekomme es mit der Angst zu tun. »Was gesehen?«

Sie tritt einen Schritt zurück, die Hände auf meinen Schultern, und starrt mich mit großen Augen an, in denen sich ihr Entsetzen widerspiegelt.

»Was soll ich gesehen haben?« Meine Stimme ist seltsam schrill. »Emma, rede mit mir! Was ist los? Warum verhalten sich alle so merkwürdig?!«

Meine Freundin wechselt einen Blick mit Scott, der sich im Hintergrund gehalten hat und kaum merklich nickt. »Sie wird es früher oder später sowieso sehen.«

Emma schluckt. Dann lässt sie meine Schultern los und übergibt mir zögernd ihr Handy.

Das Blut rauscht in meinen Ohren. Mein Herz rast. Ich zittere so sehr, dass ich das Handy kaum halten kann. Und als ich dann sehe, was alle anderen schon wissen, wäre es mir vor lauter Schreck fast aus den Händen geglitten.

Ungläubig starre ich auf das Video vor meinen Augen. Darauf ist der Flur unserer Schule zu sehen. Dann tritt plötzlich jemand ins Bild. Die Person trägt das Waschbär-Kostüm des Schulmaskottchens und stolpert wie betrunken durch den Flur. In einer Hand hält sie einen Baseballschläger, den sie herumschwingt. Die Person, die die Szene filmt, scheint sich irgendwo am Ende des Gangs zu befinden und zoomt heran.

Die Person in dem Schulmaskottchen-Kostüm bleibt vor der Glasvitrine stehen, in der sich die Trophäen des Footballteams befinden. Dann holt sie aus und zerbricht das Glas mit mehreren kraftvollen Schlägen, ehe sie auf die Trophäen einschlägt. Kurz darauf endet das Video. Schwärze breitet sich auf Emmas Handy aus.

Fassungslos starre ich das dunkle Display an. Das Video hat sich wie ein bildhafter Ohrwurm in meinen Kopf eingebrannt. Übelkeit macht sich in mir breit. Das kann nicht sein. Das kann nicht wahr sein! Ich schüttle wie mechanisch den Kopf.

»Avery?« Behutsam legt Emma eine Hand auf meine Schulter.

»Er ist das nicht gewesen!«, sage ich.

»Es sieht leider so aus, als ob er es gewesen ist«, erwidert sie traurig. »Das Video zeigt eindeutig unser Schulmaskottchen. Es ist vor knapp einem Dreivierteljahr aufgenommen worden. Das muss an dem Abend nach dem ersten Footballspiel ohne Devyn als Kapitän gewesen sein. Das erste Spiel, bei dem er als Schulmaskottchen aufgetreten ist. Erinnerst du dich daran, dass wir alle gefeiert haben und jemand in die Schule eingebrochen ist und die Vitrine kaputt gemacht hat?«

»Read und Braden haben schon behauptet, dass es Devyn gewesen ist und sie es angeblich gesehen hätten.« Ich schnaube. »Das Kostüm hätte jeder anziehen können. Das beweist gar nichts.«

»Ich traue es ihm ehrlich gesagt auch nicht zu …« Emma verstummt. Und nicht nur sie.

In der Cafeteria breitet sich eine unangenehme Stille aus. Mit unguter Vorahnung drehe ich mich um.

Devyn steht im Eingang. Selbst von hier aus sehe ich, wie ihm alles Blut aus dem Gesicht weicht. Er hat ebenfalls sein Handy in der Hand, das er langsam sinken lässt.

Niemand tuschelt mehr. Alle starren ihn feindselig an. Es herrscht eine geradezu unheimliche Stille, bis sie von einer Durchsage durchbrochen wird: »Devyn Coleman, melde dich sofort im Büro des Schulleiters.«

Devyn ist wie erstarrt. Unsere Blicke treffen sich.

»Hast du nicht gehört, Coleman?«, durchbricht Reads zornige Stimme die Stille. Ich habe ihn gar nicht bemerkt. Er sitzt mit seinen Freunden, Braden, Chloe und Sofia, die ebenfalls sehr blass wirkt, an einem Tisch in der Nähe. Read hat sich in seinem Stuhl zurückgelehnt, als genösse er das Schauspiel. »Wir haben dich ja schon verdächtigt, dass du unsere Pokale letztes Jahr kaputt gemacht hast. Dieses Video beweist jetzt, dass du es gewesen bist. Du bist sauer wegen dem Rauswurf aus dem Footballteam gewesen. Aber da bist du mit deinem gleichgültigen Verhalten selbst schuld gewesen. Deine Wut am Team auszulassen, ist sehr armselig.«

Devyn tritt einen Schritt auf ihn zu. Seine Hände sind zu Fäusten geballt und seine Lippen zu einer dünnen Linie gepresst. Doch noch ehe er etwas sagen kann, öffnen sich die Türen erneut und ein Lehrer kommt herein. Seine Augen huschen über die schweigenden Schüler, die Devyn gespannt anschauen.

»Devyn Coleman, ab mit dir ins Direktorat!«, befiehlt er.

Devyn rührt sich nicht von der Stelle. Er fixiert Read unablässig. Dann wirbelt er herum und verschwindet gefolgt von dem Lehrer, der ihn vermutlich begleitet, um sicherzugehen, dass Devyn nicht abhaut.

Ich will ihm nachlaufen, doch ich bin nicht in der Lage, mich zu rühren. Es fühlt sich an, als wäre ich in einem Albtraum gefangen, in dem ich bewegungslos bin und nicht aufwachen kann. Ein Albtraum, in dem ich nur dastehe und mit ansehen muss, was geschieht. In meinem Kopf dreht sich alles. Ich kann keinen klaren Gedanken mehr fassen.

»Ich sagte ja, dass unser armseliges Schulmaskottchen nicht zurechnungsfähig ist«, meint Read laut.

Lodernde Wut jagt durch meine Adern. Mit nur wenigen Schritten bin ich bei ihm und baue mich vor ihm auf. »Der Einzige, der hier armselig ist, bist du. Dieses Video beweist gar nichts! Jeder hätte dieses Kostüm anziehen können. Devyn ist das nicht gewesen. Er hat seine Gründe dafür gehabt – gute Gründe – sich letztes Jahr so zu verhalten. Aber statt euch um ihn zu kümmern – euch zu fragen, was mit ihm los ist, habt ihr ihn ausgelacht und verstoßen. Ihr habt ihn schikaniert und ihm das Leben zur Hölle gemacht!«

»Er hat das Team im Stich gelassen!«, meint Read wütend.

»Und das rechtfertigt jemanden so fertigzumachen?«, frage ich herausfordernd und verschränke die Arme vor der Brust. »Ihr habt eher *ihn* im Stich gelassen. Und ihr seid kein Team. Denn ein Team steht für Zusammenhalt, kameradschaftliches Verhalten und Toleranz. Ihr seht euch als die obercoolen Footballspieler – die *Stars* und *Kings* der Schule. Aber ihr verletzt wegen eurem gekränkten Ego und aus Spaß euren ehemaligen Kapitän und Teamkameraden.« Ich sehe zu Braden, der mich mit kalkweißem Gesicht anstarrt. »Euren Freund und Bruder. Ihr nennt Devyn einen Loser. Doch gerade Devyn ist da gewesen, um mir zu helfen, als *ihr,* meine sogenannten *Freunde,* mich vor allen gedemütigt habt. Devyn, über den ihr euch so lustig macht. Nicht Devyn ist der armselige Loser, sondern ihr.« In der Cafeteria ist es so mucksmäuschenstill, dass man eine Feder fallen lassen könnte und man würde sie laut und deutlich hören. Ich hole tief Luft und sehe den Footballspielern einem nach dem anderen fest in die Augen. »Ich hoffe, ihr verliert das Spiel heute Abend. Lieber feuere ich die Gegner an, statt einen Haufen von Mobbern zu unterstützen.«

Kapitel 28

Ohne eine Antwort abzuwarten, rausche ich verfolgt von den entsetzten und überraschten Blicken meiner Mitschüler aus der Cafeteria. Auf dem Schulflur lehne ich mich heftig atmend an einen Spind. Mein Herz rast so unglaublich schnell, dass ich kaum Luft bekomme.

»Avery«, höre ich Emma nach mir rufen.

Besorgt kommt sie mit Scott im Schlepptau vor mir zum Stehen. »Wie geht es dir?«

»Wenn ich ehrlich bin, hat es gutgetan, das mal rauszulassen«, meine ich, wenngleich meine Stimme vor Aufregung zittert. Ich habe gerade sozialen Selbstmord begangen, indem ich den heiß geliebten Footballspielern diese Worte an den Kopf geworfen habe.

Emma lächelt. »Ich fand deine Ansprache genial.«

»Du hast nur die Wahrheit gesagt«, stimmt ihr Scott zu.

»Ich stehe hinter dir. Wir beide«, fügt sie hinzu und greift nach Scotts Hand. »Egal was als Nächstes passiert. Wollen wir nach Devyn sehen?«

Ich nicke dankbar.

Gemeinsam machen wir uns zum Büro des Direktors auf. Im Vorderzimmer sitzt die Schulsekretärin. Die sonst immer so fröhliche Frau hat einen ernsten Ausdruck aufgesetzt.

Im Nebenzimmer herrscht Aufruhr. Durch die Glasscheiben kann ich Devyn sehen, der in einem Sessel vor dem Schreibtisch des Rektors sitzt. Der redet mit ernster Miene auf ihn ein. Was er sagt, kann ich nicht hören, aber es scheint nichts Gutes zu sein. Daneben steht Coach Johnson. Er hat die muskulösen Arme vor der breiten Brust verschränkt und wirkt ebenfalls sehr grimmig.

»Was wollen Sie?«, fragt die Sekretärin.

»Wir müssen dringend mit Devyn reden«, erkläre ich.

Doch die Sekretärin schüttelt den Kopf. »Das geht jetzt nicht.«

»Es ist wichtig«, flehe ich. »Ich bin wegen des Videos da.«

»Haben Sie wichtige Informationen?«, will sie wissen und fixiert mich misstrauisch.

Emma und ich wechseln einen Blick. Ich habe keine Beweise, die Devyns Unschuld zeigen. Ich habe nichts weiter als seine Worte. Aber ich glaube ihm und traue ihm so etwas nicht zu. Doch das wird uns nicht weiterbringen. Auf dem Video sieht man nur die Person in dem Maskottchen-Kostüm. Kein Gesicht. Nichts. Es könnte jeder gewesen sein. Können sie ihn bestrafen, wenn man sein Gesicht nicht sieht?

»Ja, Avery hat wichtige Informationen zu Devyn«, sagt Emma.

Die Sekretärin hebt unbeeindruckt die Brauen. »Ist das so?«

Ich nicke heftig. »Ja. Devyn wird schon seit Längerem von ein paar Schülern schikaniert, die es auf ihn abgesehen haben. Einer von ihnen hat mir mehrmals gedroht. Unter anderem heute Morgen. Er hat gemeint, dass dieser Tag heute unvergesslich wird. Ich glaube, er hat etwas mit der Sache zu tun.«

Die Sekretärin runzelt die Stirn. Sie wirkt nicht gerade überzeugt. »Sind Sie nicht erst letztens da gewesen?«

»Es geht um die gleiche Clique, die Avery so gedemütigt hat. Sie schikanieren gerne Leute, aber auf Devyn haben sie es besonders abgesehen«, mischt sich Emma ein. »Außerdem: Haben Sie das Video gesehen? Die Person sieht viel größer und breiter aus als Devyn. Er kann das unmöglich gewesen sein.«

»Warten Sie kurz.« Die Sekretärin klingt zwar nach wie vor skeptisch, dennoch nimmt sie den Hörer ab und ruft Direktor Higgens an. Durch die Glasscheibe kann ich sehen, wie er abnimmt. »Mr Higgens, hier ist eine Dame, die behauptet wichtige Informationen zu Devyn Coleman zu haben.«

Der Direktor hebt den Kopf und sieht an Devyn vorbei zu uns. Er kneift die

Augen zusammen, seine Lippen bewegen sich, dann legt er auf. Angespannt sehen wir die Sekretärin an.

»Du kannst reingehen«, wendet sie sich an mich. »Ihr zwei geht in den Unterricht, die Mittagspause ist gleich vorbei«, fügt sie noch mit strengem Blick auf Emma und Scott hinzu.

»Kommst du ohne uns klar?«, fragt Emma.

»Ja. Danke.«

Emma und Scott verlassen den Raum und ich stürme ins Büro des Direktors. Devyn reißt die Augen auf, als er mich sieht. Er ist ganz bleich im Gesicht, wirkt jedoch erleichtert.

»Er ist es nicht gewesen«, platzt es aus mir heraus. »Sie können ihn nicht beschuldigen, wenn Sie keine konkreten Beweise haben. Jeder könnte das Kostüm anziehen!«

Direktor Higgens lächelt überraschend. Ich bin verwirrt. Warum lächelt er? Er wechselt einen Blick mit Coach Johnson. Der tritt einen Schritt nach vorn. Als er Devyn ansieht, wird seine Miene weicher. »Er ist schon letztes Jahr verdächtigt worden. Wir haben mit ihm gesprochen und er hat geschworen, dass er es nicht gewesen ist. Ich kenne Coleman, seit er auf diese Schule geht und ich ihn trainiert habe. Ich glaube ihm. Ich habe meine Hand für dich ins Feuer gelegt. Ich traue dir das auch nicht zu«, sagt er an Devyn gewandt, ehe er den Direktor anschaut. »Seit Colemans Rauswurf herrschen Spannungen im Team. Die Jungs sind außer Kontrolle. Zwar will ich mein Team ungern beschuldigen, doch noch weniger will ich, dass ein Unschuldiger leidet. Ich vermute ebenfalls, dass jemand Devyn als Sündenbock benutzt. Wir wollten erst noch mal mit ihm reden, ehe wir die Polizei einschalten. Die haben die nötigen Mittel, um das Video zurückzuverfolgen«, erklärt er.

Ich bin völlig perplex. Das hätte ich jetzt nicht erwartet.

Direktor Higgens will etwas sagen, wird aber unterbrochen.

»Bitte, lassen Sie mich durch!«, ertönt Sofias aufgeregte Stimme von draußen. »Ich weiß, wer wirklich unter dem Kostüm steckt!«

Durch die Glasscheibe kann ich erkennen, dass sie ihr Handy in der Hand hat und auf die Sekretärin einredet, die schon ziemlich genervt wirkt. Direktor Higgens winkt Sofia mit gerunzelter Stirn herein.

Rötliche Flecken haben sich auf ihrem Hals und Gesicht ausgebreitet, als sie das Büro betritt. Ihr stehen Schweißperlen auf der Stirn. Ihre Hände zittern. Nervös sieht sie von Devyn und mir zu Coach Johnson, ehe sie Direktor Higgens anblickt und schluckt.

»Nun, Sofia, was wissen Sie über die Person, die angeblich unter dem Kostüm steckt?«, fragt der Direktor.

»Devyn ist es nicht gewesen«, platzt sie heraus. »Ich kann es beweisen.« Sie zögert und holt tief Luft, dann reicht sie Direktor Higgens ihr Handy. »Das hier ist das ganze Video. Es zeigt, was wirklich passiert ist.«

Direktor Higgens legt das Handy auf den Tisch und startet das Video. Darauf ist Read zu sehen, der breit in die Kamera grinst. Seine Augen glänzen und er torkelt leicht, als hätte er etwas getrunken. Er hat sich in das Schulmaskottchen-Kostüm gezwängt und legt die Finger an die Lippen. »Psch«, macht er grinsend. »Coleman wird so was von verhasst sein. Noch verhasster als er schon is.« Er lallt ein wenig.

Jemand kichert. Es klingt sehr nach Sofia. »Was machst du da, Read?«, höre ich sie lachen. »Lass uns lieber wieder zurückgehen und da weitermachen, wo wir aufgehört haben.«

»Gleich, Honey.« Read zieht sich mit gerümpfter Nase den Waschbärkopf über und marschiert mit einem Baseballschläger in der Hand in den Gang, wo die Pokale stehen. Es folgt die Videosequenz, die alle kennen.

Ein paar Sekunden lang herrscht Stille.

»Er …«, murmelt Devyn fassungslos und ballt die Hände zu Fäusten. »Ich hätte es wissen müssen! Dieser …« Ich lege meine Hand auf die seine, um ihn zu beruhigen.

»Warum haben Sie nicht schon etwas gesagt, als wir vor einem Jahr die Schülerschaft dazu aufgefordert haben, sich zu melden, wenn jemand etwas weiß?«, fragt Direktor Higgens Sofia.

Die schlingt die Arme um den Oberkörper. »Ich wollte nicht in Schwierigkeiten geraten. Read und ich …« Sie holt tief Luft. »Es ist nach dem Footballspiel gewesen. Wir haben ja gewonnen und da haben wir alle gefeiert und ein wenig getrunken. Die Stimmung ist so ausgelassen gewesen und die Schule offen. Wir haben nicht gewusst, ob wir reindürfen. Und es ist ja niemand bestraft worden.«

»Was hat Sie dazu veranlasst, jetzt herzukommen?«, hakt der Direktor nach.

Sofia sieht Devyn und mich an. Sie lächelt schwach. »Avery und Emma haben letztens Ansprachen darüber gehalten, was es bedeutet, ein Team zu sein. Ich habe gesehen, wie Devyn sich um Avery gekümmert hat. Du hast einen tollen Freund«, fügt sie an mich gewandt hinzu. »Ich hätte mir gewünscht, Read wäre genauso, aber er hat mich nur ausgenutzt. Er hat mich dazu überredet, das Video von der Parkplatz-Sache in meiner Story zu posten. Ich weiß, dass ich Fehler gemacht habe und das tut mir leid. Read hat mir heute Morgen gesagt, dass er Devyn endgültig fertigmachen wird. Er wollte für Devyns Rauswurf von der Schule sorgen. Als ich das Video gesehen und die Reaktionen meiner Mitschüler mitbekommen habe, konnte ich nicht nichts sagen. Ich musste es einfach aufklären. Er darf damit nicht mehr durchkommen«, sagt sie entschlossen.

»Danke, Sofia«, flüstert Devyn und kann seine Überraschung nicht verbergen. Auch ich bin verdattert. Nach allem, was Sofia in letzter Zeit abgezogen hat, hätte ich das nicht von ihr erwartet.

»Sie haben gewusst, was geschehen ist, es aber nicht gemeldet. Das, was Read da getan hat, ist Sachbeschädigung«, Direktor Higgens sieht sie streng an. Sofia senkt den Kopf. »Dennoch haben Sie das Richtige getan. Ich bin stolz auf Sie, dass Sie über Ihren Schatten gesprungen und hergekommen sind«, fährt er fort und lächelt wieder. »Deshalb werde ich über dieses Vergehen hinwegsehen.«

Sofia atmet erleichtert aus.

Direktor Higgens macht schließlich eine erneute Durchsage, in der er Read zu sich bittet. Der kommt wenige Minuten später gefolgt von Braden ins Büro. Die Sekretärin muss mittlerweile sehr genervt sein von dem großen Menschenauflauf.

Zunächst grinst Read noch. Bis sein Blick auf Sofia, die sich mit hängendem Kopf an die Wand gestellt hat, und dann auf die ernsten Mienen von Direktor Higgens und Coach Johnson fällt.

Er läuft kreidebleich an und wirkt nicht mehr so selbstsicher und überheblich wie gerade eben in der Cafeteria. »Was gibts, Mr Higgens? Coach?« Er versucht fröhlich zu klingen, aber ich höre das verräterische Zittern in seiner Stimme.

»Du weißt genau, was es gibt«, fährt Coach Johnson ihn heftig an. »Was predige ich euch jeden Tag über Zusammenhalt, Drogenkonsum und verantwortungsbewusstes Handeln?« Er deutet auf das Handy. »Und dann muss ich sehen, wie einer meiner Jungs sich als Maskottchen verkleidet, um die Schuld auf einen anderen zu schieben?«

»Was meinen Sie, Coach?«, fragt Braden und schaut verwirrt zwischen dem Coach und Read hin und her. »Ich habe gedacht, es ist Devyn gewesen?«

»Es ist Read gewesen«, verbessere ich ihn.

»Woher …«, beginnt er, als ich ihm das Handy reiche.

Verwirrt schaut er sich das Video an. Ich kann genau mitverfolgen, wie es in ihm arbeitet und sein Mund immer weiter aufklappt. Als das Video geendet hat, schüttelt er den Kopf und starrt Read ungläubig an. »Du hast gesagt, du hättest gesehen, dass es Devyn gewesen ist? Warum hast du das getan? Du hast mich angelogen. Ich habe gedacht, wir wären Freunde?«

»Freunde? Du hast doch die ganze Zeit nur Coleman nachgetrauert. Außerdem fand ich es in dem Moment witzig.« Read hebt unschuldig die Hände. »Ich bin betrunken gewesen und somit rechtlich gesehen nicht zurechnungsfähig«, fügt er mit Blick auf Direktor Higgens und Coach Johnson hinzu.

»Warum hast du mir das angetan?«, will Devyn wissen.

Read zuckt mit den Schultern. »Keine Ahnung. So halt. Du bist der tolle, besserwisserische Kapitän gewesen. Das hat mich genervt. Es ist witzig gewesen, dich fertigzumachen.«

»Das reicht jetzt«, mischt sich Direktor Higgens ein, ehe jemand darauf antworten kann. »Ihr könnt gehen. Bis auf Read. Wir haben einiges zu besprechen.«

»Ich will jetzt kein Herumgeheule«, fügt Coach Johnson an Braden gewandt hinzu. »Ihr habt heute Abend ein Spiel zu spielen. Ohne Read. Bereitet euch lieber darauf vor.«

Braden zögert. Sein Blick wandert von Read zu Devyn. Er wirkt immer noch sehr verstört. Dann nickt er. »Ja, Coach.«

Gemeinsam verlassen wir das Büro und begeben uns auf den Schulflur. Sofia nickt uns nur zu, ehe sie um die nächste Ecke verschwindet.

»Devyn? Avery?«, ertönt Bradens Stimme hinter uns.

Wir wenden uns zu ihm um.

Braden steht wie verloren da. Er öffnet den Mund, bringt jedoch kein einziges Wort hervor. Dann schüttelt er den Kopf, dreht sich um und läuft davon.

Devyn und ich bleiben im leeren Gang zurück.

Mir schwirrt der Kopf. Was er wohl wollte? Sich entschuldigen? Vielleicht muss er erst mal verarbeiten, dass Read nicht der ist, für den er ihn gehalten hat. Ich kann nicht fassen, dass das alles eine solch überraschende Wendung genommen hat.

Devyn atmet tief durch. »Das gerade ist alles so …«

»Überraschend gewesen?«, beende ich seinen Satz.

Er nickt, dann schüttelt er den Kopf. »Dass Read das getan hat, hätte ich mir schon fast denken können. Aber dass Sofia die ganze Sache aufgeklärt hat … Irgendwie fühle ich mich jetzt viel befreiter.«

»Das glaube ich dir«, sage ich und ziehe ihn heran, um ihn zu küssen. Es hat sich alles noch zum Guten gewendet.

Kapitel 29

Devyn

Trotz des Aufruhrs in der Schule soll das Spiel wie geplant stattfinden. Auch wenn Read für die nächsten Tage suspendiert wurde. Keine Ahnung, ob er jetzt der Schule verwiesen wird oder ob er eine zweite Chance bekommt. Aber es kann mir egal sein. Alle kennen jetzt die Wahrheit, weil Direktor Higgens vor Unterrichtsschluss noch eine Durchsage gemacht hat, in der er erklärt hat, dass ich nicht die Person in dem Video bin und der wahre Täter gefasst worden ist. Das hat mir eine enorme Last von den Schultern genommen, obwohl Avery mir ja schon vorher geglaubt hat. Sie ist ein Engel. Sie hat zu mir gestanden. Außerdem helfen sie und ihre Mutter meiner Familie Hilfeleistungen für meine Mom zu bekommen. Vielleicht kann ich wirklich ans College gehen, so wie es immer mein Wunsch gewesen ist. Wenn meine Noten nicht für ein Stipendium reichen sollten, könnte ich notfalls jobben gehen. Ich könnte dort einen Neuanfang machen und wieder Football spielen.

Hier bin ich nach wie vor das Schulmaskottchen. Zwar weiß jetzt jeder, dass Read derjenige ist, der die Trophäen zerstört hat und mir die Schuld in die Schuhe geschoben hat, doch deshalb kann ich nicht einfach wieder zurück ins Team. Ich bin rausgeworfen worden, weil ich das Training vernachlässigt habe.

Dafür habe ich ein bezauberndes Mädchen an meiner Seite, in das ich Hals über Kopf verliebt bin.

Deshalb können mir heute Abend weder das Spiel noch das Maskottchen-Kostüm die Laune verderben.

Ich öffne den großen Spind in der Jungsumkleide unserer Sporthalle, um das Kostüm herauszuholen.

Aber es ist nicht da. Mein Herz bleibt stehen.

Statt dem Maskottchen-Kostüm liegen dort weinrote Footballklamotten. Helm, Trikot, Schulter-, Oberschenkel- und Kniepads, Gürtel, Hose, Schuhe und Handschuhe. Alles ist da. Die komplette Ausrüstung.

In meinem Kopf dreht sich alles, als ich nach dem Trikot greife und den Stoff vor mich halte. Es sind nicht nur irgendwelche Footballklamotten. Das sind meine. Mit der dreizehn drauf, meine Zahl. Mein Herz klopft schneller. Ich habe meine Footballuniform seit einem Jahr nicht mehr in den Händen gehalten.

Ich habe dieses Trikot seit meinem ersten Training getragen. Es erinnert mich an meine Zeit im Team. Die vielen Trainingsstunden, auf die ich mich immer gefreut habe. Das Gefühl, aufs Feld zu laufen, von der Menge angefeuert zu werden und mit den Jungs zusammen zu spielen.

Ich merke erst, dass ich weine, als die Tränen über meine Wangen strömen und mir ein Schluchzer entfährt. War das Braden, um mich aufzuziehen? Oder Read, um mir ein letztes Mal eins auszuwischen?

Ich will das Trikot wieder in den Spind werfen und die Tür zuknallen. Dann werde ich eben heute Avery von der Tribüne aus mit Mom, Tante Veronica und Katy beobachten. Das Cheerleaderteam kommt auch ohne mich klar.

Aber ich bringe es nicht über mich, mein Trikot aus den Händen zu legen. Mit den Fingern streiche ich über den feinen Stoff. Ein wehmütiger Stich bohrt sich in mein Herz.

Ich würde so gerne wieder spielen.

»Devyn«, ertönt plötzlich Bradens Stimme hinter mir.

Ich wirble herum, das Trikot fest in meinen Händen. Mir rutscht das Herz in die Hose. Vor mir steht das gesamte Footballteam.

»Was wollt ihr?«, frage ich misstrauisch.

Meine Hände verkrampfen sich. Die Jungs stehen vor der Tür. Um zu verschwinden, muss ich an ihnen vorbei. Doch was auch immer sie vorhaben, ich werde mich von ihnen nicht einschüchtern lassen.

Deshalb trete ich ihnen mit erhobenem Kopf entgegen und werfe das Trikot vor Bradens Füßen auf den Boden. Dabei ignoriere ich den Schmerz, der sich in mir ausbreitet. Und den Drang, das Trikot aufzuheben und überzuziehen.

»Seid ihr das gewesen? Habt ihr euch nicht schon genug über mich lustig gemacht?«

Braden schüttelt den Kopf. »Wir sind nicht da, um uns über dich lustig zu machen.«

Um meine Unsicherheit zu verbergen, verschränke ich die Arme vor der Brust und hebe die Brauen. »Ach ja? Warum seid ihr dann hier?«

»Wir wollen, dass du spielst«, sagt Braden ernst.

»Was?« Ich glaube mich verhört zu haben.

»Wir wollen, dass du spielst«, wiederholt Braden, ohne mit der Wimper zu zucken. »Heute. Jetzt. Auf dem Feld. Mit uns.«

»Nach allem, was ihr mir angetan habt ... Warum sollte ich euch glauben?«, frage ich herausfordernd. Das kann doch nur ein Witz sein. Sie verarschen mich. Oder?

»Wir haben Scheiße gebaut«, meint Braden. »Wir hätten dir vertrauen und nachfragen sollen. Wir haben unseren Frust über das verlorene Spiel an dir ausgelassen. Das ist nicht richtig gewesen und es tut uns leid.«

»Wir haben uns wie die größten Arschlöcher benommen. Wir können verstehen, wenn du nichts mehr mit uns zu tun haben willst«, meint Tyler kleinlaut. »Aber du sollst wissen, dass wir unser Verhalten sehr bereuen und dass du uns gefehlt hast.«

»Ohne dich ist es nie dasselbe gewesen«, stimmt Jonas aus der Offensive zu.

»Uns verbindet unsere gemeinsame Leidenschaft: der Football«, wirft ein weiterer Spieler ein.

»Wir wollen dich wieder im Team haben, Coleman«, meint ein anderer und erntet zustimmendes Gemurmel.

»Ich ... ich weiß nicht, was ich sagen soll«, gebe ich zu und warte schon darauf, dass sie mir mitteilen mir nur einen schlechten Streich gespielt zu haben. Doch ich blicke in todernste Gesichter. So habe ich die Jungs noch nie gesehen.

»Warum hast du letztes Jahr das Team und die Schule vernachlässigt?«, will Braden plötzlich wissen.

»Kannst du es dir nicht denken?«, erwidere ich.

Braden senkt den Blick. »Deine Mom?«

Nach kurzem Zögern berichte ich ihnen in Kurzform, wie mein Dad abgehauen ist und ich dessen Aufgaben übernommen habe, weswegen ich so selten zum Training erschienen bin.

»Ich habe das nicht gewusst«, sagt Braden betroffen und klingt wirklich ehrlich. Er sieht mich an, Schuldgefühle spiegeln sich in seinen Augen und seiner Miene. »Ich habe mich komplett danebenbenommen. Es tut mir leid, wie alles gelaufen ist. Ich bin so sauer gewesen, weil du dich plötzlich so verschlossen hast und jedes Mal, wenn wir uns treffen wollten, abgesagt hast. Read hat herumerzählt, du würdest dich lieber mit Mädchen vergnügen, statt mit uns zusammen zu trainieren oder dich mit uns zu treffen. Wir – ich habe ihm geglaubt. Ich habe gedacht, du wärst dir zu gut für uns geworden. Ich habe mich von ihm und seinen Lügen leiten lassen. Es tut mir ehrlich leid, Devyn. Ich hoffe, du kannst mir irgendwann verzeihen.«

Mir fehlen die Worte. Nach allem, was geschehen ist, hätte ich nie gedacht eine Entschuldigung von Braden zu hören.

»Uns allen«, fügt Tyler hinzu. »Uns allen tut es leid.«

»Ich ...«, stottere ich und finde keine Worte, weil sich das alles wie ein Traum anfühlt. »Danke.«

»Wir brauchen dich. Du gehörst zum Team, Devyn. Das hast du immer. Ich bin als Kapitän nicht annähernd so gut wie du«, sagt Braden mit fester Stimme. »Ohne dich will ich nicht spielen.«

»Ohne dich wollen wir alle nicht spielen«, ergänzt Tyler.

»Selbst wenn ich spielen wollte. Ich bin seit einem Jahr nicht mehr beim Training dabei gewesen«, erinnere ich ihn.

»Du kennst die Spielzüge«, erwidert Braden unbeeindruckt. »Wir haben dich gesehen. Du hast uns immer von der Tribüne aus beobachtet. Außerdem habe ich vorhin noch mit Avery geredet.«

Er tritt zur Seite und Avery kommt hinter ihm zum Vorschein.

Sie trägt bereits ihre Cheerleaderuniform. Das langärmliche weinrote Oberteil, einen dazu passenden kurzen Rock und Turnschuhe. Sie sieht so wunderschön aus, dass mir die Luft wegbleibt. Dabei finde ich sie so oder so schön, egal was sie anhat.

Die Haare hat sie sich zu einem Zopf nach hinten gebunden und mit einer Schleife befestigt. Vereinzelte Strähnen sind geflochten und mit Glitzer besprüht. Auch ihre Augenlider glitzern und sie trägt einen roten Lippenstift.

Zwischen den bulligen Footballspielern wirkt sie mit ihrer zierlichen Figur sehr klein. Aber ihre Größe macht sie mit ihrer entschlossenen, kämpferischen Ausstrahlung wett, sodass sie viel stärker wirkt als die Jungs.

»Sie haben mich vorhin vor den Umkleiden abgefangen und mir erzählt, dass sie vorhaben dich wieder ins Team zu holen. Sie wollten wissen, ob ich glaube, dass es eine geringe Chance gibt, dass du zurückkommst. Wenn ich ehrlich bin, bin ich mir nach allem, was sie bisher angestellt haben, nicht sicher gewesen, ob ich ihnen glauben soll.« Sie wirft den Jungs einen vorwurfsvollen Blick zu, unter dem sie in sich zusammenzuschrumpfen scheinen. »Also bin ich mit ihnen zu Coach Johnson gegangen.«

Mir klappt die Kinnlade herunter. Beinahe hätte ich bei der Vorstellung, wie Avery vorangeht und ihr eine Horde bulliger Footballspieler folgt, aufgelacht.

»Du bist mit ihnen zu Coach Johnson gegangen?«, wiederhole ich verblüfft.

Der Coach ist immer wie ein Vater für mich gewesen. Er hat mir wiederholt gesagt, wie viel Potenzial er in mir sieht. Deshalb ist er richtig enttäuscht gewesen, als ich kaum zum Training erschien und das Spiel so vermasselte. Er hat sich für mich beim Direktor eingesetzt, als der Verdacht mit den Trophäen letztes Jahr auf mich gefallen ist.

»Ja, das ist sie«, ertönt die Stimme meines Coaches.

Der glatzköpfige, bullige Mann tritt zwischen den Spielern hindurch und stellt sich neben Avery.

»Sie haben mir alles gebeichtet. Für euer asoziales Verhalten könnte ich euch allen einen Arschtritt verpassen, der sich gewaschen hat«, sagt er mit unverkennbarem Zorn in der Stimme. Doch dann wird seine Miene weicher. »Aber Einsicht ist schon mal ein guter Anfang. Ich habe von Coach Miller den Schlüssel für deinen Spind bekommen, damit sie dieses stinkende Kostüm gegen deine Ausrüstung austauschen konnten. Du bist schon immer der beste Spieler im Team gewesen. Du hast großes Potenzial, Coleman. Es wäre schade, das zu vergeuden. Ich würde mich freuen dich wieder spielen zu sehen und trainieren zu dürfen.«

Mir fehlen die Worte. Der Coach geht damit ein gewaltiges Risiko ein. Zwar habe ich immer wieder trainiert, aber das ist nicht mit dem richtigen Training zu vergleichen. Zumal er gar nicht einschätzen kann, wie gut oder schlecht ich jetzt bin. Der Coach muss enormes Vertrauen in mich haben.

»Ich hoffe, du bist mir nicht böse«, wirft Avery ein. »Aber ich habe ihnen gesagt, dass du heimlich trainiert hast. Wir haben zusammen gespielt. Klar kann man das mit dem richtigen Spiel nicht vergleichen, doch ich weiß, dass du spielen kannst. Ich weiß auch, wie viel es dir bedeutet. Aber was du tun willst, ist immer noch deine Entscheidung, Devyn.«

Ich lege das Trikot in den Spind, trete auf Avery zu, ignoriere den Coach und das Team. Meine Hände zittern, als ich nach den ihren greife. »Ich bin dir nicht böse. Es bedeutet mir viel, dass du dich so für mich einsetzt und an mich glaubst.« Mein Blick wandert über das Team. »Ich weiß gerade nur nicht, was ich sagen soll. Ich bin vollkommen überfordert, weil ich damit nicht gerechnet hätte.«

»Avery hat heute Vormittag recht gehabt, als sie uns in der Cafeteria zurechtgewiesen hat«, mischt sich Braden ein und lächelt kurz. »Du bist da schon weg gewesen, aber sie hat uns richtig zusammengefaltet. Vor allen Schülern«, fügt er hinzu, als ich ihn und dann eine verlegen lächelnde Avery verwirrt ansehe.

»Wir haben uns nicht wie ein Team verhalten. Das wollen wir ändern. Gib uns eine zweite Chance, Devyn«, bittet Braden mich eindringlich. »Wir sind ein Team. Wir sind eine Einheit. Wir halten zusammen, wir spielen zusammen. Wir gewinnen zusammen und wir verlieren zusammen. Du solltest da draußen sein. Du gehörst aufs Feld. Es ist dein Spiel. Zeig ihnen, dass du es noch kannst. Zeig ihnen und uns, wer Devyn Coleman ist und dass er sich nicht unterkriegen lässt.« Braden hält mir den Helm hin und Avery tritt beiseite. »Co-Kapitän?«

Ich zögere kurz, dann greife ich danach. Ein überwältigendes Gefühl durchströmt mich. »Co-Kapitän?«

»Ist das eine Frage oder eine Antwort gewesen?«, zieht Braden mich auf. So wie früher.

»Co-Kapitän!«, sage ich mit fester Stimme.

»Gut, da wir das jetzt geklärt haben, macht euch fertig und dann raus aufs Feld. Ich will sehen, wie ihr den arroganten Jungs der Blue Cliff High in ihre polierten Ärsche tretet!«, brüllt Coach Johnson und klatscht in die Hände.

»Ja, Coach!«, rufen wir gemeinsam.

Kapitel 30

Devyn

Mein Herz rast, das Blut rauscht in meinen Ohren. Schweißperlen stehen auf meiner Stirn, dabei haben wir noch gar nicht angefangen zu spielen. Wir stehen in einem Gang zwischen den Tribünen vor dem Spielfeld. Am Horizont geht gerade die Sonne unter. Sie taucht die Wolken am Himmel in einen rosa-lilafarbenen Ton.

Ich trage meine Footballausrüstung. Sie liegt etwas lockerer auf meinen Schultern als vor einem Jahr, was daran liegt, dass meine Muskeln ein wenig abgebaut haben. Den Helm halte ich in meinen vor Aufregung zitternden Händen. Das Publikum auf den Tribünen jubelt bereits. Avery hat mit ihrem Cheerleaderteam beziehungsweise Cheer Squad, wie sie es immer nennen, ihren Auftritt. Sie stehen auf den Rennbahnen, machen einen Grätschsprung, kommen auf dem Boden auf und kombinieren ihn mit einem Flickflack. Dann bauen sie eine Pyramide – sie ist der Abschluss ihrer Choreographie. Jeweils drei Cheerleader stellen sich, den Rücken gerade durchgestreckt, gegenüber voneinander auf und halten die Top-Girls über ihren Köpfen an den Fußgelenken fest. Avery ist das Top-Girl in der Mitte. So wie immer. So wie letztes Jahr.

Sie hat eine gerade Haltung angenommen und die Hände nach den anderen beiden Top-Girls ausgestreckt, die sie stützen. Dann hebt sie das Knie an, sodass sie nur noch an einem Fußgelenk festgehalten wird. Selbst von hier aus kann ich sehen, wie sie über das ganze Gesicht strahlt. Wie viel Spaß ihr das Cheerleading macht.

Die beiden Top-Girls lassen Avery los. Die lässt ihren Fuß sinken, sodass sie von ihren Base-Girls wieder an beiden Fußgelenken festgehalten wird.

Jetzt kommt der letzte Stunt. Als sie diesen macht, lässt der mich beinahe vergessen, dass ich gleich mit den Jungs aufs Feld laufen werde.

Ihre Freundinnen gehen leicht in die Hocke und federn Avery ab, die ein bis zwei Meter in die Höhe geschleudert wird. Von hier aus sieht es so leicht aus, als würde sie fliegen. Aber ich weiß, dass sie enorm auf ihre Körperspannung achten muss. Sie dreht sich um die eigene Achse, hält Beine und Rücken gerade und breitet die Arme zu beiden Seiten aus, sodass sie mit ihrem Körper ein T bildet. Für ein paar Sekunden scheint sie waagerecht in der Luft zu schweben.

Ein Raunen geht durch die Menge, das sofort verstummt, als sie mit dem Rücken voran nach unten fällt. Doch sie wird sicher von ihren Base-Girls aufgefangen. Dann bricht das Publikum in einen begeisterten Applaus aus. Die Mädels laufen nach vorn und lassen sich feiern, ehe sie nach ihren Pompons greifen und sich in einer Zweierreihe gegenüber voneinander aufstellen.

Die Zuschauer sind guter Stimmung, doch was werden sie denken, wenn sie mich plötzlich in meinen Footballklamotten mit den Jungs aufs Feld laufen sehen? Ich war ein Jahr lang ein Außenseiter. Ein Jahr lang haben mich alle gehasst. Das wird nicht einfach so vorübergehen. Was, wenn ich das Spiel vergeige? Der Coach und das Team haben mir versprochen, dass sie hinter mir stehen, egal wie das Spiel ausgeht. Der Coach hat ein zweites Mal seine Hand für mich ins Feuer gelegt. Ich will ihn und das Team nicht noch mal enttäuschen. Auch wenn ich ihre Schikanen nicht so schnell vergessen kann. Aber jetzt zählt nur dieses Spiel. Die zweite Chance, die ich bekommen habe.

Die Menschen auf den Tribünen brechen in einen ohrenbetäubenden Applaus aus, als die Spieler einer nach dem anderen auf das Feld laufen.

»Bist du bereit?«, fragt mich Braden. Wir sind die Letzten. So wie früher. So wie letztes Jahr.

Nein. Ich bin so was von gar nicht bereit.

Doch ich nicke. Die Sehnsucht zu spielen überwiegt die Angst vor dem, was kommt. Ich liebe es, Football zu spielen.

»Denk einfach daran, dass wir diesen Fischschwänzen den Hintern versohlen werden«, meint Braden und klopft mir auf die Schulter. »Dieses Mal werden wir uns von ihnen nicht unterkriegen lassen.«

Dann ist es so weit.

»Und als Nächstes und Letztes kommt unser Teamkapitän Braden«, sagt der Moderator – ein Junior aus unserer Schule.

Mein Herz donnert gegen meine Brust, als Braden gemeinsam mit mir auf das Spielfeld läuft. Wir joggen nebeneinander her zwischen den Cheerleadern hindurch. Ich fange Averys Blick auf, die mir aufmunternd zulächelt. Es ist wie ein Déjà-vu.

»Ist das ... ist das nicht Grusel-De... äh Devyn Coleman?«, stottert der verdutzte Moderator.

Unruhe geht durch die Reihen. Der Jubel geht in ein überraschtes Getuschel und Geflüster über, bis es so mucksmäuschenstill wie heute Mittag in der Cafeteria ist. Alle Augen sind auf mich gerichtet, auch die der gegnerischen Mannschaft, die dunkelblaue Uniformen trägt. Mom ist aufgestanden, sie hält sich an Tante Veronica fest. Katy winkt mir zu. Mir wird warm ums Herz und ich winke zurück. Wenigstens habe ich noch ein paar Fans, die mich unterstützen.

»Was?«, höre ich den Moderator sagen. Er scheint mit jemandem zu sprechen. Dann ertönt ein quietschender Ton, ehe er fortfährt: »Wie ich gerade erfahren habe, ist Devyn Coleman, der ehemalige Footballkapitän der Red Racoons wieder mit von der Partie. Als ... Co-Kapitän.«

Der Moderator kann seine Überraschung nicht verbergen.

Alle Zuschauer starren mich an. Manche sind sogar aufgestanden und recken die Hälse in meine Richtung. Zu allem Überfluss stehe ich im Schein der Flutlichter. Noch vor einem Jahr habe ich mich an dieser Stelle wohlgefühlt und die Aufmerksamkeit genossen. Doch jetzt fühle ich mich verwundbar und nackt. Panische Angst packt mein Herz. Was, wenn sie mich ausbuhen?

Plötzlich springt Avery nach vorn. »Wer sind wir?«, ruft sie, sodass jeder sie hören kann.

»Wir sind die Red Racoons«, brüllt Braden.

»Wir sind ein Team!«, stimmt Tyler mit ein.

»Genau! Wir sind eine Schule, wir sind ein Team! Red Racoons vor!« Avery hebt die Pompons in die Höhe. »Kommt schon, wir brauchen eure Unterstützung!«

Ihr folgt Emma, bis das ganze Cheerleaderteam bei uns steht und die Menge dazu auffordert, uns anzufeuern.

Zuerst steigen unsere Familien und ein paar Schüler mit ein, bis nach und nach die überfüllten Tribünen erst vorsichtig, dann begeisterter jubeln und applaudieren. Vor lauter Rührung treten mir Tränen in die Augen, die ich schnell wegblinzle. Ich kann nicht glauben, dass ich tatsächlich mit dem Team wieder auf dem Feld stehe und spielen werde.

Nachdem sich der Aufruhr gelegt hat, erfolgt der Münzwurf durch den Schiedsrichter. Der Gewinner entscheidet, ob er mit der Defensive oder Offensive startet. Die Blue Cliff High gewinnt. Sie starten mit der Offensive, also wird unsere Offensive erst mal am Rand bleiben.

Ich weiß noch, wie ich meiner Schwester die Spielregeln erklärt habe, weil sie anfangs nicht ganz durchgeblickt hat. Football ist an sich leicht zu verstehen. Es gibt ein Feld, das etwa 120 Yards lang und 50 Yards breit ist. Die beiden Enden stellen die Endzonen dar, in denen sich jeweils ein stimmgabelförmiges Tor befindet. Pro Team gibt es elf Spieler, die auf dem Feld stehen. Die Offensive greift an, um den Football in die Endzone des gegnerischen Teams zu kriegen. Dabei kann der Football getragen oder geworfen werden.

Die Defensive des gegnerischen Teams muss ihr Feld verteidigen. Sie hat die Aufgabe, den Angriff der Offensive beziehungsweise das Vordringen in Richtung Endzone zu verhindern. Dafür hat die Offensive vier Versuche, um mindestens 10 Yards des gegnerischen Felds zu überwinden. Schafft sie es, bekommt sie weitere vier Versuche, um die nächsten 10 Yards zu überwinden. Gelangt die Offensive in die Endzone, bekommt sie Punkte. Wer am Ende die meisten Punkte hat, hat gewonnen.

Hoffentlich ist unser Team das Gewinnerteam.

Als wir uns zu den aufgestellten Bänken am Rand begeben, läuft Calvin, der schwarzhaarige Kapitän der Haie der Blue Cliff High an mir vorbei. Er ist mein größter Rivale auf dem Spielfeld. Den Helm hat er wie wir unter seinen Arm geklemmt. »Devyn Coleman. Hätte nicht gedacht dich je wieder spielen zu sehen. Ich habe gehört, du bist Schulmaskottchen gewesen?«

»Ich habe mir eine Auszeit genommen«, scherze ich. »Schulmaskottchen zu sein ist eine interessante Erfahrung gewesen, aber es hat mich dann doch wieder zurück aufs Feld gezogen.«

»Willst du den Ball wieder wie letztes Jahr in eure eigene Endzone bringen?«, zieht er mich auf.

Ehe ich etwas erwidern kann, legt sich ein Arm um meine Schultern und Braden erscheint neben mir. »Ihr solltet euch vorsehen, Fischschwänze«, provoziert er ihn. »Devyn ist unser Glücksbringer.«

»Vergiss es. Wir Haie werden euch so was von den Waschbärkopf abbeißen«, lacht Calvin.

Womit er nicht unrecht hat. Es läuft nicht gerade sehr gut für uns. Ihre Offensive blockt unsere Defensive gnadenlos, sodass sie nach nur kurzer Zeit Fünfzehn zu Null führen.

Dann wechseln wir durch und unsere Offensive ist an der Reihe. Wir stellen uns in einem Kreis auf und legen uns gegenseitig die Arme um die Schultern.

»Wir schaffen das«, sagt Braden und sieht jedem Einzelnen in die Augen. »Und wir helfen Devyn, wenn er Probleme mit den Spielzügen hat. Jeder kann und soll sich mit einbringen.«

»Alles klar«, kommt es von unseren Teamkollegen.

»Ready?«, fragt Braden. »Break!«

Wir gehen auf dem Feld in Position, indem wir uns gegenüber von dem gegnerischen Team aufstellen. Braden nimmt Reads Position als Tackle der Offensive Line ein.

Mir gegenüber geht Calvin in die Hocke. Er blickt an unserem Center, der vor mir steht, vorbei und sieht mir direkt in die Augen.

»Erster Versuch von zehn Yards«, kommentiert der Moderator. Jetzt liegt es an mir. Ich rufe mir unseren Spielzug in Erinnerung. Der Coach will, dass unser Running Back Tyler den Football bekommt und mit ihm mindestens zu der ersten 10-Yards-Linie läuft, damit wir weitere vier Versuche für die nächsten Yards erhalten. Hauptsache wir kommen so schnell wie möglich in die Endzone der Haie, um ein Field Goal oder einen Touchdown zu erzielen. Es wird für uns schwer werden, den Punktestand der Haie aufzuholen. Doch wir werden unser Bestes geben.

»Ready?«, rufe ich. »Go!«

Unser Center passt mir den Football unter seinen Füßen hindurch zu. Ich fange ihn auf. Unsere Offensive blockt die Defensive der Haie. Ich sehe mich suchend nach Tyler um, als ich von einem durchbrechenden Defensive der Haie umgeworfen werde. Es ist ein schwerer Hüne, der beim Sturz auf mich fällt, sodass mir die Luft aus den Lungen gepresst wird.

Ich fluche, als ich mich schwerfällig wieder aufrapple. Das fängt ja schon mal gut an.

»Alles klar bei dir?«, fragt Braden besorgt und wirft dem Typen, der mich getackelt hat, einen zornigen Blick zu.

»Geht schon«, murmle ich und bin froh über meine Schutzausrüstung. Zwar habe ich mir sicher ein paar Prellungen zugezogen, aber ich stehe wieder und das ist am wichtigsten. Und es fühlt sich an wie früher. Als wäre ich wirklich Teil des Teams. Als wären die letzten zwölf Monate gar nicht passiert.

»Hey, Coleman«, ruft Calvin und schneidet eine Grimasse. »Denk dran, einfach genau wie letztes Jahr spielen.«

Beinahe hätte ich ihm den Mittelfinger gezeigt, kann mich aber noch zurückhalten.

»Dieses Mal werde ich mit dem Football in *eure* Endzone laufen«, kontere ich selbstsicherer, als ich mich fühle.

»Neuer erster Versuch«, kommentiert der Moderator im Hintergrund.

Wir stellen uns gegenüber voneinander auf. Der Center wirft mir den Ball unter seinen Beinen hindurch zu. Ich fange ihn auf. Die gegnerische Mannschaft stürmt auf mich zu, wird jedoch von meiner Offensive geblockt. Ich werfe Tyler den Football zu. Der stürmt nach vorn, doch bevor er die erste

Yards-Linie erreicht, wird er von einem gegnerischen Spieler zu Boden geworfen.

Auch der nächste Versuch scheitert, sodass wir nur noch einen haben. Adrenalin rauscht durch meinen Körper. Schweiß perlt mir von der Stirn, dabei spielen wir erst seit ein paar Minuten. Und das Spiel läuft ziemlich beschissen für uns.

Beim nächsten Mal kann ich Tyler den Ball zuzuwerfen, ehe ich getackelt werde. Er schafft es, die erste Yards-Linie zu überqueren, und das Publikum jubelt auf.

Mein Blick schweift über das Spielfeld und bleibt an den Torstangen des feindlichen Teams hängen. Mir kommt eine Idee.

»Hey, Braden!«, rufe ich. Braden joggt zu mir und sieht mich fragend an. »Was hältst du von einem Field Goal?«, frage ich ihn direkt. »Das werden sie nicht erwarten und es würde uns drei Punkte einbringen. So könnten wir schneller aufholen.«

Seine Miene hellt sich auf. »Gute Idee. Ich sag dem Team Bescheid.«

Dann, als es weitergeht, wirft unser Center mir den Ball zu, den ich auf den Boden lege und festhalte. Braden stürmt zu mir. Er holt aus und kickt den Football über die Spieler hinweg. Er schießt auf das Tor des gegnerischen Teams zu. Ich halte den Atem an, als er über die Torlatte und durch die Torstangen hindurchfliegt.

»Field Goal!«, brüllt der Moderator. Das Publikum und die Cheerleader brechen in laute Jubelschreie aus.

»Wir holen auf!«, jubelt Braden. »Ich habe doch gesagt, Devyn bringt uns Glück«, ruft er Calvin zu.

Der grinst nur unbeeindruckt. »Wir liegen trotzdem in Führung. Das müsst ihr erst einmal aufholen.«

Nach ein paar Spielzügen holen wir tatsächlich langsam auf. Trotzdem liegt das gegnerische Team mit fünf Punkten in Führung. Und wir haben nur noch einen einzigen Spielzug.

»Time-out!«, verlangt unser Coach und ruft uns alle zusammen. Wir stellen uns in einem Kreis auf und halten uns an den Schultern.

»Hört mir zu«, sagt Coach Johnson eindringlich. »Ihr habt das Spiel trotz der besonderen Umstände gut durchgezogen und super zusammengearbeitet. Ich bin stolz auf euch. Aber jetzt geht es um alles oder nichts. Entweder wir gewinnen oder wir verlieren dieses Spiel. Wir haben schon einmal gegen die Haie verloren, das wollen wir kein zweites Mal. Oder?«

»Nein, Coach!«

»Gut.« Er sieht uns der Reihe nach in die Augen. »Unsere einzige Chance, dieses Spiel noch zu gewinnen, ist ein Touchdown. Wir brauchen diese sechs Punkte. Deshalb wird Coach Wilson all seine Leute auf Tyler hetzen. Also müsst ihr unseren Running Back beschützen. Ich zähle auf euch, Jungs. Die ganze Schule zählt auf euch. Ihr schafft das!«

Als wir uns voneinander lösen, steht Avery vor mir. »Hey, ich wollte das Time-out nutzen und dir schnell Glück wünschen für den letzten Spielzug.«

»Glück wünschen bringt Unglück, Avery«, necke ich sie.

»Gut, dann ...« Sie überlegt kurz.

»Noch zwanzig Sekunden!«, erinnert uns der Moderator.

Avery legt ihre Hände auf meine Schultern und sieht mir tief in die Augen. »Ich bin so stolz auf dich. Es ist gerade vielleicht nicht der passendste Zeitpunkt, um dir das zu sagen, aber ich bin verliebt in dich, Devyn. Gewinn dieses Spiel.« Sie küsst mich, dann läuft sie zurück zu ihrem Cheer Squad, die uns weiter anfeuern.

Und ich stehe da und starre ihr verblüfft nach. Hat sie gerade gesagt, dass sie in mich verliebt ist?

Doch ich habe keine Zeit, darüber nachzudenken, da der Schiedsrichter pfeift. Wir stellen uns wieder auf. Averys Worte hallen in meinem Kopf nach und verursachen in meinem Magen einen Tornado an Glücksgefühlen. Ich gehe in die Knie und lächle Calvin an, der unter seinem Helm irritiert die Brauen zusammenzieht.

»Noch fünf Sekunden. Das ist der letzte Spielzug«, betont der Moderator.

Mein Herz pocht. Das Gejubel der Zuschauer, das Klatschen ihrer Hände und das Pfeifen des Schiedsrichters werden in den Hintergrund gedrängt. Mich befällt innere Ruhe.

Als mir der Center wieder den Ball zuwirft, stürzt Calvin auf mich zu, doch er wird von Braden aufgehalten, der wie aus dem Nichts auftaucht. Ich sehe mich nach Tyler um, doch der ist nicht frei. Obwohl unser Team die gegnerische Mannschaft mit allen Mitteln zu blocken versucht, wird unser Running Back von einem der Haie getackelt. Ich fluche. Es ist sonst niemand anderes frei, also stürme ich los. Vorbei an den miteinander ringenden Footballspielern und auf die Endzone der gegnerischen Mannschaft zu.

Die weiße Linie hebt sich vom grünen Rasen ab. Aus den Augenwinkeln sehe ich die dunkelblaue Uniform eines Blue-Cliff-High-Spielers. Ich drehe mich im Laufen, sodass wir Rücken an Rücken stehen und er an mir vorbeistolpert. Mit dem Football im Arm stürme ich voran, die gegnerischen Spieler auf den Fersen. Die Linie ist nur noch wenige Fußschritte von mir entfernt, als links und rechts zwei Spieler der Defensive der Blue Cliff High auftauchen. Ich nehme meine letzte Kraft zusammen und stürze nach vorn ins Gras, als sie sich auch schon auf mich werfen. Doch ich habe die Endzone erreicht.

»Touchdown!«

Die Menge bricht in einen ohrenbetäubenden Jubelsturm aus. Die Footballspieler, die mich getackelt haben, rutschen von mir herunter. Ich halte den Football in meinen Händen und kann es nicht glauben. Ich habe den finalen Touchdown erzielt!

Als ich mich umdrehe, steht Calvin vor mir.

»Gut gespielt, Coleman.« Er hält mir seine Hand hin. Ich ergreife sie und lasse mich von ihm hochziehen. »Das nächste Mal machen wir euch aber fertig. Seid darauf gefasst.«

Ich nicke ihm nur grinsend zu. Da ringen sich die Jungs bereits um mich und klopfen mir auf die Schultern.

Wir haben gewonnen.

Kapitel 31

Avery – Ein paar Wochen später

Sterne funkeln über unseren Köpfen. Keine einzige Wolke ist am Himmel zu sehen. Bis auf das Zirpen von Grillen hat sich eine angenehme Stille über die Umgebung gelegt. Ein kühler Wind streift meine Haare und wirbelt mir ein paar Strähnen ins Gesicht, die ich mir wieder hinter die Ohren streiche.

Da es heute Nacht sehr frisch ist, sitzen wir in eine Fleecedecke eingewickelt auf dem Dach des Wasserbunkers und lassen unsere Beine nach unten baumeln. In der Ferne leuchten die Lichter der Stadt, doch noch schöner finde ich den Anblick des Sternenhimmels. Glücklich bette ich meinen Kopf auf Devyns Schulter, der einen Arm um meine Hüfte schlingt und seinen Kopf gegen meinen lehnt, während wir schweigend die Stille der Nacht genießen. Neben uns liegt Devyns Football. Wir hatten beide Training – er mit dem Footballteam, ich mit meinen Cheerleadern.

Doch heute war es kein normales Training. Denn statt anschließend nach Hause zu fahren, hat er mich bei den Umkleiden abgefangen und zurück ins Schulgebäude geführt, wo er mit mir vor einer neuen Glasvitrine stehen geblieben ist. Darin befinden sich all die Pokale, die mein Cheer Squad gewonnen hat und die eigentlich in Coach Millers Büro am Verstauben gewesen sind. Devyn hat mit Direktor Higgens über das geredet, was ich ihm über die Diskriminierung der Cheerleader erzählt habe, weil immer nur die Erfolge des Footballteams gelobt werden. Daraufhin hat der Direktor auch für unser Team eine Vitrine mit unseren Pokalen und Fotos meiner Gruppe aufstellen lassen, damit unsere Sportarten gleichgestellt sind.

Als könnte der Tag heute nicht perfekter sein, ist Devyn seit heute offiziell der Co-Kapitän des Footballteams. Und nicht nur das: Coach Johnson meinte, dass ein paar Scouts beim letzten Heimspiel auf ihn aufmerksam geworden wären und er gute Chancen auf ein College-Stipendium habe. Wir wollen uns beide bei demselben College bewerben.

Mit den Hilfeleistungen, die wir mit der Unterstützung meiner Mom für Devyns Familie beantragt haben, ist er entlastet und kann sich voll und ganz auf sein eigenes Leben konzentrieren. Zwischen unseren Familien scheint sich zudem eine Freundschaft anzubahnen. Hin und wieder grillen wir gemeinsam oder unternehmen zusammen Ausflüge. Meine Eltern verbringen außerdem mehr Zeit miteinander. Ebenso wie Devyn und ich.

Wir sehen uns in die Augen. Seine Finger streichen sanft über meinen Rücken und fahren immer wieder durch meine Haare. Er strahlt über das ganze Gesicht. In meinem Magen flattern die Schmetterlinge.

»Was denkst du gerade, Avery?«

»Dass ich gerade sehr glücklich bin. Und du?«

»Ich auch.« Devyn verschränkt seine Finger mit meinen. »Ich bin auch sehr glücklich.«

»Du, Devyn?«

»Ja?«

Mein Herz rast, als ich in seine dunklen Augen blicke. »Ich liebe dich.«

»Bist du dir da sicher? Ich habe gedacht, Liebe wäre ein großes Wort?«, hakt er nach.

Ich nicke und lasse seine Hand los, damit ich ihm mit dem Finger über seine Wange streichen kann. »Ich weiß. Ich liebe dich trotzdem oder gerade deswegen.«

Ein unverkennbares Strahlen zieht sich über sein Gesicht. Unsere Lippen berühren sich fast, als er haucht: »Ich liebe dich auch, Avery.«

ENDE

Playlist

Girls Like You – Maaron 5, Cardi B
Yes Girl – Bea Miller
Everybody Hates Me – The Chainsmokers
Change Your Life – Iggy Azalea, T.I.
One More Light – Steve Aoki Chester Forever Remix
A Sky Full Of Stars – Symphoniacs
Don't You Worry Child – Symphoniacs
I See You – MISSIO
Stay Here – Alex Sampson
Monsters – Katie Sky
Don't Leave Me Alone – David Guetta feat. Anne Marie
Keeping Your Head Up – Birdy
Getting Closer – Justin Jesso
What They Say – Zara Larsson
Nothing To Lose – ToTheMoon, Nico Santos

Danksagung

Zuallererst möchte ich Impress danken für das wundervolle Zuhause, das Stars and Tears gefunden hat. Ich könnte mir für das Buch kein besseres vorstellen. Insbesondere danke ich dir, Nicole, für deine liebe Betreuung und dass du an Avery und Devyn geglaubt hast.

Ein weiterer Dank gilt meiner Lektorin Yvonne. Danke, dass du aus Stars and Tears alles rausgeholt hast. Es hat sehr viel Spaß gemacht, mit dir zusammenzuarbeiten.

Ein ganz besonderer Dank geht an meine liebe Autorenfreundin Verena und ihre Katze Sina, die mich zu Vampir inspiriert hat. Danke Verena, für deinen Input und deine Freundschaft. Trotz der vielen Kilometer, die uns trennen, bist du immer für mich da. Das bedeutet mir sehr viel.

Ein weiterer Dank geht an Saskia. Danke für deine Ratschläge. Du bist nicht nur mein Schreibbuddy, sondern eine meiner engsten Freundinnen. Wir kennen uns jetzt schon fast vier Jahre – unglaublich, wie schnell die Zeit vergehen kann.

Ein großer Dank geht an meine Eltern. Das Leben ist nicht immer leicht, aber ich bewundere euch dafür, wie ihr kämpft und nicht aufgebt.

Der nächste Dank geht an meine Testleserin Nicole: Danke für deine Anmerkungen.

Ebenfalls danke ich meinen Bloggern, die mich so unterstützen. Ihr leistet so tolle Arbeit!

Danke auch an meine Wattpad-Leserinnen und Leser, die die Geschichte von Avery und Devyn mitverfolgt und mich dazu motiviert haben, sie zu beenden. Danke für eure lieben Kommentare und Nachrichten. Das bedeutet mir viel.

Als Letztes will ich euch, meinen Lesern, danken, dass ihr Avery und Devyn eine Chance gegeben habt. Vielleicht lesen wir uns bald wieder.

Eure Nicole

Impress
Tauch ein in romantische Geschichten

Impress
Ein Imprint der CARLSEN Verlag GmbH
November 2020

Lektorat: Yvonne Lübben
Umschlagbild: shutterstock.com / © Roman Seliutin / © TSRY / © EFKS
Umschlaggestaltung: formlabor
Satz und Umsetzung: readbox publishing, Dortmund
Druck und Bindung: CPI Books GmbH, Birkach
ISBN 978-3-551-30326-4
Printed in Germany
www.carlsen.de/impress

Alle Bücher im Internet: www.carlsen.de